古典文學研究輯刊

十 編

曾 永 義 主編

第 6 冊

紅樓十二正釵意象研究（上）

王 秋 香 著

國家圖書館出版品預行編目資料

紅樓十二正釵意象研究（上）／王秋香 著 -- 初版 -- 新北市：
花木蘭文化出版社，2014〔民 103〕
目 4+194 面；19×26 公分
（古典文學研究輯刊 十編：第 6 冊）
ISBN 978-986-322-907-0（精裝）
1.紅樓夢 2.研究考訂
820.8   103014144

ISBN-978-986-322-907-0

9 789863 229070

古典文學研究輯刊
十 編 第六冊   ISBN：978-986-322-907-0

紅樓十二正釵意象研究（上）

作　　者　王秋香
主　　編　曾永義
總 編 輯　杜潔祥
副總編輯　楊嘉樂
編　　輯　許郁翎
出　　版　花木蘭文化出版社
社　　長　高小娟
聯絡地址　235 新北市中和區中安街七二號十三樓
　　　　　電話：02-2923-1455／傳眞：02-2923-1452
網　　址　http://www.huamulan.tw 信箱 hml 810518@gmail.com
印　　刷　普羅文化出版廣告事業
初　　版　2014 年 9 月
定　　價　十編 18 冊（精裝）新台幣 32,000 元

紅樓十二正釵意象研究（上）

王秋香　著

作者簡介

王秋香，一九五四年出生，台灣省彰化縣員林鎮人。國立中山大學中國文學系博士，曾任教於中學多年，現任教於空中大學、大葉大學。平日喜研文藝創作理論與寫作技巧，對文學理論與批評、詩論、美學亦喜涉獵。

提　　要

　　本論文旨在探究紅樓十二正釵意象群，藉著各意象意旨之剖析及意象與人物對應關係的歸納、統整，使審美意識更加提升。意象是主觀抽象之情志思維透過客觀的物象、事象經文字或藝術媒介，藉譬喻、象徵或神話形式表達出來的具體形象，其曲折隱晦的表達方式可產生朦朧含蓄之美。意象之於文本正如深埋於土中的寶礦，當挖掘出來熠煜生輝，光彩照人。意象的探討為從事文學批評重要的一環，其多義性也提供了讀者多角度的探索以喚起審美經驗，促發讀者從各層面去省思，使文本呈現開放性。意象更可推動情節發展，烘托氛圍，且由意象群的疊加更可凸顯人格特質，展現美學意涵。

　　曹雪芹把生活中的美感經驗熔鑄於意象中，讓讀者藉意象體驗或優美或悲涼的情境，也可捕捉各角色的風姿神貌及感受詩意的氛圍。全書中詩一般的意象系列，賦予了這部巨著以無窮的藝術魅力。以往《紅樓夢》的研究較注重評點、索隱及考證、批評及諸釵之人物評論，扣擊文本審美情趣之力道失之薄弱，本論文擬由意象切入，由諸釵之家世、形貌、居處、詩才，多方面披沙撿金搜尋其意象群及各意象之意旨，發現文本中意象與人物之對應有一個人物對應多個意象或一個意象對應多個人物，意象與人物間多形式的對應關係，每個角色有多個意象群烘托，每個意象又有多個意旨，這文外重旨之多義性使文本更富有張力與美學意涵，激發讀者再創造的能力。梳理諸釵與意象的多重聯系，更有助於理解此一形象及其文化淵源。

　　紅樓十二正釵意象群深層中隱藏著紐帶互相勾連著，其間存在著同質同構或異質同構的關係，使文本呈顯著衰颯、悲涼的審美意涵。《紅樓夢》之不朽在其擁有濃郁的美學氛圍，而此氛圍的呈現歸功於其意象敘事，由中心意象、陪襯意象、補充意象及聯想意象組成的意境令人流連、激賞，且由意象的疊加使人物形象更加豐厚飽滿，韻味深長，也將《紅樓夢》簇擁成一詩性的文本，呈顯著濃厚的美學意蘊，有關十二正釵之意象群更是其中之魁楚，值得品味、探討。

誌　謝

　　攻讀博士班學程一路走來最感謝的是指導教授龔老師顯宗爲我開啓紅學之門。從論文的初胚不厭其煩的指導提攜，在論文的書寫過程不斷的爲這篇論文修正、雕塑至於完成，如春風和煦，諄諄化育，點滴在心，非常感謝。

　　感謝碩士論文的指導教授徐老師信義爲我開啓了研究意象這片領域，他嚴謹的治學態度對我影響深遠。劉老師文強啓發式的教學方式都是研究學問很寶貴的理念。楊老師雅惠在文學理論與批評方面的啓迪受益良多。一路走來，由衷感謝靜宜大學、臺灣師範大學、中山大學師長們的諄諄教誨，多方的指點，爲我刮垢磨光，使我課業得以提升，充實我從事研究的資糧，非常感謝。

　　感謝論文初審時匿名審查的教授們惠賜諸多寶貴的意見，感謝陳教授滿銘、張教授健、王教授關仕、陳教授益源，在口試時不吝指教，釐清不少觀念，從不同的層面給我多方的指正和建議，使論文日臻完善，碩儒風範令人敬佩，非常感謝。

　　感謝李老師素琪的照應，中山大學同學們的支持鼓勵，修課期間因舟車勞頓，張窈慈、黃靜妃、林秀珍同學的便車支援，楊憶慈、蔡政惠同學的關照，許惠玟、林清茂同學及蘇美鶴夫婦的提攜照應，使我能順利的通過博士班課程的重重考驗，非常感謝。感謝家人的支持鼓勵，舍弟王聰彬在我博士班口試過程中細心的打點接應，這些助力使我更有信心的向前邁進。

　　我於碧山擁翠的文學院紅樓書寫這《紅樓十二正釵意象研究》似有些因緣，而今，別離在即，那夕照艷影，將和西灣碧藍無垠的瀲灩波光永遠在我心頭婆娑盪漾。我徘徊，我流連，這文學院清幽的山光水姿。

目次

第一章　緒　論

第一節　研究動機與目的

　　《紅樓夢》在小說發展史上堪稱經典之作，爲學者所樂於研究，有關《紅樓夢》的研究在時間上劃分爲舊紅學和新紅學兩部份。舊紅學以評點派和索隱派爲主，以評點派言之，最早使用評點方式者爲脂硯齋及畸笏叟等人，他們以原作參與者的身份，將前八十回作了回前批、回後批、眉批、行間側批、雙行夾批。之後又有王雪香《新評繡像紅樓夢全傳》、張新之《妙復軒石頭記》、王雪香、姚燮合評《增評補像全圖金玉緣》，至於筆記專著產生於乾隆後期，有周春《閱紅樓夢筆記》，二知道人的《紅樓夢說夢》及解盦居士的《悟石軒石頭記集評》。評《紅樓夢》的詩歌則有甲戌本凡例後的那首七律：「浮生著甚苦奔忙……」，這些資料都有極高的研究價值。索隱派則擅於將文本與歷史人物、事件進行聯繫、比對，代表人物爲蔡元培，代表作有王夢阮、沈瓶庵的《紅樓夢索隱》、蔡元培的《石頭記索隱》及鄧狂言的《紅樓夢釋眞》。

　　新紅學大抵可分爲考證派及小說批評派。考證派以胡適爲創始人，胡適《紅樓夢考證》及俞平伯《紅樓夢辨》均認爲《紅樓夢》是曹雪芹的自敘傳。至於小說批評派的代表爲王國維，其《紅樓夢評論》運用西方哲學和美學思想詮釋文本，具有劃時代的意義。此外紅學尚有兩個重要分支，即曹學、探佚學。曹學是專門研究作者曹雪芹及其親屬好友，如脂硯齋、畸笏叟、棠村等相互關係生活狀況之學。探佚學則在推測曹雪芹佚著的本來風貌及探討前八十回原作和後四十回續書在人物刻畫、情節、思想及審美意趣的差異。不

管是舊紅學或新紅學，他們從不同的層面及角度切入，使文本之探討更明晰，在學術研究上都是重要的一環。早期研究大多從索隱、評點考證角度，直到王國維可說是最早以文學觀點研究《紅樓夢》的，可惜當時未造成風氣，及至余英時也從文學批評及比較文學的觀點研究《紅樓夢》可堪欣慰，這些傾於文本美學的研究引發我以下數點針對紅樓十二正釵意象群的研究動機。

一、意象群的研究

一個文本索隱與考證固然重要，但若只聚焦於書中人物影射何人或以當時政治社會背景認爲作者有其政治批評的目的，就很容易忽略文本中人物形象風格特質，能呈顯文本的美學意涵是很薄弱的，誠屬可惜。《紅樓夢》不僅有生動的語言，及令人深刻反思的人世滄桑，且各個人物一人有一人的口吻、言行，故人物的描寫乃《紅樓夢》之精華。魯迅在《中國小說史略》第二十篇將其歸類爲清之人情小說。〔註1〕文本中因人物描繪的生動，使歷來學者於考證作者、版本之餘，以評論人物之作最多。然而意象是文本研究中重要的一環，可推展情節發展，烘托情境氛圍，由意象群的疊加更可凸顯人格特質增進美學意涵。

二、文本女性崇拜觀及紅樓十二正釵之書寫

《紅樓夢》有濃厚的女性崇拜觀，此女性崇拜特質在第一回已露出端倪：「原來女媧氏煉石補天之時，于大荒山無稽崖煉成高經十二丈，方經二十四丈頑石三萬六千五百零一塊。」此大荒乃指海外極遠之處。《山海經・大荒西經》亦云：「大荒之中，有山名大荒之山。」荒有遠之義。至於《楚辭・離騷》亦云：「將往觀乎四荒。」則指四方邊裔，又有虛、大之義。文本中的「太虛幻境」應是化自「大荒山」。至於女媧補天神話，在《列子・湯問》、《淮南子・覽冥》、《論衡・談天》、《楚辭・天問》皆有提及。郭璞注《山海經》曰：「女媧，古神女而帝者。」傳說中，女媧是樂器、婚姻之神，人類始祖，且爲眾神之母。警幻仙姑居太虛幻境，「司人間之風情月債，掌塵世之女怨男痴。」類似主掌婚姻的女媧。作者對她服飾、五官、容貌、步履、態度、纖腰、神

〔註1〕至於說到《紅樓夢》的價值，可是在中國的小說中實在是不可多得的。其要點在敢於如實描寫，並無諱飾，和從前的小說敘好人完全是好人，壞人完全是壞人，大不相同，所以其中所敘人物都是眞的人物，總之自有《紅樓夢》出來以後，傳統的思想和寫法都打破了。

魯迅：《中國小說史略》（五南出版社，2009 年）頁 351。

采、動靜刻意描摹，集秀麗、靈性、愛欲、權勢、神通於一身，可媲美司馬相如〈美人賦〉及曹植〈洛神賦〉。且幻境中全是女仙，視寶玉爲「濁物」，讓寶玉自覺「污穢不堪」，直如《山海經‧大荒西經》的「女兒之國」。〔註2〕尤其在《紅樓夢》諸多女子中，以「十二正釵」最受矚目，文本中作者在開頭即道出十二正釵重要的地位：

> 今風塵碌碌，一事無成，忽念及當日所有之女子，一一細考較去，覺其行止見識，皆出於我之上。何我堂堂鬚眉，誠不若彼裙釵哉？實愧則有餘，悔又無益之大無可如何之日也……雖我未學，下筆無文，又何妨用假語村言，敷演出一段故事來，亦可使閨閣昭傳，復可悅世之目，破人愁悶，不亦宜乎？〔註3〕

此爲作者爲閨閣昭傳之動機。文本中作者亦藉賈寶玉之言透露對清淨女兒的傾慕與尊重：

> 女兒是水作的骨肉，男人是泥作的骨肉。……女兒兩個字，極尊貴、極清淨的，比那阿彌陀佛、元始天尊的這兩個寶號還更尊榮無對的呢。〔註4〕

做爲影子的甄寶玉亦曾云：「必得兩個女兒伴著我讀書，我方能認得字，心裡也明白，不然，我自己心裡糊塗。」第二十回又云：「山川日月之精秀，只鍾於女兒。」這些女性崇拜和初民母系社會「知母不知有父」之戀母情結有密切關係。由於崇拜女性，作者將大觀園建構爲女性樂園。「女兒」在文本中有其重要地位，而正冊十二正釵乃諸多女兒之最，故更受尊崇。這些出身名門，又秉賦才華之清淨女兒，向爲作者最珍愛的一群，然而這些優秀女子歸入「薄命司」，此乃作者所扼腕、痛惜者。十二正釵之幻滅乃四大家族沒落以至衰亡之縮影，也是寶玉遁離紅塵之催化劑。作者以愛憐之情爲她們作傳，故十二正釵在文本中有其重要地位。

三、文本意象群研究之專書尚不多見

有關紅樓十二正釵意象研究大部份爲期刊論文，專書及學位論文並不多

〔註2〕龔顯宗：《文史雜俎》（台北：文津出版社，2010年），頁180。
〔註3〕曹雪芹、高鶚原著，其庸等校注：《紅樓夢校注》（台北：里仁書局，1986年）第1回，頁1。
〔註4〕曹雪芹、高鶚原著，其庸等校注：《紅樓夢校注》（台北：里仁書局，1986年）第2回，頁30。

見（有關這方面的論文篇目特在本章第二節文獻探討加以分析），也因此引發我對紅樓十二正釵意象的研究動機。歷來研究十二正釵的文章不可勝數，然多論單一人物之性格及結局，或以其言行、家世背景，或就其住處環境分析其性格特徵，或單就一、二意象加以探討，較少有整體性意象群之分析，令人有未能窺其全豹之憾，故本文試圖從紅樓十二正釵意象相關資料的家世背景、形貌、詩才及意象群切入加以分析，希望由意象群所蘊含的歷史淵源文化積澱，推究其意旨以呈顯諸釵之風格特質。在分析歸納統整之後，對十二正釵有更深入的了解，提昇審美意涵以便對文本有更深刻的體會。

意象以隱喻、象徵、神話為思維方式承載或破譯文化密碼，增強審美意涵，是事件序列的重要組成部份，也是聯結情節的紐帶，因其積澱著悠久歷史文化蘊含，可營造小說的詩化情境。作者把生活的美感熔鑄於意象中，在意象的渲染下可捕捉諸釵的風姿神貌，體驗或優美或悲涼的詩意氛圍，是值得探索的課題。本論文探究紅樓十二正釵之意象，至於其他副冊、又副冊諸釵來日如能一一再加以研究，對整個文本美學意涵之了解將有更大的幫助，且任何文本以意象為主題加以切入研究，透過意象此可以增加審美意涵的藝術符號，在欣賞和創作方面均可開啟一片詩意的天地，這也是本論文書寫之期待。

第二節　文獻回顧

《紅樓夢》一向為學者所樂於探討，但大部份為考證、評點及人物研究，至於意象研究方面：

一、在專書方面有

作　者	書　名	相關資料
林方直	《紅樓夢符號解讀》	（內蒙古大學出版社）1996 年
俞曉紅	《紅樓夢意象的文化闡釋》	（合肥：安徽人民出版社）2006 年
郭玉雯	《紅樓夢淵源論──從神話到明清》	（台北：台大出版中心）2006 年
潘遠孝、潘寶明鄧妍、朱安平	《紅樓夢花鳥園藝文化解析》	（南京：東南大學出版社）2009 年
歐麗娟	《紅樓夢人物立體論》	（台北：里仁書局）2006 年

　　林方直的《紅樓夢符號解讀》在意象的研究上頗富啓示性，但因所涉獵的層面較廣，也較難作深入的探討。俞曉紅《紅樓夢意象的文化闡釋》對與諸釵有關的水、玉、花、紅樓諸意象有頗深入的闡發，頗值得參考。至於歐麗娟在《紅樓夢人物立體論》中對冷香丸、石榴花、紅杏與紅梅之闡釋有獨到的見解。郭玉雯《紅樓夢淵源論——從神話到明清思想》對玉、絳珠草亦有所闡釋。潘寶明等所著《紅樓夢花鳥園藝文化解析》對花意象與諸釵的關係亦有所闡發。以上諸書對意象之闡發均頗富啓示性，然或侷限一隅，或所觸及層面太廣，以致闡釋無法深入，也引發我對紅樓十二正釵意象群加以探索的動機。薛海燕《紅樓夢——一個詩性的文本》〔註5〕及劉宏彬的《紅樓夢接受美學論》〔註6〕以美學角度加以探索，頗值得參考，梅新林《紅樓夢哲學精神》頗能提升紅學研究之理念。〔註7〕至於人物評論著作較多，曹立波《紅樓十二正釵評傳》〔註8〕、胡文彬《紅樓夢人物談》〔註9〕及劉大杰《紅樓夢的思想與人物》〔註10〕、周思源《周思源正解金陵十二釵》〔註11〕、朱眉叔《紅樓夢的背景與人物》〔註12〕、王昆侖《紅樓夢人物論》〔註13〕、舒曼麗《紅樓夢四大家族及金陵十二釵》〔註14〕及劉心武《劉心武揭秘紅樓夢》〔註15〕對諸釵之分析均頗值得參考。

二、期刊方面有

作　者	篇　名	相關資料
丁小兵	〈論古典文學中杏花的審美意象〉	《荷澤學院學報》第 27 卷第一期
王中	〈脈脈此情誰訴——淺議《紅樓夢》中作爲婚戀媒介的物象〉	《西華師範大學學報》2005 年第一期

〔註 5〕薛海燕：《紅樓夢——一個詩性的文本》（北京：中國社會科學出版社，2003年）。
〔註 6〕劉宏彬：《紅樓夢接受美學論》（河南人民出版社，1992 年）。
〔註 7〕梅新林：《紅樓夢哲學精神》（上海：華東師範大學出版社，2007 年）。
〔註 8〕曹立波：《紅樓夢十二釵評傳》（北京：清華大學出版社，2007 年）。
〔註 9〕胡文彬：《紅樓夢人物談》（文化藝術出版社，2005 年）。
〔註 10〕劉大杰：《紅樓夢的思想與人物》（百靈出版社，1956 年）。
〔註 11〕周思源：《周思源正解金陵十二釵》（北京：中華書局，2006 年）。
〔註 12〕朱眉叔：《紅樓夢的背景與人物》（瀋陽：遼寧大學出版社，1986 年）。
〔註 13〕王昆侖：《紅樓夢人物論》（台北：里仁書局，2008 年）。
〔註 14〕舒曼麗：《紅樓夢四大家族及金陵十二釵》（台北：新文京開發，2005 年）。
〔註 15〕劉心武：《劉心武揭秘紅樓夢》（台中：好讀出版社，2006 年）。

王政	〈論《紅樓夢》中形象本體與對應意象的關係〉	《紅樓夢學刊》2001 年第二期
王人恩	〈寒塘渡鶴影，冷月葬花魂考論〉	《紅樓夢學刊》2006 年第二輯
王玉英	〈《紅樓夢》中絳珠草還淚的象徵意蘊〉	《遼寧師專學報》1999 年第一期
王秋紅	〈《紅樓夢》中「傳帕定情」情節的敘事藝術〉	《魯東大學語文學刊》2007 年第一期
王匯涓	〈海棠在史湘雲形象塑造中的運用〉	《新鄉教育學院學報》第 22 卷第一期，2009 年 3 月
王懷義	〈《紅樓夢》意象構成研究論略〉	《紅樓夢學刊》2005 年第四輯
史小燕・莫山洪	〈《紅樓夢》中雪意象研究發微〉	《柳州師專學報》第 24 卷第二期，2009 年 4 月
田惠珠	〈《紅樓夢》中的風箏意象〉	《紅樓夢學刊》2005 年
〔日本〕合山究著，陳曦鍾譯	〈《紅樓夢》與花〉	《紅樓夢學刊》2001 年第二輯
李敏	〈紅樓絲帕總關情〉	《內蒙古電大學刊》2009 年第三期
李明新・蔡義江	〈漫談中國桃文化兼及《紅樓夢》〉	《紅樓夢學刊》2006 年第三輯
李珊	〈巧結梅花絡——析鶯兒的從屬符號作用〉	《文學》2008 年第四期
李莉森	〈絳珠草與林黛玉——中國傳統文學中草的文化內蘊與林黛玉形象論析〉	《柳州師專學報》2011 年 8 月
阮溫凌	〈佛門檻外的一株傲雪紅梅〉	《名作欣賞》1997 年第四期
林雁	〈《紅樓夢》中的梅文化〉	《北京林業大學學報》第 26 卷，2004 年 12 月
季學原	〈紅樓茶文化卮言〉	《紅樓夢學刊》1995 年第二輯
季學原	〈詩與梅：李紈的精神向度〉	《紅樓夢學刊》1998 年第二輯
季學原	〈秦氏——一個朦朧的意象〉	《明清小說的研究》1995 年第三期
俞曉紅	〈悲歌一曲水國吟——《紅樓夢》水意象探幽〉	《紅樓夢學刊》1997 年
俞曉紅	〈《紅樓夢》花園意象解讀〉	《紅樓夢學刊》1997 年
段江麗	〈《紅樓夢》中的比德：從林黛玉與花說起〉	《紅樓夢學刊》2006 年第三輯

胡文彬	〈茶香四溢滿紅樓——《紅樓夢》與中國茶文化〉	《紅樓夢學刊》1994 年第四輯
胡付照	〈《紅樓夢》中的名茶好水及茶具考辨〉	《江南學院學報》2001 年 3 月
姜楠南、湯庚國、沈永寶	〈《紅樓夢》海棠花文化考〉	《南京林業大學學報》第 8 卷第一期，2008 年 3 月
郁永奎	〈《紅樓夢》兩個金麒麟探賾〉	《江淮論壇》2003 年第四期
高菊梅	〈瀟湘翠竹與黛玉形象的比德觀照〉	《南寧師範高等專科學院學報》第 23 卷第四期，2006 年 12 月
孫雲	〈論《紅樓夢》中的海棠〉	《文學評論》2008 年第 11 期
陶瑋	〈芙蓉辨——論黛玉、晴雯之芙蓉〉	《紅樓夢學刊》2010 年第 4 輯
馬鳳華	〈黛玉之帕摭談〉	《南都學壇》2003 年第一期
陳璇	〈瀟湘館中的竹——淺談《紅樓夢》瀟湘館的原型意象〉	《蘇州職業大學學報》第 16 卷第一期，2005 年 2 月
曹立波	〈《紅樓夢》中花卉背景對女兒形象的渲染作用〉	《紅樓夢學刊》2006 年第三輯
黃崇浩	〈海棠魂夢繞紅樓——對石頭記中海棠象徵系統的考察〉	《黃岡師範學院學報》第 21 卷第一期，2001 年 2 月
章必功	〈黃金鎖、冷香丸、紅麝串——薛寶釵的三件道具〉	《深圳大學學報》第 13 卷第二期，1996 年 5 月
陳家生	〈妙筆生花，花中見人——《紅樓夢》中花的豐富意蘊與藝術效應〉	《紅樓夢學刊》1997 年增刊
葛鑫	〈從玉、梅、茶三方面談妙玉形象塑造〉	《湖北民族學院學報》第 23 卷第六期
楊沈	〈生命的隱喻——論《紅樓夢》中的水意象〉	《滁州學院學報》第 11 卷第三期，2009 年 6 月
袁新江	〈雪為肌骨易銷魂——《紅樓夢》以冰雪喻人的特色〉	《語文學刊》1999 年第四期
楊眞眞	〈桃花意象及其對林黛玉形象的觀照〉	《紅樓夢學刊》2009 年第二輯
虞卓姬	〈《紅樓夢》意象解讀〉	《明清小說研究》2002 年第二期
趙建忠	〈斑竹一枝千滴淚——林黛玉原型及其文化蘊涵〉	《明清小說研究》2002 年第一期，總第 63 期
翟建波	〈秦可卿房中飾物寓意解〉	《廣西師範學院學報》第 28 卷第四期，2007 年 10 月

鄧輝	〈論林黛玉的神話原型及其審美意蘊〉	《明清小說研究》2007 年第二期，總第 84 期
劉上生	〈《紅樓夢》的形象符號與湘楚文化〉	《湖南城市學院學報》2003 年 9 月
劉穎	〈淺談瀟湘館環境描寫與林黛玉性格的統一融合〉	《長春師範學院學報》第 27 卷第五期
劉曉林	〈冷香丸的象徵意義與薛寶釵的形象〉	《衡陽師範學院學報》1995 年第二期
歐麗娟	〈冷香丸新解——兼論《紅樓夢》中之女性成長與二元襯補之思考模式〉	《台大中文學報》第十六期，2006 年 6 月，頁 173～228
聶欣晗	〈瀟湘情結的文化溯源及其審美意蘊〉	《船山學刊》2005 年第一期
饒道慶	〈絳珠之意蘊及其與古代文學的關係〉	《紅樓夢學刊》2007 年第四期
蘇涵、虞卓婭	〈《紅樓夢》落花意象論〉	《山西大學學報》第 25 卷第一期，1998 年 4 月

　　此外何衛國〈金陵十二釵冊子蠡測〉〔註 16〕、朱志遠〈神秘的金陵十二釵冊子探源〉〔註 17〕、施曄的〈《紅樓夢》與十二釵故事的歷史流變〉〔註 18〕敘述著「十二正釵」此一名詞自古的演變。向志柱〈論紅樓夢十二金釵的入選與序次〉〔註 19〕、耿光華〈《紅樓夢》十二支曲排列次序之探究〉〔註 20〕、鄭鐵生〈金陵十二釵判詞的排序與《紅樓夢》敘事結構的內在關係〉〔註 21〕則在闡發十二正釵的入選與排序原則。梁書恆〈十二釵判詞中的意象及英譯簡析〉〔註 22〕則為探討十二正釵判詞中的意象意涵。盧笑娟〈由判詞解釋金

〔註 16〕何衛國：〈金陵十二釵冊子蠡測〉《紅樓夢學刊》（2007 年 5 月）。

〔註 17〕朱志遠：〈神秘的金陵十二釵冊子探源——讀《紅樓夢》隨筆〉《紅樓夢學刊》（2007 年 1 月）。

〔註 18〕施曄：〈《紅樓夢》與十二釵故事的歷史流變〉《紅樓夢學刊》（2007 年 3 月）。

〔註 19〕向志柱：〈論紅樓夢十二釵的入選與序次〉《常德師範師院學報》（2002 年第 5 期）。

〔註 20〕耿光華：〈紅樓夢十二支曲排列次序之探究〉《淮北煤炭師範學院學報》（2004 年 2 月）。

〔註 21〕鄭鐵生：〈金陵十二釵判詞的排序與《紅樓夢》敘事結構的內在關係〉《銅仁學院學報》（2008 年 5 月）。

〔註 22〕梁書恒：〈從符號學角度看十二釵判詞意象英譯〉《和田師範專科學校學報》（2007 年第 27 卷第 5 期，總第 49 期）。

陵十二釵〉〔註 23〕及鄒自振〈金陵十二釵敘論〉〔註 24〕、趙亞平〈雙水分流映襯增媚——〈紅樓夢曲〉金陵十二釵之間對比關係新解〉〔註 25〕、李永建〈紅樓夢幾個題名透視其內在意蘊〉〔註 26〕可說是諸釵一生的述評均頗有見地，足供參考。

三、學位論文方面有

作　者	論　著	相關資料
吳林	《林黛玉與植物意象研究》	（遼寧師範大學碩士論文）2009 年
楊眞眞	《林黛玉與桃花》	（中國藝術研究院碩士論文）2009 年
樊恬靜	《紅樓夢意象敘事研究》	（中南大學碩士論文）2010 年

學位論文方面吳曉風《〈紅樓夢〉評點研究》所觸及層面甚廣，有主題探討、人物評論及語言結構之分析，然對意象之分析不多。〔註 27〕孫偉科《〈紅樓夢〉美學闡釋》著重於哲理與美學之闡發，可堪參考，〔註 28〕樊恬靜《〈紅樓夢〉意象敘事研究》列舉諸多意象，然只概要性的闡述。至於吳林的《林黛玉與植物意象研究》與楊眞眞《林黛玉與桃花》對植物意象頗多深入的闡發，可堪參考，然只限於黛玉一人。王盈方《紅樓夢十二釵命運觀之研究》〔註 29〕及江玉玫《紅樓夢中賈府女性人物論》〔註 30〕有提及諸釵之家世背景、居處、詩詞、形象，雖未言明意象之探討，然內容對本論文之書寫頗多啓發。此外王月華《〈牡丹亭〉與〈紅樓夢〉的兩種關懷——情與女性》〔註 31〕，王

〔註 23〕盧笑娟：〈由判詞解讀金陵十二釵〉《牡丹江大學學報》（2007 年 8 月）。

〔註 24〕鄒自振：〈金陵十二釵敘論（上）（下）〉《閩江學院學報》（2003 年 6 月、2004 年 1 月）。

〔註 25〕趙亞平：〈雙水分流映襯增媚——〈紅樓夢曲〉中金陵十二釵之間對比關係新解〉《名作欣賞》（2009 年第 20 期）。

〔註 26〕李永建：〈紅樓夢幾個題名透視其內在意蘊〉《淮北煤炭師範學院學報》（2006 年 1 月）。

〔註 27〕吳曉風：《紅樓夢評點研究》（復旦大學博士論文，2007 年）。

〔註 28〕孫偉科：《〈紅樓夢〉美學闡釋》（中國藝術學院博士論文，2007 年）。

〔註 29〕王盈方：《紅樓夢十二釵命運觀之研究》（國立台灣師範大學碩士論文，1996 年）。

〔註 30〕江玉玫：《紅樓夢中賈府女性人物論》（私立東海大學中國文學系碩士論文，2003 年）。

〔註 31〕王月華：《〈牡丹亭〉與〈紅樓夢〉的兩種關懷——情與女性》（國立中山大學中國文學研究所博士論文，2008 年）。

婷婷《曹著《紅樓夢》的佛門思想和後四十回》〔註32〕，李淑伸《《紅樓夢》
與中國傳統審美觀的內在聯繫》〔註33〕及李昭容《邊緣與中心：《紅樓夢人物
互動考察》〔註34〕，梁瑞雅《紅樓夢的婚與非婚》〔註35〕，黃懷萱《《紅樓夢》
佛學思想的運用研究》〔註36〕和蔡櫻如《《紅樓夢》空間陳設的研究：以怡紅
院為中心》〔註37〕，黃慶聲《《紅樓夢》所反映的閱讀倫理及文藝思想》〔註38〕
諸論文對本論文之書寫在思維方面均有莫大的幫助。

第三節　研究範圍

一、論文文題界定

（一）紅樓

　　鮮明的紅樓意象對淒迷的《紅樓夢》悲情意境有烘托的效果，尤其曹雪
芹將古代詩詞中紅樓意象所蘊含的意涵融入文本敘述，更有助於文本詩化風
格的形成。考古典詩詞中對紅樓敘述之意涵，與《紅樓夢》中之紅樓意涵恰
可相對應：

　　紅樓乃是指一般精緻華麗的紅色建築。白居易〈潯陽春三首之一・春來〉
云：「誰家綠酒歡連夜，何處紅樓睡天明。」鄭谷〈燕〉：「低飛綠岸和梅雨，
亂入紅樓揀杏梁。」至於首見紅樓夢三字連用者有蔡京〈詠子規〉：「千年冤
魂化為禽，永逐悲風叫遠林。愁血滴花春艷死，月明飄浪冷光沈。凝成紫塞
風前淚，驚破紅樓夢裡心，腸斷楚詞歸不得，劍門迢遞蜀江深。」這千年冤

〔註32〕王婷婷：《曹著《紅樓夢》的佛門思想和後四十回》（中國藝術研究院碩士論
　　　　文，2005 年）。
〔註33〕李淑伸：《《紅樓夢》與中國傳統審美觀的內在聯繫》（國立成功大學藝術研究
　　　　所碩士論文，2001 年）。
〔註34〕李昭容：《邊緣與中心：《紅樓夢》人物互動考察》（輔仁大學中國文學研究所
　　　　碩士論文，2001 年）。
〔註35〕梁瑞雅：《《紅樓夢》的婚與非婚》（國立中央大學中國文學研究所碩士論文，
　　　　1993 年）。
〔註36〕黃懷萱：《《紅樓夢》佛學思想的運用》（國立中山大學中國文學研究所碩士論
　　　　文，2003 年）。
〔註37〕蔡櫻如：《《紅樓夢》空間陳設的研究：以怡紅院為中心》（國立中央大學中國
　　　　文學研究所碩士論文，2008 年）。
〔註38〕黃慶聲：《《紅樓夢》所反映的閱讀倫理及文藝思想》（文化大學中國文學研究
　　　　所博士論文，1990 年）。

魂，永逐悲風，愁血滴花，月明飄浪，好一派淒楚景象。曹雪芹很可能是受
此詩之啓發，寫下了此貴族大家庭的沒落。詩中「春艷死，冷光沈」不正與
「千紅一哭，萬艷同悲」相映照。黛玉〈葬花吟〉：「獨倚花鋤淚暗灑，洒上
空枝見血痕。」不正應著「千年冤魂化爲禽，永逐悲風叫遠林！」淒楚蒼茫
的詩境。此外溫庭筠〈哭王元裕〉：「篋裡詩書疑謝後，夢中風貌似潘前。他
時若到相尋處，璧樹紅樓自宛然。」此詩中「夢」與「紅樓」亦遙相呼應。《紅
樓夢》中，賈寶玉住的怡紅院外有「粉牆環護，綠柳周垂」，內有「蕉棠兩植」
綠色芭蕉和紅色海棠相映成趣。賈寶玉先呼「紅香綠玉」，元春後又改額「怡
紅快綠」，這粉牆、紅花，裡面住的是絳洞花主，又稱怡紅公子，相互映襯成
一個紅色的世界。紅樓亦爲美人或富家女子之住處，吟誦此類的詩詞最多，
如李商隱七律〈春雨〉頷聯、頸聯：「紅樓隔雨相望冷，珠箔飄燈獨自歸。遠
路應悲春晼晚，殘宵猶得夢依稀。」韋莊〈菩薩蠻〉云：「紅樓別夜堪惆悵，
香燈半捲流蘇帳。殘月出門時，美人和淚醉。」尹鶚〈何滿子〉：「每憶長宵
公子伴，夢魂長掛紅樓。」此闋詞「夢」與紅樓亦同出現。辛棄疾〈鷓鴣天·
代人賦〉：「腸已斷、淚難收。相思重上小紅樓。情知已被山遮斷，頻倚闌干
不自由。」唐詩宋詞中「紅樓」意象的悲情美恰可與《紅樓夢》淒迷的悲劇
氛圍相呼應。紅樓乃指文本中那些與男主角有感情關係的貴族年輕女性之住
處。這些女性最主要代表爲「金陵十二釵」正冊、副冊，加上又副冊各十二
人，紅樓者正是如此一干女子所住之處。紅樓亦指王公貴族大家庭所住之處。
李白〈侍從宜春院，春詔賦龍池柳色初青，聽新鶯百囀歌〉：「東風已綠瀛洲
草，紫殿紅樓覺春好。」王建〈宮詞一百首之一〉：「禁寺紅樓內里通，笙歌
引駕夾城東。」其〈上陽宮〉亦云：「畫閣紅樓宮女笑，玉簫金管路人愁。」
尤其于鵠的〈送唐大夫讓節歸山〉：「侍女休梳官樣髻，蕃童新改道家名。到
時浸髮春泉里，猶夢紅樓簫管聲。」及元稹〈夢遊春七十韻〉：「紅樓嗟壞壁，
金谷迷荒戍……雖云覺夢殊，同是終難駐。」二詩皆「紅樓」與「夢」二意
象同時出現於詩中，此二詩對曹雪芹應有頗大的影響。小說開頭作者自述曾
賴「天恩祖德」，過著「錦衣紈絝」的生活，故《紅樓夢》乃敘述一巨家大族
富貴榮華如夢而逝的故事，誠如第五回〈紅樓夢仙曲收尾·飛鳥各投林〉所
云：「好一似食盡鳥投林，落了片白茫茫大地真乾淨。」真個是「雖云覺夢殊，
同是終難駐。」至於于鵠〈送唐大夫讓節歸山〉所云那位唐大夫在功成名就
後主動棄富貴而去，與賈寶玉最終出家的結局頗有相似之處。紅樓也指女仙

住處。李賀〈神仙曲〉：「春羅前字邀王母，共宴紅樓最深處。」李商隱〈和孫朴書蟬孔雀詠〉：「紅樓三十級，穩穩上丹梯。」廣利王女（女仙）〈寄張無頗〉：「羞解明璫尋漢渚，但凭春夢訪天涯。紅樓日暮鶯飛去。愁殺深宮落砌花。」此詩「紅樓」與「夢」又同時出現，項斯〈夢仙〉亦云：「昨宵魂夢到仙津，得見蓬山不死人。……紅樓近月宜寒水，綠杏搖風占古春。」此詩「夢」與「紅樓」二意象亦同時出現。恰如寶玉之夢太虛幻境。白居易〈和夢遊春詩一百韻〉：「昔君夢遊春，夢遊仙山曲……到一紅樓家，愛之看不足。……轉行深深院，過盡重重屋。烏龍臥不驚，青鳥飛相逐。漸聞玉珮響，始辨珠履躅。遙見窗下人，娉婷十五六……凝情都未語，付意微相囑。……心驚睡易覺，夢斷魂難續。」項斯〈夢仙〉與白居易此詩所描述與寶玉夢遊太虛幻境何其相似！而太虛幻境之女仙當然是以警幻仙子為首的一批女性。第五回〈紅樓夢仙曲〉是女仙們在自己住所為人間女子之不幸愛情唱給寶玉聽的仙曲。尤其有關林黛玉的曲子〈紅樓夢仙曲‧枉凝眉〉：「一個是閬苑仙葩，一個是美玉無瑕」、「一個枉自嗟呀，一個空勞牽掛。」《紅樓夢》也就成了女仙化人物林黛玉與賈寶玉的愛情故事，黛玉在天上為絳珠仙草（第一回）下凡則為瀟湘妃子（第三十七回探春為其取之名），「紅樓」更主要的是人化女仙林黛玉的住處。紅樓亦為僧侶住所，沈佺期〈紅樓院應制〉：「紅樓疑見白毫光，寺逼宸居福盛唐。」張籍〈贈道士宣師〉：「舊住紅樓通內院，新承墨詔賜齋錢。」李涉〈早春霽後發頭陀寺〉：「紅樓金剎倚晴岡，雨雪初收望漢陽。」《紅樓夢》書名幾經改變，後來「因空見色，由色生情，傳情入色，自色悟空」，遂由《石頭記》易名為《情僧錄》，東魯孔梅溪則題曰《風月寶鑑》，故賈寶玉天生就與僧侶有牽牽扯扯難以言斷的關係。《紅樓夢》是一位情僧講述他在紅塵世界中如夢般閱歷的故事，紅樓即為那位抄錄《石頭記》的情僧住處。曹雪芹由「空空」、「茫茫」的佛家思想再拈出一個「情」字來審視人生，他在「悼紅軒」中披閱十載，增刪五次，纂成目錄，分出章回，則題曰《金陵十二釵》為「紅顏薄命」，為「紅塵眾生」而悼歌，故《紅樓夢》有著悲慨廣大人生的深厚內涵。紅樓即為情僧住處，此小說之主人公背景，情節線索及哲理導向均可由《紅樓夢》此一書名化入或開展。

　　紅亦可說是女子的代稱，因女子喜著紅衣，塗紅脂，脂紅亦為青春美麗的象徵，如「人面桃花相映紅」、「紅顏薄命」，作者是為女子作傳。因此紅樓一詞與女子有密切關係的。〈紅樓夢曲子‧世難容〉有云：「紅粉朱樓春色闌」，

朱樓，即紅樓，乃指大觀園、榮、寧二府及太虛幻境。是一群青春美麗女子所住之地。「紅樓」為富貴人家宅院及富家女子樓閣，紅樓夢即象徵朱門紅樓的賈府終歸散亡敗滅，如一場夢幻。也指書中所有女子難逃千紅一哭，萬艷同悲的悲劇命運。作品的名稱就是作者對作品的主題、旨意的暗示或呈顯，能夠被不同時代，觀念各異的讀者歸納出眾多主題的作品應是《紅樓夢》莫屬了。《紅樓夢》為此部書之總名，曹雪芹及後來的程、高都以它命名此書。脂硯齋認為：「《紅樓夢》是總其全部之名也。」至於「紅樓夢」的涵義是什麼呢？在第五回原文：「新填《紅樓夢》仙曲十二支」之旁評道：「點題蓋作者所云所歷不過紅樓一夢耳。」在第四十八回原文「寶釵正告訴他們，說她夢中作詩說夢話」，下批道：「一部大書起是夢，寶玉情是夢，賈瑞淫又是夢，秦之家計長策又是夢，今作詩也是夢，一並風月寶鑒亦從夢中所有，故紅樓夢也。」夢雖是虛幻的，但它也是在現實中被壓抑，無法實現的願望，是對理想、美善的追求與嚮往，《紅樓夢》是一位情僧講述他在紅塵世界中如夢般閱歷的故事，一群年輕貌美女子的一個美好而虛幻的夢，也是對一群青春少女的讚美與輓歌。《紅樓夢》中的「紅樓」意象之書寫，曹雪芹是深受唐詩宋詞潛移默化的影響。正因曹雪芹精妙地運用意蘊深隱的「紅樓」意象表達其文本意旨，使此部小說更呈現其悲情美之詩境，且感人更深，更具有藝術魅力。

（二）十二釵

至於十二釵之意涵，在漫長的歷史發展中，某些數字往往與文化契合，形成了各種非數字意義，使悠久的文化更顯得豐富性。以「十二」言之，天為陽，地為陰，地支數為十二，日為陽，月為陰，月繞地一周也是十二，十二為陰，曹雪芹寫封建社會女性的悲劇，乃以十二為金釵之數，此數字亦為詩文所樂於運用，如〈西洲曲〉：「欄杆十二曲，奉手明如玉。」〈木蘭辭〉亦云：「同行十二年」、「策勛十二轉」、「軍書十二卷」。「金釵十二」較早見於〈河中之水歌〉：「河中之水向東流，洛陽女兒名莫愁。……頭上金釵十二行，足下絲履五文章。」釵本為女子之頭飾，詩中乃言女子高髻上插釵之多，至唐朝白居易〈酬思黯戲贈〉云：「鐘乳三千兩，金釵十二行。妒他心似火，欺我鬢如霜。」詩中金釵十二行乃指歌舞之妓甚多。〔宋〕沈立〈海棠百韻〉：「金釵十二，珠履三千。」柳永〈玉蝴蝶其二〉云：「三千珠履，十二金釵，雅俗熙熙，下車成宴。」曹寅〈續琵琶〉第三十一齣〈台宴〉亦云：「正是門迎珠

履三千客,戶列金釵十二行。」均指女子之多。至雍正八年之《姑妄言》出現了「金陵十二釵」之詞。諸故事中男主角得神仙指示,解難脫困、科舉高中、艷遇連連,皆爲文人美夢與情慾之宣洩。清康熙年間瀟湘迷津流者所著《都是幻》敘南斌夢遊武陵宮與十二宮主相遇成婚之情節,和寶玉夢遊警幻仙境無意中得知十二正釵命運之構思有異曲同工之妙。且當武陵宮被化爲灰燼之後人物盡失,宮殿亦成爲一塊茫茫大地,與《紅樓夢》「好一似食盡鳥投林,落了片白茫茫大地真乾淨」之意境神似。至於康熙年間清心遠主人的《十二峰》亦爲寫神仙下凡結緣眾美後重返仙界的結構模式。文本中一男十二女、高人點化相助、謫仙及夢境模式與《紅樓夢》均極爲相似。《紅樓夢》是十二正釵故事的巔峰之作。由歷代文人所寫「金釵十二行」旖旎浪漫生活的聯想,曹雪芹也雕塑出十二個有血肉、有靈性的女子,在對前代小說繼承的同時,《紅樓夢》更多的是超越和創新,其於文本第一回中云:「其中只不過幾個異樣女子,或情,或癡,或小才微善。竟不如我半世親睹親聞的這幾個女子⋯⋯但事跡原委,亦可消愁破悶。後因曹雪芹於悼紅軒中披閱十載,增刪五次,纂成目錄,分出章回,則題曰《金陵十二釵》。〔註39〕」甲戌本凡例云:「此書又名《金陵十二釵》,審其名,則必係金陵十二女子也。⋯⋯至《紅樓夢》第一回中,亦翻出金陵十二正釵之簿籍,又有十二曲可考。」脂批亦云:「曹雪芹題曰《金陵十二釵》,蓋本〈紅樓夢十二支曲〉之意。」此書之名《金陵十二釵》就是通過賈府十二正釵的悲劇命運,概括地揭露封建末世豪門貴族的興衰史。《紅樓夢》第五回〈遊幻境指迷十二釵,飲仙醪曲演紅樓夢〉,「十二釵」於文本首次亮相。寶玉夢遊太虛幻境,在「薄命司」所見的「金陵十二釵正冊」,正所謂「春恨秋悲皆自惹,花容月貌爲誰妍」縱然她們心比天高,也當命如紙薄。〈紅樓夢引子〉云:「開闢鴻蒙,誰爲情種?都只爲風月情濃。趁著這奈何天,傷懷日,寂寞時,試遣愚衷。因此上演出這懷金悼玉的《紅樓夢》。」十二正釵的悲劇也正是封建時代所有女性的悲劇。

　　金陵十二釵除正冊外還有副冊、又副冊,觀十二正釵的入選,正冊入主子,副冊入妾,又副冊入丫環,本論文所探討的爲金陵十二釵正冊十二位人選。分別是林黛玉、薛寶釵、賈元春、賈迎春、賈探春、賈惜春、史湘雲、妙玉、王熙鳳、巧姐、李紈、秦可卿。十二正釵以悲劇角色演出了「悲金悼

〔註39〕曹雪芹、高鶚原著,其庸等校注:《紅樓夢校注》(台北:里仁書局,1986年)第1回,頁3頁4頁5。

玉的《紅樓夢》」她們的喜怒哀樂，悲歡離合正是形形色色幻境人生的寫照。這些行止見識、才華體貌優秀的人物一一被毀滅了，使文本的悲劇性也更加濃烈、悲愴，更能扣人心弦。作者透過不同悲劇代表人物深刻揭示封建末世千紅一哭，萬艷同悲「美醜同歸」的整體悲劇命運，也流露了曹雪芹對其顯赫門第的流連與眷戀及對其封建大家庭由盛而衰的感嘆與哀悼。

（三）意象

「意象」（image）是藝術創作與欣賞中經常被討論的美學議題，也是文學作品組成的重要元素，因此在文學批評和文學理論中也普遍被應用和研究。《周易、繫辭》云：「書不盡言，言不盡意……聖人立象以盡意。」王弼《周易略例・明象》：「夫象者，出意者也；言者，明象者也。盡意莫若象，盡象莫若言。言生於象，故可導言以觀象；象生於意，故尋象可以觀意。意以象盡，象以言著。」故意為象本，象為意用。至於在中國最早「意」與「象」連一詞使用的是東漢王充《論衡・亂龍篇》：「夫畫布為熊麋之象，名布為侯，禮貴意象，示義取名也。」〔註 40〕在畫布畫卜熊、麋、虎、豹等獸頭的像，讓天子、諸侯、卿、大夫們射，以表示他們的勇猛，這實際上是象徵的表現手法。王充歸結「立象於意」的原則，正是《周易》「聖人立象以盡意」之意，意象合一，以象表意，象是意的外化，「意象」一詞於焉形成。然第一次運用「意象」一詞於文學的，是南朝梁代劉勰的《文心雕龍・神思》：「然後使玄解之宰，尋聲律而定墨；獨照之匠，闚意象而運斤，此蓋馭文之首術，謀篇之大端。」〔註 41〕意是作者的內在思維，是有意識的主觀活動，象則為作者心靈觀照之物。近人劉若愚將意象分為單純意象和複合意象，他認為單純意象只是喚起感官或引起心象而不牽涉另一事物的語言表現，複合意象往往由兩個或兩個以上意義比較固定的單純意象構成。如煙花三月下揚州之煙花，由名詞煙和花聯合而成。或由一個形容詞定語修飾一個中心詞（名詞）構成。如孤帆、遠影、碧空皆是。此外如以花為中心語（如江花）以花為修飾語（如花叢）以及並列語（如花卉）皆為複合意象。〔註 42〕情境的基本結構單位亦

〔註40〕〔漢〕王充：《論衡・亂龍篇卷十六》《叢書集成初編》（北京，中華書局，1985年）頁 171。

〔註41〕劉勰撰：《文心雕龍・神思》《景印文淵閣四庫全書・集部四一七》（台灣商務印書館，1983 年）頁 1478～142。

〔註42〕劉若愚原著，杜國清中譯：《中國詩學》（台北：幼獅文化事業公司，1983 年）頁 152。

爲意象，中心意象爲情境主體，補充意象則爲中心意象的延伸擴張，陪襯意象則爲與中心意象無關的背景意象，而聯想意象則爲人物觸景生情的語言或心理活動。以《紅樓夢》第五十八回寶玉對杏樹出神爲例，中心意象乃結子之杏樹及對杏出神的寶玉，補充意象則爲後來飛到樹上亂啼的雀兒，柳枝桃花爲陪襯意象，至於寶玉由杏樹結子聯想到岫烟出嫁及所發的歲月如梭的感慨則爲聯想意象。

意象有大有小，〔清〕方東樹《昭昧詹言》云：「意象大小遠近，皆令逼眞，讀古人詩，須觀其氣韻⋯氣韻分雅俗，意象分大小，筆勢分強弱，而古人妙處十得六七矣。」蘇珊朗格（Susanne K Langer 1895～1982）在《藝術問題》中云：「藝術品作爲一個整體來說，就是情感的意象。對於這個意象，我們可以稱之爲藝術符號」「藝術創造中使用的符號是一種普通的符號⋯這些符號都具有一定的意義，即那種爲語義學家們充分肯定的意義。這些意義以及負載著這些意義的意象都是作爲藝術的構造成分進入藝術品的。」「普通的符號」即藝術中的符號，就是小意象，小意象組成大意象。黑格爾亦云：「東方人運用意象，比譬方面特別大膽，他們常把彼此各自獨立的事物結合成爲錯綜複雜的意象。」這錯綜複雜意象即大意象。

至於雷內・韋勒克（René Wellek, AD1903～1995）與奧斯汀・華倫（Austin Warren, AD1899～1986）則認爲「在心理學方面，意象一詞是指過去感覺或已被知解的經驗在心靈上再生或記憶」，「意象不只是視覺的，還有味覺的、嗅覺的，且還有熱的、壓力的、動的、靜的及其他不同的感官意象。」「可能是視覺性的，可能是聽覺性的，甚或可能是任何心理屬性的。」因此意象可以單純的形容描寫，或是以隱喻、象徵的方式表達，甚至以神話之形式呈現。

隱喻（metaphor）華倫與韋勒克認爲「在我們對於隱喻的總概念中，顯出它可分爲四種基本要素：『類推的，雙重幻想的，啓示著無從感知之官能的意象的，以及精靈說的投影的。』」。象徵（symbol）華倫與韋勒克認爲象徵是：「以此物應於彼物，而此物本身的權利仍被尊重，這恰是個雙重的表現。」「象徵具有反覆的和固定的涵義，如果一個意象一度被引作隱喻，而它能固定地反覆著那表現的與那重行表現的，它就變成象徵。」當那隱喻是重複而且主要的時候，正常的方式則是意象轉爲隱喻，隱喻轉爲象徵。」韋勒克、華倫將象徵分爲「私有的象徵」、「傳統的象徵」、及「自然的象徵」。「傳統的象徵」和「自然的象徵」是普遍性的，至於「私有的象徵」又稱「創造的象徵」是

作者創造出來的，不是約定俗成的。至於神話（myth）韋勒克、華倫認為：「它
在亞里斯多德的《詩學》中是表示情節、敘事的構成物、寓言」「神話與記述
的解說相反，而是敘事或故事」、「『神話』一詞的涵義與詩一樣，為一種真理
或配得上真理的東西。」「神話亦可謂一些不知名的作家在講述宇宙起源與命
運的故事；亦即人類命運與大自然之教學式的意象，用以講解人生於世，所
為何來。」「從文學理論看來，這些重大的動機，蓋為意象或心畫，社會的、
超自然的（亦即非自然的或非合理的），敘事的或故事的，原型的或共相的，
在我們超時間的觀念中的事件之象徵式再現。」〔註43〕這些有關意象、隱喻、
象徵、神話之文學批評理念在論文均會涉及，故列之以為參考。〔註44〕榮格
（Carl Gustav Jung, 1875～1961）亦曾云：「誰講到了原始意象誰就道出了一千
個人的聲音，可以使人心醉神迷，為之傾倒。……創造過程，就我們所能理
解的來說，包含著對某一原型意象的無意識的激活，以及將該意象精雕細球
地鑄造到整個作品中去。通過給它賦以形式的努力，藝術家將它轉譯成了現
有語言，並因此而使我們找到了回返最深邃的生命源頭的途徑。」〔註45〕上
述之理論皆頗精闢，值得參考。總括之，意乃內在抽象的心意，象為外在具
體之物象。意象則為借外在具體可感之象表達內在抽象之意。是主觀抽象之
情志思維透過客觀的物象、事象經文字或藝術媒介表達的具體形象。意象乃
作者借助外在具體可感的實物，將其內在抽象的情感表達出來。故外在的象
已不是客觀的存在物，而是作者為表達主觀情意，通過審美經驗加以篩選，
融入詩人思想感情再以語言媒介表現出來的物象，是主觀的意和客觀的象的
融合，情景交融中便構成了意象。好的作品總蘊含著豐富的意象群，以激發
讀者的想像力，獲得藝術審美的感受。

二、範圍釐定

　　紅樓諸釵眾多，有正冊、副冊、又副冊，正冊十二釵乃文本中甚重要的
角色，具代表性，故本論文先擷取紅樓十二正釵加以探討，從紅樓十二正釵
相關的意象群切入，按每一角色之家世背景、形貌、居處及詩才諸相關資料

〔註43〕Austin Warren, René Wellek 著，王夢鷗、許國衡譯：《Theory of Literature》《文
　　　　學論》（台北，志文出版社，1996 年 11 月）頁 313。
〔註44〕王秋香：《先秦詩歌水意象研究》（國立中山大學碩士論文）2004 年頁 3。
〔註45〕榮格（Carl Gustav Jung, 1875～1961）：〈論分析心理學與詩的關係〉，載葉舒
　　　　憲選編：《神話：原型批評》（陝西師範大學出版社，1987 年）頁 101～102。

著手，至於本論文所採用的版本爲里仁書局出版曹雪芹、高鶚原著，其庸等校注之《紅樓夢校注》，因此版本乃前八十回以庚辰本爲底本，庚辰本《脂硯齋重評石頭記》是所有脂評本中抄得較早且保存得較爲完整的一部，是較接近曹雪芹原作的本子。另校以甲戌本、己卯本、蒙府本、戚序本、戚寧本、甲辰本、舒序本、鄭藏本、夢稿本、程甲本、程乙本。後四十回以程甲本爲底本，校以藤花榭本、本衙藏版本、王雪香評本、程乙本。參考版本眾多，更具準確性。以里仁書局出版《紅樓夢校注》爲原典文獻，加以筆記叢談、專書論著及近人相關論著多層面，多角度加以蒐集整理，披沙擷金，梳理歸納出與諸釵相關之意象群，及每個意象在歷史文化積澱下所呈顯之意旨，並探討意象群間同形同構之關係。〔註46〕文本研究由意象或意象群切入，藉著意象意旨的探索，及傳統文化的積澱和諸釵間映襯關係的殊性和影子關係的共性互相烘托、對照，可呈顯文本更多的詩性特質。至於副冊、又副冊諸釵，本論文暫不述及。

三、意象相關資料之安排

　　曹雪芹擅用「草蛇灰線，伏脈千里」之法，文本中往往一個場景、一個擺設，吃的、穿的，或一件物品、判詞、曲詞、一首詩、籤、酒令、謎語、花名籤、牙牌令，往往就是個密碼，象徵著角色的性格及生活情趣，這些資源往往超過了寫實層次，有它深層的寓意。透過客觀的物象、事象更可了解各角色的丰姿及個性特質，而這些資料更是粹取意象的重要資源，故本論文在第二～七章書寫第二節諸釵意象時先在第一節羅列背景、形貌、居處、詩才與諸釵意象相關的資料，以便從其中萃取與諸釵有關的意象群。然黛玉居

〔註46〕完形心理學因其德文發音又稱格式塔（Gestalt）心理學，1912 年創立於德國，以德國心理學家維台默（M. Wethcimer, 1880～1943）、柯勒（W. Kohler, 1887～1967）、考夫卡（K. Koffka, 1886～1941）、及魯道夫‧阿恩海姆（Rudolf Arnheim, 1904～　　）爲代表。他們通過對物理「場」的研究，認爲人有心理「場」，這兩種場相互作用形成了「心理——物理場」，知覺也就是一個「場」。物理現象，如電場、磁場有重力結構，人的意識經驗也有著同性質的動力結構，因此與物質對象有著同形同構的關係。格式塔心理學家認爲外在世界的力（物理）與內在世界的力（心理）在形式結構上是異質同構（同形同構），即質料雖異但形式結構相同，它們在大腦中激起的電脈衝相同才能使主客協調、物我同一，在和諧中產生美感經驗。
張德興主編：《二十世紀西方美學經典文本‧第一卷世紀初的新聲》（上海：復旦大學出版社，2000 年 12 月）頁 727。

處瀟湘舘，寶釵居處梨香院和蘅蕪苑，迎春居處紫菱洲，探春居處秋爽齋，惜春居處蓼風軒，妙玉居處櫳翠庵，李紈居處稻香村，皆為其形象本體之代表性意象。故自相關資料中提出置於第二節意象群中加以探討。

第四節　研究方法

一、論文研究方法

本論文之研究，採用意象研究法及文本分析法。

（一）意象研究法

閱讀文學作品可分消極的閱讀和積極的閱讀，消極的閱讀讀者只在思考句子的意義，理解的範圍往往只限於所讀的句子本身意涵，被句子的意義限制因而無法進入作品的世界。然而文學作品應是一有機體，羅曼‧英伽登（Roman, Ingarden, 1893～1970）曾提出作品是一多層次的構成。文本架構首先是語言現象層，即組成作品的文字表層意義。再上層次為語意單元建構層，是詞格及修辭的表達。再上層次為圖示化結構層，為作品結構之分析。又上層次為表現客體層，為文學作品中意象及其深層意義之探索〔註 47〕。文學藝術作品的基本功能在使讀者能構成一個審美對象。積極的閱讀是能產生一種同作品相適應的審美價值，作者總是藉意象表達，間接地讓讀者領悟其真理，故意象的探究對領會文本的審美意涵是重要的一環。本論文由文化蘊含及美學角度書寫，諸意象溯源至詩經、楚辭及各朝代詩詞曲，其積澱之文化底蘊及美感經驗將能更深刻的呈顯形象本體之特色。

（二）文本分析法

意象是詩畫情境的基本結構單位，積澱著悠久的歷史文化和藝術發展，是人類心靈深處普遍的審美意識，能帶給人們美的感受與啟迪，具有美學功能。意象的運用是使小說詩化的重要方法，因它所具備的詩性特質能帶讀者進入一極高的審美境界。意象常以隱喻、象徵、神話為思維方式來破譯或承載文化密碼以獲得信息的增值及增加審美意涵。由於意象表達方式的曲折隱晦，可產生朦朧含蓄之美，其多義性也提供了讀者多角度的探索以喚起審美

〔註47〕羅曼‧英伽登（Roman‧Ingarden, 1893～1970）著，陳燕谷、曉禾譯：《對文學的藝術作品的認識》（台北：商鼎文化出版社，1991 年）頁 10。

體驗。詩化小說《紅樓夢》其詩意特質正是來自於散落在文本中的一個個意象。此文本之所以耐人尋味，在於它善於運用意象的象徵性。《紅樓夢》文本中具有豐富的審美內涵，且諸多意象群與全書的故事敘述和悲劇意識有深度的契合，賦予文本以無窮的文學魅力。曹雪芹把生活中的美感經驗熔鑄於意象中，讓讀者藉意象體驗或優美或悲涼的情境，也可捕捉各角色的風姿神貌及感受詩意的氛圍。論文中以十二正釵意象群為研究主題，每章舉凡諸釵之家世背景、形貌、居處環境及所作詩詞、曲、賦、偈語、燈謎、酒令、花名籤、戲曲，能呈顯諸釵代表性意象者均加以分析歸納。希望經各角色意象之分析、歸納，能更呈顯諸釵的特質及審美意涵。期望在前人的研究基礎上，對紅樓十二正釵意象書寫之研究能有所拓展和啟發。

由論文之探討知紅樓十二正釵諸形象本體間存在著映襯、影子及類比的關係，這些關係如一隱藏之紐帶維繫著紅樓十二正釵，且意象群與形象本體除了單一對應之外，亦存在著一形象本體對應多個意象及一意象可對應多個形象本體之狀況，意象間多重的對應關係加上歷史文化的積澱，使文本散發出濃郁的詩性特質，透過本論文對紅樓十二正釵意象群的梳理分析歸納，以萃取文本的美學意涵是值得探索的方向，由意象意旨之探究，紅樓十二正釵之人格特質得以更加呈顯。

二、論述步驟

（一）紅樓十二正釵形象本體數人合章探討說明

賈寶玉是連接金陵十二正釵所有女兒之一條線索，群釵的複雜人生借助寶玉的態度加以體現，作者通過他的角度顯示多位女子的不幸。金陵十二正釵所有女子，上自貴妃小姐，下至侍妾丫鬟，莫不與寶玉有千絲萬縷的聯繫。在親戚關係方面，黛玉是他的姑表妹，寶釵為其姨表姐，元春為其嫡親長姐，迎春是其堂姐，探春為其庶出妹妹，惜春則為其堂妹。寶玉與湘雲是一種血緣較遠的表兄妹。妙玉和寶玉沒有任何血緣親情，卻有著情誼。李紈為寶玉親嫂子，秦可卿則為寶玉之侄兒媳婦。鳳姐為其表姐，又是他的堂嫂，巧姐則為寶玉的侄女。

本論文各章之編排乃以血緣、門第、性格特質為原則。林黛玉與薛寶釵都有傑出的才華，皆為寶玉表姊妹，且都長得美麗端莊，為文本的二大女主角，故各據一章加以闡述。四春中元春、探春為寶玉之親姊妹，一個是身享

榮華富貴，一個是精明能幹。迎春、惜春同為庶出，又性格內向，一個是木訥懦弱，一個是耿介孤僻，此四妹皆為賈府千金，且與寶玉都有姊弟或兄妹關係，呈顯著文本「原應嘆息」的悲劇特質，故按其長幼順序列為一章。湘雲為寶玉血緣較遠之表妹，妙玉和寶玉雖無血緣關係，但湘雲和妙玉都出身於士宦家族，一個豪爽開朗，一個清高好潔，皆為寄居賈府之小姐，湘雲和寶玉有段無奈的麒麟緣，妙玉和寶玉也有段幽微的檻外情，且不管湘雲的雙棲或妙玉的獨處，到後來總是悲劇，故列為一章。李紈和可卿，一個清淡寡欲，安分守己；一個風流妖嬈，但宿孽總因情，成為貴族家庭腐化糜爛的犧牲品，二者皆為賈府媳婦，且在貞與淫之對比中呈顯了警世功能，故列為一章。至於鳳姐和巧姐是母女一對；一個是聰明反被聰明累，落得個家亡人散各奔騰；一個是侯門千金淪落為荒村農婦，母女也印證了因果關係，亦具有警世功能，故列為一章。紅樓十二正釵和寶玉有著無可分割的紐帶而有機的連繫著，她們一生的遭遇更是寶玉由色悟空之觸媒，也呈顯了文本的色空主題。

（二）論文架構

茲分述各章節研究綱要如下：

第一章——**緒論**。書寫目前學界研究紅樓十二正釵意象之狀況，本論文研究動機與目的、文獻回顧、研究範圍、研究方法及期待研究成果。術語解說中界定說明本論文中使用到的術語：意象、隱喻、象徵、神話。

第二章——**林黛玉**。黛玉出身書香官宦之族　自幼喪母，形成她憂鬱、敏感的個性，後來又喪父，只好長住外祖母家——賈府，遂與表兄寶玉相知相愛，發生了一段淒迷的愛情悲劇。本章由其家世背景、容貌、服飾、住處及其詩文之意象相關資料呈顯其意象群：絳珠草、瀟湘館、淚水、桃花、芙蓉花、菊、柳絮、葬花、帕。諸意象將黛玉烘托得如此風標高格、風露清愁。

第三章——**薛寶釵**。寶釵出身四大家族之一的薛家，自幼喪父，後來希望入宮待選，寄居賈家，因而與寶玉、黛玉展開一段三角的婚戀故事。本章由其家世背景、容貌、服飾、住處及其詩文之意象相關資料分析其意象群：蘅蕪苑、黃金鎖、冷香丸、寶釵、紅麝串、牡丹、鶯、雪。諸意象呈顯了寶釵的富貴卻喜於謀算，悉是無情也動人的冷艷形象。

第四章——**四春：賈府四妹個個美貌絕倫**。元妃雖身為貴妃，然福薄早逝。迎春蒲柳之枝，加上遇人不淑，以致金閨花柳質，一載赴黃泉。至於探春雖

有其豪情壯志，無奈遠嫁他鄉，千里東風一夢遙。惜春勘破三春景不長，年紀輕輕即有出家的念頭，最後是可憐繡戶侯門女，獨臥青燈古佛旁。本章由四春家世背景、形貌、居處及其詩文之意象相關資料分析其所屬意象群。如元春：石榴花；迎春：紫菱洲、算盤；探春：秋爽齋、風箏、杏花、玫瑰花、蕉下客；惜春：蓼風軒、緇衣等呈顯四春的人格特質。

第五章——**史湘雲與妙玉**。天真豪爽的湘雲雖家道中落，但她適應力強，故凡事豁達，但與夫婿只短暫婚姻生活後即獨守空閨，最後是雲散高唐，水涸湘江。妙玉出身名門，後寄身古剎，卻不知「好高人愈妒，過潔世同嫌」，青燈古剎終究關不住她追尋情感的慾念，到後來是「欲潔何曾潔，云空未必空，可憐金玉質，終陷淖泥中。」本章從家世背景、形貌、居處、詩文之意象相關資料探討其所呈顯的意象群。史湘雲：金麒麟、芍藥、海棠、寒塘鶴影；妙玉：櫳翠庵、玉、茶。由諸意象群探索雙姝的風格、特質。

第六章——**李紈與秦可卿**。李紈早年喪夫，她侍奉公婆，教養獨子賈蘭，是封建家庭中的典型媳婦。然稻香村外如噴火蒸霞的杏花正如她潛意識中躍動的心，這隱藏在幽微深處的慾念是封建禮法無法禁錮的。秦可卿出身是個謎，不管她是公主或養生堂領養的孤女，總之她出落得綽約裊娜，也因而阻擋不了她公公的糾纏以致魂喪天香樓。她短暫的人生恰似小說的序曲，具體而微的呈顯了一貴室巨族由興而衰的命運。本章由家世背景、形貌、居處及其詩文之意象相關資料探討兩者所呈顯的意象群。李紈：稻香村、老梅、蘭；秦可卿：武則天的寶鏡、趙飛燕舞過的金盤、安祿山擲過太真乳的木瓜、壽昌公主含章殿之榻、同昌公主的聯珠帳。由這些意象群探討賈府雙媳的特質與風格。

第七章——**王熙鳳與巧姐**。鳳姐亦為賈府媳婦，她潑辣精明又有才幹，恰如人中之鳳，然立於冰山之鳳當冰山融解後她亦無處可依。一從二令三人木，哭向金陵事更哀，終落得家亡人散各奔騰的慘淡收場。巧姐不若其母之鋒芒畢露，此一侯門千金卻被狠舅奸兄所賣，幸虧鳳姐偶因濟助劉姥姥，劉姥姥將巧姐救了出來。這百年鼎盛大族不能庇蔭一女，反須借一鄉村老嫗，令人感慨。巧姐最後一反大觀園貴族千金的舞文弄墨，過著務實的耕織生活，她恰若封建社會向庶民生活的過渡，最終過的是恬淡無爭的生活。本章由家世背景、形貌、居處、詩文之意象相關資料剖析其意象群。王熙鳳：冰山之鳳；巧姐：柚子、佛手柑。再由意象群探索此對母女的特質與風格。

　　第八章——紅樓十二正釵意象統整。第一節爲諸艷之比。形象本體之間存在著映襯（殊性）及影子（共性）、類比的關係，均於論文中加以分析，第二節則爲紅樓十二正釵之意象統整，將紅樓十二正釵意象相關的意旨加以分析整理，及意象意旨與映襯者、影子之統整，且把一個形象本體對應多個意象，及一個意象對應多個形象本體加以整合。第三節爲文本對色空不二之探索，賈寶玉因空見色，由色生情，傳情入色，自色悟空，他來自青埂峰，經情色之歷劫後又回歸青埂峰，紅樓十二正釵的悲劇人生歷程，恰是寶玉由色悟空之觸媒。意象敘事是增進小說詩化的重要方法，紅樓十二正釵意象深層中隱藏著互相勾連的紐帶，這些意象使文本呈顯著衰颯悲涼的審美意涵。而這衰颯悲涼的氛圍更是引發寶玉遁離紅塵的主要動力。

　　第九章——結論。將前面各章分析所得作一歸納。紅樓十二正釵聰穎才智、美麗青春，然而不論強者或弱者曹雪芹都毫不留情的讓他們一一以悲劇結局，引發我們悲憫之餘更督促我們思索如何尊重生命，讓美與自由延續更長久。本論文由意象的文化淵源及美學角度探索諸釵之特質與風格，俾能更立體的呈顯文本的美學意涵與旨趣。

　　本論文將紅樓十二正釵加以分類研究，第一章爲緒論，第二章及第三章、第五章爲寄居賈府之小姐林黛玉、薛寶釵、史湘雲、妙玉。第四章則爲賈府四春，第六章及第七章則爲賈府媳婦李紈、秦可卿及王熙鳳，至於巧姐爲王熙鳳之女故附於王熙鳳那章加以探討，第八章爲紅樓十二正釵意象統整，第九章則爲結論。

　　有清一朝博學鴻儒科的懷柔籠絡及文字獄的鎮壓屠殺造成了百姓的奴性與愚昧，也引發了反抗的意識。曹雪芹在不明確的人事時地敘述中一方面避開了文字獄的糾葛，也使文本產生召引讀者去思索的多義性。且在清前期個性解放，追求至性、至情的文藝思潮下，作者在文本中反映了封建剝削及反對等級壓迫：封建對農民的剝削、貴族中受害者的怨懟及奴隸與小市民的反抗。這些思潮作者藉人物的塑造及情節的敘述表達了他的理念。尤其對木石前盟追求至愛的表現，作者受湯顯祖《牡丹亭》的啓蒙頗深，文本中一齣齣的悲劇敘述都是作者內心的吶喊。

　　有關紅樓夢的主題學界各有看法，有色空說、悟書說、史書說、愛情悲劇說、家族衰敗之說、階級鬥爭說，或反封建說。梅新林在《紅樓夢哲學精神》中則提出文本是貴族家族的輓歌，塵世人生的輓歌及生命之美的輓歌，

眾說都有其道理，也呈現了文本主題的多義性。唯牟宗三在〈《紅樓夢》悲劇之演成〉中以其個人哲學視野，讀到文本的時代性與永恆性，其云：「是人生見地的衝突與興亡盛衰的無常，而此人生見地的衝突與興亡盛衰的無常又是因為寶玉、黛玉與寶釵、賈母等人生命情性的衝突所致，因衝突而造成感情，處事無法溝通，最後形成眾人飲泣以終的悲劇，而他就是要論述此一各紅學家未說的《紅樓夢》微言。」〔註 48〕牟宗三以生命情性衝突的知識化理論論述文本之主題頗值得參考，《紅樓夢》是寶玉由塵世歷劫至回歸大荒因空見色，由色生情，傳情入色，自色悟空的參悟過程，諸釵及眾人，或對照或補襯也提供了寶玉省思之源。〔註 49〕紅樓十二正釵悲劇的人生歷程提供了寶玉由色悟空之省思。

現在《紅樓夢》的各種版本，總括言之可分為兩個系統：一個是抄本，一個是刻本。如以年月先後言之有：一、抄錄甲戌（1754 年）脂硯齋重評本：胡適之先生藏。凡十六回，第一至第八、十三到十六、二十五至二十八。有亞東圖書館排印及中央研究院影印本。二、抄錄庚辰（1760 年）脂硯齋四閱評本：燕京大學收藏。凡七十八回，缺第六十四、六十七兩回。三、有正書局石印戚蓼生序本：八十回。有正書局重寫付印，有大、小字之別，原本未見，亦一脂硯齋評本，應較庚辰本為晚。四、乾隆辛亥（1791 年）程偉元木刻活字本：百二十回，又稱「程甲本」。後來坊間各本皆由此翻出，在清代最為流行。現有影印本。五、乾隆壬午（1792 年）程偉元活字本：百二十回，又稱「程乙本」，流傳甚少。民國十六年亞東書局排印本自稱以此為底本。〔註 50〕

程偉元在排印一百二十回本序中云：「《石頭記》是此書原名，作者相傳不一，究未知出自何人，惟書內記雪芹曹先生刪改數過。好事者每傳鈔一部，置廟市中，昂其值得數十金，可謂不脛而走矣！然原本目錄一百二十卷，今所藏祇八十卷，殊非全本。即間有稱全部者，及檢閱仍祇八十卷，讀者頗以為憾。不佞以是書既有百二十卷之目，豈無全璧？爰為竭力搜羅，自藏書家，甚至故紙堆中，無不留心。數年以來，僅積有二十餘卷，一日，偶於鼓擔上得十餘卷，遂重價購之，欣然繙閱，見其前後起伏，尚屬接榫，然漶漫不可

〔註48〕 牟宗三：〈《紅樓夢》悲劇之演成〉《紅樓夢稀見資料匯編》（北京：人民文學出版社，2001 年），頁 604。

〔註49〕 許麗芳：〈命定與超越：《西遊記》與《紅樓夢》中歷劫意識之異同〉《漢學研究》第 23 卷第二期，2005 年 12 月。

〔註50〕 曹雪芹撰‧饒彬校注：《紅樓夢》（台北：三民書局，2012 年），頁 6。

收拾，乃同友人細加釐剔，截長補短，鈔成全部，復爲鐫版，以公同好。《石頭記》全書至始告成矣。書成，因並誌其緣起告海內君子。凡我同人或亦先覩爲快者歟？」此外高鶚在〈紅樓夢序〉中亦云：「予聞《紅樓夢》膾炙人口者幾廿餘年。然無全璧，無定本。向曾從友人借觀，竊以染指嘗鼎爲憾。今年春，友人程子小泉過予，以其所購全書見示；且曰：『此僕數年銖積寸累之苦心，將付剞劂公同好。子閒且憊矣，盍分任之？』予以是書雖稗官野史之流，然尚不謬於名教，欣然拜諾。正以波斯奴見寶爲幸，遂襄其役。工既竣，並識端末。以告閱者。」《紅樓夢》作者本就有虛構的權利，文本之問世，曹雪芹、程偉元、高鶚皆有其功不容置疑。

　　至於《紅樓夢》後四十回趙岡在《乾隆抄本百廿十回紅樓夢稿·弁言》提及此四十回有的認爲是高鶚續書，有的認爲高鶚不是續書人，而是對程偉元所獲得後四十回續書原稿加工修改之人。程高兩人得到後四十回續書原稿後，曾多次加工修改，因此筆者對後四十回之作者以續作者稱之。此四十回一向是毀譽參半，持否定態度的有裕瑞，其云：

> 此四十回，全以爲八十回中人名事物苟且敷衍，若草草看去，頗似一色筆墨。細考其用意不佳，多殺風景之處，故知雪芹萬不出此下策也。〔註51〕

《紅樓夢》後四十回充滿鬼怪神靈的迷信描寫，如秦可卿、尤二姐鬼魂一再出現，妙玉等人得病及趙姨娘、鳳姐等人的死都與鬼神有關，至於算命、占卦、測字、扶乩等情節的描寫亦甚多。然大體來說，對《紅樓夢》後四十回持肯定態度者亦不少。俞平伯曾提及最初顧頡剛是很賞識續作者的。顧頡剛云：

> 我覺得高鶚續作《紅樓夢》，他對於文本曾經細細地用過一番功夫，要他的原文恰如雪芹原意。所以凡是末四十回的事情，在前八十回都能找到他的線索。……我覺得他實在沒有自出主意，說一句題外的話，只是爲雪芹補苴完工罷了。〔註52〕

胡適亦曾云：

> 平心而論，高鶚補的四十回，雖然比不上前八十回，也確然有不可埋沒的好處。他寫司棋之死，寫鴛鴦之死，寫妙玉的遭劫，寫鳳姐

〔註51〕裕瑞：《棗窗閒筆》一粟編《紅樓夢卷》（北京：中華書局，1985年），頁111。
〔註52〕俞平伯：《紅樓夢研究》（台北：里仁書局，1999年），頁17。

的死，寫襲人的嫁，都是很精采的小品文字，最可注意的是這些人
都寫作悲劇的下場，還有那最重要的「木石前盟」一件公案，高鶚
居然忍心害理的教黛玉病死，教寶玉出家，作一個大悲劇的結束，
打破中國小說的團圓迷信。這一點悲劇的眼光，不能不令人佩服。
〔註53〕

林語堂對此議題亦曾表示其見解：

高本是細心之作，是有處處照應的，我們所將看到的，是這些線索
之呼應如何的巧妙精細、出色，如何有出人意料之點綴。〔註54〕

筆者分析紅樓十二正釵主要悲劇情節除秦可卿是在前八十回（第十三回可卿
病歿）之外，其他皆在後四十回、第九十八回苦絳珠魂歸離恨天，第一一九
回寶玉卻塵緣、第九十五回元妃薨逝、第一○九回迎春病故、第一○○回探春
遠嫁、第一一五回惜春出家、第一一八回湘雲夫死寡居、第一一二回妙玉被
劫、第一一九回賈蘭中舉但不久可能逝世、第一一四回鳳姐去世、第一一八
回巧姐被賈環等聘給外藩。平心而論，《紅樓夢》後四十回寶玉和黛玉以大悲
劇結束，打破歷代小說的大團圓迷信，使作品展現了更大的張力，也是耐人
尋味的，然而續作者錯誤地安排了「蘭桂齊芳，家道復出」的結局，扭曲了
寶玉與黛玉的形象，而且後四十回充滿了鬼怪神靈的迷信描寫，在藝術上是
比前八十回遜色的，〔註55〕且曹雪芹與續作者的主體思想是不一樣的，第一
一六回有如下之描述：「和尚拉著寶玉過了那牌樓，只見牌上寫著：『真如福
地』四個大字，兩邊一副對聯，乃是：『假去真來真勝假，無原有是有非無』，
轉過牌坊，便是一座宮門，門上橫著四個大字道：『福善禍淫』」。原為「太虛
幻境」的匾額，換成了「真如福地」，原寫著「孽海情天」的宮門變成「福善
禍淫」。「太虛幻境」是「色空不二」，「情空不二」的超越地。而「真如福地」
的機制則為掌管「因果報應」，曹雪芹的總體思想乃佛學之「空」，還包括道
家及中國傳統文化思想，從〈好了歌〉中可感受到「落了片白茫茫大地真乾
淨」的悲涼。續作者的主體思想則為「福善禍淫」，因此後四十回人物的命運
都是以儒家倫理道德為標準而歸結的，所以往往與前八十回所預示的抵牾。

〔註53〕 胡適：《胡適紅樓夢研究論述全編》（上海：上海古籍出版社，1988 年），頁
76。

〔註54〕 林語堂：《平心論高鶚》（台北：傳記文學出版社，1969 年），頁 115。

〔註55〕 童慶炳：〈《紅樓夢》後四十回的的功過〉《名家解讀紅樓夢》（吉林：吉林文
史出版社，2004 年），頁 271。

至於紅樓十二正釵在後四十回之描寫與曹雪芹原著八十回之敘述有明顯之差異者，將於諸釵小結之單元加以探討。

第二章　林黛玉

　　黛玉為通部的主角，為寶玉的姑表妹，兩者前世有段木石前盟。寶玉在天上為神瑛侍者，曾澆灌一棵絳珠草使得久延歲月，絳珠草為報答救命之恩，隨神瑛侍者到人間轉世還淚報恩，此即黛玉。寶玉與黛玉因而產生了一段淒迷的故事。寶玉對黛玉有知己的感覺，是由於人生意識的共鳴。他們一致地揚棄傳統庸俗的生活規律，也一致不屈於「金玉姻緣」之婚姻。作者認為通天下唯「情」，不論神或人，木或石皆能因「情」而在不同的時空中彼此感應相互施受。黛玉她有絕代的姿容，聰慧的心智，個性率直眞純，然而她孤標傲世，執著於感情的追尋，敢於違抗封建禮教，有著卑與傲的雙重性格。沈潛於精神生活，絕塵的生活為她保留了不俗之氣，這闐苑仙葩嫵媚、窈窕、純潔、自然、清幽，故深深吸引了寶玉，然而此孤標自恃之弱女子，無詭詭的心機及隨和的個性，身染痼疾又加上精神負擔，因而也加速了她的夭亡。黛玉在文本中有重要的地位，故單獨成篇討論。

第一節　黛玉意象相關資料

　　黛玉在登上賈府這人生舞台之前，作者先為她敘述了一段富有玄秘色彩的神話，她是西方靈河岸上三生石畔的一株絳珠草。為了報答神瑛侍者灌溉之恩，乃隨之下凡轉世，欲以一生眼淚償還。〔註1〕

─────────

〔註 1〕那僧笑道：「此事說來好笑，竟是千古未聞的罕事。只因西方靈河岸上三生石畔，有絳珠草一株，時有赤瑕宮神瑛侍者，日以甘露灌溉，這絳珠草始得久延歲月。後來既受天地精華，復得雨露滋養，遂得脫卻草胎木質，得換人形，僅僅修成個女體，終日游於離恨天外，飢則食蜜青果為膳，渴則飲灌愁海水

　　黛玉乃賈敏之女，爲賈母之外孫女，其父林如海爲前科探花，升至蘭台寺大夫，隨後被欽點爲揚州巡鹽御史。故黛玉出身於書香官宦之族，爲鐘鼎世家之後。林如海四十歲時僅有的一個三歲兒子死了，嫡妻賈氏生了黛玉，夫妻愛如珍寶，加上黛玉自小聰穎靈秀，喜與詩書爲伴，但父母安排她讀書識字，不過假充養子之意，聊解膝下無子之嘆。賈敏去世，黛玉自幼失去母親，因而形成她憂鬱、敏感的個性，經常以淚洗面。黛玉於第三回初至賈府，判詞堪憐詠絮才及〈紅樓夢曲·枉凝眉〉屬之，第十七回大觀園題詠——杏帘在望，第二十三回寶黛共讀西廂，第二十六回黛玉泣花陰，第二十七回黛玉葬花，第二十八回賈元妃端午節賜禮，第三十四回贈帕題詩，第三十七回作海棠詩，第四十回作牙牌令，第四十一回櫳翠庵品茶，第四十五回黃昏秋霖，作〈秋窗風雨夕〉，第五十回蘆雪庵聯即景詩，第五十七回紫鵑試情，第六十三回抽花名籤——芙蓉，第七十回重建桃花社，第七十六回與湘雲凹晶舘聯句，第八十九回颦卿絕粒。第九十七回黛玉焚稿斷痴情，第九十八回黛玉魂歸離恨天。黛玉的名字即用象徵筆法，「林」爲隱者意象，「黛」本女子畫眉顏料，「黛眉」已成女性的代名詞，「玉」比喻人品之高潔。黛玉別號瀟湘妃子即源於傳說中舜之二妃娥皇，女英的故事，烘托出黛玉多愁善感，經常以淚洗面的特點。黛玉進京，與寶玉兩小無猜，深得賈母關愛，不久林如海也病故了，黛玉只好長住賈府，遂與其表兄寶玉相知相愛，發生了一段絳珠仙子淚盡而亡，神瑛侍者悟道遁世的淒迷悲劇。

　　《紅樓夢》中有關於十二正釵之圖讖，《說文解字》云：「讖，驗也。」《釋名·釋典》：「讖，纖也，其義纖微而有效應也。」因此讖乃預言吉凶得失並能應驗之文字圖記，爲隱喻結局之藝術符號。不管是文字或圖記，都是隱藏著所指的能指符號，皆爲擔負吉凶得失結局信息之符號載體，有關黛玉和寶釵的判詞云：

　　　爲湯。只因尚未酬報灌溉之德，故其五內便鬱結著一段纏綿不盡之意。恰近日這神瑛侍者凡心偶熾，乘此昌明太平朝世，意欲下凡造歷幻緣，已在警幻仙子案前掛了號。警幻亦曾問及，灌溉之情未償，趁此倒可了結的。那絳珠仙子道：『他是甘露之惠，我並無此水可還。他既下世爲人，我也去下世爲人，但把我一生所有的眼淚還他，也償還得過他了。』因此一事，就勾出多少風流冤家來，陪他們去了結此案。」
　　曹雪芹、高鶚原著，其庸等校注：《紅樓夢校注》（台北：里仁書局，1986年）第1回，頁6。

　　畫：畫著兩株枯木，木上懸著一團玉帶，又有一堆雪，雪下一股金簪。

　　詞：可嘆停機德，堪憐詠絮才。玉帶林中掛，金簪雪裡埋。〔註2〕

此為林黛玉與薛寶釵二人之圖讖。「玉帶林中掛」，「帶」與「黛」諧音，此中
涵有「林黛玉」之姓名。至於「金簪雪裡埋」，雪與薛諧音，金簪則喻寶釵，
此中亦藏有薛寶釵之姓名。首句言寶釵有樂羊子之妻斷機杼以鼓勵樂羊子精
進的美德。寶釵罕言寡語，人謂藏拙，安分隨時，自云守拙。正是封建時代
大家閨秀的典型。她鼓勵寶玉力求仕進，卻被寶玉冷落了！第二句言黛玉有
東晉謝道韞的詠絮才，然處於人際關係複雜的賈府中，雖有寶玉的支持，她
仍勢單力薄，難抵封建勢力的摧殘。此判詞圖中有兩株枯木，木上懸著一團
玉帶，寓黛玉淚枯而死，寶玉為懷念她而摒除了世俗慾念（王國維說玉象徵
欲）出家為僧。第四句"金簪"本是絢麗亮眼的首飾，卻被埋於冰冷的雪堆
中，喻寶釵婚後寶玉出家，寶釵獨守空閨的冷寞。黛玉與寶釵，一多愁善感，
一渾厚穩重；一率真重情，一深沈理智；一目下無塵，一善於營造人際。脂
評云：「釵黛合一，如言釵、玉名雖二人，人卻一身，此幻筆也。」釵、黛的
特質、命運皆不同，而最終卻都是以悲劇結局。關於《紅樓夢》的作者，王
關仕《紅樓夢研究》曾提出《紅樓夢》的作者是石頭；該書是賈寶玉自述性
的小說。曹雪芹是該書的加工者，為《紅樓夢》分出章回，增加了大量詩作，
補了些文字，理應是作者之一。〔註3〕在《紅樓夢新論》中亦云：「賈寶玉是
歷夢期的名字，石頭是述夢期的名字，脂硯齋是批夢期的代號。其實只是一
個人。」〔註4〕此理念頗值得參考。作者為何將林黛玉與薛寶釵置於同一圖讖
之中？此乃人物互補如作者之分身。凡互補人物合則一體，分則敵人。作者
將自己豐富複雜之多元性格分賦給這些人，這便是作者分身。分身乃西方表
現主義的一種創作手法，然而每個作家都不同程度的使用分身手法。人物互
補與作者分身在歌德的《浮士德》表現甚為凸出。梅菲斯特是從浮士德分化
而出，是壞的自我，是人的消極否定面，而浮士德是人積極的肯定面，然二
者正是對立互補的人物。歌德作品中不僅主角浮士德的陰鬱的、無壓的企圖，
就連那惡魔的鄙夷態度和辛辣諷刺，都代表著作者自己性格的組成部份。第
五回寶玉神遊太虛幻境，警幻帶寶玉至一香閨繡閣之中

〔註2〕曹雪芹、高鶚原著，其庸等校注：《紅樓夢校注》（台北：里仁書局，1986年）
　　　　第5回，頁86。

〔註3〕王關仕：《紅樓夢研究》（台北：東大圖書有限公司，1992年），頁127。

〔註4〕王關仕：《紅樓夢新論》（台北：三民書局，2013年），頁235。

其間鋪陳之盛，乃素所未見之物，更可駭者，早有一位女子在內，
其鮮艷嫵媚，有似乎寶釵，風流裊娜，則又如黛玉。……再將吾妹
一人乳名兼美，字可卿者許配與汝。〔註5〕

此女子（秦可卿幻影）其名曰「兼美」，黛玉與寶釵兩人均有其優缺點。兩人
都是作者自我的外化，是對立的統一。黛玉本籍之蘇州，乃東南沿海之地，
與洋人經濟、文化之交流較早，且相當頻繁，有利於新觀念之吸收，也勇於
向傳統禮教挑戰。再次者，黛玉因雙親相繼過世，有濃厚的自卑感，形成她
憂慮、敏感、多疑的個性。這孤僻高傲的個性使她無法營造豐碩的人際資源，
木石姻緣也因而凋萎，讓她含恨而終。

一、黛玉容貌

有關黛玉之貌，曹雪芹賦予她「絳珠仙子」的神話，讓她有「落花滿地
鳥驚風」的美貌，使她有融古往今來的秀美及仙凡兩界的靈慧。黛玉的體態
嬌弱、裊娜、標致、風流。當她和賈府的那些親戚會面時，

眾人見黛玉年貌雖小，其舉止言談不俗，身體面龐雖怯弱不勝，卻
有一股自然的風流態度，便知他有不足之症。〔註6〕

第三回甲戌夾批云：「為黛玉寫照。眾人目中，只此一句足矣。」至於王熙鳳
眼中的她是：

天下真有這樣標緻的人物，我今兒才算見了！況且這通身的氣派，
竟不像老祖宗的外孫女兒，竟是個嫡親的孫女。〔註7〕

第三回甲戌眉批云：「真有這樣標緻人物，出自鳳口，黛玉豐姿可知，宜作史
筆看。」在寶玉眼中則是：

兩彎似蹙非蹙罥烟眉，一雙似喜非喜含情目。態生兩靨之愁，嬌襲
一身之病。淚光點點，嬌喘微微。閒靜時如姣花照水，行動處似弱
柳扶風。心較比干多一竅，病如西子勝三分。〔註8〕

〔註5〕曹雪芹、高鶚原著，其庸等校注：《紅樓夢校注》（台北，里仁書局，1984年）
第5回，頁93。

〔註6〕曹雪芹、高鶚原著，其庸等校注：《紅樓夢校注》（台北：里仁書局，1986年）
第3回，頁46。

〔註7〕曹雪芹、高鶚原著，其庸等校注：《紅樓夢校注》（台北：里仁書局，1986年）
第3回，頁47。

〔註8〕曹雪芹、高鶚原著，其庸等校注：《紅樓夢校注》（台北：里仁書局，1986年）
第3回，頁53。

第三回甲戌眉批云：「又從寶玉目中細寫一黛玉，直畫一美人圖。」甲戌夾批亦云：「奇目妙目，奇想妙想。」寶、黛初次會面之時，寫黛玉弱不禁風的嬌態。黛玉多愁善感，體弱多病，呈現出貴族小姐的嬌弱，然而此嬌弱之軀一離開權勢的保護將隨之枯萎、凋零。「罥」是掛之意，「籠」是繞的意思，杜牧有「烟籠寒水月籠紗」之詩句，可想像那一縷輕烟繚繞於黛玉的眉宇之間。西方有石名黛，可代畫眉之墨。況這林妹妹眉尖若蹙，用取這兩個字，豈不兩妙。王府夾批：「黛玉之淚因寶玉，而寶玉贈曰顰顰，初見時亦定盟矣。」比干心靈多竅，西施病心，重點都落在「心」字上，作者暗取其意，象徵黛玉心事重重。在第五回對秦可卿的描寫中，亦間接有對黛玉之形容。

> 其鮮艷嫵媚，有似乎寶釵；風流裊娜，則又如黛玉。〔註9〕

那「嬌花」、「弱柳」是以具體的形象去想像，而「照水」、「扶風」則展現了黛玉體態有水之清明，風之飄逸，具有靈動之美。寶玉和鳳姐遭魔法暗算而中邪，眾人亂成一團時，薛蟠被黛玉美貌所吸引

> 忽一眼瞥見了林黛玉風流婉轉，已酥倒在那裡。〔註10〕

第二十五回甲戌本脂批云：「忙中寫閑，真大手眼，大章法。」黛玉有俊美的容貌，水汪汪的眼睛，含情脈脈又盈盈含露，彎彎的眉毛如一縷輕烟，眉頭微蹙，有雲烟繚繞之狀，當晴雯與碧痕拌嘴，賭氣不為拜訪的黛玉開門，黛玉被擋在門外，又聽到房內寶玉、寶釵二人的笑聲，黛玉越發傷感，也不顧蒼苔露冷，花徑風寒，獨立牆角飲泣：

> 原來這林黛玉秉絕代姿容，具希世俊美，不期這一哭，那附近柳枝
> 花朵上的宿鳥栖鴉一聞此聲，俱忒楞楞飛起遠避。〔註11〕

連宿鳥棲鴉亦與之同悲，具見其楚楚可憐之貌。文本中亦以齡官旁襯出黛玉之貌。有一天齡官畫薔，恰被寶玉遇著：

> 再留神細看，只是這女孩子眉蹙春山，眼顰秋水，面薄腰纖，裊裊
> 婷婷，大有林黛玉之態。〔註12〕

〔註9〕曹雪芹、高鶚原著，其庸等校注：《紅樓夢校注》（台北：里仁書局，1986年）
　　　　第5回，頁93。
〔註10〕曹雪芹、高鶚原著，其庸等校注：《紅樓夢校注》（台北：里仁書局，1986年）
　　　　第25回，頁398。
〔註11〕曹雪芹、高鶚原著，其庸等校注：《紅樓夢校注》（台北：里仁書局，1986年）
　　　　第26回，頁416。
〔註12〕曹雪芹、高鶚原著，其庸等校注：《紅樓夢校注》（台北：里仁書局，1986年）
　　　　第30回，頁477。

陳蛻言：

> 文官等十二人，是十二正釵之襯映，亦十二正釵之魂也，故以文領
> 班。……黛為齡影，故以齡貌相似醒之。[註13]

黛玉有咳血之疾，又因相思，午後發燒，呈現出艷若桃花之病態美：

> 林黛玉還要往下寫時，覺得渾身火熱，面上作燒，走至鏡台揭起錦
> 袱一照，只見腮上通紅，自羨壓倒桃花，卻不知病由此萌，一時方
> 上床睡去，猶拿著那帕子思索，不在話下。[註14]

黛玉的腮紅真可壓倒桃花，有「人面桃花相映紅」的詩意，且拿著帕子思索，
「絲」與「思」諧音雙關，告訴了讀者黛玉的病正因相思而起。第三十七回
〈詠白海棠〉云：「出浴太真冰作影，捧心西子玉為魂。」，生動地描繪了黛
玉的情態。第六十四回〈五美吟〉，黛玉寫了五首詩贊美五位古代的美女：西
施、虞姬、明妃、綠珠、紅拂。第一位即提到西施，可見其對西施的仰慕。
眾人眼中，黛玉亦如西施。興兒對二尤介紹黛玉云：

> 一肚子文章，只是一身多病，這樣的天，還穿夾的，出來風兒一吹
> 就倒了，我們這起沒王法的嘴都悄悄的叫他「多病西施」。[註15]

王善保造謠晴雯，王夫人聽了忙問道：

> 上次我們跟了老太太進園逛去，有一個水蛇腰、削肩膀、眉眼又有
> 些像你林妹妹的，正在那裡罵小丫頭。我的心裡很看不上那狂樣子，
> 因同老太太走，我不曾說得。後來要問是誰，又偏忘了。今日對了
> 坎兒，這丫頭想必就是他了。[註16]

解盦居士言：

> 晴雯一小黛玉也。黛玉來賈府正興，黛玉亡賈府即敗，晴雯至園中
> 正盛，晴雯死園中即衰，正是一樣文字。芙蓉花神非真指晴雯也。……
> 又晴雯者，青天白日毫無暗昧者也。以之表黛玉之心，比黛玉之品，
> 允矣。即以晴雯己身而論，亦頗名副其實，觀黛玉晴雯臨死之言可

〔註13〕陳蛻：《憶夢樓石頭記》一粟編《紅樓夢卷·卷三》（北京：中華書局，1985
年），頁274。

〔註14〕曹雪芹、高鶚原著，其庸等校注：《紅樓夢校注》（台北：里仁書局，1986年）
第34回，頁525。

〔註15〕曹雪芹、高鶚原著，其庸等校注：《紅樓夢校注》（台北：里仁書局，1986年）
第65回，頁1033。

〔註16〕曹雪芹、高鶚原著，其庸等校注：《紅樓夢校注》（台北：里仁書局，1986年）
第74回，頁1156。

知。又晴雯者，光明磊落之象也，故以之擬黛玉心地人品。〔註17〕
晴雯、齡官都是黛玉的影子，曹雪芹描繪了兩位的身影，把黛玉形象襯托得
更具體，續作者對黛玉這角色是情有獨鍾。贊黛玉形象云：「亭亭玉樹臨風立，
冉冉香蓮帶露開。」〔註18〕從寶玉眼中對黛玉裝束的贊美，玉樹比喻身材美
好，語出杜甫〈飲中八仙歌〉：「宗之瀟洒美少年，舉觴白眼望青天，皎如玉
樹臨風前。」此類贊語舊時通俗小說經常可見。贊黛玉臨鏡云：「瘦影正臨春
水照，卿須憐我我憐卿。」〔註19〕此乃黛玉病中照鏡，顧影自憐之語。語出
明代《小青傳》謂小青早慧，工詩，十六歲嫁馮生，為生婦所嫉，命小青別
居孤山，有楊夫人者勸小青別嫁，不從，哀婉成疾。命畫師畫像，自奠而卒，
葬西湖孤山，年十八。所傳馮小青全詩云：「新妝欲與畫圖爭，知在昭陽第幾
名？瘦影自臨春水照，卿須憐我，我憐卿。」文本中之詩句乃受此詩之啟發。
嘆黛玉病云：「心病終須心藥治，解鈴還須繫鈴人。」〔註20〕黛玉竊聽得雪雁
向紫鵑言寶玉同一知府家女兒訂了親，便茶飯不盡，心灰意冷，頓時病勢沈
重，後來知是誤會，病也漸退。故作者發此感歎。水汪汪的眼睛，兩彎似蹙
非蹙籠烟眉，動如弱柳扶風，靜若嬌花照水，這風流裊娜的風姿，壓倒桃花
的容貌加上才華橫溢，對黛玉形象的書寫，作者並不著重其外貌形體的描繪，
而是重其內在神韻風采，呈顯著她的靈心慧質及詩意形象，詩文化精髓積澱
於黛玉一身，曹雪芹筆下的林黛玉是個詩樣的人物。

二、黛玉服飾

　　藝術是表現人類情感的符號，色彩正是以象徵符號承載人的思想情感，
日常生活中，色彩是很普遍的美感經驗，人們對色彩的喜好，往往能反應其
情感深處的幽微特質，因此藝術家往往敷色施彩，以色寫情。

　　有關色彩在文學作品中之運用，《文心雕龍·物色》云：「是以詩人感物，
聯類不窮。流連萬象之際，沈吟視聽之區，寫氣圖貌，既隨物以宛轉；屬采

〔註17〕解盦居士：《石頭臆記》《紅樓夢卷·卷三》（北京：中華書局，1985年），頁
　　　　188。
〔註18〕曹雪芹、高鶚原著，其庸等校注：《紅樓夢校注》（台北：里仁書局，1986年）
　　　　第89回，頁1402。
〔註19〕曹雪芹、高鶚原著，其庸等校注：《紅樓夢校注》（台北：里仁書局，1986年）
　　　　第89回，頁1405。
〔註20〕曹雪芹、高鶚原著，其庸等校注：《紅樓夢校注》（台北：里仁書局，1986年）
　　　　第90回，頁1411。

附聲，亦與心而徘徊。故灼灼狀桃花之鮮，依依盡楊柳之貌，杲杲為日出之容，漉漉擬雨雪之狀，喈喈逐黃鳥之聲，喓喓學草蟲之韻。」色彩在文學作品中有重要的地位，桃花之粉嫩，楊柳之青，日出之火紅，黃鳥之絢爛，雨雪之霏霏，皆顯示著色彩的賞心悅目，劉勰更把五色作為立文的第一要義。《文心雕龍‧情采》云：「立文之道其理有三，一曰形文，五色是也；二曰聲文，五音是也；三曰情文，五性是也。」可見色彩在文學創作中的重要性。古代對文學作品色彩之描繪，《詩經》《楚辭》即有之，如〈周南‧桃夭〉云：「桃之夭夭，灼灼其華」，〈秦風‧蒹葭〉亦云：「蒹葭蒼蒼，白露為霜。」《楚辭‧九章‧橘頌》又云：「青黃雜糅，文章爛兮。精色內白，類可任兮。」這都是向世人展現色彩魅力的句子。至唐朝王維〈田園樂〉也云：「桃紅復含宿雨，柳綠更帶朝烟。」均有強烈的色彩對比。孟浩然〈過故人莊〉云：「綠樹村邊合，青山郭外斜。」李白〈宮中行樂詞〉又云：「柳色黃金嫩，梨花白雪香。」〈送友人〉：「青山橫北郭，白水繞東城。」杜甫〈江畔獨步尋花〉：「桃花一簇開無主，可愛深紅愛淺紅。」〈奉酬李都督表丈早春作〉更云：「紅入桃花嫩，青歸柳色新。」至劉禹錫〈楊柳枝〉云：「迎得春光先到來，淺黃輕綠映樓台。」〈望洞庭〉亦云：「遙望洞庭山水色，白銀盤裡一青螺。」白居易〈憶江南〉云：「日出江花紅似火，春來江水綠如藍。」此外范仲淹〈蘇幕遮〉又云：「碧雲天，黃葉地，秋色連波，波上寒烟翠。」王安石〈泊船瓜洲〉也云：「春風又綠江南岸。」李清照〈如夢令〉：「知否？知否？應是綠肥紅瘦。」宋祁〈玉樓春‧春景〉更云：「綠楊煙外曉寒輕，紅杏枝頭春意鬧。」這些色彩字的書寫，引發不同的視覺效果，也對讀者喚起不同的情緒，達到作者表情達意的目的。文本中的色彩字，如果調配得當，意象的視覺效果就能呈現靈動及美的氛圍。南齊時，謝赫即有「隨類賦彩」的主張。色彩能喚起人類普遍的情緒，每種色彩又可引發不同的情緒。色彩書寫雖是一種視覺摹寫，卻常牽連著作者內心的隱秘和角色的生活經驗，《紅樓夢》中色彩描繪扮演著重要的角色，不時出現於人物服飾、園林風景及花草樹木、日常用品的描寫中。借色傳情恰是《紅樓夢》中的一大特徵，以服飾色彩為例：

　　《紅樓夢》裡曹雪芹通過服飾與色彩描述來傳達人物的情感、氣質及美學意涵。且服飾是最貼近人體的物質材料，也最能直接而明顯地傳述自我的表徵。《紅樓夢》在描寫服飾時就充分表現這特色，讓不同個性的人在服飾上反應不同的風貌。因此服飾意象也可看做個性化的心理書寫。

　　《紅樓夢》中細膩而精緻的服飾描繪和曹雪芹的身世背景有密切關係，曹雪芹所處的年代大約是清乾隆時期，其家族從他曾祖父曹璽於康熙二年（1663 年）出任「江寧織造」起，歷經其祖父曹寅、伯父曹顒和父親曹頫，三代四人任此職達約六十五年。他們在任上同時負有幫皇上搜括山珍海味、文玩古董的任務，這特殊的成長環境，使他在耳濡目染下，蘊育了豐富的創作資源。

　　黛玉是位聰明靈秀，不染塵俗的世外仙姝，曹雪芹大膽的創造個衣紅的黛玉形象，讓她穿紅衣、詠桃花，甚至在題帕詩時「腮上通紅，真合壓倒桃花」。在《紅樓夢》中有關黛玉服飾有三次描寫，前兩次是曹雪芹手筆，而第三次則為續作者所寫。第一次為黛玉至梨香院：

　　　寶玉因見她外面罩著大紅羽緞對衿褂子。〔註21〕

黛玉不僅衣紅，且蓋杏子紅綾被，後又在窗上糊銀紅的霞影紗。大紅是黛玉服飾的主色，這不僅是賈府喜愛紅色，也寄託了她美好的願望。第二次為在蘆雪庵賞雪：

　　　黛玉換上掐金挖雲紅香羊皮小靴，罩了一件大紅羽紗面白狐狸皮的
　　　鶴氅，束一條青金閃綠雙環四合如意絛，頭上罩了雪帽。〔註22〕

「紅香小靴」，有視覺的紅艷和嗅覺的芳香，加上青金閃綠如意絛，更凸顯了黛玉的衣著品味。至於第三次的描繪則出自高鶚的手筆：

　　　黛玉身上穿著月白繡花小毛皮襖，加上銀鼠坎肩，頭上挽著隨常雲
　　　髻，簪上一枝赤金匾簪，別無花朵……腰下繫著楊妃色繡花綿裙。」

　　　〔註23〕

白色皮襖、銀鼠坎肩、楊妃色綿裙，白色與銀色顯出她冷傲、清高幽怨的性格，然而楊妃色表現粉紅，雖屬柔美，但與他一向所穿之紅色卻又不搭。在二十七回「滴翠亭楊妃戲彩蝶，埋香塚飛燕泣殘紅」中，曹雪芹把寶釵比作楊貴妃，黛玉比作趙飛燕，而在此回卻描寫她穿的是楊妃色，應是不同作者所寫的關係。黛玉自我色彩敘述的核心是一個「茜」字，七十四回黛玉在〈桃

〔註21〕曹雪芹、高鶚原著，其庸等校注：《紅樓夢校注》（台北：里仁書局，1986 年）第 8 回，頁 144。

〔註22〕曹雪芹、高鶚原著，其庸等校注：《紅樓夢校注》（台北：里仁書局，1986 年）第 8 回，頁 752。

〔註23〕曹雪芹、高鶚原著，其庸等校注：《紅樓夢校注》（台北：里仁書局，1986 年）第 89 回，頁 1402。

花行〉中云：「凭欄人向東風泣，茜裙偷傍桃花立」這身著茜裙的女子即是黛玉自我形象之寫照。七十九回黛玉對寶玉說：「咱們如今都霞影紗糊的窗欄何不說茜紗下。」這「茜紗」、「茜裙」正是神界中絳珠仙草色彩的現實投影。

能染出「茜」色是一種特別的草。《說文解字》：「茹蘆人血所生，可以染絳。」由此可知茜是血流生長之物，茜草正影射了黛玉的性格與經歷。《段注》云：「茜，一名紅藍，其花染繪赤黃，此即今之紅花。」陳藏器云：「茜與蘘荷皆《周禮》攻蠱嘉草之最。」〔註24〕故茜不只鮮紅，也是清潔不同流合污的。李時珍在《本草綱目》云：「茜草十二月生，外有細刺，七八月開花，結如小椒大。」《漢官儀》：「染園出芝，供染御服，通作蘆。」由此可知茜草生於苦寒之月，細刺和小椒一樣的果實正顯其不馴服的個性，且既為染御服之色，可見其代表著高貴，這也是黛玉之特質。黛玉的悲劇可說是鬥士的壯烈，杜鵑啼血，黛玉嘔血，她毫不妥協的抗爭，她的死是陣地戰者的哀歌。關於悲壯，亞里斯多德（Aristotle, BC384-322）以倫理或道德建立的悲壯理論是值得參考的：「不幸之降臨於他卻非由於罪惡與敗壞，而係由於某種判斷上的過失」〔註25〕，黛玉傲然不屈的個性，不管其為是為非，而其蠟炬成灰淚始乾之情境，是悲壯的，引人哀憐的。黛玉的衣色以紅色為主體，環境色則以綠為主，紅與綠是互補色，把這兩種顏色統一起來正寄託了作者對寶黛二人愛情的美好祝福。而且綠與紅之搭配，不正是絳珠仙草之真容。她衣紅，蓋的是杏子紅的綾被，窗上糊的是銀紅的霞影紗，披的是大紅羽紗面白狐狸皮的鶴氅，腳穿的是紅香羊皮小靴，「紅香」二字更是視覺上的紅艷和嗅覺上的芬芳的通感摹寫。曹雪芹筆下的黛玉儘管飽受「風刀霜劍嚴相逼」，是哀怨的、淒涼的，然而她依然是亮麗的、鮮明的、愛紅、衣紅是她對美好願望的期待，然而讓如此女子淚盡而逝則更顯出此悲劇文本的淒愴力度。

〔註24〕〔東漢〕許慎著，段玉裁注：《說文解字經‧一篇下二十》（台北：藝文印書館，1974年），頁31。

〔註25〕Aristotle 著，姚一葦譯：《On Poetiss》《詩學箋註》（台北：中華書局，1986年8月）頁108。
「悲劇時而引發起哀憐與恐懼之情緒，從而使這種情緒得到發散」頁67。
「悲劇英雄應有某種重大過失或出於判斷的過失……亞氏認為這過失所造成的不幸最易引起人們的饒恕與哀憐，是故越是偉大的悲劇越能顯露人類靈魂的深處，越能發掘出人的內在的隱秘，亦最能引起吾人之哀憐與恐懼。」頁112。

三、黛玉詩才

　　黛玉詩詞表達了對自由戀愛和美好生活的熱烈追求，也是對命運的頑強抗爭，她的每首詩都是纏綿悲切、低徊顧影的基調，但我們並不覺其繁複、累贅，因其多重的吟詠，是基於一種主旋律的合奏，此一唱三嘆之妙才能盡情。詩詞是《紅樓夢》表現人物性格的重要藝術手段，曹雪芹在文本中為黛玉安排的每一首詩詞創作都是獨具匠心的與黛玉的性格特點及其所處的客觀環境融為一體。作者每寫一人，都是胸有丘壑。有關黛玉詩詞介紹如下：

大觀園題詠──〈世外仙源〉（匾額）

　　　名園築何處？仙境別紅塵。借得山川秀，添來景物新。香融金谷酒，

　　　花媚玉堂人。何幸邀恩寵，宮車過往頻。〔註26〕

詩中讚美大觀園景色秀美，處處清新，認為元妃歸省所開的盛大筵宴可媲美晉代石崇在金谷園的豪宴，花兒也為了取悅玉堂人元春開得如此的嬌艷，黛玉是大觀園中第一才女，難怪元妃看後笑說：「終是薛、林二妹之作與眾不同。非愚姊妹可同列者。」

〈杏帘在望〉──林黛玉代擬

　　　杏帘招客飲，在望有山莊。菱荇鵝兒水，桑榆燕子樑。一畦春韭綠，

　　　十里稻花香。盛世無飢餒，何須耕織忙？〔註27〕

杏帘在望即稻香村，這兒一洗富貴華麗氣象，詩是黛玉代寶玉作。詩風瀟洒流暢，渾然天成。元妃贊為「前三首之冠」。元妃以此詩改浣葛山莊為稻香村。具見黛玉之功力。

〈題寶玉續莊子文後〉

　　　無端弄筆是何人？作踐南華《莊子因》

　　　不悔自己無見識，却將醜語怪他人！〔註28〕

襲人見寶玉終日至黛玉湘雲處，不以為然乃訴諸寶釵與寶釵皆遠離寶玉。寶玉陷入苦惱，乃從莊子思想中尋求解脫。寶玉的續文雖只是一時戲語，却已

〔註26〕曹雪芹、高鶚原著，其庸等校注：《紅樓夢校注》（台北：里仁書局，1986 年）
　　　　第 17～18 回，頁 276。
〔註27〕曹雪芹、高鶚原著，其庸等校注：《紅樓夢校注》（台北：里仁書局，1986 年）
　　　　第 17～18 回，頁 278。
〔註28〕曹雪芹、高鶚原著，其庸等校注：《紅樓夢校注》（台北：里仁書局，1986 年）
　　　　第 21 回，頁 330。

在其腦海中有「虛無」思想之根苗，對其日後「懸崖撒手」作了伏筆，而黛玉以打油詩嘲笑他，見具兩者情感的親暱及黛玉才思的敏捷。

〈參禪偈〉（賈寶玉作，林黛玉續）

你証我証，心証意証，是無有証，斯可云証。無可云証，是立足境，無立足境，是方乾淨。〔註29〕

觀戲時，湘雲口快，言演戲者「倒像林妹妹的模樣兒」，寶玉怕惱了黛玉，便向湘雲使了眼色，而惹惱了湘雲，當寶玉解釋時，被黛玉聽到了，也向他發脾氣。寶玉兩面受氣，無奈之餘作了此偈。隔天黛玉看了，云偈末二句「還未盡善」便又續了兩句。〈參禪偈〉中既是禪理，也是讖語，看似遊戲性的文字，其實是語涉雙關，暗寓著人事，即寶黛間愛情歷程的隱語。後來寶玉流落在外杳無訊息，終至「懸崖撒手」，都應了「無可云証」的話，而黛玉所云「無立足境方是乾淨」和禪偈「應無所住，而生其心」有異曲同工之妙。

〈嘆黛玉花陰偷泣聯語並詩〉

聯語：花魂默默無情緒，鳥夢痴痴何處驚。

詩：顰兒才貌世應稀，獨抱幽芳出繡閨。

嗚咽一聲猶未了，落花滿地鳥驚飛。〔註30〕

黛玉晚上到怡紅院探望寶玉，晴雯沒聽到她的叫門聲，沒為黛玉開門，加上黛玉又聽到寶釵在怡紅院中同寶玉有說有笑，更使黛玉引發父母雙亡寄居賈府的思鄉離愁。這首聯語和詩表達了作者對一多病、多情、離鄉背井孤零零的站於花蔭下的女子的深切同情。

〈葬花吟〉

花謝花飛花滿天，紅消香斷有誰憐？游絲軟繫飄春榭，落絮輕沾撲繡簾。閨中女兒惜春暮，愁緒滿懷無釋處；手把花鋤出繡簾，忍踏落花來復去？柳絲榆莢自芳菲，不管桃飄與李飛；桃李明年能再發，明年閨中知有誰？三月香巢已壘成，梁間燕子太無情！明年花發雖可啄，卻不道人去樑空巢也傾。一年三百六十日，風刀霜劍嚴相逼；明媚鮮妍能幾時，一朝漂泊難尋覓。花開易見落難尋，階前悶殺葬

〔註29〕曹雪芹、高鶚原著，其庸等校注：《紅樓夢校注》（台北：里仁書局，1986年）第 22 回，頁 344。

〔註30〕曹雪芹、高鶚原著，其庸等校注：《紅樓夢校注》（台北：里仁書局，1986年）第 26 回，頁 416。

花人；獨倚花鋤淚暗灑，灑上空枝見血痕。杜鵑無語正黃昏，荷鋤
歸去掩重門；青燈照壁人初睡，冷雨敲窗被未溫。怪奴底事倍傷神？
半爲憐春半惱春；憐春忽至惱忽去，至又無言去不聞。昨宵庭外悲
歌發，知是花魂與鳥魂？花魂鳥魂總難留，鳥自無言花自羞；願奴
脅下生雙翼，隨花飛到天盡頭。天盡頭，何處有香丘？未若錦囊收
艷骨，一抔淨土掩風流；質本潔來還潔去，強於污淖陷渠溝。爾今
死去儂收葬，未卜儂身何日喪？儂今葬花人笑痴，他年葬儂知是誰？
試看春殘花漸落，便是紅顏老死時；一朝春盡紅顏老，花落人亡兩
不知！〔註31〕

此詩仿效初唐體歌行，如初唐劉希夷〈代悲白頭翁〉曾云：「今年花落顏色改，明年花開復誰在。」「年年歲歲花相似，歲歲年年花不同。」之句對曹雪芹均應有所啟發。至於情節方面，明代唐寅曾將牡丹花「盛以錦囊，葬於藥欄東畔」之事及曹雪芹祖父曹寅有「百年孤塚葬桃花」詩句，對曹雪芹均應有所影響。清人明義〈題紅樓夢〉詩中明確視之爲讖語：「傷心一首葬花詞，似讖成眞自不知。安得返魂香一縷，起卿沈痼續紅絲」此詩不僅是黛玉一人之詩讖，亦爲大觀園群芳之詩讖亦可見明義所見原稿是黛玉先死。隨著賈府的沒落，大觀園群芳也隨之陷於污淖之中。曹雪芹此〈葬花吟〉不但是爲黛玉而哭，亦爲「千紅一哭」，「萬艷同悲」。黛玉葬花的意象象徵諸艷的飄零與被埋，〈葬花吟〉則是作者借黛玉之哭爲「群芳碎」預寫的輓歌！〈葬花吟〉是黛玉感嘆身世遭遇之作，是曹雪芹借以塑造黛玉此藝術形象，表現其性格特徵的重要作品，表現的是一種生命孤獨的深沈感嘆，是個體的存在與她生存環境對立根植於內心深處的孤獨感。〈葬花吟〉在哀婉中，鼓盪著不平之氣。藉此詩黛玉把對命運的鬱恨與不屈服抒發出來，是她命運的讖語，也是她生命的吶喊。

〈題帕三絕句〉

眼空蓄淚淚空垂，暗灑閒拋卻爲誰？
尺幅鮫綃勞解贈，叫人焉得不傷悲！（其一）
拋珠滾玉只偷潸，鎮日無心鎮日閒；
枕上袖邊難拂拭，任他點點與斑斑。（其二）

〔註31〕曹雪芹、高鶚原著，其庸等校注：《紅樓夢校注》（台北：里仁書局，1986年）
第 27 回，頁 428。

彩線難收面上珠，湘江舊跡已模糊；

窗前亦有千竿竹，不識香痕漬也無？（其三）〔註32〕

太愚先生曾云：「那舊帕子上被寫上了這姑娘吟詠眼淚的詩句。手帕，這由於人的意識所製成的情感信物，正和那由於天的命定所製的通靈玉、金鎖、金麒麟，作了一個對照。以精神結合作爲主幹的寶黛戀愛形態到此已無可再發展了。」〔註33〕《紅樓夢》的服飾配件往往是情節發展的關鍵線索，有時鮮明，有時隱諱，共同推動小說情節的發展。寶玉挨打後　最傷心的是黛玉。寶玉昏睡中聽到悲切之聲，醒來細認來人「只見兩個眼睛腫得桃兒一般，滿面淚光。」知是黛玉，倒推說自己疼痛是假的，安慰她一番。黛玉走後，寶玉心中惦念，乃支開襲人，命晴雯送兩條舊絹帕爲名前去探望黛玉，黛玉乃於絹上題詩，此三首絕句在於感情之眞，坦誠的書寫出愛情的詩篇，這可說是對封建禮教的叛逆與控訴。

〈詠白海棠詩〉

半捲湘簾半掩門，碾冰爲土玉爲盆。

偷來梨蕊三分白，借得梅花一縷魂。

月窟仙人縫縞袂，秋閨怨女拭啼痕。

嬌羞默默同誰訴，倦倚西風夜已昏。〔註34〕

首聯碾冰一句由花之高潔白淨，想像栽培它的應不是一般的泥土、瓦盆，呈現出白海棠的冰清玉潔。頷聯言海棠有梨花之白，及梅花之韻。〔宋〕盧梅坡〈雪梅〉云：「梅須遜雪三分白，雪卻輸梅一段香。」與此聯有異曲同工之妙。頸聯月窟指月中仙境，縞袂可指白絹做成的衣服。然蘇軾〈梅花〉亦以縞袂喻花：「月黑林間逢縞袂」，此詩中借以比喻白海棠。眾人看了此詩「都道是這首爲上」，李紈卻說：「若論風流別致，自是這首；若論含蓄渾厚，終讓蘅稿。」李紈評價未必公允，但也道出了林、薛二人詩的特點。而寶玉最理解黛玉詩之內蘊，要求重評，只是被李紈頂了回去。〈詠白海棠〉：「偷來梨蕊三分白，借得梅花一縷魂。」白海棠的純潔，相對的也是對世俗的反抗，也正是她性格的描繪。

〔註32〕曹雪芹、高鶚原著，其庸等校注：《紅樓夢校注》（台北：里仁書局，1986年）第34回，頁525。

〔註33〕王昆侖（太愚、松青）：《紅樓夢人物論》（台北：里仁書局，2008年）頁53。

〔註34〕曹雪芹、高鶚原著，其庸等校注：《紅樓夢校注》（台北：里仁書局，1986年）第37回，頁563。

菊花詩：

> 無賴詩魔昏曉侵，繞籬敧石自沈音，
>
> 毫端蘊秀臨霜寫，口齒噙香對月吟。
>
> 滿紙自憐題素怨，片言誰解訴秋心？
>
> 一從陶令平章後，千古高風說到今。〔註35〕——〈詠菊〉

頸聯之素怨即秋怨，素亦有高潔之義。素怨、秋心皆借菊的孤傲抒發自己的情懷。至於尾聯一從，乃自從之義，平章乃議論之義，借說吟詠。自陶潛後，文人詠菊皆比爲隱逸或君子，贊歎不畏風霜、孤高自芳總喜歡以菊及陶淵明諸意象呈顯。黛玉三首詩中以詠菊爲第一。「滿紙自憐題素怨，片言誰解訴秋心？」是林黛玉的泣訴，也是曹雪芹的心聲。

> 欲訊秋情眾莫知，喃喃負手叩東籬；
>
> 孤標傲世偕誰隱，一樣花開爲底遲。
>
> 圃露庭霜何寂寞？鴻歸蛩病可相思，
>
> 休言舉世無談者，解語何妨片語時。〔註36〕——〈問菊〉

〈問菊〉：「孤標傲世偕誰隱，一樣花開爲底遲？」她有超群出眾的丰采及不與卑污世風同流合污的性格，菊花正是她思想性格的寫照。此首最能表現黛玉的個性，圃露庭霜與〈葬花吟〉中的「風刀霜劍」相呼應，「鴻歸蛩病」則書寫她苦悶彷徨的心情。詩中頷聯、頸聯、尾聯全爲問句，誠如湘雲所言：「眞把個菊花問得無言可對。」這「孤標傲世偕誰隱，一樣花開爲底遲？」道出了他清高孤傲，目下無塵的品格，亦可說是黛玉憤懣的控訴。

> 籬畔秋酣一覺清，和雲伴月不分明，
>
> 登仙非慕莊生蝶，懷舊還尋陶令盟。
>
> 睡去依依隨雁斷，驚回故故惱蛩鳴，
>
> 醒時幽怨同誰訴，衰草寒烟無限情。〔註37〕——菊夢

菊夢寫的是黛玉夢幻般的情思。「和雲伴月」呈現的是不祥之兆，而「登仙」更是死亡的代詞。死去登上仙籍並不是黛玉所期望的，重結「木石前盟」才

〔註35〕曹雪芹、高鶚原著，其庸等校注：《紅樓夢校注》（台北：里仁書局，1986年）第38回，頁586。

〔註36〕曹雪芹、高鶚原著，其庸等校注：《紅樓夢校注》（台北：里仁書局，1986年）第38回，頁586。

〔註37〕曹雪芹、高鶚原著，其庸等校注：《紅樓夢校注》（台北：里仁書局，1986年）第38回，頁587。

是她眞正的願望。頸聯、尾聯淒迷之氛圍也爲黛玉的結局作了暗示。

〈螃蟹詠〉

鐵甲長戈死未忘，堆盤色相喜先嘗，

螯封嫩玉雙雙滿，殼凸紅脂塊塊香。

多肉更憐卿八足，助情誰勸我千觴？

對斯佳品酬佳節，桂拂清風菊帶霜。〔註38〕

詠蟹詩有嘲罵諷刺的色彩。諷刺的是世上的惡勢力。「鐵甲長戈死未忘」，罵惡人縱然死去也不改其本相，眞是罵得淋漓透徹。「堆盤色相喜先嚐」，把牠吃了，便嚼爛牠，充分表現對凶惡之徒的嘲弄。儘管如此，大觀園群芳終究是千紅一哭，萬艷同悲，皆毀於她們所無力招架的封建勢力。

黛玉的牙牌令

《紅樓夢》第四十回賈母兩宴大觀園，席上行酒令，由鴛鴦口宣牙牌令，即以牙牌作爲酒令，眾人分別答對。部分答對的詞句或詩句與其人性格或情節有關，有讖語性質。

左邊一個天──良辰美景奈何天

中間「錦屏」顏色俏──紗窗也沒有紅娘報

剩了「二六」八點齊──雙瞻玉座引朝儀

湊成「籃子」好採花──仙杖香挑芍藥花〔註39〕

「良辰美景奈何天，賞心樂事誰家院」乃湯顯祖《牡丹亭‧驚夢》中女主角杜麗娘所唱之句。《牡丹亭》爲反對舊禮教及封建婚姻制度之作，被道學家視爲淫書，至於「紗窗也沒有紅娘報」則改自王實甫《西廂記》第一本第四折「侯門不許老僧敲，紗窗外定有紅娘報。」黛玉之令多化自《牡丹亭》、《西廂記》當時被視爲「淫詞艷曲」的詞句，應是對純文學作品的喜好，及正處於與寶玉戀愛的氛圍，但也惹來寶釵的取笑。第三句引自杜甫〈紫宸殿退朝口號〉：「戶外昭容紫袖垂，雙瞻御座引朝儀。」寫皇帝早朝接見百官的情形，上二下六，八點整齊排列像眾官分兩行朝見皇帝。至於末句的「仙杖香挑芍藥花」，芍藥代表愛情，《詩經‧鄭風‧溱洧》：「維士與女，伊其相謔，贈之

〔註38〕曹雪芹、高鶚原著，其庸等校注：《紅樓夢校注》（台北：里仁書局，1986年）第38回，頁589。

〔註39〕曹雪芹、高鶚原著，其庸等校注：《紅樓夢校注》（台北：里仁書局，1986年）第40回，頁624。

以芍藥」，古之男女相贈芍藥以結情好，故此句暗示著「木石前盟」。黛玉以一介孤女，寄居賈府，縱是錦衣玉食也難解鄉愁。二句影射了木石前盟之苦境。賈家上下在賈母與王夫人首肯之下皆趨向金玉良緣，寶釵又有母親與哥哥為其張羅，木石前盟更是孤單奮鬥了，末句仙杖香挑芍藥花，隱喻了黛玉傷春葬花，葬花亦如葬黛玉矣！當寶玉與寶釵成婚之日，亦是黛玉香消玉殞之時。

〈代別離・秋窗風雨夕〉

> 秋花慘淡秋草黃，耿耿秋燈秋夜長；
> 已覺秋窗秋不盡，那堪風雨助淒涼。
> 助秋風雨來何速？驚破秋窗秋夢綠；
> 抱得秋情不忍眠，自向秋屏移淚燭。
> 淚燭搖搖爇短檠，牽愁照恨動離情；
> 誰家秋院無風入？何處秋窗無雨聲？
> 羅衾不奈秋風力，殘漏聲催秋雨急；
> 連宵脈脈復颼颼，燈前似伴離人泣。
> 寒烟小院轉蕭條，疏竹虛窗時滴瀝；
> 不知風雨幾時休，已教淚灑窗紗濕。〔註40〕

黛玉病臥瀟湘館，秋夜聽雨聲淅瀝，乃於燈下閱《樂府雜稿》，見〈秋閨怨〉、〈別離怨〉諸詞，不覺心有所感乃發為章句成〈代名離〉一首，擬初唐體歌行〈春江花月夜〉名其詞為〈秋窗風雨夕〉。此類詩格喜鋪陳渲染，再三詠嘆，故主體事物會不斷在詩中重複出現。如此詩「秋」字出現十五次，「風」、「雨」也各有五次，且押韻，喜四句一轉。此詩表現了黛玉對未來命運的隱約預感，預感到她短暫的青春年華即將消逝。曹雪芹一向擅於草蛇灰線之寫法，黛玉後來的淚盡而死，〈秋窗風雨夕〉可說是一次重要的鋪墊。尤其黛玉寫完詩後見寶玉進來，打扮得像個漁翁，也把自己比做「畫兒上畫的和戲上扮的漁婆」因而羞紅了臉，關於此情節描述，脂批云：「妙極之文！使黛玉自己直說出夫妻來，卻又云：「畫的」「扮的」，本是閒談卻是暗隱不吉之兆，所謂「畫中愛寵」是也。」脂批所言誠妙。

〔註40〕曹雪芹、高鶚原著，其庸等校注：《紅樓夢校注》（台北：里仁書局，1986年）
　　　　第 45 回，頁 696。

〈燈謎詩〉

暖香塢中所製的燈謎，小說中並沒有交代謎底。作者所欲表達的意涵，也只有由讀者體會：

> 騄駬何勞縛紫繩？馳城逐塹勢猙獰。
>
> 主人指示風雷動，鰲背三山獨立名。〔註41〕

騄駬乃千里馬名，傳說爲周穆王八駿之一，奔騰起來有不可羈勒之勢。謎中當喻黛玉才華橫溢，又不滿封建禮教的束縛。風雷動喻重大事變發生，鰲背三山乃傳說中海上仙山，這些山在虛無縹緲間，是無法尋求的，正如絳珠仙子在人間無立足之地。

酒令

第六十二回寶玉、平兒、寶琴、岫煙一起過生日，便於紅香圃壽筵行酒令，酒令是一種射覆，湘雲提出酒令規則：酒面（喝酒前）要一句古文，一句舊詩，一句骨牌名，一句曲牌名，還要時憲書（舊時曆書）上的話，共湊成一句話。酒底（喝完酒）要關人事的果菜名。席間黛玉之酒令爲：

> 落霞與孤鶩齊飛，風急江天過雁哀。卻是一隻折足雁，叫得人九迴
>
> 腸，這是鴻雁來賓，榛子非關隔院砧，何來萬戶搗衣聲。〔註42〕

此酒令首句出自唐王勃〈滕王閣序〉：「落霞與孤鶩齊飛，秋水共長天一色。」第二句改用陸游〈寒夕〉：「風急江天無過雁，月明庭戶有疏砧。」第三句爲骨牌名，第四句爲曲牌名，語本司馬遷〈報任少卿書〉：「腸一日而九迴。」爲愁極之詞。第五句爲舊時曆書之語。《禮記‧月令》云：「季秋之月，鴻雁來賓。」

酒令也是依人物性格，爲命運塗上象徵性的色彩。「過雁哀」、「折足雁」、「九迴腸」諸詞句反映了她平日之愁思，也預示了她未來的命運。尤其：「鴻雁來賓」預示著霜期之時也將是她「花落人亡」之日。此酒令之句子部份與雁有關。黛玉與雁的關係是密切的，黛玉的酒令可說是刻意營造，以雁來塑造自我。雁有孤單、處境艱險、哀鳴、鄉愁之特質，而這些也正是黛玉形象性格之寫照。

〔註41〕曹雪芹、高鶚原著，其庸等校注：《紅樓夢校注》（台北：里仁書局，1986年）第 50 回，頁 776。

〔註42〕曹雪芹、高鶚原著，其庸等校注：《紅樓夢校注》（台北：里仁書局，1986年）第 62 回，頁 961。

黛玉之花名籤──芙蓉，題「風露清愁」

《紅樓夢》第六十三回〈壽怡紅群芳開夜宴〉之花名籤與其人命運之吻合，表現在籤出處的舊詩句上，因此這些詩句即有詩讖性質，有其神秘性與預言性。舊詩句為「莫怨東風當自嗟」此詩句出自〔宋〕歐陽修〈明妃曲再和王介甫〉，其末尾六句云：「明妃去時淚，洒上枝上花，狂風日暮起，飄泊落誰家，紅顏勝人多薄命，莫怨東風當自嗟。」此四句若與黛玉〈柳絮詞〉：「飄泊亦如人命薄」、「嫁與東風春不管，憑爾去，忍淹留」及寶玉〈芙蓉女兒誄〉：「紅綃帳裡，公子多情；黃土壟中，卿何薄命。」合看，狂風、飄泊、東風、紅顏命薄、及芙蓉皆預示著黛玉之命運。黛玉的紅顏薄命，正如那「枝上花」，禁不起狂風（封建勢力）的摧折，終至淚盡而逝。

〈五美吟〉

> 一代傾城逐浪花，吳宮空自憶兒家，
> 效顰莫笑東村女，頭白溪邊尚浣紗。──西施
> 腸斷烏騅夜嘯風，虞兮幽恨對重瞳，
> 黥彭甘受他年醢，飲劍何如楚帳中？──虞姬
> 絕艷驚人出漢宮，紅顏薄命古今同，
> 君王縱使輕顏色，予奪權何畀畫工。──明妃
> 瓦礫明珠一例拋，何曾石尉重嬌嬈？
> 都緣頑福前生造，更有同歸慰寂寥。──綠珠
> 長揖雄談態自殊，美人巨眼識窮途，
> 屍居餘氣楊公幕，豈得羈縻女丈夫？──紅拂〔註43〕

〈五美吟〉乃黛玉寄慨之作。借古史中有才色的女子評說，借古諷今，於現實中有所感受而發，西施雖為一代傾城，但隨著江水東流，浪花消逝，吳宮也只剩芳草埋幽徑，然而那東施，年老了卻仍能在溪邊浣紗。此詩是寫她寄身賈府，預感來日不多的悲哀。虞美人雖飲劍於楚帳，卻總比黥布、彭越苟且求榮，最後難逃一死來得令人敬重。此詩也表達了黛玉「質本潔來還潔去，強於污淖陷渠溝」的期待。〈明妃〉一首感嘆堂堂一國之君漢元帝卻受畫工蒙騙，也表現了自己不願聽人擺佈之性格。〈綠珠〉一首嘆綠珠生前受石崇珠玉綺羅之寵，她也殉情墜樓，以報石崇知遇之恩。五美中她最欽佩紅拂，敢作

〔註43〕曹雪芹、高鶚原著，其庸等校注：《紅樓夢校注》（台北：里仁書局，1986年）第64回，頁1006。

敢當，不受權勢和封建壓抑的卓識，詠史詩乃寓我於其中，使過去的歷史情境與現在的自我融合，以達到自我實現的期許。〈五美吟〉除紅拂之外，都以悲劇收場，黛玉藉這些詩抒發自己的哀怨，也是曹雪芹對大觀園女兒們悲劇命運的感慨。作者塑造黛玉形象時充分運用了中國傳統文化寶藏。用西施、比干等人物傳說烘托、映襯人物的外貌特徵；用屈原、陶淵明等品格及個性來豐富黛玉的內在性格，更有追求幸福的崔鶯鶯及為情死而復生的杜麗娘，作者從各角度鋪墊、襯托黛玉，使黛玉的性格內涵更顯豐富、深厚，藝術形象也更加呈顯。

〈桃花行〉

〈桃花行〉闡述林黛玉對於自由幸福的嚮往，及其內心深沈的憂傷，也暗示了黛玉不幸的未來。

> 桃花簾外東風軟，桃花簾內晨妝懶。
> 簾外桃花簾內人，人與桃花隔不遠，
> 東風有意揭簾櫳，花欲窺人簾不捲。
> 桃花簾外開仍舊，簾中人比桃花瘦。
> 花解憐人花也愁，隔簾消息風吹透。
> 風透湘簾花滿庭，庭前春色倍傷情。
> 閒苔院落門空掩，斜日欄杆人自憑。
> 憑欄人向東風泣，茜裙偷傍桃花立。
> 桃花桃葉亂紛紛，花綻新紅葉凝碧。
> 霧裡烟封一萬株，烘樓照壁紅模糊。
> 天機燒破鴛鴦錦，春酣欲醒移珊枕。
> 侍女金盆進水來，香泉影蘸胭脂冷。
> 胭脂鮮艷何相類，花之顏色人之淚；
> 若將人淚比桃花，淚自長流花自媚。
> 淚眼觀花淚易乾，淚乾春盡花憔悴。
> 憔悴花遮憔悴人，花飛人倦易黃昏。
> 一聲杜宇春歸盡，寂寞簾櫳空月痕！〔註44〕

〔註44〕曹雪芹、高鶚原著，其庸等校注：《紅樓夢校注》（台北：里仁書局，1986年）第 70 回，頁 1091。

梅新林先生曾云：

> 一般而論，讖詩皆直道讖意，無須藉物詠懷，讖意顯而詩味薄。而
> 重在詩的詩讖則皆爲日常吟詠、酬答之作，但其中又不同程度地具
> 有預言人物命運、警示紅塵迷者的內涵，詩味濃而讖意隱。……再
> 如林黛玉的《桃花行》，歌吟桃花的薄命，也正是歌吟者淚盡而逝命
> 運的象徵。〔註45〕

〈桃花行〉是一首歌行體的詩，形式較自由，與〈葬花吟〉、〈秋窗風雨夕〉
的格調是一致的，是繼〈葬花吟〉之後，又一首以花爲主題的抒情詩。寶琴
開玩笑說是自己作的，寶玉不信，寶釵以杜工部詩的風格也是多樣的幫寶琴
附和，寶玉笑道：「固然如此說，但我知道姐姐斷不許妹妹有此傷悼語句，妹
妹雖有此才，是斷不肯作的。比不得林妹妹曾經離喪，作此哀音。」〈桃花行〉
的確充滿了哀音，也爲命薄如桃花的黛玉預作夭亡之描述。「淚眼觀花淚易
乾，淚乾春盡花憔悴」，只待「一聲杜宇春歸盡」，也將是黛玉凋零之時。詩
中花的飄零象徵主人公的飄零，花的歸宿也象徵主人公的歸宿，花與人完美
地融合在一起。且詩中用霜劍比喻周遭惡勢力的無情冷酷。詩中運用譬喻象
徵之法表達了黛玉對飄泊生活和歸宿難得的無奈！桃花之美無法承受外力的
侵襲，突來一夜春風即零落爲泥，令人扼腕嘆息，在風雨飄搖中散落爲「悲」
之意象，呈顯出文本中深沈的意味和濃郁之詩情。桃花意象本身之開、謝隱
藏著盛衰演變及生命搖落的悲劇意識。

柳絮詞——〈唐多令〉

> 粉墮百花洲，香殘燕子樓。一團團逐對成毬。飄泊亦如人命薄；
> 空繾綣，說風流！
> 草木也知愁，韶華竟白頭。嘆今生，誰捨誰收！嫁與東風春不管；
> 憑爾去，忍淹留！〔註46〕

黛玉從飄飛無定的柳絮，聯想到自己孤苦無依的身世，恰如曾遊百花洲的西
施及居住燕子樓的關盼盼那麼薄命。柳絮任東風擺布，正如黛玉對命運擺佈
的無能爲力。李紈等人看了這闋詞都感嘆：「太作悲了！」黛玉這闋纏綿凄美
的詞寄寓著她對不幸身世的哀愁，也預感到愛情理想行將破滅發自內心的悲

〔註45〕梅新林：《紅樓夢哲學精神》（上海：華東師範大學出版社，2007 年）頁 143。
〔註46〕曹雪芹、高鶚原著，其庸等校注：《紅樓夢校注》（台北：里仁書局，1986 年）
　　　　第 70 回，頁 1096。

切呼喊。紅樓女兒一個個死的死，散的散，這些不幸把黛玉對人生的幻想徹底打破了，抒發爲浸透著血淚的詩句令人不忍卒讀。

〈琴曲四章〉

風蕭蕭兮秋氣深，美人千里兮獨沉吟。望故鄉兮何處，倚欄杆兮涕沾襟。（一）

山迢迢兮水長，照軒窗兮明月光。耿耿不寐兮銀河渺茫，羅衫怯怯兮風露涼。（二）

子之遭兮不自由，予之遇兮多煩憂。之子與我兮心焉相投，思古人兮俾無尤。（三）

人生斯世兮如輕塵，天上人間兮感夙因。感夙因兮不可惙，素心如何天上月！〔註47〕（四）

寶玉從惜春處送妙玉回櫳翠庵，路過瀟湘館，聽黛玉低吟此四段琴曲，妙玉聽到最後一章，琴聲「忽然變作徵聲」以爲不祥，繼而「君弦蹦的一聲斷了」寶玉問：「怎麼樣？」妙玉說了聲：「日後自知，你也不必多說。」便匆匆走了，作者顯然以此爲黛玉將死之預兆。

〈黛玉見帕傷感〉

失意人逢失意事，新啼痕間舊啼痕。〔註48〕

黛玉見以前寶玉送她的兩塊舊手帕，上有自己的題詩，不覺觸景傷情，感懷舊事，潸然淚下。作者作此聯加以感嘆。

黛玉房內舊對聯

綠窗明月在，青史古人空。〔註49〕

寶玉至瀟湘館看黛玉，進屋看裡間門口新寫一副紫墨色泥金龍箋的小對，此聯出自唐朝崔顥〈題沈隱侯八詠樓〉：「梁日東陽守，爲樓望越中。綠窗明月在，青史古人空。江靜聞山狖，川長數塞鴻。登臨白雲晚，留恨此遺風。」文本中作者書寫對聯總是要表現人物的個性、志趣，此聯亦表達著對時光流逝人事變遷之愴然，也呈顯了黛玉多愁善感的人格特質。

〔註47〕曹雪芹、高鶚原著，其庸等校注：《紅樓夢校注》（台北：里仁書局，1986年）第 87 回，頁 1376。

〔註48〕曹雪芹、高鶚原著，其庸等校注：《紅樓夢校注》（台北：里仁書局，1986年）第 87 回，頁 1373。

〔註49〕曹雪芹、高鶚原著，其庸等校注：《紅樓夢校注》（台北：里仁書局，1986年）第 89 回，頁 1401。

第二節　黛玉意象

意象是詩畫情境的基本結構單位，體現了情景交融的美學特色。《紅樓夢》中，一個典型情境的意象結構元素常常不是單一的，而是複合的。閱讀《紅樓夢》時讀者常會被文本中各種淒美絢麗的意象所吸引。花、水、冷月、風箏，乃至最後白茫茫一片大地真乾淨的場景象徵，都令人有「悲涼之霧披遍華林」之感。圍繞黛玉的詩化意象都含有紅顏薄命的悲劇性意涵。以下爲與黛玉有關之意象：

一、絳珠草

紅樓夢以絳珠名草，並以"絳珠"作爲血淚的象徵，《說文解字》：「絳，大赤也。」段注：「大赤者所謂大紅也。」《廣雅·釋器》亦云：「絳，赤也。」，故絳珠草乃有紅色澤之草，《御纂醫宗金鑑·卷六十二·絳珠膏》：「此膏治潰瘍諸毒用之，去腐定痛，生肌甚效。張衡〈西京賦〉：『神木靈草，朱實離離。』據江淹的〈別賦〉李善注引〈高唐賦〉：『靈芝草乃帝女兒瑤姬（未嫁而逝）精魂所化。』」〔註50〕

「絳珠」一詞在南朝宗教典籍《經律異相卷第四十六阿修羅第一》云：「今大海水赤如絳珠。時阿修羅即大驚怖，走無處入藕孔中」〔註51〕。此絳珠乃紅色的水珠，〔南宋〕曾慥《道樞·卷三十七入藥鏡中篇》云：「霞光射於神爐，黃婆之心定，而男女浴於絳珠。」〔註52〕此處「絳珠」爲道教修煉用語。至於「絳珠」此意象運用於文學作品，自北宋蘇軾詩中已出現：「青荑春自長，絳珠爛莫摘」〔註53〕，此「絳珠」意象乃指紅色的枸杞子。〔南宋〕曾覿〈浣溪沙·櫻桃〉：「穀雨郊園喜弄晴，滿林璀璨綴繁星，筠籃新采絳珠傾。」詞中絳珠乃指紅色的櫻桃。〔宋〕呂浦〈西瓜〉：「剖雪分開碧玉團，絳珠數點水晶寒。」詩中的絳珠乃指紅色的西瓜子。〔元〕范梈〈奉和李監丞醉贈羽人之作〉：「眇眇美人絳珠宮，弦白雲兮歌清風。」詩中絳珠乃紅色珠子之意。〔明〕林文俊〈陛見日隨例賜枇杷詩一首〉：「君恩似借微臣寵，仙果先頒內府珍。翠篚擎來金彈滿，冰盤捧出絳珠勻。」詩中絳珠乃比喻紅色的枇杷果子。〔明〕

〔註50〕馮其庸、李希凡主編：《紅樓夢大辭典》（文化藝術出版社），頁6。

〔註51〕大正新修《大藏經 NO2121 經律異相·卷46～53》，頁2396。

〔註52〕《道藏、第二十冊》（天津：古籍出版社，1988年），頁811。

〔註53〕〔清〕馮應榴輯註：《蘇軾詩集合註第五冊·小圃五詠、枸杞》（上海：古籍出版社，1988年），頁811。

湯顯祖〈伯父秋園晚宴有述四十韻〉亦有「竹暗冷蒼玉，榴明迥絳珠」〔註54〕之記載，此處「絳珠」指紅色的珍珠。至於明清之際萬壽祺〈罌粟花賦並序〉云：「納香信於絳珠，搖玖綃於紺帔。」此絳珠乃指紅色的罌粟花。〔清〕屈大均《廣東新語・卷十四・食語》：「蓬荻中又多薏苡，玉粒絳珠，與葛藟相糾。」文中的絳珠乃形容紅色的薏苡果實。〔清〕法若眞〈正月十日宋子飛招同上官金鑒王金章昆良劉潛夫於岱山飲石園觀燈〉：「行行百燭變曉星，斜月光分失半顆。五步一絳珠，十步一珠機。」詩中絳珠乃指彩燈。〔清〕顧圖河〈奉題錢唐公賜榴圖〉：「絳珠顆顆一房呀，軟玉津津醉齒牙。」詩中絳珠乃指紅色的石榴果實。《本草綱目》：「集解：〈頌曰〉今惟江東州郡有之，株高三五尺，葉類苦楝而小，凌冬不凋，冬生紅子作穗。人家多植庭除間，俗謂之南天燭。……其種是木而似草，故號『南燭草木』。……時珍曰……葉微似楝而小，秋則實赤如丹。」

　　《紅樓夢》之前的佛藏、道藏及詩文中的「絳珠」意象大部份形容紅色的植物果子或花，也有用來形容珍珠或彩燈的，只是簡單的文學比擬，沒有更深的象徵意義。《紅樓夢》的「絳珠」則蘊含著豐富的文學意象與藝術形象，由寫物轉爲寫人，由一個小生命的物體變成了活生生的藝術形像。《紅樓夢》的絳珠意象與黛玉有密切的關係。黛玉此人物意象層面蘊涵十分豐富，有歷史人物構成之詩化意象如湘妃、紅拂、綠珠、明妃，亦有自然意象如斑竹、芙蓉、桃花、柳絮、秋菊，至於其神話原型絳珠還淚意象更具有典型性，絳珠草意象首先出現於第一回"絳珠還淚"的神話故事中：

> 只因西方靈河岸上三生石畔有絳珠草一株，時有赤瑕宮神瑛侍者日以甘露灌溉，這絳珠草便得久延歲月。後來既受天地精華，復得雨露滋養，遂得脫卻草胎木質，得換人形，僅修成個女體，終日遊於離恨天外，饑則食蜜青果爲膳，渴則飲灌愁海水爲湯。只因尚未酬報灌溉之德，故其五內便鬱結著一段纏綿不盡之意。〔註55〕

第五回又云：「今日今時，必有絳珠妹子的生魂前來遊玩，故我等久待。」判曲「枉凝眉」中亦提及：「一個是閬苑仙葩，一個是美玉無瑕」，「想眼中能有多少淚珠兒，怎經得秋流到冬盡，春流到夏。」對於林黛玉的神話原型，紅

〔註54〕徐朔方箋校：《湯顯祖詩文集》（上海：古籍出版社，1982年），頁387。
〔註55〕曹雪芹、高鶚原著，其庸等校注：《紅樓夢校注》（台北：里仁書局，1986年）第1回，頁6。

學界之說法較典型者有二，其一是長白山露珠草，其二則為靈芝。關於此二論點《海內十洲三島記》云：「在北海之子地，隔弱水之北一萬九千里高一萬三千里上方七千里，周旋三萬里，自生玉芝及神草四十餘種。上有金台玉闕，亦元氣之所舍，天帝居治處也。」〔註56〕此書在記載崑崙山時有提及靈芝，卻不見提到露珠草。此外王維〈贈李頎〉云：「王母翳華芝，望爾昆崙側。」李康成〈玉華仙子歌〉亦云：「夕宿紫府雲母帳，朝餐玄圃昆崙芝。」靈芝草呈現於文學作品中往往有被讚頌之正面意義〔註57〕，特別是芳草在文化傳統中有其豐富之意涵。屈原在《離騷》中把「芳草、香草」比喻君子高潔的德行。如「紛吾既有此內美兮，又重之以修能。扈江離與辟芷兮，紉秋蘭以為佩。」「朝飲木蘭之墜露兮，夕餐秋菊之落英。」「製芰荷以為衣兮，集芙蓉以為裳。」以主人公所行、所食、所服之美襯托其高潔忠貞的情操。《山海經·西山經》又云：「符禺之山…其草多條…，如嬰兒之舌，食之使人不惑。」《山海經·中山經》更云：「牛首之山，有草焉，命曰鬼草，…服之不憂。」草在古代傳統中，是極富靈性的神聖之物，有不與世俗同流合污的高潔情操。《玉函山房輯佚書·卷七二·田俅子》云：「黃帝時有草生於庭階，有佞人入朝，則草指之，名曰屈軼，是以佞人不敢入也。」〔晉〕張華《博物志·異草木》亦云：「堯時有屈佚草生於庭，佞人入朝，則屈而指之。」草是忠貞而具有靈性的。《禮儀、士相見》：「在野曰草茅之臣。」《漢書·梅福傳》：「朝堂之儀，非草茅所當言也。」草成為在野之人之審美對象，有不同流合污、不見容於社會的孤高自傲的性格。亦有道家所云保真守樸，不受禮俗規範的人格特徵。後人亦承此意涵，表現自己的完美人格及高尚節操，如王績〈古意六首〉：「不如山上草，離離保終吉。」張九齡〈感遇十二首〉：「草木有本心，何求美人折。」詩人們以草之榮枯悟出了名與利的虛無。此外草亦寓離情、相思之意涵。《楚辭·招隱士》云：「王孫兮不歸，春草生兮萋萋。」蔡邕〈飲馬長城

〔註56〕〔漢〕東方朔撰：《海內十洲記》《景印文淵閣·四庫全書·子部三四八》（台灣商務印書館，1983 年）頁 1042～280。

〔註57〕曹雪芹寫《紅樓夢》之西山（今北平香山多靈芝草，打夯歌云：「數九隆冬冷溲冰，檐前那個滴水結冰棱。什麼人留下個半部《紅樓夢》剩下的那半部誰也說不清。……林黛玉好比那個山上的靈芝草，賈寶玉是塊大石頭有了靈性。」靈芝高潔、秀美、芬芳、孤傲之特質恰似林黛玉之性格，故曹雪芹以靈芝仙草為林黛玉的神話原型。

舒成勳述，胡德平整理：《曹雪芹在西山》（文化藝術出版社，1982 年），頁10。

窟行〉又云：「青青河邊草，綿綿思遠道。遠道不可思，夙昔夢見之。夢見在
我旁，忽覺在他鄉。」崔顥〈黃鶴樓〉更云：「晴川歷歷漢陽樹，芳草萋萋鸚
鵡洲。日暮鄉關何處是，煙波江上使人愁。」表達的異鄉遊子漂泊的秋思。
李煜〈清平樂〉亦云：「離恨恰如春草，更行更遠還生。」范仲淹〈蘇幕遮〉
又云：「碧雲天，黃葉地，秋色連波，波上寒烟翠。山映斜陽天接水，芳草無
情，更在斜陽外。」絳珠草由絳珠與草兩意象複合而成，借草之特質與黛玉
的形象對應，其意涵由兩者之間互相對照而生發。文本中敘述絳珠草化身爲
絳珠仙子，如前所云，林黛玉的神話原型，紅學界之說法其中之一則爲靈芝。
據古代神話，靈芝草是炎帝季女瑤姬精魂所化：

> 所謂帝之季女，名曰瑤姬。未行而亡，封於巫山之陽精魂爲草，寔
> 爲靈芝。〔註58〕

> 又東三百里曰姑媱之山，帝女死焉，其名曰女尸，化爲䔄草，其葉
> 胥成，其華黃，其實如菟丘，服之媚於人。〔註59〕

由以上典籍記載觀之，瑤姬即巫山神女，是古代神話中愛之女神。瑤姬之神
話母題與黛玉之前身——靈芝仙草結合，有兩個相同之特色，一是富貴媚人，
二是未嫁而亡。絳珠的審美特性指灑落於草上的絳紅色斑點，草之質柔弱、
纖細，作品的現實世界中的林黛玉與神話世界之絳珠草存在著對應關係，使
二者如影與形，其內涵由相互映照而產生。脂評在「絳珠草一株」處評曰：「細
思絳珠二字豈非血淚乎。」血淚表達了人一生一世的感傷、悲苦、哀怨的眞
情。《紅樓夢》乃曹雪芹以血淚所著，甲戌本〈凡例〉中有詩曰：「浮生著甚

〔註58〕〔後魏〕酈道元撰：《水經注》《景印文淵閣・四庫全書・史部三三一》（台灣
商務印書館，1983 年）頁 573～509。

〔註59〕〔晉〕郭璞注：《山海經・中次七經》《景印文淵閣・四庫全書・子部三四八》
（台灣商務印書館，1983 年）頁 1042～156。
《渚宮舊事》亦云：襄王與宋玉遊於雲夢之台，望朝雲之館，其上有雲氣，
變化無窮，王曰：「何氣也？」玉曰：「昔者先王遊於高唐，怠而晝寢，夢見
一婦人曖乎若雲，皎乎若星，將行未止，如浮忽停。詳而觀之，西施之形，
王悦而問之，曰：「我夏帝之季女也，名曰瑤姬，未行而亡，封乎巫山之台，
精魂爲草，摘而爲芝，媚而服焉，則與夢期，所謂巫山之女，高唐之姬。聞
君遊於高唐，願薦寢席，王因幸之。既而言之曰：「妾處之翔，尚莫可言之，
今遇君之靈，幸妾之搴。將撫君苗裔，藩乎江、漢之間。」王謝之。辭去，
曰：「妾在巫山之陽，高丘之岨，旦爲朝雲，暮爲行雨，朝朝暮暮，陽台之下。
王朝視之，如言，乃爲立館，號曰朝雲。」
〔唐〕余知古撰：《渚宮舊事》《景印文淵閣・四庫全書・史部一六五》（台灣
商務印書館，1983 年）頁 407～581。

苦奔忙，盛席華筵終散場。悲喜千般同幻渺，古今一夢盡荒唐。謾言紅袖啼痕重，更有情痴抱恨長。字字看來都是血，十年辛苦不尋常。」〔註60〕第一回又有眉批云：「能解者方有辛酸之淚，哭成此書。壬午除夕，書未成，芹爲淚盡而逝。余嘗哭芹，淚亦殆盡。」〔註61〕第三回王夫人向黛玉介紹寶玉說"我有一個孽根禍胎"處有側批曰："四字是血淚盈面，不得已無奈何而下。四字是作者痛哭。"〔註62〕"第七回焦大醉罵處有夾批曰：「忽接此焦大一段，眞可驚心駭目，一字化一淚，一淚化一血珠。」〔註63〕文本中多次提及「血淚」，第二回寫黛玉母親亡故，寫其「哀痛過傷」、「觸犯舊症」。第三回進賈府看了賈母「哭個不住」。第十六回父親亡故回了賈府「未免又大哭一陣」。第十八回剪香囊她「聲咽氣堵，又汪汪的滾下淚來」。第二十三回聽《牡丹亭》戲又聯想到前人詩詞「不覺心痛神馳，眼中落淚」。第二十七回黛玉之〈葬花吟〉云：「獨倚花鋤淚暗灑，灑上空枝見血痕。」第二十八回寶玉所唱之〈紅豆詞〉云：「滴不盡相思血淚拋紅豆，開不完春柳春花滿畫樓。」即有「血淚」之詞。第二十九回見寶玉砸玉，黛玉早已哭起來，說道：「何苦來，你摔砸那啞吧物件。有砸他的，不如來砸我」。第三十四回寶玉挨打，她「兩個眼睛腫的桃兒一般，滿面淚光」。第三十五回看見賈母帶了眾人去看望挨打的寶玉「想起有父母的人的好處來」不覺又哭了。第四十五回作〈秋窗風雨夕〉，「又聽見窗外竹梢蕉葉之上，雨聲瀝瀝，清寒透幕，不覺滴下淚來。」第五十回李紋〈詠紅梅花得梅字〉云：「凍臉有痕皆是血，酸心無恨亦成灰。」以血淚比喻紅梅。第五十七回聽說寶玉「不中用了」，她「將腹中之藥一概嗆出」，「面紅髮亂，目腫筋浮」。第五十八回見寶玉病後「比先大瘦了」，「不免流下淚來」。第七十回黛玉〈桃花行〉：「胭脂鮮艷何相類，花之顏色人之淚。」言血淚如胭脂及花色。第七十八回寶玉爲晴雯寫〈芙蓉女兒誄〉云：「必須灑淚泣血，一字一咽，一句一啼。」誄文更云：「汝南淚血斑斑灑向西風。」由「泣血」、「灑淚」可知寶玉對晴雯的夭亡何等哀傷、悲憤！

〔註60〕陳慶浩編著：《新編石頭記脂硯齋評語輯校》（台北，聯經出版社，1984年），頁5。

〔註61〕陳慶浩編著：《新編石頭記脂硯齋評語輯校》（台北，聯經出版社，1984年），頁12。

〔註62〕陳慶浩編著：《新編石頭記脂硯齋評語輯校》（台北，聯經出版社，1984年），頁76。

〔註63〕陳慶浩編著：《新編石頭記脂硯齋評語輯校》（台北，聯經出版社，1984年），頁176。

絳珠既為血淚之象徵，在文化傳統中自有其深厚的文化淵源，是一個蘊含豐富的文學與藝術的形象。與之較有關的典故有二：一是杜鵑啼血；一是湘妃泣竹。杜鵑泣血積澱著因愁怨而啼及思歸的文化內涵。至於湘妃泣竹在文化傳統中被賦予了哀怨、悲愁及遺憾的意涵。文本云：黛玉因說道：我沒這麼大福禁受，比不得寶姑娘，什麼金，什麼玉的；我們不過是草木之人（二十八回）。黛玉無金玉，自言是「草木之人」，與絳珠草出身符合。而王關仕則認為「南燭草木」實丹如珠，切合「絳珠」暗示「血淚」，下凡以眼淚還神瑛侍者甘露之惠，俗謂之「南天燭」。葉似苦楝，恰與曹寅家映照。〔註64〕絳珠草乃一象徵悲情、血淚之意象，實也不必特意指出世間那一植物與之對應，絳珠草為報答赤瑕宮神瑛侍者灌溉之恩，以淚償灌，至書近尾聲時，寶玉「得通靈幻境悟仙緣」時終於看到了絳珠仙草的真容：

> 惟有白石花闌圍著一顆青草，葉頭上略有紅色，但不知是何名草，
> 這樣矜貴。只見微風動處那青草已搖擺不休，雖說是一枝小草，又
> 無花朵，其嫵媚之態，不禁心動神怡，魂消魄喪。〔註65〕

絳珠仙子下凡歷劫，許願以一生眼淚償還神瑛侍者甘露之惠，絳珠草結合了血淚和香草的文化傳統，有愁怨、思歸、高潔、相思之意涵，絳珠還淚神話使她帶著還淚的使命，一生與眼淚為伴。且絳珠草作為黛玉之前身，象徵她多病纖弱，也暗示了她孤高自傲，不同流合污之節操及追求自由，不受禮教束縛之人格特質。絳珠意象由傳統的文化蘊含生發出濃厚的悲痛情感，展現了黛玉美麗卻哀愁的悲劇命運。「絳珠還淚」神話為體現了作者對性靈愛情的嚮往，對真情至性感情的讚賞。絳珠草通過林黛玉的命運、性格特徵及情感世界，其文化意蘊也得到具體的呈顯。

曹雪芹盡才力塑造黛玉此角色，神話傳說中靈慧美麗，純潔多情的女神都是他參考的資源。如化為蓄草的帝女，宋玉〈高唐賦〉中的瑤姬。《楚辭‧九歌‧山鬼》中的巫山女人，《莊子‧逍遙遊》中的姑射山神人及《楚辭‧九歌》中的〈湘夫人〉皆為作者塑造黛玉的資源。〔註66〕王孝廉云：「林黛玉焚稿斷情，通過死亡而回歸於靈河岸三生石的絳珠仙草，賈寶玉必須經過懸崖撒手的大悲和徹悟，始能回到青埂峰下。……這些例子，都是以死亡做為取

〔註64〕王關仕：《紅樓夢指迷》（台北，里仁書局，2003 年），頁 160。
〔註65〕曹雪芹、高鶚原著，其庸等校注：《紅樓夢校注》（台北：里仁書局，1986 年）
　　　　第 116 回，頁 1734。
〔註66〕郭玉雯：《紅樓夢淵源論》（台北：台大出版中心，2006 年）頁 47。

得再生的契機。」曹雪芹以蓍草神話將黛玉塑造爲聖潔少女，她未嫁而亡再變回絳珠草，也因而永保自然清純之姿。〔註67〕絳珠仙草此一象徵意象，說明黛玉生本於自然，黛玉之所以高貴靈秀，因她得天地間的生命靈氣，絳珠草此一意象正是黛玉生命自然化與靈化之最佳表述，她是「草木之人」，寶玉喜歡她未受後天社會文化污染，始終保持一股天然本眞之性，這也是黛玉形象之主要特徵。蘊含靈氣的絳珠仙草纖細、裊娜、嫵媚、風流，草在文學傳統中往往代表孤高、聖潔忠信的道德情操，作者爲了使黛玉的形象更加豐滿鮮明，借助了「草」意象賦予歷代文人所積澱的精神特質。曹雪芹將絳珠草此奇特曼妙又深含文化意蘊的神話意象賦予林黛玉，由命運推展、性格特徵及情感世界的描述，體現了她不屈服於命運傲世抗俗的叛逆性格和生死不渝執著的追求精神，使黛玉形象更生動飽滿，眞實感人，展現個她千古靈秀的人格魅力。

二、瀟湘館

　　瀟湘館由竹與瀟湘兩意象烘托而成，竹體現了清淡逸遠的審美趣味，經歷代文人墨客的關注，它已成爲文學上的重要符號，有堅貞、高潔剛正不阿的人格特質，亦有隱逸之風及相思離愁之意涵。瀟湘館的竹表現了黛玉高潔堅貞、剛直不屈的形象，竹意象與瀟湘館在情景交融中烘托了黛玉的哀樂情愁。曹雪芹以此意象雕塑林黛玉，再加上瀟湘意象及湘妃泣竹歷史文化意蘊的積澱，更呈顯了黛玉對美善執著追求的意志。文本瀰漫的是幽怨凄苦的氛圍。

　　「竹」幾千年來在華夏文化中已非一般純生物意義的植物，它積澱了中華民族的情感、思維與理想等深厚的文化底蘊，傳達了中華民族的審美趣味，也成了表現人格理想不屈不阿，懷念故人與鄉土，及烘托隱居氛圍、表達文化底蘊的符號。竹展現君子風範：竹，剛直不屈，清疏淡雅，其君子意蘊已深入人心，早在《詩經》即有述及：

> 瞻彼淇奧，綠竹猗猗。有匪君子，如切如磋，如琢如磨。瑟兮僩兮，
> 赫兮咺兮。有匪君子，終不可諼兮。
> 瞻彼淇奧，綠竹青青。有匪君子，充耳琇瑩，會弁如星。瑟兮僩兮，
> 赫兮咺兮。有匪君子，終不可諼兮。

〔註67〕郭玉雯：《紅樓夢淵源論》（台北：台大出版中心，2006年）頁59。

瞻彼淇奧，綠竹如簀。有匪君子，如金如錫，如圭如璧。寬兮綽兮，

猗重較兮。善戲謔兮，不爲虐兮。《詩經‧衛‧淇奧》〔註68〕

《毛詩序》：「〈淇奧〉，美武公之德也。」「綠竹猗猗」、「綠竹青青」、「綠竹如簀」，頌竹身修長青壯，竹品清奇而秀雅，文靜而怡然，中通外直，修長挺拔，恰是黛玉秀麗清奇，寧折不彎的形貌寫照。莊子亦曾云：

南方有鳥，其名爲鵷雛，子知之乎？夫鵷鶵發於南海而飛於北海，

非梧桐不止，非練實不食，非醴泉不飲。《莊子‧秋水》〔註69〕

成玄英疏曰：「鵷鶵，鸞鳳之屬，亦言鳳子也。練實，竹實也。」「鵷雛」即小鳳，古人以之爲最高潔之生物，也象徵高潔之人。《韓詩外傳》云：「黃帝時，鳳凰棲帝梧桐，食帝竹實。」《述異記》亦云：「止些山多竹，長千仞，鳳食其實，去九疑萬八千里。」聖潔之生物以竹爲食，竹營造了高潔的環境。〔唐〕蕭穎士〈有竹一篇七章〉：「有竹斯竿，于閣之側，君子秉心，惟其貞堅兮。有竿斯竹，于閣之側，君子秉操，惟其正直兮。」〔梁〕劉孝先〈竹〉：「竹生空野外，梢雲聳百尋。無人賞空潔，徒自抱貞心。恥染湘妃淚，羞入上官琴。誰能制長笛，當爲吐龍吟。」白居易〈養竹記〉亦云：「竹似賢何哉？竹本固，固以樹德，君子見其本，則思善建不拔者；竹性直，直以立身。君子見其性，則思中立不倚者；竹心空，空以體道，君子見其心，則思應用虛受者；竹節貞，貞以立志，君子見其節，則思砥礪名行，夷險一致者。夫如是，故君子人多樹之爲庭實焉。」〔唐〕羅鄴〈竹〉：「翠葉才分細細枝，清陰猶未上階墀。蕙蘭雖許相依日，桃李還應笑後時。抱節不爲霜霰改，成林終與鳳凰期。渭濱若更徵賢相，好作漁竿繫釣絲。」至宋朝蘇軾〈元祐五年十二月十二日，同景文、義伯、聖途、次元、伯固、蒙仲遊七寶寺，題竹上〉：「結根豈殊眾，修柯獨出林。孤高不可恃，歲晚霜風侵。」其〈次韻陳時發太博雙竹〉亦云：「千年誰復繼夷齊，凜凜霜筠此鬥奇。要識蒼龍聯蜿意，擬容丹鳳宿凰枝。扶持有伴雪應怕，栽剪無人風自吹。莫遣騷人說連理，君看高節孰如雌。」梅堯臣〈禁中瑞竹同本異莖〉：「孤竹二君子，聖人知獨清。但將奇節並，何用首陽名。」竹遒勁硬朗，其虛心自持的品格常作爲君子人格的寫照。〔宋〕范成大〈送通守林彥強寺丞還廟〉：「……紛綸草木變喧寒，

〔註68〕 〔清〕姚際恆撰：《詩經通論》（台北：廣文書局，1999年）頁80。

〔註69〕 〔清〕郭慶藩撰，王孝魚點校：《莊子集釋》（北京：中華書局，1961年）頁
605。

竹節松心故凜然。窮山薄宦我無恨，識公大勝荊州韓。」

　　至明朝倪謙曾云：「吾之愛夫竹，以其有德也。彼其群而不黨，直而不撓，虛乎有容，潔然自高，溪壑幽閉足以遂其性，霜雪嚴寒不能變其操，此子猷所以一日不可無，而七賢、六逸恆於是乎遊遨也。」〔清〕鄭板橋在其〈題竹詩〉亦云：「咬定青山不放鬆，立根原在破石中。千磨萬擊還堅勁，任爾東西南北風。」竹之有節、挺拔、中空、常青的特質經文學家的歌詠與關注，已成為文學之重要符號。人們在觀照竹子之時，也體驗了竹子虛心、堅貞、剛直的性格特徵，更產生了物我合一的境界。竹亦呈顯隱逸風格，竹烘托隱逸的氛圍。從魏晉的「竹林七賢」至唐代李白等詩人的"竹溪六逸"竹是他們追求憤世不拘人格的自然背景，也是隱逸文化特有的植物符號。古典詩歌之竹意象代表了文人的生活態度及價值取向，《世說新語‧任誕篇》：「王子猷（徽之）嘗暫居人空宅處，便令種竹。或曰：『暫住何煩爾！』王嘯詠良久，直指竹曰：『何可一日無此君。』」《永嘉郡記》云：「晉時張鹿隱居頤志，家中有苦竹數十頃，在竹中為屋，常居其中。王右軍聞而造之，逃避竹中，不與相見，郡號為竹林高士。」古典詩歌中亦喜以之為吟誦題材，裴迪〈竹里舘〉：「來過竹里舘，日與道相親。出入唯山鳥，幽深無世人。」王維〈輞川集並序之竹里舘〉：「獨坐幽篁裡，彈琴復長嘯。深林人不知，明月來相照。」杜甫〈寄題江外草堂〉：「我生性放誕，雅欲逃自然。嗜酒愛風竹，卜居必林泉。」楊萬里〈詠竹〉亦云：「凜凜冰霜雪，修修玉雪身。便無文與可，自有月傳神。」種竹為文人雅事，竹有淡泊寧靜、自然閒適的隱逸特質，士人愛竹，即把隱逸情懷附注於竹子之上。竹林也就成隱逸的代名詞。竹更營造情思與離愁氛圍，竹意象與瀟湘情愁有密切的關係。

　　至於瀟湘以廣義言之，瀟湘乃泛指整個湖南地區。宋迪繪制〈瀟湘八景圖〉之序文云：「瀟水出道州，湘水出全州，至永州而合流焉。自湖而南，皆二水所經，至湘陰始與沅之水會，又至洞庭，與巴江之水合，故湖之南皆可以瀟湘名水。」然以狹義言之，瀟湘則專指湘江的中游，即瀟水與湘江匯合的區域，即永州市屬地。與上游的「灕湘」，下游的「蒸湘」合稱三湘。源於南嶺北麓的瀟湘蜿蜒北向，山秀水清，沿途衡岳聳峙，赤岸若霞，白沙似雪，洞庭烟波浩邈，君山清碧如螺，蘊育出有名的瀟湘八景。瀟湘具有豐富的文化底蘊。瀟湘大地在遠古時代炎帝已教人農耕，舜也南巡至最南端廣施教化，其〈南風歌〉云：「南風之熏兮，可以解吾民之慍兮，南風之時兮，可以阜吾

民之財兮。」此歌開啓了瀟湘文學之鑰。此外有禹封南岳及楚文化、老子出
關隱逸、莊子織履爲生、許行隱逸及屈原流放事跡意蘊之積澱。屈原憂思作
〈離騷〉:「嫉王聽之不聰也,邪曲之害公也,方正之不容也。」其〈湘君〉、
〈湘夫人〉細膩生動地描繪舜與二妃對淒美愛情的無奈:

> 君不行兮夷猶,蹇誰留兮中洲?美要眇兮宜修,沛吾乘兮桂舟。
> 令沅湘兮無波,使江水兮安流。望夫君兮未來,吹參差兮誰思?
> 駕飛龍兮北征,邅吾道夫洞庭。〈湘君〉〔註70〕

屈原以奇特的想像力描繪了二妃對舜思念之苦。也表達了自己對君王堅貞忠
誠的愛,然而卻被放逐,滿腔是無限的幽怨與悲哀。其〈離騷〉、〈九章〉經
文化積澱後開啓了「流放文學」的先聲。至西漢賈誼被貶爲長沙王太傅,既
以謫去,意不自得,及渡湘水,爲賦以弔屈原,即有名的〈弔屈原賦〉與〈鵩
鳥賦〉,抒發遭讒被貶的痛楚。賈誼經歷與屈原相近,兩者都成了遷客騷人訴
說寂寥怨情的對象。〔唐〕劉長卿〈長江過賈誼宅〉云:

> 三年謫宦此棲遲,萬古惟留楚客悲,秋草獨尋人去後,
> 寒林空見日斜時,漢文有道恩猶薄,湘水無情弔豈知?
> 寂寂江山搖落處,憐君何事到天涯。〔註71〕

清幽神秘的山水賦予了瀟湘意象特有的靈性,文人至瀟湘大地,便將自己的
漂泊南行與屈原、賈誼被貶聯系在一起,經一代代文人心靈的積澱,瀟湘也
成爲貶謫文學的重鎮。加上南方之地水勢浩淼,居住條件的惡劣加深了被貶
謫之感,借山水鳴不平也成了文人共同的心理取向。他們以濃厚的悲劇色彩
描繪著瀟湘,借他人酒杯澆自己胸中之塊壘,如曹植〈雜詩〉云:「朝游江北
岸,夕宿瀟湘沚。」李白〈古風〉其四十九亦云:「歸去瀟湘沚,沈吟何足悲。」
杜甫〈寄韓諫議〉又云:「芙蓉旌旗烟霧落,影動倒景搖瀟湘。」柳宗元〈零
陵春望〉更云:「日晴瀟湘渚,雲斷岣嶙岑。」及溫庭筠〈瑤瑟怨〉:「雁聲遠
過瀟湘去,十二樓中月自明。」都是藉「瀟湘」積累的意涵抒發鬱悶之作。

　　淒美的神話傳說如虞舜死葬九疑,二妃淚灑斑竹,屈原行吟澤畔,漁人
誤入桃源……傳說中豐富的人文底蘊和情感魅力更深深的吸引著古今騷人墨
客反覆吟誦,其中湘妃的傳說流傳最廣。縹緲、靈秀的瀟湘孕育了悽惻動人
的湘妃傳說,使湘妃淚、斑竹、湘妃廟諸意象與別離、相思緊密的聯系在一

〔註70〕〔宋〕洪興祖撰:《楚辭補注》(漢京文化事業有限公司,1983年)頁59。
〔註71〕中華書局主編《全唐詩》(台北:中華書局,1922年)頁1566。

起。失意的文人常借清絕靈秀的瀟湘意象抒發自己幽怨感傷之情。借滿腔幽
怨的湘妃意象表達遷客之愁，被貶之恨。瀟湘的幽深飄渺因湘妃傳說之淒美
幽怨而更動人心弦。湘妃泣竹典故出自〔晉〕張華《博物志·史補卷十》：

> 洞庭之山，帝之二女，堯之二女也，曰湘夫人。舜崩，二女啼，以
> 涕揮竹，竹盡斑。〔註72〕

〔梁〕任昉《述異記·卷上》亦云：

> 湘水去岸三十里許，有相思宮、望帝台。昔舜南巡而葬於蒼梧之野，
> 堯之二女娥皇女英追之不及，相與慟哭，淚下沾竹，竹上文爲之斑
> 斑然。〔註73〕

屈原的〈湘君〉、〈湘夫人〉使舜及娥皇、女英二妃與九疑、洞庭緊密聯繫，
更與後來的瀟湘、斑竹、漁父、桃源等意象群構成了文學中的瀟湘意境。唐
劉禹錫對二妃之歌詠就直接以「瀟湘詞」爲詞牌：

> 湘水流，湘水流。九疑雲霧至今愁。若問二妃何處所，零陵芳草露
> 中秋。
> 斑竹枝、斑竹枝，淚痕點點寄相思。楚客欲聽瑤瑟怨，瀟湘深夜月
> 明時。〔註74〕

此二闋詞概括了湘妃淚洒斑竹的悲劇及其對愛情堅貞不渝之高貴情操。湘妃
的愛情悲劇，使湘妃淚及斑竹諸意象與愛情的忠貞，男女的相思及別離之痛
苦諸意涵緊密聯繫。屈原〈九歌〉就有湘君、湘夫人的形象。後代貶謫詩人
更從湘妃愛情的不幸發現和自己仕途的不幸有共通之處，乃借湘妃的痛苦敘
說自己滿腔的幽怨。〔唐〕蔣防〈湘妃泣竹賦〉：「昔帝舜之南巡不回繫二妃兮，
心傷已摧；對三湘之遙兮，積水無際。望九疑之作兮，愁雲不開。」在傳統
文化的積澱下，湘妃泣竹被賦予了遺憾、哀怨愁苦之意涵。王昌齡〈送萬大

〔註72〕又東南一百二十里曰洞庭之山……帝之二女居之，是常遊於江淵澧沅之風，
　　　　交瀟湘之淵，是在九江之間，出入必以飄風暴雨。
　　　　〔清〕郝懿行：《山海經箋疏·第五中山經》（成都：巴蜀書社，1985 年）頁
　　　　30。
　　　　大舜之陟方也，二妃從征，溺於湘江，神遊洞庭之淵，出入瀟湘之浦。
　　　　酈道元：《水經注·六：湘水》（上海：商務印書館，1933 年）頁 87。
　　　　洞庭君山，帝之二女居之，曰湘夫人，又《荊州圖經》曰湘君所遊，故曰君山。
　　　　〔晉〕張華：《博物志·卷六》《禪海》（台北：新興書局，1968）頁 24。
〔註73〕〔梁〕任昉：《述異記》（振鷺堂原刻本）頁 134。
〔註74〕中華書局主編《全唐詩》（中華書局，1922 年）頁 4009。

歸長沙〉:「桂陽秋水長沙縣，楚竹離聲爲君變，青山隱隱孤舟微，白鶴雙飛忽相見。」常建〈古意三首〉:「二妃方訪舜，萬里南方懸。遠道隔江漢，孤舟無歲年。不知蒼梧處，氣盡呼青天。愁淚變楚竹，蛾眉喪湘川。」劉長卿〈斑竹巖〉亦云:「蒼梧在何處，斑竹自成竹。點點留殘淚，枝枝寄此心。寒山響易滿，秋水影偏深。欲覓樵人路，朦朧不可尋。」錢起〈省試湘靈鼓瑟〉更云:「善鼓雲和瑟，常聞帝子靈。馮夷空自舞，楚客不堪聽。苦調凄金石，清音入杳冥。蒼梧來怨慕，白芷動芳馨，流水傳瀟浦，悲風過洞庭，曲終人不見，江上數峰青。」此外秦觀的〈踏莎行〉即以委婉曲折筆法，抒寫謫居之恨:

> 霧失樓台，月迷津渡，桃源望斷無尋處，可堪孤館閉春寒，杜鵑聲裡斜陽暮。驛寄梅花，魚傳尺素，砌成此恨無重數。郴水幸自繞郴州，爲誰流下瀟湘去？〔註75〕

此闋詞表現了作者遠謫瀟湘，凄迷幽怨之情。再如其〈臨江仙〉:

> 千里瀟湘接藍浦，蘭橈昔日曾經，月高風定露華清，微波澄不動，
> 冷浸一天星。獨倚危檣情悄悄，遙聞妃瑟泠泠。新聲含盡古今情，
> 曲終人不見，江上數峰青。〔註76〕

秦觀被貶郴州途中抒寫夜泊湘江的感受。在千里瀟湘中引出昔日楚國舊事，暗示自己也正步當年騷人足跡，呈現了楚騷的意境，透露詞人與擅於鼓瑟的湘靈一樣，有無窮的幽怨。結尾處寫出曲終之後更深一層的寂寥和悵惘，透露出詞人的高潔性格。

「瀟湘」一詞不斷出現在文學作品中，洞庭、屈原、賈誼、君山、蒼梧、桃源、汨羅諸意象群形成了幽怨凄美之基調，渲染出浪漫感傷的氛圍，也表達了作者對追求的執著及孤高遁世的人格特徵。尤其湘妃泣竹的典故及屈原的政治悲劇，經歷代文人的吟詠及文化積澱，更爲瀟湘大地蒙上一層凄迷的情愁。

瀟湘館原名「有鳳來儀」即因竹林圍繞而有此聯想。竹它挺拔、有節、堅韌，經歷代文人情感的融注與書寫，成爲一重要的文學符號。竹積澱著中華民族的情感和理想等深厚的文化底蘊，是傳達民族審美趣味及人格理想的文化符號。賈寶玉〈有鳳來儀〉詩:「秀玉初成實，堪宜待鳳凰」，表明了瀟

〔註75〕唐圭璋編《全宋詞》（中華書局，1998年）頁460。
〔註76〕唐圭璋編《全宋詞》（中華書局，1998年）頁468。

湘館翠竹將引來清雅高貴的鳳凰，古人常以鳳凰比喻后妃，因此瀟湘館、竹林，及其原名「有鳳來儀」又隱然與舜之二妃娥皇、女英淚洒斑竹的傳說相聯繫。至於以巫山女神爲主角的詩篇有屈原《九歌·山鬼》與宋玉的〈神女賦〉、〈高唐賦〉。林黛玉前世絳珠仙子之構思乃源於古代神話之巫山女神瑤姬。屈原〈九歌·山鬼〉所詠唱的即此痴情的巫山女神：

> 若有人兮山之阿，被薜荔兮帶女羅。
>
> 既含睇兮又宜笑，子慕予兮善窈窕。
>
> 乘赤豹兮從文狸，辛夷車兮結桂旗。
>
> 被石蘭兮帶杜衡，折芳馨兮遺所思。
>
> 余處幽篁兮終不見天，路險難兮獨後來。
>
> 表獨立兮山之上，雲容容兮而在下。
>
> 杳冥冥兮羌晝晦，東風飄兮神靈雨。
>
> 留靈修兮憺忘歸，歲既晏兮孰華予！〈九歌·山鬼〉〔註77〕

「含睇」即含情斜視且又半喜半怨，此巫山女神「既含睇兮又宜笑」，正如黛玉「兩彎似蹙非蹙罥烟眉，一雙似笑非笑含露目」。且巫山神女棲身於竹林深處，「余處幽篁兮終不見天」林黛玉不正也住在「有千百竿翠竹遮映」「鳳尾森森，龍吟細細」的瀟湘館。郭玉雯在〈紅樓夢與女神神話傳說——林黛玉篇〉及朱淡文在《紅樓夢研究》中均曾云黛玉恰如巫山神女「折芳馨兮遺所思」。以此作爲信物贈送給自己的情人，也表現出黛玉纏綿生死終古不化的深情。竹在《紅樓夢》中和黛玉有密切的關係。曹雪芹賦予「竹」多重文學意象，有靜態的描摹，亦有動態的臨寫，不僅寫其形，且寫其神韻。黛玉所住的瀟湘館即是翠林環繞的清幽地。瀟湘館之景主要有二，一爲千百竿翠竹，是黛玉孤高自許，目下無塵的化身。二是滿地蒼苔，那滿地蒼苔，青翠碧綠，但荒涼而無人問津，顯示出黛玉孤苦冷清，及其淒涼的下場。把詩的意境和環境描繪完美結合起來，最令人難忘的就是瀟湘館了。瀟湘館千百竿翠竹，除了美不勝收之外，也象徵黛玉寧折不彎的文人氣質和外柔內剛的堅定特質。竹象徵著主人公的形象和性格，和她的生活和命運更有密切的關係。瀟湘館的「竹」爲黛玉的心靈提供了一道屏障，也烘托了她孤標傲世的憤世情懷。作者第一次刻劃瀟湘館幽雅之境：

〔註77〕〔宋〕洪興祖撰：《楚辭補注》（台北：漢京文化事業有限公司，1983年）頁79。

前面一帶粉垣，裡面數楹修舍，有千百竿翠竹遮映，眾人都道：「好
個所在！只見進門便是曲折遊廊，階下石子漫成甬路，上面小小兩
三間房舍。一明兩暗，裡面都是合著地步打的床几椅案。從裡間屋
內，又得一小門，出去則是後院，有大株梨花兼著芭蕉，又有兩間
小小退步。後院牆下忽開一隙，得泉一派，開溝僅尺許，灌入牆內，
繞階緣屋至前院，盤旋竹下而出。〔註78〕

翠林掩映是瀟湘館的特徵，賈政看了讚不絕口，說：「這一處倒好，若能月夜
至此窗下讀書，也不枉虛生一世。」寶玉在此也忍不住題了「寶鼎茶閑烟尚
綠，幽窗棋罷指猶涼」的對聯。後來又奉元妃之命作詩詠瀟湘館：「秀玉初成
實，堪宜待鳳凰，竿竿青欲滴，個個綠生涼。迸砌妨階水，穿簾礙鼎香。莫
搖清碎影，好夢晝初長」竹之性孤高、勁拔、不屈，恰與黛玉瘦削的身影及
「孤高自詡，目下無塵」之個性相輝映。竹在文學華章中積澱著孤獨的記憶，
也形成了由魏晉「竹林七賢」與李白等「竹溪六逸」的隱逸文化。黛玉愛竹，
也隱藏著與現實保持一定距離免受世俗紛擾的希求：

寶玉便問道：「你住哪一處好？」黛玉正心裡盤算這事，忽見寶玉問
她，便笑道：「我心裡想著瀟湘館好，我愛那幾竿竹子隱著一道曲欄，
比別處更覺幽靜。」寶玉聽了拍手笑道：「正和我的主意一樣，我也
要叫你住這裡呢。我就住怡紅院，咱們兩個又近，又都清幽。」……
〔註79〕

竹之美爲清疏淡雅，更有股剛直不屈之氣，有古代文人寧願嘯傲山林不向權
貴低頭的節操。曹雪芹擅於塑造黛玉形象之時將其放入此典型環境也表現出黛
玉在風刀霜劍嚴相逼的環境下，仍高潔挺拔的性格。曹雪芹擅於以景寫情，
當寶黛戀愛時期，瀟湘竹也產生了變化。寶玉信步至瀟湘館：

只見鳳尾森森，龍吟細細……湘簾垂地，悄無人聲。走至窗前，覺
得一縷幽香從碧紗窗中暗暗透出……耳內忽聽得細細的長嘆了一聲
道：「每日家情思睡昏昏。」〔註80〕

〔註78〕曹雪芹、高鶚原著，其庸等校注：《紅樓夢校注》（台北：里仁書局，1986 年）
第 17～18 回，頁 256。

〔註79〕曹雪芹、高鶚原著，其庸等校注：《紅樓夢校注》（台北：里仁書局，1986 年）
第 23 回，頁 363。

〔註80〕曹雪芹、高鶚原著，其庸等校注：《紅樓夢校注》（台北：里仁書局，1986 年）
第 26 回，頁 411。

此時瀟湘館鳳尾般優雅的翠竹正如黛玉曼妙的情思。脂批云：「與後文"落葉蕭蕭，寒烟漠漠"一對，可傷可嘆。」以竹喻人，借竹抒情，竹意象在不同心境中呈現不同的風姿情韻。在第三十四回〈題帕三絕句其三〉云：「彩線難收面上珠，湘江舊迹已模糊，窗前亦有千竿竹，不識香痕漬也無？」詩中亦以竹寫情，情之深如娥皇、女英泣舜，終至淚漬斑竹，殉情而死。

大觀園中多處居所的庭園景物、藝術風格，都與居住者的品格氣質，審美風範相輝映，每個庭院曹雪芹賦予不同性格，也做到了典型環境與典型人物的統一。這鳳尾森森，龍吟細細之竹韻與細細長歎的黛玉融為一體，瀟湘館烘托出幽雅的氛圍，也呈現了黛玉嫻雅卻又沉鬱的人格特質，那婆娑的竹影與寂寞秀麗又百無聊賴消磨自己寶貴青春的黛玉是何其相像！寶玉挨打後，黛玉看見賈母等人前去探望，不禁想起有父母的好處，倍覺傷感。回瀟湘館

> 一進院門，只見滿地下竹影參差，苔痕濃淡，不覺又想起《西廂記》中所云：「幽僻處可有人行？點蒼苔，白露泠泠」二句來，因暗暗的歎道：「雙文雙文，誠為命薄人矣。然妳雖薄命，尚存孀母弱弟，今日林黛玉之命薄，一併連孀母弱弟俱無。」想到這裡，又欲滴下淚來……進了屋子，在月洞窗內坐了吃畢藥，只見窗外竹影映入紗面，滿屋內陰陰翠潤，几簟生涼。〔註81〕

此時之竹影已成為黛玉憂鬱心境之外化，搖曳的竹影，那淒清冷淡的氛圍更增添了她內心的淒楚惆悵。竹之描繪與黛玉的性格與心理有密切的關係，竹與黛玉的形象及生命已融而為一。《紅樓夢》中作者特別強調黛玉與斑竹的關係，〈秋爽齋偶結海棠社〉眾人起詩社取雅號時探春云：

> 當日娥皇女英灑淚在竹上成斑，故今斑竹又名湘妃竹。如今她住的是瀟湘館，她又愛哭，將來她想林姐夫，那些竹子也是要變成斑竹的。以後都叫他作「瀟湘妃子」就完了。〔註82〕

就給黛玉取了個「瀟湘妃子」的雅號，作者借探春之口為林黛玉取別號「瀟湘妃子」，不僅以舜與二妃愛情傳說暗喻寶黛愛情，且預示黛玉將思念寶玉而淚盡身亡之結局。更以二妃為愛堅貞淚盡身亡之情節影射了黛玉之情操。自古至今，斑竹意象不斷被複製，表達了對愛情的眷戀與執著。賈母兩宴大觀園

〔註81〕曹雪芹、高鶚原著，其庸等校注：《紅樓夢校注》（台北：里仁書局，1986年）第 35 回，頁 531。

〔註82〕曹雪芹、高鶚原著，其庸等校注：《紅樓夢校注》（台北：里仁書局，1986年）第 37 回，頁 559。

少歇一回，自然領著劉姥姥見識見識，先到了瀟湘館，一進門，只見

兩邊翠竹夾路，土地下蒼苔布滿，中間羊腸一條石子漫的路。〔註83〕

在「佳木蘢蔥，奇花閃閃」的園前區，有這麼一座南方翠竹掩映的庭院，作者寫瀟湘館極力突出「曲」子和「小」字，曲折的迴廊，羊腸般小徑，尺來寬盤旋竹下的小溪。院內只是小小的三間房，兩間小小的退步，房內是小門，整座館是精緻小巧的。「曲」字寓意黛玉迴腸九曲，心思綿密，多愁善感，「小」字則表現出她氣量狹小，喜歡使小性子，這「曲」「小」也正是黛玉的主要特徵。至於瀟湘館室內的擺設，劉姥姥二進大觀園時，曾與賈母及眾人參觀：

劉姥姥因見窗下案上設著筆硯，又見書架上磊著滿滿的書，劉姥姥道：「這必定是那位哥兒的書房了。」賈母笑指黛玉道：「這是我這外孫女兒的屋子。」劉姥姥留神打量了黛玉一番，方笑道：「這那像個小姐的繡房，竟比那上等的書房還好。」〔註84〕

黛玉房內有濃濃的書香味，其中的古琴、鸚哥、及廊下的竹林、花鋤襯托得更像「哥兒的書房」，表現著出身書宦之家的氣度。然而黛玉一直沈浸於理想與詩樣的世界中，少與外界交流。也養成了她孤高的性格，使她更加孤獨。第八十九回對黛玉屋內的擺設亦有詳細描寫：

寶玉走到裡間門口，看見新寫的一付紫墨色泥金雲龍箋的小對，上寫著：「綠窗明月在，青史古人空。」寶玉看了，笑了一笑，走入門去，笑問道：「妹妹做什麼呢？」黛玉站起來迎了兩步，笑著讓道：「請坐。我在這裡寫經，只剩得兩行了，等寫完了再說話兒。」因叫雪雁倒茶。寶玉道：「你別動，只管寫。」說著，一面看見中間掛著一幅單條，上面畫著一個嫦娥，帶著一個侍者；又一個女仙，也有一個侍者，捧著一個長長兒的衣囊似的，二人身邊略有些雲護，別無點綴，全仿李龍眠白描筆意，上有「鬥寒圖」三字……黛玉道：「豈不聞『青女素娥俱耐冷，月中霜裡鬥嬋娟。』」寶玉道：「是啊，這個實在新奇雅致，卻好此時拿出來掛。」〔註85〕

〔註83〕曹雪芹、高鶚原著，其庸等校注：《紅樓夢校注》（台北：里仁書局，1986年）第40回，頁613。

〔註84〕曹雪芹、高鶚原著，其庸等校注：《紅樓夢校注》（台北：里仁書局，1986年）第40回，頁613。

〔註85〕曹雪芹、高鶚原著，其庸等校注：《紅樓夢校注》（台北：里仁書局，1986年）第89回，頁1401。

那曲幽的庭園空間及景物風格與室內是一致的，瀟湘館的室內瀰漫著一股書卷味，在室內陳設中，士人階層對人格的期盼和文化素養往往通過書籍、畫畫楹聯、文玩古董、盆景、文具、茶具、琴棋等眾多器物及其相互組合而表現出來的。作者反復強調其室內空間和藝術風格與庭園之協調，連窗紗也是一色翠綠，突出了居住者過人的才識及高潔的人格。在園林美學中，對居住者人格理想的表現是比造景技藝更高的審美層次。

黛玉房中的字畫、詩箋烘托他的高雅絕俗，其中「綠窗明月在，青史古人空」預示著黛玉的早逝，且畫中「青女素娥俱耐冷，月中霜裡鬥嬋娟」則影射了釵黛二人最後均以悲劇結束。總之黛玉喜讀書，有讀書人的孤高正直及對理想的執著，然對封建教條的反抗，因無力突破傳統藩籬，也為自己的命運帶來危機。

第四十五回寶釵去探望黛玉走後天漸黃昏，瀝瀝淅淅下起雨來，秋霖脈脈，陰晴不定兼著那雨滴翠竹，更覺淒涼，那竹影苔痕讓黛玉觸景傷情，倍覺淒楚無依，瀟湘館秋雨中的竹陰沈如墨，無情的秋風秋雨打在竹梢上，雨滴順著竹梢滾落，在這秋風秋雨夜，黛玉擬〈春江花月夜〉寫下了〈秋窗風雨夕〉一詞。此時淒風苦雨，雨中的竹子已與秋燈秋屏諸意象交融，營造了一個秋風秋雨倍感淒涼的環境，也吻合了黛玉前途渺茫、婚事難測又無處訴說的淒苦心情。瀟湘館中掩映的翠竹與黛玉悲苦的命運已融為一體。瀟湘館更是黛玉哀與樂、愛與恨、生和死的場所。在第九十八回寫黛玉之死時亦有一段竹之描寫：

> 當時黛玉氣絕，正是寶玉娶寶釵的這個時辰。紫鵑等都大哭起來。
> 李紈、探春想他素日的可疼，今日更加可憐，也使傷心痛哭。因瀟
> 湘館離新房子甚遠，所以那邊並沒聽見。一時大家痛哭了一陣，只
> 聽得遠遠一陣音樂之聲，側耳一聽，卻又沒有了。探春、李紈走出
> 院外再聽時，惟有竹梢風動，月影移牆，好不淒涼冷淡。〔註86〕

此時幽怨的竹響聲與新婚的喜慶音樂形成強烈的對比，也產生震撼人心、為之動容的藝術效果。第一百零八回寶玉病癒後重遊大觀園，此時園中花木已枯萎，滿目蕭條淒涼，寶玉不禁感慨

> 我自病時出園，住在後邊，一連幾個月不准我來這裡，瞬息荒涼。

〔註86〕曹雪芹、高鶚原著，其庸等校注：《紅樓夢校注》（台北：里仁書局，1986 年）
第 98 回，頁 1522。

你看獨有那幾竿翠竹菁蔥，這不是瀟湘館麼！〔註87〕

往日柳拂春風，花招繡帶蔥蘢鬱茂的大觀園已不復在，獨有那幾竿翠竹依舊青蔥，此情此景，寶玉怎能不睹物思人，觸景傷情。一個才華洋溢，清新脫俗的少女就這麼淒涼悲憤的離開人間！一切景語皆情語，《紅樓夢》的翠竹意象已與人物交融。曹雪芹巧用神話、傳說，使作品帶著濃馥的神秘色彩。借「湘妃竹」的典故把林黛玉和湘妃女神神秘地結合在一起。湘妃與舜帝愛而不終，絳珠與神瑛相愛亦無果，瀟湘館的竹不僅表現了黛玉的堅貞高潔，孤直傲岸，不屈不撓的性格，且由瀟湘意象意蘊的歷史積澱呈顯了幽怨淒苦的氛圍，使竹意象與黛玉形象合而爲一。竹原型寄託的是引人魂牽夢縈的相思情懷。湘妃斑竹意象之代代相傳，就因竹意象存在著對美、善追求的執著，然而這追求終告失敗，「木石前盟」也註定是一場淒美的悲劇。文本中情景交融之描繪可堪玩味。

「情景交融」文學理論之淵源可上溯至漢代的《禮記》。《禮記、樂記》云：「凡音之起，人心生也。人心之動，物使之然也。」「樂者，音之所由生也；其本在人心之感於物也。……非性也，感於物而後動。」〔註88〕這段敘述中「物之使然」、「人之心動」等關於對"物感"之論述對後來詩學理論的發展有重大的影響。

劉勰《文心雕龍・物色》云：「春秋代序，陰陽慘舒，物色之動，心亦搖焉。物色相召，人誰獲安？……歲有其物，物有其容，情以物遷，辭以情發。」〔註89〕此段論述中，提及自然環境、氣候物象如何影響詩人之情思，即物對心的感發作用。劉勰把情感與其對物的感應相聯繫，提出「感物吟志」的觀點。及至鍾嶸的《詩品》是我國最早的詩論專著，亦云：「氣之動物，物之感人，故搖蕩性情，形諸舞詠。照燭三才，暉麗萬有，靈祇待之以致饗，幽微藉之以昭告。動天地，感鬼神，莫近於詩人。」〔註90〕其「物之感人」說強調了物我合一，及主客觀的結合。「物感」說乃應運而

〔註87〕曹雪芹、高鶚原著，其庸等校注：《紅樓夢校注》（台北：里仁書局，1986年）第 108 回，頁 1639。

〔註88〕四庫全書存目叢書編纂委員會：《經部・禮記》（莊嚴文化有限公司，1996年）頁 88～719。

〔註89〕〔梁〕劉勰《文心雕龍》《景印文淵閣四庫全書・集部四一七・詩文評類》（台灣商務印書館，1986年）頁 1478-64。

〔註90〕〔梁〕鍾嶸《詩品》《景印文淵閣四庫全書・集部四一七・詩文評類》（台灣商務印書館，1986年）頁 1478-190。

生。這「情、物互相感發」及「心、物交融」的觀點對「情景交融」理論的產生有密切的關係。

　　後來南宋范晞文《對床夜語》中有「感時花濺淚，恨別鳥驚心，情景交觸而莫分也。」〔註 91〕之論。明朝謝榛《四溟詩話》云：「「景乃詩之媒，情乃詩之胚」〔註 92〕注重情與景之間的關係。至清代王夫之在《姜齋詩話》中對情景交融有更進一步的論說：「興在有意無意之間，此亦不容雕刻；關情者景自與情相為珀芥也。情景雖有在心在物之分，而景生情，情生景，哀樂之融，榮悴之迎，互藏其宅。」〔註 93〕「情景名為二，而實不可離。神於詩者，妙合無垠的。巧者則有情中景，景中情。」〔註 94〕王夫之提出了情景相互生發、交融的論點，情景是不可分離、妙合無垠的。至王國維云：「昔人論詩詞有景語、情語之別。不知一切景語，皆情語也。〔註 95〕」「境非獨謂景物也。喜怒哀樂亦人心中之一境也。」可知情景交融的最高境界是情與景的相融相兼，渾然一體。曹雪芹對瀟湘館環境之描寫，深化了人物的性格，使黛玉的主觀感情與瀟湘館的外部環境獲得了高度的統一與融合。

　　在描寫環境時運用自然環境與人物融合來塑造人物，凝神觀照時，我們心中除開所觀照的對象，別無所有，於是在不知不覺之中，由物、我兩忘進到物、我合一的境界，此物我同一的現象即是德國美學家立普司（Theodor Lipps 1851～1914）所云：「移情作用」〔註 96〕，自然環境成塑造人物的園地。此外亦有一法為對照，就是從反面寫人的技法，以樂景寫哀，或以哀景寫樂，如「昔我往矣，楊柳依依。今我來思，雨雪霏霏。」依依楊柳，美好春色中卻要別離了，冰天雪地，雨雪霏霏的天氣裡令人高興的是征人將回鄉之時，誠如王夫之所言：「以樂景寫哀，以哀景寫樂，倍增其哀樂。」《紅樓夢》中經常以自然環境塑造人物，使景與人諧或相對照。

　　作者曾數次以色彩描寫了瀟湘館，第一次在第十七～十八回，寫瀟湘館「一帶粉垣，數楹精舍，有梨花、芭蕉，也有一注清泉，幾百竿翠竹掩映」。

〔註91〕〔南宋〕范晞文：《對床夜語》《景印文淵閣四庫全書·集部四一七·詩文評類》（台灣商務印書館，1986 年）頁 1481-862。

〔註92〕〔明〕謝榛：《四溟詩話》《明詩話全編》（鳳凰出版社，1997 年）頁 3158。

〔註93〕〔清〕王夫之《詩繹》《船山全書》（嶽麓書社，1996 年）頁 809、814。

〔註94〕〔清〕王夫之《夕堂永日緒論·內編》《船山全書》（嶽麓書社，1996 年）頁 825。

〔註95〕王國維：《人間詞話》（頂淵文化事業有限公司，2007 年）頁 3、頁 42。

〔註96〕朱光潛：《文藝心理學》（台灣開明書店，1996 年）頁 34。

第二次是第二十六回，黛玉瀟湘館滿眼滿耳是「鳳尾森森，龍吟細細」又有湘簾垂地，一縷幽香從碧紗窗中暗暗透出。第三次是第三十五回，黛玉和紫鵑回來，觸目是「窗竹影參差，苔痕淡淡」。「窗外竹影映入紗來，滿屋內陰陰翠潤，几簟生涼。」第四次為第四十回，賈母帶領劉姥姥等人至這兒閒逛，看瀟湘館的窗紗顏色舊了，為它換上霞影紗。第五次為第四十五回，描寫黛玉秋窗聽雨的淒苦心情，那碧紗窗外，秋霖脈脈，點點滴滴打在竹梢上，更見淒涼。

　　瀟湘館在寶玉、黛玉戀愛時期是"蒼苔濃淡"，"鳳尾森森，龍吟細細"（二十六回），而"竹影參差，苔痕濃淡"、"湘簾垂地，悄無人聲"（三十五回）這幽清的周遭，把黛玉烘托得婷婷裊裊，多愁善感。瀟湘館自然景物，更塑造了黛玉的性格。那竹蔭下，月洞窗中，把黛玉烘托得更加嫻靜幽雅，「窗下案上放著筆硯」、「書架上放著滿滿的書」更襯托出黛玉的文化氣息，真是以景現人，渾然一體。及至黛玉去世時「李紈走出院外再聽時，惟有竹梢風動，月影移牆，好不淒涼冷漠」（第九十八回）。至第一百零八回寶玉病後重返大觀園，則「獨有那幾竿翠竹青蔥」，以景烘托情，一派淒涼景象。

　　孤獨往往是高潔之士的心理寫照，而住在翠竹掩映的瀟湘館中的黛玉也是孤獨的。瀟湘館中的竹烘托出黛玉的生活情境，也表現了她在風刀霜劍之下仍執著 追求美善的高潔堅貞的品德。竹的風姿神韻表現了黛玉孤標傲世的隱士之風，更襯托其細膩多思的性格。鳳尾森森、龍吟細細感其喜，落葉蕭蕭，寒煙漠漠則襯其悲。《紅樓夢》文本中具有豐富的審美內涵，且諸多意象與全書的故事敘述和悲劇意識有深度的契合，賦予文本以無窮的文學魅力。瀟湘館的竹表現了黛玉堅貞、高潔的隱士情操，及其孤直傲岸，不屈不撓的性格。曹雪芹寫黛玉即在寫自己，黛玉形象是家道敗落後之精神寫照，綠竹深處佳人的憂傷高潔隱喻作者的傷情，湘妃竹斑斑淚痕是作者悲情的象徵。〔註97〕且由瀟湘意象意蘊的歷史積澱呈顯了情思與離愁這些幽怨淒苦的氛圍。作者藉意象的渲染、烘托及疊加，黛玉的性格特徵、情感世界及命運也得到更具體的呈顯。

三、淚水

　　淚水為水之一種形式呈現，水具有創生萬物的生殖原初意象。《管子、水

〔註97〕孔嬋：〈論林黛玉形象蘊含的作者悲情〉《文學教育》，2010 年 4 月。

地》云：「太一生水，……是古太一藏於水，行於時，周而復始，以己爲萬物之母。」「太一生水，且水亦生萬物。」《管子、水地》曰：「水者何也？萬物之本原也，諸生之宗室也，美惡賢不肖俊之所產也。」水既是太初之時混沌未開之實況描述也是化生萬物之生殖意象。PE 威爾賴特（P.E Wheelwright, 1901～1970）曾解釋「洗禮」的意義說：「水這個原型性象徵，其普遍性來自它的複合的特性：水既是潔淨的媒介，又是生命的維持者。因爲水既象徵著純淨又象徵著新生命。在基督教的洗禮儀式中這兩種觀念結合在一起了，洗禮用水一方面象徵著洗去原罪的污濁，另一方面又象徵著即將開始的精神新生」〔註98〕

　　水除了潔淨與再生之外尚有多種意涵，老子以水爲「上善」其〈第八章〉云：「善利萬物而不爭」，有柔弱勝剛強之意涵。《論語·子罕》曾言孔子從水流悟出「逝者如斯，不舍晝夜」的道理。荀子在〈宥坐〉中曾以水爲民心，云「君者舟也，庶人者水也，水能載舟，亦能覆舟。」有人從水中見到了性，《全晉文·卷四十九傅子》云：「人之性如水焉，置之圓則圓，置之方則方。」也有人從水中悟到「德」，《尸子》云：「水有四德，沐浴群生，通流萬物，仁也；揚清激濁，蕩去滓穢，義也；柔而難犯，弱而能勝，勇也；導江疏河，惡盈流謙，智也。」《韓詩外傳》亦曰：「夫水者緣理而行，不遺小，似有智者；重而下，似有禮者；蹈深不疑，似有勇者；鄣防而清，似知命者；歷險致遠，似有德者；天地以成，群物以生，國家以寧，萬事以平，此智者所以樂於水也。」由上可知水的意涵是相當豐富的。尤其流水一去不復返向我們展現的是離別依依之情懷及別後思念斷腸之椎心之痛，也成爲騷人墨客藉以抒懷之意象。

　　水有相思之意涵，《詩經、蒹葭》：「蒹葭蒼蒼，白露爲霜。所謂伊人，在水一方。溯洄從之，道阻且長，溯游從之，宛在水中央。」表達的是求而不得的惆悵。《詩經·漢廣》：「漢之廣矣，不可泳思；漢之廣矣，不可方思。」是淒苦無助的悲難。〈古詩十九首·迢迢牽牛星〉：「迢迢牽牛星，皎皎河漢女。纖纖擢素手，札札弄機杼。終日不成章，泣涕零如雨。河漢清且淺，相去復幾許。盈盈一水間，脈脈不得語。」是古往今來情人隔水相望的無奈。建安詩人徐幹〈室思五章之三〉云：「自君之出矣，明鏡暗不治。思君如流水，無

〔註98〕P.E 威爾賴特《隱喻與眞實·第六章》引自葉舒憲編《神話——原型批評》（西安：陝西師範大學出版社，1987 年）頁 228。

有窮已時。」水呈現的意涵是不斷的愁情。漢樂府民歌〈上邪〉:「江水爲竭，乃敢與君絕！」是堅貞不渝的信約。唐朝劉禹錫〈竹枝詞〉:「山桃紅花滿山頭，蜀江春水拍山流。花紅易衰似郎意，水流無限似儂愁。」及其〈浪淘沙〉云:「流水淘沙不暫停，前波未滅後波生。」亦表達了思念之情之不停止。白居易〈長相思〉:「汴水流、泗水流，流到瓜洲古渡頭。吳山點點愁。思悠悠，恨悠悠，恨到歸時方始休。月明人倚樓。」悠悠離情就如流水之綿長。其〈浪淘沙〉更云:「借問江潮與海深，何似君情與妾心。相恨不如潮有信，相思始覺海非深。」李冶〈相思怨〉:「人道海水深，不抵相思半。海水尚有涯，相思渺無畔。」魚玄機〈江陵愁望有寄〉亦云:「楓葉千枝復萬枝，江橋掩映暮帆遲。懷君心似西江水，日夜東流無歇時。」皆言相思之情如流水無歇時。

水亦有離愁之意涵，宋朝姜夔〈過德清〉:「溪上佳人看客舟，舟中行客思悠悠。烟波漸遠橋東去，猶見欄杆一點愁。」這離愁隨遊人之遠去而漸行漸濃。寇準〈江南春〉:「杳杳烟波隔千里，白蘋香散東風起。日落汀洲一望時，柔情不斷如春水。」以流水喻不斷之愁情。向滈〈踏莎行〉:「萬水千山，兩頭三緒。憑高望斷迢迢路。錢塘江上客歸遲，落花流水青春暮。步步金蓮，朝朝瓊樹。目前都是傷心處。飛鴻過盡沒書來，夢魂依舊陽台雨。」那啼血思念就如流水那樣遠渺不斷。

園林建築中，水是園之命脈，無水則無生氣，有水則脈理相通。園林中千姿百態的水，其風韻、氣勢，及其引發之聲音，均能予人以美的感受。而且水是流動的，遇低則瀉，遇窄則激，遇石則濺，遇沼則靜。靈動精致。李紈做詩稱道:「秀水明山抱復回，風流文采勝蓬萊。」元春題詩云:「銜山抱水建來精」，此園應爲以水爲主之庭園。大觀園內有三股水流，水源在舊會芳園之北邊。會芳園本是從北角牆下引來的一股活水，水源處有水閘，閘上有橋:

> 至一大橋前，見水如晶簾一般奔入。原來這橋便是通外河之閘，引
> 泉而入者〔註99〕……寶玉道:「此乃沁芳泉之正源，就名沁芳閘。」
> 〔註100〕

〔註99〕己卯本脂硯齋重評石頭記:「寫出水源，要緊之極。近之畫家著意於山，若不講水。又造園圃者，惟知弄莽憨頑石壅体擠塚，輒謂之景，皆不知水爲先者。此園大概一描，處處未嘗離水，蓋又未寫明水之從來，今終補出，精細之至。」陳慶浩:《新編石頭記脂硯齋評語輯校》(台北，聯經出版社，1986 年) 頁 321。

〔註100〕曹雪芹、高鶚原著，其庸等校注:《紅樓夢校注》(台北:里仁書局，1986 年) 第 17～18 回，頁 263。

大觀園的水本是從北拐角牆引來的一股活水。至於三股水源首先從那閘起流至那洞口，即水的幹流由沁芳閘流至沁芳亭附近的洞口。次爲從東北山坳裡引到那村莊裡，大觀園之東北有山，元春曾命令在園子東北角山坡上應多種些松柏，也派了賈芸處理這件事，至於村莊，應指稻香村。稻香村附近分畦列畝，種植蔬菜，自須有水灌漑。再次爲又開一道岔口引到西南上，在怡紅院附近，從那牆下出去，至於各處住屋也都水脈相連，紫菱洲、荇葉渚等處都建有碼頭。稻香村即引附近之水灌漑。至於怡紅院後的花障之側，亦有青溪阻隔。大觀園的水處處勾連，永遠流動，無一處死水，曹雪芹以活水比喻園中人物之純潔且充滿靈氣。這股活水原是從寧府會芳園引入的。寶玉爲此水取名曰沁芳。第十六回甲戌夾批：「園中諸景最要緊是水，亦必寫明方妙。」沁芳過後即瀟湘館。

> 於是山亭過池，一山一石，一花一木，莫不著意觀覽。忽抬頭看見前面一帶粉垣，裡面數楹修舍，有千百竿翠竹遮映。眾人都道：「好個所在……後院牆下忽開一隙，得泉一派，開溝僅尺許，灌入牆內，繞階緣屋至前院，盤旋竹下而出。〔註101〕

且園中其他處的水也都流經瀟湘館曲折而下至稻香村，過荼蘼架，入木香棚，越牡丹亭，過芍藥圃，入薔薇院，出芭蕉塢，盤旋曲折及至蓼汀花漵。泉水於此穿牆而過。經蘅蕪苑，過天仙寶境，幾番曲折即至怡紅院。

> 轉過花障，則見青溪前阻。眾人咤異：「這股水又是從何而來？」賈珍遙指道：「原從那閘起流至那洞口。從東北山坳裡引到那村莊裡，又開一道岔口，引西南上，共總流到這裡，仍舊合在一起，從那牆下出去。」眾人聽了都道：「神妙之極。」〔註102〕

這股泉水從沁芳閘流經各處總匯於怡紅院。此泉水在沁芳閘乃清純之水，經瀟湘館到蓼汀花漵，愈發清澈：

> 只見水上落花愈多，其水愈清，溶溶蕩蕩，曲折縈迂。池邊兩行垂柳，夾著桃杏，遮天蔽日，眞無一些塵土。〔註103〕

〔註101〕曹雪芹、高鶚原著，其庸等校注：《紅樓夢校注》（台北：里仁書局，1986年）第 17～18 回，頁 256。

〔註102〕曹雪芹、高鶚原著，其庸等校注：《紅樓夢校注》（台北：里仁書局，1986年）第 17～18 回，頁 265。

〔註103〕曹雪芹、高鶚原著，其庸等校注：《紅樓夢校注》（台北：里仁書局，1986年）第 17～18 回，頁 260。

然而到怡紅院，從牆下流出大觀園後就不乾淨了。在《紅樓夢》裡，象徵潔淨與新生命的水更形化為「女兒」與「花」共同形成女性的意象核心，與美石化身的寶玉展開互相依存的緊密關係。作為「諸艷之冠」、「絳洞花王」的寶玉所住怡紅院可說「總一園之水」，由沁芳園自外入之水最後「其總流到這裡，仍舊合在一處，從那牆下出去。」（第十七回），隱含了「通部情案，皆必從石兄挂號」之象徵意義。水如女兒如花的潔淨充分彰顯水對石的淨化作用。〔註104〕

《紅樓夢》水意象象徵著大觀園中眾女兒高潔的心靈，是情愛的象徵。大觀園中有「一帶清流」，有「清溪瀉雪」，流向瀟湘館便盤旋竹下而出，「其水愈清，溶溶蕩蕩，曲折縈迂」，這一脈清澄潔靜的水溪名之曰「沁芳泉」。除了泉水外，水意象有時更以梨花輕「露」，石徑薄「霜」形式出現，有時也化為寒「雨」，打於竹梢、芭蕉或寂寂秋窗，有時更凝結成「雪」，飄舞於梅花枝頭及園中眾女子的詩篇中。有時又聚成「淚」，無風仍脈脈，不雨亦瀟瀟。大抵來說清溪、寒雨、冷雪、薄霜、輕露、淚水乃實體性水意象，而太虛幻境中靈河、愁海、情海則為虛擬性水意象。〔註105〕《紅樓夢》中水與人是交融在一起的，寶玉曾言「女兒是水做的骨肉。」借助水賦予女兒以獨立的靈性。水意象對應的諸意象尚有流水、雨水、眼淚、靈河。水不僅給女兒「形」，也給了女兒「靈」。水，從眼裡流出的是淚，從心裡流出則為血。血淚做為水的化身在文本中經常與純潔女兒終生相伴。靈河岸邊三生石畔的絳珠仙草以淚酬報赤瑕宮神瑛侍者灌溉之恩。黛玉侍女紫鵑亦有啼血杜鵑之寓。《紅樓夢》中血與淚為女兒形象增添了悲劇色彩，血與淚亦為水之另一形式呈現。在文本中象徵潔淨與新生命的水化形為「女兒」，與花意象都是代表女性的核心意象。風神靈秀的林黛玉，第一次出現於寶玉眼中即有如芙蓉傍水而生，承露而活之描繪：

> 兩彎似蹙非蹙罥煙眉，一雙似喜非喜含情目。態生兩靨之愁，嬌襲一身之病。淚光點點，嬌喘微微。閒靜時如姣花照水，行動處似弱柳扶風。心較比干多一竅，病如西子勝三分。〔註106〕

〔註104〕歐麗娟：《紅樓夢人物立體論》（台北：里仁書局，2006年）頁38。
〔註105〕俞曉紅：〈悲歌一曲水國吟——紅樓夢水意象探幽〉《紅樓夢學刊》1997年。
〔註106〕曹雪芹、高鶚原著，其庸等校注：《紅樓夢校注》（台北：里仁書局，1986年）第3回，頁53。

寶玉言女兒是水，黛玉之眉爲罥烟眉，彎似曲流，淡如青烟。那「含情目」柔媚如波，晶亮似水。「淚光點點」如花瓣上之晨露滴滴。又像溪邊水痕斑斑。「閑靜時如姣花照水，行動處似弱柳扶風」，正體現了她如芙蓉傍水而生承露而活搖曳生姿的風韻體態。黛玉恰似一枝風露清愁的水中蓮花。在她身上，人們彷彿看到那凌波微步，羅襪生塵，灼若芙蓉出綠波的洛神宓妃款款而至。她的生命正是因水而生，到人世之唯一目的就是還淚。她是傍水而生的芙蓉，神瑛的甘露乃其生命之內質，一旦淚盡，生命之水乾涸，生命也即枯萎。她前身乃河岸邊三生石畔的絳珠仙草，得赤瑕宮內神瑛侍者每日甘露之灌漑，又得天地精華而修成女體，絳珠血脈中生命之水爲甘露，承甘露而生之絳珠仙子自是靈秀，曹雪芹以水喻女兒之眼、淚、體態，乃水意象內涵之拓張。

　　淚爲水意象的另一形式呈現，林黛玉乃絳珠仙子轉世，爲報神瑛侍者澆灌甘露之恩，鬱結一股纏綿不盡之意，思欲下凡還淚。脂評更認爲《石頭記》乃曹雪芹以自己的血淚化成。由天庭神瑛侍者的灌漑之恩至凡間黛玉的還淚報恩，使黛玉一生與眼淚爲伴，淚是她宣洩情感的主要意象。誠如第五回〈紅樓夢曲・枉凝眉〉所云：「想眼中能有多少淚珠兒，怎經得秋流到冬盡。春流到夏。」那靈河無疑是靈界淚河。大觀園中脈脈泉流正是靈河在凡界之投影，無聲地映現著黛玉的點點淚痕。甘露與河水源源不斷地給予這生命所需的淚水，也蕩滌了頑石的塵泥。不僅流淚，心中亦淌血，或淚盡繼之以血。〈葬花吟〉云：「獨倚花鋤淚暗灑，灑上空枝見血痕。杜鵑無語正黃昏，荷鋤歸去掩重門。」此時之淚已化爲血。〈桃花行〉亦云：「胭脂鮮艷何相類，花之顏色人之淚。若將人淚比桃花，淚自長流花自媚。」「一聲杜宇春歸盡，寂寞簾櫳空月痕。」與花之顏色、胭脂相類的人淚即「血淚」，她淒艷欲絕的〈葬花吟〉〈題帕三絕句〉無異是三首詠淚詩。「秋閨怨女拭啼痕」，血淚凝就了她的一生。寶玉於馮紫英家中唱之曲子〈紅豆詞〉：「滴不盡相思血淚拋紅豆，開不完春柳春花滿畫樓。」即直接用「血淚」一詞。他爲晴雯作〈芙蓉女兒誄〉云：「汝南淚血，斑斑灑向西風。」一字一咽，一句一啼，可知其悲痛之深。〔金〕董解元《西廂記諸宮調・卷六》：「君不見滿川紅葉，盡是離人眼中血。」以眼中血表達離人內心的哀傷、悲痛。《紅樓夢》中黛玉之「血淚」，乃爲寄人籬下，父母喪死，及愛情無果而流。那群芳髓（碎）千紅一窟（哭）、萬艷同杯（悲）的博大深邃的悲劇情懷，正是黛玉的美麗卻悲劇的命運。

　　黛玉之生乃得之於水的滋潤，她淚盡而亡，意謂著生命之水的乾涸而至

生命枯萎。淚盡而亡實指情盡而亡。曹雪芹想以情填補這無情世界之空白，然畢竟封建勢力太強了，於是黛玉只好又幻化成絳珠草回到靈河岸邊。在神話中，水意象象徵著生命的無限循環，是生育、成長、死亡、復活循環歷程中的必然條件。絳珠草承甘露之恩修成女體，其因水而生，長於西方靈河岸邊，若其死亡亦可借助於水復活返回太虛幻境的靈河岸邊。當黛玉淚盡而亡時，寶玉也撒手人寰，遁入空門，由此不難體會作者對美好的事物的追求難以實現，所發出的蒼涼悲嘆。

　　雨亦爲水意象的另一方式呈現，在古典詩文裡，反映著文人獨特的情感活動和審美內容的意象符號，有其豐富之意涵。可表現出優雅之意境。司空圖《詩品・典雅》云：「玉壺買春，賞雨茅屋。」賞雨成文人雅好，宗白華云：「風風雨雨，也是造成間隔的條件，一片烟水迷離的景象是詩意，是畫境。」〔註107〕王維〈輞川別業〉云：「雨中草色堪綠染，水上桃花紅欲然。」自然界有雨的滋潤更顯得生機盎然。白居易〈夜雨〉：「隔窗知夜雨，芭蕉先有聲。」詩人聽雨，接近雨，使自己成自然的知己。其〈長恨歌〉云：「玉容寂寞淚闌干，梨花一枝春帶雨。」陸游〈秋雨北榭作〉云：「了卻文書早尋睡，檐聲偏愛枕間聞。」在雨的點滴聲中，洗滌了人間煩悶，聽雨觀雨是一種詩意的人生境界。

　　然風雨亦是無情，在蕭瑟秋景中的風雨飄零，淚雨同滴，雨水彷彿是天之淚，而淚水又如愁雨。宋朝張詠〈雨夜〉：「無端一夜空階雨，滴破思鄉萬里心。」雨滴破了詩人淒苦之心。〔宋〕柳永〈雨霖鈴〉：「寒蟬淒切，對長亭晚，驟雨初歇。都門帳飲無緒，留戀處，蘭舟催發。執手相看淚眼，竟無語凝噎。念去去千里煙波，暮靄沈沈楚天闊。」宋朝李清照〈聲聲慢〉：「梧桐更兼細雨，到黃昏點點滴滴，這次第，怎一個愁字了得。」愁雨承載著詞人的悲苦抑鬱。明代袁凱〈客中夜雨〉：「一聲新雁三更雨，何處行人不斷腸。」淒風苦雨使詩人更加悲涼。雨絲綿細，薄如輕霧，有其審美效應。曹雪芹在瀟湘館後院亦有大株的梨花及芭蕉，爲黛玉佈置了一賞雨聽雨的情境。第四十回中黛玉云：「我最不喜歡李義山的詩，只喜他這一句：『留得殘荷聽雨聲』，偏你們又不留著殘荷了。」雨落殘荷是種淒美，也恰如黛玉多愁善感的特質。

　　曹雪芹亦在雨飛竹林、雨打芭蕉的氛圍中描繪了一個淒楚、詩意的林黛玉。〈葬花吟〉云：「青燈照壁人初睡，冷雨敲窗被未溫。」冷雨、淒涼反映

〔註107〕宗白華：《美學散步》（上海：人民出版社，1981 年）頁 21。

出詩人飄泊孤獨的心境。在青苔斑駁、羊腸小道的瀟湘館，作者更安排了整
日淅淅瀝瀝下個不停的淒風苦雨。打在亭亭而立的瘦竹，正是淚流不止，清
瘦多病的黛玉寫照，正如其〈代別離・秋窗風雨夕〉云：「羅衾不奈秋風力，
殘漏聲催秋雨急。連宵脈脈復颼颼，燈前似伴離人泣。寒烟小院轉蕭條，疏
竹虛窗時滴瀝。不知風雨幾時休，已教淚洒窗紗濕。〔註108〕」秋霖脈脈烘托
著孤影，更顯黛玉之悲苦。

　　一字一啼，窗外的雨已成黛玉心靈流淌的淚水，那雨聲點點滴滴，雨意
越清寒，雨珠愈沈重。人間泣聲細細，上天是冷雨瀟瀟，雨水如上天之淚。
雨聲挑動著黛玉淒寒孤寂的心緒。雨不僅是自然現象，也是傾訴的對象。人
間泣聲細細，淚雨漣漣時，上天也為之寒風淒淒，冷雨淅瀝。雨如上天的眼
淚，為黛玉真情被藐視而潸然淚下，於是當黛玉悲情戚戚時，窗外亦春雨淒
淒，秋霖脈脈，雨意象蘊含著黛玉哀怨無極，天與同泣之意涵。黛玉孤苦幽
怨的愁思隨著雨的飄落，點點滴滴，灑進我們的心裡。雨匯聚著她眼底的淚
和心底的愁，那冷冷清清，無邊無際的怨雨苦雨，正如黛玉對苦痛的人生莫
可奈何的惆悵心境。水及其延伸之意象淚與雨的疊加，把黛玉的形象渲染得
如此淒迷、幽怨。

四、桃花

　　有關桃花意象文化意涵的探索，文學作品中，花卉不僅具備植物特性，
更被賦予象徵意義，花卉的人格化使花之美與人物外貌、性情及道德形成比
附關係。在花與人相互映襯中呈現了人物的魅力。曹雪芹在選取桃花意象時
是受了中國傳統文化的薰陶的，桃化屬薔薇科之櫻桃屬，為落葉喬木，花盛
開於三月中旬至四月初，桃花一旦開遍以其絢麗的色彩令人振奮，營造出雲
蒸霞蔚般綺麗景象最宜烘托氣氛，抒發熱烈的情緒。

> 桃之夭夭，灼灼其華。之子于歸，宜其室家。
> 桃之夭夭，有蕡其實，之子于歸，宜其家室。
> 桃之夭夭，其葉蓁蓁，之子于歸，宜其家人。《詩經・周南・桃夭》
> 〔註109〕

〔註108〕曹雪芹、高鶚原著，其庸等校注：《紅樓夢校注》（台北：里仁書局，1986年）
　　　　第45回，頁696。
〔註109〕〔清〕姚際恆撰：《詩經通論》（廣文書局，1999年）頁23。

此詩以桃起興描繪女子出嫁的熱鬧場景。姚際恒於《詩經通論》云：「桃花色最艷，故以取喻女子，開千古詞賦詠美人之祖」詩中以桃花喻美人之外，更以桃花之盛開渲染婚禮時熱鬧及幸福的氣氛。《詩經》中亦有其他詩篇亦提及桃花，如：〈魏風‧園有桃〉：「園有桃，其實之殽。」〈衛風‧木瓜〉：「投我以木桃，報之以瓊瑤。」〈召南‧何彼襛矣〉：「何彼襛矣，華如桃李。」〈大雅‧抑〉：「投我以桃，報之以李。」……由此可知先秦時桃花意象在人們生活中影響是很大的

後代亦不乏以桃花意象形容美女的。魏晉時期曹植云「南國有佳人，榮華若桃李。」以桃花形容絕代佳人。唐詩中以桃花吟詠美人之詩作更多，崔護〈題都城南庄〉云：「去年今日此門中，人面桃花相映紅，人面不知何處去，桃花依舊笑春風。」以桃花映紅顏，嫣然怒放的桃花如少女的嬌艷嫵媚，「人面桃花」遂成美女的代稱。元稹〈桃花〉云：「桃花淺深處，似勻深淺妝」，形容女子自然而富層次的妝容。劉禹錫〈竹枝詞〉亦云：「山桃紅花滿上頭，蜀江春水拍山流，花紅易衰似郎意，水流無限似儂愁。」此詩藉如火燃燒的山桃紅花刻劃激情的熱戀，也表現了少女微妙細膩的戀愛情思。至宋朝蔡伸〈蘇武慢〉：「小園香徑，尚想桃花人面。」亦以桃花形容美人的臉。元朝劉致在〈朝天子，同文子方鄧永年泛洞庭湖宿鳳凰台下〉有：「楊柳宮眉，桃花人面，是平生未了緣。」的感嘆。

桃花亦有強烈的韶光意識，李白〈代別情人〉云：「桃花弄水色，波蕩搖春光。」韋莊〈菩薩蠻〉亦云：「桃花春水綠，水上鴛鴦浴。」白居易〈大林寺桃花〉又云：「人間四月芳菲盡，山寺桃花始盛開。」到宋朝蘇軾〈惠崇春江晚景〉亦云：「竹外桃花三兩枝，春江水暖鴨先知。」秦觀〈行香子〉：「小園幾許，收盡春光，有桃花紅、李花白、菜花黃。」桃花有明顯的季節意識，可說是春天的使者，此外桃花亦寄託著文人雅士對隱逸生活的嚮往。自陶淵明在〈桃花源記〉中把遠離人間的仙境名為「桃花源」後，桃花意象即與隱逸生活聯結，也生發出不少的桃花詩。唐朝王維的〈菩提寺禁口號又示裴迪〉：「安得捨羅網，拂衣辭世喧。悠然策藜杖，歸向桃花源。」其〈桃源行〉亦云：「春來遍是桃花水，不辨仙源何處尋。」韓愈〈桃源圖〉又云：「神仙有無何渺茫，桃源之說誠荒唐。」杜甫〈不寐〉更云：「多壘滿山谷，桃源無處求。」張旭〈桃花溪〉也云：「隱隱飛橋隔野烟，石磯西畔問漁船，桃花盡日隨流水，洞在清溪何處邊？」。桃花源象徵理想世界，也成為文人雅士精神棲

息之所，形成了「桃花源情結」。那鮮艷的桃花代表了詩人對隱逸生活的追慕。然而桃花質性柔弱，經不起風吹雨打，速開 速謝，常給人韶光易逝生命短促之聯想，以致產生紅顏命薄之慨嘆。唐朝岑參〈長門怨〉：「綠錢生履跡，紅粉濕啼痕。羞被桃花笑，看春獨不言。」歌詠的是長門宮陳皇后的哀怨。李白在〈前有一樽酒行二首〉有時不我與的悲嘆：「青軒桃李能幾何，流光欺人忽蹉跎。」杜甫〈奉酬李都督表丈早春作〉：「紅入桃花嫩，青歸柳葉新。望鄉應未已，四海尚風塵。」他漂泊他鄉，故鄉的桃花總在無意中觸動他思鄉的愁緒。元稹〈南家桃〉：「南家桃樹深紅色，日照露光看不得。樹小花狂易風吹，一夜風吹滿牆北。離人自有經時別，眼前落花新嘆息。更待明年花滿枝，一年迢遞空相憶。」是詩人鬱鬱不得志的寫照。至於劉禹錫〈元和十年自朗州至京，戲贈看花諸君子〉：「紫陌紅塵拂面來，無人不道看花回。玄都觀裡桃千樹，盡是劉郎去後栽。」他因諷刺京城阿諛奉承的官員而被貶，十四年後回京激憤的寫下〈再遊玄都觀〉：「百畝園中半是苔，桃花淨盡菜花開。種桃道士歸何處，前度劉郎今又來。」表達的是自己不畏權貴，絕不妥協的鬥志。其〈竹枝詞九首之二〉云：「山桃紅花滿山頭，蜀江春水拍山流。花紅易衰似郎意，水流無限似儂愁」借桃花之衰敗，感嘆愛情的流逝。劉希夷〈代悲白頭吟〉云：「洛陽城東桃李花，飛來飛去落誰家。洛陽女兒惜顏色，行逢落花長嘆息。今年落花顏色改，明年花開復誰在。」「古人無復洛城東，今人還對落花風。年年歲歲花相似，歲歲年年人不同。」唱出了古今對紅顏易老、韶光易逝的慨嘆！宋朝周密〈清平樂〉：「一樹桃花飛茜雪，紅豆相思暗結」，所說的是相思愁苦。陸游〈釵頭鳳〉：「桃花落，閒池閣，山盟雖在，錦書難託。」將他與唐婉的愛情感傷抒寫得纏綿淒迷。在〈泛舟觀桃花〉云：「花徑二月桃花發，霞照波心錦鯉山。說與東風直須惜，莫吹一片落人間。」抱怨的是無情吹散桃花的春風。文人墨客雖然表象書寫的是桃花，其實乃借題發揮，在抒發自己的不如意。

　　桃花以它絢麗的色彩，繽紛的落英觸動了人的情緒和情感，成為一種共同的認可的信息載體，也積澱著心裡深層的民族集體記憶。桃花意象絢麗多姿，是春天的代名詞，妖艷鮮嫩如青春煥發的美貌女子。然而桃花短暫盛開後便碾落成泥，黯然失色，恰若短暫的生命中或懷才不遇，或生不逢時，文人墨客便將自己鬱結的情懷寄託於桃花加以抒發，桃花也成為悲情的象徵。桃花文化，是中國不幸女性與淪落文人的文化，當我們審視此文化特質時，

怎能不為封建專制中女性的悲慘命運及失意文人喟嘆！曹雪芹受傳統文化的薰陶，將桃花意象與作品交融在一起，創造出一個生動鮮明的意境。豐富多彩的桃花意象為作者提供了創作的泉源，桃花意象深化了黛玉此一人物形象，作者把人、花、時代交織在一起，借桃花詠嘆黛玉的悲劇命運。

〔唐〕皮日休在〈桃花賦〉中評桃花為「花中第一」．「艷中之艷」，曹雪芹就用桃花比喻黛玉的嬌美容顏。「桃腮」、「薄面」（二十三回）「真合壓倒桃花」（三十四回），曹雪芹取桃花妍麗嬌嫩卻易凋零之特質比喻林黛玉嬌怯病弱的身體及無法把握的命運。當大夥兒議定重起詩社，寶玉一群人往稻香村走，一壁走，一壁看紙上寫著〈桃花行〉一篇：

> 桃花簾外東風軟，桃花簾內晨妝懶，簾外桃花簾內人，人與桃花隔不遠……侍女金盆進水來，香泉影蘸胭脂冷。胭脂鮮艷何相類，花之顏色人之淚。若將人淚比桃花，淚自長流花自媚。淚眼觀花淚易乾，淚乾春盡花憔悴。憔悴花遮憔悴人，花飛人倦易黃昏。一聲杜宇春歸盡，寂寞簾櫳空月痕。〔註110〕

〈桃花行〉流露著悲涼的氣氛，隱喻著大觀園薄命女兒的命運和結局，也呈顯出大觀園及賈府的衰亡趨勢。〈桃花行〉生動、細膩、空靈、清麗，以比喻法極力刻劃桃花盛開的壯觀景象，濃烈的悲情氛圍令人動容。絢麗的桃花與孤單的少女形成鮮明的對比，黛玉也知道嬌艷的桃花將隨春天的遠離而凋零，好景總不常在，因此〈桃花行〉展示的是理想與現實的矛盾。黛玉的心聲通過花開花落的詠歎呈顯出來，在人與花的融合、互補中人物的性格也更加豐富，這以形傳神的藝術手法使形神兼備，作品的內容也更加豐碩。

曹雪芹以桃花意象雖絢麗卻易凋零隱喻了黛玉短暫又不幸的人生。詠花詩中黛玉的桃花詩數量最多，也襯托出黛玉的才學。如此才貌雙全的女性卻不見容於社會至淚盡而亡，桃花般的容顏，桃花般的嬌弱體質，及桃花般飄零的命運，曹雪芹將人與花交織一起，刻劃出一個美麗柔弱、紅顏薄命的弱女子形象。傳統桃花意象所積澱的意涵賦予了黛玉這藝術典型動人的魅力，呈顯了無窮的詩意和美感。曹雪芹借桃花詩詠歎黛玉的悲劇命運，桃花一旦開放絢麗遍野的特性令人精神振奮，也烘托了熱烈的氣氛。

〔註110〕曹雪芹、高鶚原著，其庸等校注：《紅樓夢校注》（台北：里仁書局，1986年）第 70 回，頁 1091。

桃花也寄託著文人雅士對隱逸生活的嚮往。桃花亦可隱喻嬌弱薄命的美麗女子。曹雪芹將花與人交織在一起，刻劃出一個紅顏卻命薄，柔弱美麗的少女形象，文學作品中所積累的桃花意蘊賦予黛玉動人的藝術魅力，豐富了審美內涵，為她增添了無窮的詩意與美感。曹雪芹擅於以物喻人，他以桃花喻林黛玉，人們想起可人的黛玉，自然想起如薄命佳人的桃花。桃花代表著春天的到來，也是悲情、美人的象徵，豐富多彩的桃花意象為曹雪芹提供了創作的源泉，桃花意象深化了黛玉的形象，它唱響了黛玉生命的悲歌，也是她悲劇命運的象徵。曹雪芹用桃花烘托黛玉充滿不幸的人生，他藉桃花詠嘆黛玉，也詠嘆自己。

　　桃花不僅和黛玉有密切的關係，和身份各異的紅樓中女子亦有千絲萬縷的關連。以襲人來說，第六十三回〈壽怡紅群芳開夜宴〉襲人所掣的花名籤上畫著一枝桃花，題著“武陵別景”四字，還有一句詩「桃紅又是一年春」。文本中第一百二十回「千古艱難惟一死，傷心豈獨息夫人」即以桃花比喻襲人。襲人在賈府被抄，家亡人散時接受了家人的安排嫁予蔣玉函，合了她花名籤上所題的「武陵別景」所預言的在封建大家庭沒落之時另覓歸宿的結局。作者以象徵輕薄的桃花意象比喻襲人，以發洩對襲人另覓歸宿的反感。對襲人之複雜性格，作者透過輕薄桃花的意象，暴露其為人處世的污點。不管淚盡而亡的黛玉，或苟且偷生的襲人，甚至第六十六回中像拔劍自刎，「揉碎桃花紅滿地」的尤三姐，她們雖身份各異，氣質有別，但那個不如桃花般嬌艷動人！然而身處於封建社會中的她們，嬌艷的外表已難再，只剩下痛苦的悲吟！女兒們一個個如花般枯萎，曹雪芹匠心獨具，用「花」意象為女兒做塚立傳。桃花代表著生命的激情，青春的美麗及人生的夢想，然而生命總會凋零，青春總會消逝，夢想總有失落的時候。曹雪芹以此豐富之意蘊藉桃花表現黛玉的脫俗美麗及對人生熱烈的憧憬，同時也表現了她的恐懼與絕望。

五、芙蓉花

　　芙蓉花有兩類，水生的為水芙蓉，又名荷花、蓮花、菡萏，睡蓮科，喜歡溫暖多濕的環境，花期為六至九月。陸生者為木芙蓉，錦葵科，落葉灌木或小喬木，又名拒霜花，花期為九月至一月。芙蓉花有豐富的審美意蘊為古代騷人墨客所喜愛吟詠，是詩詞中常見的意象。荷花意象在《詩經》即有記載。

山有扶蘇，隰有荷華，不見子都，乃見狂且。

山有喬松，隰有游龍，不見子充，乃見狡童。〈鄭風·山有扶蘇〉

〔註111〕

扶蘇、荷花皆爲可愛之物，詩中藉以比喻其所喜歡之人。

彼澤之陂，有蒲與荷。有美一人，傷如之何！寤寐無爲，涕泗滂沱。

彼澤之陂，有蒲與蕑。有美一人，碩大且卷，寤寐無爲，中心悁悁。

彼澤之陂，有蒲菡萏。有美一人，碩大且儼。寤寐無爲，輾轉伏枕

〈陳風·澤陂〉〔註112〕

詩中以蒲與荷起興，烘托美麗動人的女子如荷花一般。《離騷》對荷花亦有描述：

進不入以離憂兮，退將修吾初服。制芰荷以爲衣兮，集芙蓉以爲裳。

〔註113〕

詩人爲了表達不與世俗同流合污，不向惡勢力妥協的決心，乃穿上用蓮花做成的衣裳。這蓮花高潔的特質正與詩人美好的修養相契合。屈原以芙蓉象徵自己高潔的人格，之後芙蓉一直爲歷代文人所喜愛，形成了鮮明的意象群，有豐富的文化意涵。以「美」之意涵言之，曹植〈洛神賦〉：「迫而察之，灼若芙蓉出綠波」以出水芙蓉形容洛神綽約的風姿。傅玄〈美女篇〉：「芙蓉一何麗，艷若芙蓉花。」李白〈古風〉：「美人出南國，灼灼芙蓉姿。」芙蓉除了具有美感之外，文人們更欣賞其清新自然，並且用來評價詩歌。鮑照即曾云：「謝五言如初發芙蓉，自然可愛。」鍾嶸在《詩品》中亦云：「謝詩如芙蓉出水，顏詩如錯采鏤金。」出水芙蓉也成了清新自然的藝術風格。高適〈效古贈崔二〉云：「美人芙蓉姿。」白居易〈長恨歌〉以：「芙蓉如面柳如眉」讚美楊貴妃。歐陽炯〈女冠子〉：「秋宵秋月，一朵荷風初發。……恰似輕盈女，好風姿。」賈島〈友人婚楊氏催妝〉：「誰道芙蓉水中種，青銅鏡裡一枝開」形容女子之美。王安石〈荷花〉：「亭亭風露擁川坻，天放嬌嬈豈自知？一舸超然他日事，故應將爾當西施。」杜衍〈詠蓮〉：「鑿破蒼苔漲作池，芰荷分得綠參差，曉開一朵烟波上，似畫眞妃出浴時。」將芙蓉比爲眞妃出浴。蘇軾〈荷花媚〉：「霞苞電荷碧，天然地，別是風流標格。重重青蓋下，千嬌

〔註111〕　〔清〕姚際恆撰：《詩經通論·鄭風·山有扶蘇》（廣文書局，1999年）頁88。

〔註112〕　〔清〕姚際恆撰：《詩經通論·陳風·澤陂》（廣文書局，1999年）頁197。

〔註113〕　〔宋〕洪興祖撰：《楚辭補注》（台北：漢京文化事業有限公司，1983年）頁17。

照水，好紅紅白白。」楊萬里〈紅白蓮〉：「紅白蓮花開共塘，兩般顏色一般香，恰如漢殿三千女，半是濃妝半淡妝。」清朝萬壽祺的〈浪淘沙·荷花〉：「蟬曳小迴廊，十里花香。天然鬢髻坐滄浪。道是洛妃乘霧至，烟水微茫」，將芙蓉比成洛妃之美。蒲松齡在《聊齋誌異》中塑造了「著冰縠帔」婀娜多姿的荷花仙子。朱自清在〈荷塘月色〉中也對荷花的超風脫俗作了細緻的描摹：「……葉子出水很高，像亭亭的舞女的裙……正如一粒粒的明珠，又如碧天裡的星星，又如剛出浴的美人。」蓮花的豐姿自古以來爲文人雅士所稱頌。

芙蓉也常被用來比擬高潔的文人雅士。文人將芙蓉清圓雅致，馨香高潔的審美觀照轉化爲內在的人格比照。唐朝李群玉〈蓮葉〉云：「根是泥中玉，心承露下珠」抒發的是蓮的高潔。蘇轍〈和文與可菡萏軒〉：「開花濁水中，抱性一何潔。」亦寫芙蓉之高潔。書寫芙蓉的高潔最膾炙人口的爲北宋周敦頤的〈愛蓮說〉：「予獨愛蓮之出淤泥而不染，濯清漣而不妖，中通外直不蔓不枝，香遠益清，亭亭淨植，可遠觀而不可褻玩焉。……予謂菊，花之隱逸者也；牡丹，花之富貴者也；蓮，花之君子者也。」蓮之高潔特質也成了文人雅士所樂於比德的意象。此外芙蓉亦有「情思」之意涵。古代文學「芙蓉」「蓮」「藕」往往喻指了愛情與婚姻。而且「芙蓉」與「夫容」、「蓮」與「憐」、「藕」與「偶」、「絲」與「思」、「荷」與「合」諧音雙關，有著男女情思之意涵。漢樂府〈江南〉：「江南可采蓮，蓮葉何田田。魚戲蓮葉間，魚戲蓮葉東，魚戲蓮葉西，魚戲蓮葉南，魚戲蓮葉北。」魚蓮相戲其實是指男女之嬉戲。南朝〈西洲曲〉對採蓮亦有生動之描繪：「採蓮南塘秋，蓮花過人頭，低頭弄蓮子，蓮子有如水，置蓮懷袖中，蓮心徹底紅。憶郎郎不至，仰首望飛鴻。」表達了採蓮女子對心上人的悠悠情思。古人往往以「紅白蓮花」、「雙頭蓮」、「雙蓮」、「二色蓮」、「並蒂蓮」諸意象表達對美滿姻緣的期待。

亭亭玉立芙蓉如青春年華，有對美與愛的嚮往；並蒂蓮則象徵美滿婚姻，至於那被風霜摧折的殘荷落葉則象徵著生命的凋零，愛的消逝與感傷。文人雅士也喜歡借此抒發他們的離愁、苦悶。唐朝孟浩然〈夏日南亭懷辛大〉：「山光忽西落，他月漸東上。散髮乘夕涼，開軒臥閑敞。荷風送香氣，竹露滴清響。欲取鳴琴彈，恨無知音賞。感此懷故人，中宵勞夢想。」寫的是荷風竹露的夏夜對友人的懷念。王建〈主人故池〉：「高池高閣上連起，荷葉團團蓋秋水。主人已遠涼風起，歸客不來芙蓉死。」詩中表達了詩人在蕭條情境中對往事的慨嘆。李白〈古風〉：「碧荷生幽泉，朝日艷且鮮，秋花冒綠水，密

葉羅青烟。秀色空絕世，馨香竟誰傳。坐看飛霜滿，凋此紅芳年。結根未得所，願託華池邊。」詩人慨嘆的是懷才不遇。李璟〈攤破浣溪沙〉：「菡萏香銷翠葉殘，西風愁起綠波間，還與韶光共憔悴，不堪看！　細雨夢回雞塞遠，小樓吹徹玉笙寒。多少淚珠無限恨！倚闌干。」抒寫的是見芙蓉香消葉殘而引發悲情。周邦彥〈蘇幕遮〉：「燎沈香，消溽暑。鳥雀呼晴，侵曉窺檐語。葉上初陽乾宿雨，水面清圓，一一風荷舉。　故鄉遙，何日去？家住吳門，久作長安旅。五月漁郎相憶否？小楫輕舟，夢入芙蓉浦。」此闋王國維譽為「真能得荷之神理者。」描繪雨後的荷花，雖是詠物，但主要是表達思鄉之情。賀鑄的〈芳心苦〉：「斷無蜂蝶慕幽香，紅衣脫盡芳心苦」，以芙蓉自比，抒發了有志難伸的悵恨。李清照〈一翦梅〉：「紅藕香殘玉簟秋」想到「花自飄零水自流」，表達了年華易逝的傷懷之情。

　　芙蓉亦有「堅貞」之意涵。此花有水芙蓉和木芙蓉之分。木芙蓉於秋天霜降後才盛開，當百花凋零時在金風蕭瑟黃葉紛飛時仍傲立秋風拒霜怒放，恰若堅貞之特質，也贏得騷人墨客的激賞。劉程〈木芙蓉〉：「翠幄臨流結絳囊，多情常伴菊花芳。誰憐冷落清秋後，能把柔姿獨拒霜。」唐代高蟾〈下第後上永崇高侍郎〉：「天上碧桃和露種，日邊紅杏倚雲栽，芙蓉生在秋江上，不向東風怨未開。」黃滔〈木芙蓉三首其三〉：「須到露寒方有態，為經霜裹稍無香。」寫出木芙蓉在嚴寒下仍堅強的與環境博鬥。呂本中〈木芙蓉〉：「小池南畔木芙蓉，雨後霜前著意紅。猶勝無言舊桃李，一生開落任東風。」詩人託物言志，表達了自己不畏艱難的決心。范成大〈菩薩蠻·木芙蓉〉亦云：「冰明玉潤天然色，淒涼拼作西風客。不肯嫁東風，殷勤霜露中。」此亦歌詠木芙蓉目下無塵之高傲特質。木芙蓉不管處在多惡劣的環境，它依然能按自己的本性自開自落，詩人因而喜藉其託物言志，抒發自己對環境的不滿及對未來的期待。文人雅士歌詠夏季芙蓉美好明艷的色澤及清新自然的神韻，也讚美了芙蓉出淤泥而不染的高潔品味，那亭亭玉立的丰姿也引發對心上人的情思與追求的意念，寒秋的芙蓉蕭條的景況更易觸發他們的鄉情及懷才不遇的惆悵。木芙蓉的拒霜怒放更引發了騷人墨客逆境中的自我期許，芙蓉在歷史的文化積澱下，它呈顯的意涵是豐富的。

　　〔梁〕任昉《述異記·卷上》：「今秦趙間有斷腸草，一名相思草。」〔北宋〕釋惠洪《冷齋夜話》云：「斷腸草不可食，其花美好，名芙蓉花。」使人相思又斷腸的草叫「芙蓉花」芙蓉花恰是黛玉的花名。曹雪芹塑造林黛玉形

象即借鑒了傳統文化中芙蓉意象的豐富意涵。芙蓉花清雅幽怨，清純高潔，一如黛玉的清純，然而芙蓉雖美，卻逃不過花殘花謝的必然命運。第三回寫黛玉飄搖裊娜的容姿「閑靜時如姣花照水」「行動處似弱柳扶風」，是個「神仙似的妹妹」，在文本中和芙蓉花有絲絲縷縷的關連。第四十回寶玉說殘荷可恨，要拔去破荷葉時，黛玉卻因喜李商隱「留得殘荷聽雨聲。」一句，希望將殘荷留住，也表現出她對荷花（芙蓉）的喜愛。自古文人對殘荷的憐惜多是對青春、生命、美景不再的惋惜，黛玉的殘荷情結也是自憐自惜之意，對殘荷的憐愛即呈顯了她對美景逝去，生命衰老的哀嘆與惋惜。第六十三回〈壽怡紅群芳開夜宴〉文本中以掣花籤暗示女兒們未來的命運。黛玉即抽到芙蓉花籤，點出了她與芙蓉的本質聯繫，只見上面畫一朵芙蓉花，題著「風露清愁」和「莫怨東風當自嗟」的詞句，這「風露清愁」之題詞，既切合芙蓉的風韻，又與黛玉多愁善感的氣質吻合，難怪眾姊妹笑說：「這個極好！除了他，別人不配做芙蓉。」黛玉自己聽了也笑了。至於「莫怨東風當日嗟」則出自歐陽修〈明妃曲、再和王介甫〉：「明妃去時淚，洒向枝上花。狂風日暮起，漂泊落誰家？紅顏勝人多薄命，莫怨東風當自嗟。」歷代文人總喜芙蓉出淤泥而不染的高潔品性，黛玉對頑強的封建社會不惜以死抗爭，「質本潔來還潔去，強於污淖陷渠溝」，她如一朵清幽的芙蓉，和愁帶淚，超越塵世的污濁。第七十八回寶玉以〈芙蓉女兒誄〉祭奠晴雯，有云：「……自為紅綃帳裡，公子情深；始信黃土壟中，女兒命薄。」黛玉卻從「芙蓉花中走出來。」晴雯被逐，猶如摧折「一盆才抽出嫩箭來的蘭花。」她的夭亡，被認為是上天召請她去當芙蓉花的花神，作者借晴雯巧妙地強化了黛玉與芙蓉花的關係。〔註 114〕脂硯齋云：「知雖誄晴雯而又實乃誄黛玉也。」芙蓉意象亭亭淨植，有一股寂寞清愁，滌於清漣，只可遠觀而不可褻玩之風標高格，與黛玉冰清玉潔，纖細柔弱，孤高超逸卻又多愁善感的特質契合。大觀園中林黛玉是一朵清雅幽怨的芙蓉，和愁帶淚，孤高超俗的綻放著她的笑靨。秋江寂寞

〔註114〕關於《紅樓夢》芙蓉花的問題，學界大致有三種看法，一是文本中提到芙蓉者皆為木芙蓉。持此說者有陳平〈紅樓芙蓉辨〉《紅樓夢學刊》1983 年第一輯、張若蘭〈嘉名偶自同一紅樓夢「芙蓉」辨疑〉《紅樓夢學刊》2005 年第一輯。第二種看法則認為黛玉花名籤上之花為水芙蓉及木芙蓉之結合體。持此說者有袁茹〈林黛玉的花名籤〉《邯鄲學院學報》2005 年第二期。第三種看法則認為黛玉的芙蓉是水芙蓉，而晴雯主管的芙蓉則為木芙蓉。主此說者有張慶善〈說芙蓉〉《紅樓夢學刊》1984 年第四輯。楊眞眞〈文學作品裡荷花的審美意象〉《華夏論壇》2009 年。筆者則傾向於第二種論點。

而不怨東風的木芙蓉也是黛玉風雅清姿高傲寧靜品格之寫照。木芙蓉清姿雅質，獨傲群芳，乃秋色之最佳者，黛玉則受天地精華，是超凡脫俗的標致人物，黛玉的人格寄託於花格，木芙蓉之花格則依附於黛玉的人格，可謂花人合一。此外英蓮到香菱的符號轉化具有拓展意義，再如迎春住紫菱洲，惜春住藕香榭，故迎春詩號「菱洲」，惜春詩號「藕榭」，這也是蓮、菱符號的延伸，第七十九回寫迎春出嫁後，寶玉至紫菱洲一帶徘徊，作〈紫菱洲歌〉云：「池塘一夜秋風冷，吹散菱荷紅玉影，蓼花菱葉不勝愁，重露繁霜壓纖梗。」以荷（蓮）菱等景物變化哀悼樂園中青春女子的消亡。迎春的柔弱，惜春的自潔與香菱之純真皆有其相似之特質。香菱「模樣兒」近秦氏，秦氏之夫為賈蓉，秦氏又是一「芙蓉」，這又是「英蓮」（芙蓉）符號之延伸。〔註115〕美麗的花轉化為極富寓蘊的人物個性特徵，展現出變幻多姿的意象和無盡的聯想。芙蓉霜中獨絕的「晚芳」特質，與菊竹之霜雪勁節對照，曹雪芹以水芙蓉的高潔和木芙蓉之堅貞高傲展現了黛玉孤高超俗的丰姿，也綻放著她獨特的美麗。

六、菊

　　菊花，菊科，多年生草本植物。菊花在草木衰萎的深秋季節開放，此不畏風霜的特點如君子卓然不群，孤傲高潔的精神風貌，是高尚人格的特徵，故菊為四君子之一。《禮記‧月令》已有：「季秋之月，鞠（菊）有黃華（花）」之記載。鍾會〈菊花賦〉詠頌菊之美云：「夫菊有五美焉。圓花高照，准天極也；純黃不染，后土色也；早植晚登，君子德也；冒霜吐穎，象勁直也；流中輕體，神仙食也。」屈原也愛菊，〈離騷〉：「朝飲木蘭之墜露兮，夕餐秋菊之落英。」以香草香花喻品德高尚，是屈原詩歌的特色。東晉陶淵明最愛菊，其〈菊〉云：「芳菊開林耀，青松冠岩列。懷此貞秀姿，卓為霜下傑。」詩中將菊花與青松並譽為「霜下傑」。陶淵明後文人雅士皆喜詠菊。〔晉〕袁崧〈詠菊〉云：「靈菊植幽崖，擢穎陵寒飆。純露不染色，秋霜不改條。」杜甫〈雲安九日‧鄭十八攜酒陪諸公宴〉亦云：「寒花開已盡，菊蕊獨盈枝。」元稹〈菊花〉也云：「不是花中偏愛菊，此花開盡更無花。」韋應物〈效陶彭澤〉又云：「霜露悴百草，時菊獨妍華。」〔宋〕歐陽修〈菊〉更云：「共坐欄邊日欲斜，更將金蕊浮流霞。欲知卻老延齡藥，百草摧時始見花。」至朱淑貞〈菊花〉

〔註115〕劉上生：〈《紅樓夢》的形象符號與湘楚文化〉《湖南城市學院學報》2003 年 9 月。

又云:「寧可抱香枝頭老,不隨黃葉舞秋風。」史鑄〈黃菊二十首之十三〉亦云:「東籬黃菊爲誰香,不學群葩附艷陽。」這些膾炙人口的詠菊名作凸顯了菊花耿介拔俗,不趨炎附勢傲寒凌霜的孤高氣節。

菊花也呈現隱士閒適生活的悠閒。周敦頤〈愛蓮說〉即云:「菊,花之隱逸者也。」陶淵明〈飲酒・五〉:「採菊東籬下,悠然見南山。」書寫出鄉村隱居生活的清閒和幽靜,令後代的文人雅士心嚮往之。〔元〕馬致遠即以東籬爲號。詩人們面對政治場上失意,仕途艱險時,往往就會嚮往陶淵明歸田的悠閒,因而「東籬」、「陶令」、「採菊」這些詞彙也就不斷的出現在作品之中。馬致遠在其〈雙調・夜行船・秋思〉套曲〈離亭宴煞〉云:「蛩吟罷一覺才寧帖,雞鳴萬事無休歇。爭名利,何年是徹?看密匝匝蟻排兵,亂紛紛蜂釀蜜,鬧穰穰蠅爭血。裴公綠野堂,陶令白蓮社。愛秋來時那些:和露摘黃花,帶霜烹紫蟹,煮酒燒紅葉。想人生有限杯,幾個重陽節。人問我頑童記者:便北海探吾來,道東籬醉了也。」他生於元朝受民族歧視,使他功名利祿徹底否定,也表達了社會上爭名奪利現象的激憤。晚秋時節文人雅士飲酒賞菊,或思鄉懷人,或悲秋嘆老,滿腔離愁往往油然而生。至宋朝范成大〈重陽後菊花〉:「寂寞東籬濕露華,依前金靨照泥沙。世情兒女無高韻,只看重陽一日花。」藉菊花慨嘆世情的冷暖。李煜〈長相思〉:「菊花開,菊花殘,塞雁高飛人未還,一簾風月閒。」多情女子藉菊花的開謝寄託她們的悲秋懷人的幽怨。此外菊花也寄託了多情女子的悲秋幽怨情結。此在李清照的詞中最易見,如其〈醉花陰〉云:「東籬把酒黃昏後,有暗香盈袖,莫道不消魂,簾捲西風,人比黃花瘦。」〈聲聲慢〉亦云:「滿地黃花堆積,憔悴損,如今有誰堪摘。」此時星星點點的菊花已如弱不禁風的女子,透露出深切的哀愁。明代唐寅〈菊花〉:「故園三徑吐幽叢,一夜玄霜墜碧空。多少天涯未歸客,盡借籬落看秋風。」訴說的是遊子懷人思鄉之情。

菊花不畏風霜,在百花凋零時依舊開花,有其傲然不屈的精神。宋朝梅堯臣〈殘菊〉:「零落黃金蕊,雖枯不改香。」陸游〈晚菊〉:「菊花如志士,過時有餘香。」皆道出了對理想執著的追求及傲然不屈的精神。菊花或表現其高潔的特質,或慰藉了隱士思慕田園情懷,或勾起了遊子懷鄉的惆悵,或迎霜怒放,有其豪邁之情懷,菊花在歷史文化積澱中,有其多元之意涵。

清代的詠菊蔚爲風氣,與曹雪芹同時代的宗室文人嵩山《神清室詩稿》

中有詠菊五題:〈訪菊〉、〈對菊〉、〈菊夢〉、〈簪菊〉、〈問菊〉。永恩〈誠正堂稿〉有一組與嵩山詩的〈菊花八詠〉:〈訪菊〉、〈對菊〉、〈種菊〉、〈簪菊〉、〈問菊〉、〈夢菊〉、〈供菊〉、〈殘菊〉。《紅樓夢》第三十八回〈林瀟湘魁奪菊花詩〉詠菊十二題就是在這八題的基礎上增〈懷菊〉、〈詠菊〉、〈畫菊〉、〈菊影〉四種,可知詠菊在當時受文人雅士之鍾愛。此十二首詠菊詩中黛玉的三首奪冠,而〈詠菊〉一首又是三首之冠:

> 無賴詩魔昏曉侵,繞籬欹石自沈音,
>
> 毫端蘊秀臨霜寫,口齒噙香對月吟。
>
> 滿紙自憐題素怨,片言誰解訴秋心,
>
> 一從陶令平章後,千古高風說到今。」〔註116〕

在秋夜臨霜月下行吟,美人感懷之下「霜」字暗示冬天即將到來花也將凋謝,寫出了黛玉多愁善感之特質,道出了自己不被理解的苦悶。然而黛玉對自己是有所期許的,她將「千古高風」定性於菊花暗示著自己品格之高潔。再看〈問菊〉:

> 欲訊秋情眾莫知,喃喃負手叩東籬,
>
> 孤標傲世偕誰隱,一樣花開為底遲。
>
> 圃露庭霜何寂寞,鴻歸蛩病可相思?
>
> 休言舉世無談者,解語何妨片語時?〔註117〕

此詩李紈評為第二為四支韻,是黛玉三首詠菊詩中最能代表其個性的一首。首聯道出自己不被理解和重視,尤其對寶玉的真情彼此皆以假情掩飾,真情反而撲朔迷離不得而知。頷聯道出了在寄人籬下的環境中不知有誰可攜手交心!也道出了菊花越是清冷,開得越茂盛的特質,更顯黛玉的孤標傲世,頸聯「圃露庭霜」如〈葬花吟〉中的「風刀霜劍」,那榮國府內種種的險惡環境使這孤弱的女子陷於痛苦的掙扎。「鴻歸蛩病」道出她苦悶徬徨的心境。四聯中有三聯問號,不僅問菊,也問人、問己,誠如史湘雲所言:「真把個菊花問得無言可對。」再若〈菊夢〉:

> 籬畔秋酣一覺清,和雲伴月不分明,
>
> 登仙非慕莊生蝶,懷舊還尋陶令盟,

〔註116〕〔清〕汪灝等著《廣群芳譜‧卷第三九‧花譜十八》(上海書店,1985 年)頁 929。

〔註117〕曹雪芹、高鶚原著,其庸等校注:《紅樓夢校注》(台北:里仁書局,1986 年)第 38 回,頁 586。

睡去依依隨雁斷，驚回故故惱蛩鳴，

醒時幽怨同誰訴，衰草寒烟無限情。〔註118〕

此詩李紈評為第三，為八庚韻。在那秋日裡一覺醒來見那雲與月有些迷濛，登上仙籍不是她期待的，只希望能實現木石前盟。至於頸聯中之雁斷、蛩鳴呈現著蕭瑟、別離的氛圍。末聯「衰草」暗示「仙草」最終以枯萎告終，就算在寒風中化為烟塵，滿腔的情意又有誰訴。菊花不畏風霜深秋獨放的特點恰若君子卓爾不群孤傲高潔的精神風貌，象徵著人格的高尚。菊花也代表隱士形象和閒適生活。菊花也象徵為情所苦的女性，寄託了多情女子的悲秋幽怨情結。菊花與黛玉的類比在此意象孤傲高潔、抑鬱清純的內涵。烘托了黛玉超凡脫俗、孤標傲世及滿腔抑鬱。在百花凋殘的秋季，菊花帶霜而發，有孤介、高潔的特性。黛玉由自己的身世、志趣解讀菊花，借菊明志，以菊詠己，菊花也映照了黛玉的品格，她宛如一清瘦傲霜之菊，雖然纖弱，卻有一身傲骨。三首詩既贊美菊之高潔，也藉物抒情，凸顯了黛玉孤高傲俗的個性，烘托了她滿腔抑鬱，不為傳統文化所接納的悲劇，也呈顯了這少女高潔卻痛苦的靈魂。曹雪芹以多種花卉意象營造黛玉形象，這些不同花卉意象構成了疊象美，讓讀者能從不同的角度有深度的感受到黛玉這典型人物之美。

七、柳絮

　　柳屬楊柳科，為落葉喬木與灌木，至於柳絮，又稱楊花，但它並不是花瓣而是柳樹附生著茸毛的種子，成熟時隨風飛舞借風力到各處延展而生。柳絮自古為文人雅客所喜擷取的意象，每種意象都凝聚著人類心理與命運的因素，蘊含著祖先在歷史中無數重複產生的歡樂與悲傷，積澱成一種美感的符號。清人鄒弢談到植物給人的美感效應，曾云：「梅令人高，蘭令人幽，菊令人野，海棠令人艷，牡丹令人豪，蕉竹令人韻，秋海棠令人媚，松令人逸，桐令人清，柳令人感。」因此柳所表達的意涵往往是苦澀沈重的。柳絮也有傷別、離愁之意涵。早在先民便以柳表離別：

昔我往矣，楊柳依依；今我來思，雨雪霏霏。行道遲遲，載渴載飢。

我心傷悲，莫知我哀。《詩經‧小雅‧采薇》〔註119〕

〔註118〕曹雪芹、高鶚原著，其庸等校注：《紅樓夢校注》（台北：里仁書局，1986 年）第 38 回，頁 587。

〔註119〕〔清〕姚際恆撰《詩經通論‧小雅‧采薇》（廣文書局，1998 年）頁 220。

柳含別情。李白〈憶秦娥〉云：「年年柳色，灞橋傷別。」杜牧〈題安州浮雲寺樓寄湖州張郎中〉：「楚岸柳何窮，別愁紛若絮。」皆以柳絮表離別之意。蘇軾〈水龍吟·次韻章質夫楊花詞〉：「細看來，不是楊花，點點是離人淚。」此時楊花與離人淚已融而為一，瀰漫著濃郁的離愁別緒。秦觀〈如夢令〉：「上春歸何處，滿目落花飛絮。」馮延巳〈鵲踏枝〉：「撩亂春愁如柳絮，悠悠夢裡無尋處。」皆以柳絮表示離別之意。人們藉柳表達朋友、情人離別的惆悵。漫天飛舞的柳絮生於暮春，也承載了美好春光將逝的內涵，更引申為美好事物短暫無常恰如青春易逝及生命之短暫。「柳」「留」諧音，常帶有離別之人能留下的美好心願。

　　楊花亦有不隨流俗之傲骨意涵。劉禹錫〈柳花詞〉：「輕飛不假風，輕落不委地，撩亂舞晴空，發人無限思。」吳融〈楊花〉亦云：「不鬥穠華不占紅，自飛晴野雪濛濛。百花長恨風吹落，惟有楊花獨愛風。」百花在風中紛紛凋零時，它卻能在風中自在飛舞，詩人託物言志，蘊含著堅強不屈，不合流俗的特質。柳絮的飄游不拘，也引發了人們對自由的嚮往。隋朝侯夫人〈妝成〉：「不及楊花意，春來到處飛。」感嘆人不如花能自在飛翔。《紅樓夢》中薛寶釵〈臨江仙〉亦云：「白玉堂前春解舞，東風捲得均勻。蜂團蝶陣亂紛紛。幾曾隨流水，豈必委芳塵。萬縷千絲終不改，任他隨聚隨分。韶華休笑本無根，好風頻借力，送我上青雲。」曹雪芹將柳絮意象表達了對理想的嚮往與追求，意涵也更加豐富。柳絮隨風漂泊不定，引發人們聯想漂泊的人生。柳絮恰是遊子的寫照。及至宋朝周紫芝〈一斛珠〉云：「楊花卻似人漂泊，春雲更似人情薄。」周孚先〈蝶花〉亦云：「江上離人來又去，飄零只似風前絮。」吳文英〈風入松〉又云：「念羈情，游蕩春風，化為輕絮。」客居他鄉的遊子總會由花落絮飄，殘春宿雨引發對家鄉的思念。明朝于謙〈楊花曲〉：「楊花本是無情物，懊惱人生在客中。」詩人由柳絮的飄蕩興發人生漂泊的聯想。

　　柳絮亦有其負面意涵：詩詞中隋堤柳、隋宮柳往往是悼亡傷古之原型。隋朝無名氏〈送別歌〉：「楊柳青青著地垂，楊花漫漫攪天飛。楊條折盡花飛盡，借問行人歸不歸？」楊柳的「楊」與隋帝的姓氏「楊」同字，此詩乃藉楊柳諷隋煬帝巡幸不歸。白居易〈隋堤柳〉亦云：「大業年中煬天子，種柳成行夾流水。西自黃河東至淮，綠陰一千三百里。……後王何以鑒前王，請看隋堤亡國樹。」在此詩中，柳代表的是亡國樹。柳尚有男歡女愛，風流之意涵。柳絮之輕飄特質也易讓人聯想到女子的輕浮放蕩，故稱為「風流之花」，

有水性楊花之譏諷，且柳絮之飛舞亦如小人之趨炎附勢得意忘形，故又稱「顛狂之花」。杜甫〈絕句漫興九首之五〉：「顛狂柳絮隨風去。」李紳〈柳〉亦云：「愁見花飛狂不定；還同輕薄五陵兒。」宋朝曾鞏〈詠柳〉亦云：「解把飛花蒙日月，不知天地有清霜。」皆是對柳絮輕薄之譏諷。《牡丹亭》即以柳意象移至男主角柳夢梅身上，渲染了他風流倜儻的特質。至今形容男女柔情繾綣叫花情柳思，貶毀女性輕浮爲水性楊花；風塵女子所住之處叫柳市花街，這些柳意象皆有風流之意涵。柳意象除了表示別離、悼古傷今及風流之意涵外，尚用以描繪女性的柔弱無法自主，庾信〈春賦〉：「眉將柳而爭綠。」白居易〈楊柳枝〉：「人言柳葉似愁眉。」〈長恨歌〉亦言：「芙蓉如面柳如眉。」古人喜以柳眉、柳眼、柳葉，形容女子細長的眉毛。薛濤〈柳絮詠〉亦云：「二月楊花輕復微，春風搖蕩惹人衣。他家本是無情物，一任南飛又北飛。」紛飛的柳絮不定一如詩人對自己命運的無力感。蘇軾〈薄命佳人〉：「自古佳人多命薄，閉門春盡楊花落。」借柳絮嘆女子之薄命。柔弱女子無法主宰自己的命運，只能藉柳絮抒發傷感。

　　《紅樓夢》中亦多次以柳絮意象描繪黛玉，第三回形容黛玉「行動如弱柳扶風。七十八回〈芙蓉女兒誄〉以柳喻人：「柳本多愁，何禁驟雨？」八十六回以「三秋蒲柳」比喻黛玉的弱質。第五回太虛幻境金陵十二釵正冊第一首詞曰：「可嘆停機德，堪憐詠絮才！玉帶林中掛，金簪雪裡埋。」此詠絮才是彰顯黛玉的才華。黛玉建桃花詩社時，眾姊妹以柳絮爲題作詞，黛玉〈唐多令〉云：「粉墮百花洲，香殘燕子樓，一團團逐對成毬。漂泊亦如人命薄，空繾綣，說風流！草木也知愁，韶華竟白頭！嘆今生誰捨誰收？嫁與東風春不管，憑爾去，忍淹留。」〔註120〕此闋詞核心意象爲柳絮，是黛玉一生命運與心態的寫照。上半闋以「粉墮」、「香殘」、「飄泊」、「韶華竟白頭」寫柳絮形態、顏色及飄飛不定的特徵，恰和黛玉寄人籬下，婚姻無法自主，不能把握自己命運的處境契合，已達到了物我合一的境界。下半闋歎「草木也知愁，韶華竟白頭！」青春就這麼老去，一切的處境是那麼難以掌握，最後她無奈的喊出「嫁與東風春不管，憑爾去，忍淹留！」，這是對命運無常的悲慟呼號，也是對愛情理想即將破滅的吶喊。曹雪芹借由黛玉之詠柳絮暗示著堪憐詠絮才的黛玉命運恰如柳絮般薄命無根。柳絮生於暮春是美好春光即將消逝的象

〔註120〕曹雪芹、高鶚原著，其庸等校注：《紅樓夢校注》（台北：里仁書局，1986年）第70回，頁1096。

徵符號。柳絮也是漂泊離散的象徵。柳絮依風飄蕩無著也象徵著古代女子在愛情婚姻上無法自主。

〈唐多令〉的核心意象是柳絮，此意象呈顯了黛玉的漂泊無依景況，也寄寓著她對自己身世不幸的深切哀愁。詠絮也是黛玉對青春易逝，婚姻無法自主的嘆息。〈唐多令〉最突出的特點是纏綿悲戚，此入骨的悲戚正是她內心痛苦的吶喊。曹雪芹以芙蓉的風露清愁、桃花艷麗薄命、菊花的孤標傲世及柳絮的漂泊無依，從不同角度體現了隱藏於黛玉的內心世界，烘托黛玉不俗的氣質，也暗示黛玉未來不幸的命運。

八、葬花

花開是喜，花落是悲，美麗的花之意象經過人主觀情感的觀照，形成了悲與喜各不同的意涵。在傳統文學中，花意象很早即被運用。《詩經、鄭風、有女同車》：「有女同車，顏如舜華。」《詩經・小雅・裳裳者華》：「裳裳者華，其葉湑兮。」以花意象傳達作者愉悅之情，亦有以花之枯黃傳達對生命搖落之悲情者，如《詩經・小雅・苕之華》：「苕之華，芸其黃矣。心之憂矣，維其傷矣。」花意象被賦予盛衰遽變只在瞬間之哲理意涵，此意涵也不斷被後世運用，形成了強烈的悲劇意識。屈原〈離騷〉云：「惟草木之零落兮，恐美人之遲暮。」〔東晉〕陶淵明〈雜詩八首〉亦云：「榮華難久居，盛衰不可量，昔爲三春蕖，今作秋蓮房。」崔涂〈春夕旅懷〉更云：「水流花落兩無情，送盡東風過楚城。」元稹〈南家桃〉又云：「離人自有經時別，眼前落花新嘆息。更待明年花滿枝，一年迢遞空相憶。」孟郊〈相和歌辭・雜怨三首〉也云：「夭桃花清晨，遊女紅粉新。夭桃花薄暮，遊女紅粉故。樹有百年花，人無一定顏。花送人老盡，人悲花自閑。」劉希夷〈代悲白頭翁〉又云：「洛陽女兒好顏色，坐見落花長嘆息。今年花落顏色改，明年花開復誰在？」至〔宋〕周密〈清平樂〉亦云：「一樹桃花飛茜雪，紅豆相思暗結。」陸游〈釵頭鳳〉：「桃花落、閑池閣。山盟雖在，錦書難託。」陸游以飄零的桃花喻夭折的愛情，辛棄疾〈摸魚兒〉又云：「惜春長怕花開早，何況落紅無數。」〈牡丹亭〉：「原來姹紫嫣紅開遍，似這般都付與斷井頹垣。」〈西廂記〉亦云：「花落水流紅，閑愁萬種。」「落紅成陣，風飄萬點正愁人」之句皆以花寫情。〔清〕龔自珍〈己亥雜詩之五〉：「落紅不是無情物，化作春泥更護花。」落花意象一轉淒美無助而爲積極之守護者。

　　曹雪芹亦擅於擷取落花意象，落花在情節的鋪述增進了審美情趣，爲讀者帶來美的感受。第五回警幻仙姑在寶玉飄忽的夢境中唱出「春夢隨雲散，飛花逐水流」之歌，以「落花」意象預示了眾兒女的悲劇命運。〈紅樓夢曲・虛花悟〉即唱道：「說什麼天上夭桃盛，雲中杏蕊多，到頭來，誰把秋捱過？則看那白楊村里人嗚咽，青楓林下鬼吟哦。更兼著連天衰草遮墳墓，這的是，昨貧今富人勞碌，春榮秋謝花折磨。」落花意象與「青楓竹下」、「鬼」、「連天衰草」、「墳墓」意象並置，使太虛幻境瀰漫著死亡、恐懼的氛圍。第十七、十八回中有奇花絢麗，錦繡燦爛，然亦有「落花浮蕩」「只見水上落花愈多。」盛花與落花對應，庚辰本脂評云：「至此方完大觀園工程公案，觀者則爲大觀園費盡精神，余則爲若許筆墨，卻只因一個葬花塚」大觀園的確如一葬花塚，它不僅埋葬了落花，亦埋葬了大觀園中的眾女兒。落花意象烘托出詩意的敘事氛圍，寶黛的情感也在這陣陣落花中萌芽、深化。三月中旬，早飯後寶玉在沁芳閘橋邊桃花底下品玩《會眞記》。正看到「落紅成陣」，只見一陣風過，把樹頭上桃花吹下一大半來，落得滿身滿書滿地皆是，寶玉恐怕腳步踐踏了，只得兜了那花瓣，來到池邊，抖入池內，那花瓣浮在水面，飄飄蕩蕩，竟流出沁芳閘去了，回來只見地面還有許多，寶玉正踟躕間，恰好黛玉來了，只見她：「肩上擔著花鋤，鋤上掛著花囊，手內拿著花帚。寶玉笑道：「好，好，來把這個花掃起來，撂在那水裡。我才撂了好些在那裡呢。」林黛玉道：「撂在水裡不好。你看這裡的水乾淨，只一流出去，有人家的地方髒的臭的混倒，仍舊把花遭塌了。那畸角上我有一個花冢，如今把他掃了，裝在這絹袋裡，拿土埋上，日久不過隨土化了，豈不乾淨。」〔註121〕於是二人收拾落花，按黛玉之法把花埋好。猶如黛玉埋葬自己薄命之身，將薄命美表現到極致。曹雪芹藉桃花詩詠歎黛玉的悲劇命運。花的薄命與佳人的薄命融合一體，林黛玉如浮雕般薄命佳人形象也給人刻劃下永難忘懷的鮮明印象。再看第二十七回中，黛玉在怡紅院吃了閉門羹，誤以爲寶玉存心冷落她，傷心欲絕避而不見。寶玉正欲打聽黛玉下落，忽見鳳仙、石榴等各色落花，想起和黛玉的往事乃兜起落花，直奔當日兩人葬桃花處，只聽山坡那邊有嗚咽之聲，原來是黛玉悲吟著〈葬花吟〉：

　　「花謝花飛花滿天，紅消香斷有誰憐？游絲軟繫飄春榭，落絮輕沾

〔註121〕曹雪芹、高鶚原著，其庸等校注：《紅樓夢校注》（台北：里仁書局，1986年）第23回，頁366。

撲繡簾。閨中女兒惜春暮，愁緒滿懷無釋處。手把花鋤出繡閨，忍踏落花來復去。柳絲榆莢自芳菲，不管桃飄與李飛。桃李明年能再發，明年閨中知有誰？……儂今葬花人笑痴，他年葬儂知是誰？試看春殘花漸落，便是紅顏老死時。一朝春盡紅顏老，花落人亡兩不知。」〔註122〕——黛玉葬花

在明媚春光中，柳絮紛飛，桃李花紛紛墜落，呈現了紅白交融的美麗圖畫，而此時卻有個少女在葬花，她如泣、如訴的歌聲是那麼的紆徐、婉轉。整幅圖畫體現出繪畫美及音樂美。這得不到愛與心靈慰藉的不幸少女只能以扭曲變形的方式安葬她的青春、夢想及不屈的靈魂。〈葬花吟〉所表現的痛苦不只是黛玉的痛苦，也是女性深沈的、幽深的痛苦。黛玉葬花第一次在三月中浣，葬花的方式她毫不遲疑的否定「水葬」，力主「土葬」，因花兒撂在水裡「只一流出去，有人家的地方髒的臭的混倒，仍舊把花遭塌了」，土葬的話「日久不過隨土化了，豈不乾淨。」黛玉第二次葬花已是四月二十六日，即交芒種節，其〈葬花吟〉是長期積澱抑鬱之情的抒發，呈顯著無盡的哀意。

　　〈葬花吟〉實際上是大觀園美女們哀艷的輓歌。脂硯齋云：「埋香冢葬花乃諸艷歸源，葬花吟又繫諸艷一偈也。」〈甲戌本第廿七回回末總評〉「〈葬花吟〉是大觀園諸艷之歸源小引」〈庚辰本第廿七回回前總批〉不僅預示了黛玉早夭的命運，還宣告了群芳諸艷即將到來的災難和大觀園的毀滅。通篇是哀傷淒婉的氛圍，殘花落瓣勾起黛玉的傷春愁思，可說是黛玉自作之詩讖，預示了她香消玉殞的結局。〈葬花吟〉乃是人類共通的感情所唱出的宇宙人類共同的悲歌，有力地表現了黛玉對生命易逝的感嘆及對理想的嚮往。黛玉青春夭亡以現實界來說看似不幸，但以神話角度言之，卻是可喜的回歸永恆。大觀園那片桃林是寶玉、黛玉二人的情感蘊釀地，他們在那無人打擾的地方想心事，釋放彼此的真情，桃花更成了兩人的知己。然桃花的生命是短暫的，曹雪芹也擷取此桃花意象深化林黛玉的愛情悲劇，以生命週期短促的桃花比喻黛玉被扼殺的純真愛情。桃花盛開時是光彩絢麗的，正如黛玉和寶玉亦曾享受過愛苗萌長的美好時光，然而當落花飄零，失去了昔日光彩，恰如黛玉辛苦經營的愛情，一夕間倒塌，想抓也抓不住。黛玉的心聲經花開花落的詠嘆中表達出來，在人與花的融合互補中，人物的性格也得到更豐富的呈現。

〔註122〕曹雪芹、高鶚原著，其庸等校注：《紅樓夢校注》（台北：里仁書局，1986 年）第 27 回，頁 428。

　　庚辰本脂批云：「寫黛玉又勝寶玉十倍痴情。」寶玉、黛玉二人一起葬花，瀰漫的是落花流水的悲情，第二十六回黛玉往怡紅院吃了閉門羹後〔註123〕

　　　　越想越傷感起來，也不顧蒼苔露冷，花徑風寒，獨立牆角邊花陰之
　　　　下，悲悲戚戚嗚咽起來。原來這林黛玉秉絕代姿容，具希世俊美，
　　　　不期這一哭，那附近柳枝花朵上的宿鳥栖鴉一聞此聲，俱忒楞楞飛
　　　　起遠避，不忍再聽。眞是花魂默默無情緒，鳥夢痴痴何處驚。〔註124〕

人之魂與花魂呼應，鳥夢爲之驚醒，花魂亦爲之默然！第二十七回寶玉見許多鳳仙石榴各色落花，錦重重的落了一地，便把那花兜了起來直奔與黛玉葬花處，到了花塚，聽山坡上有嗚咽之聲，原來是黛玉在那哭吟著〈葬花吟〉：「花謝花飛花滿天，紅消香斷有誰憐？游絲軟繫飄春樹，落絮輕沾撲繡簾。」〈葬花吟〉中花謝花飛、紅消香斷、游絲、落絮、落花、空巢、風刀霜劍、杜鵑、黃昏、青燈、冷雨、香丘諸悲涼意象傳達出愛情隨時會毀滅，生命可能會消失的恐懼意識。「試看春殘花漸落，便是紅顏老死時。一朝春盡紅顏老，花落人亡兩不知。」〔註125〕花落與人亡，落花意象即蘊含著死亡意識，秦可卿、金釧兒、尤三姐、尤二姐乃至晴雯、司棋、香菱、黛玉，這些眾女兒之死，大觀園之花由盛而落，隱含著揮之難去的死亡意識。黛玉之美是書卷氣的，是靈秀，也是病態的。在她身上有濃厚的詩人氣息，她的才情主要表現在作詩上，最能突出其才情的是〈葬花吟〉此詩在頹喪的氛圍中表現了黛玉孤高潔傲及多愁善感的性格特質，也暗示了大觀園女兒們的命運歸宿。黛玉葬花是聚合許多意象的情境描寫，以葬花爲中心意象，以寶玉聽〈葬花吟〉哭倒山坡爲補充意象。芒種節大觀園「綉帶飄飄、花枝招展」之歡樂情景爲陪襯對象，而〈葬花吟〉詩句與寶玉慟哭時的心理活動則屬聯想意象。至於第六十二回〈憨湘雲醉眠芍藥裀〉芍藥花飛若雪，湘雲醉臥憨態，紅香散亂的芍藥花裀襯托著湘雲的清雅天眞，在此，曹雪芹借用對落花的描寫創設出優美的紅樓世界。第七十回寶玉看了黛玉作的〈桃花行〉而落下淚來。「桃花桃葉亂紛紛，花綻新紅葉凝碧，霧裡烟封一萬株，烘樓照壁紅模糊。」作者

〔註123〕曹雪芹、高鶚原著，其庸等校注：《紅樓夢校注》（台北：里仁書局，1986年）
　　　　第23回，頁366。

〔註124〕曹雪芹、高鶚原著，其庸等校注：《紅樓夢校注》（台北：里仁書局，1986年）
　　　　第26回，頁416。

〔註125〕曹雪芹、高鶚原著，其庸等校注：《紅樓夢校注》（台北：里仁書局，1986年）
　　　　第27回，頁429。

擅於渲染落花意象的衰敗特徵，形成一淒冷寥落的意境。

　　落花與人的情感、追求、命運結合，人們往往在歌詠落花也歌詠自己，感嘆落花命運也同時爲自己無法掌控的命運嘆息。《紅樓夢》的落花意象影射著女子身世的飄零，象徵著殞落的女兒命運，塵世的無常及封建大家族的敗亡。落花也寄寓著對人格美的追求，文本中一個個身體柔弱卻充滿詩意的生命，有她們美好的眷戀與強烈的渴望。然而在與有強大扼殺力量的封建勢力的衝突下，這些如落花之淒美的眾女兒們不得不以死亡的方式結束其屈辱、痛苦的一生，她們所演繹的是一個個淒愴而美麗的死亡故事，而最具典型性的就是黛玉。葬花讓她領悟了那一時代只能任人踐踏不能自己主宰的命運。黛玉的悲劇是性格的悲劇，也是時代的悲劇。

九、帕

　　帕是日常用品，女性尤其需要它。《禮記內則》云：「生男則設弧於門左，生女則設帨門右，取事人佩巾之義。」帕與女子自古有密切的關係。古代男女相愛，即有贈帕傳情之例，《搜神記》記載吳詳遇女子，「二人相戀，女以紫巾贈詳，詳以布手巾報之。」戲曲小說中男女主角如一見鍾情，往往設法互贈些物品，手帕往往是被運用的意象。至於鮫綃卻與淚有密切的關係。〔宋〕王沂孫〈一萼紅〉：「歲寒事，無人共者……可惜鮫綃碎剪，不寄相思。」借鮫綃寫南宋遺民之淚，陸游〈釵頭鳳〉：「春如舊，人空瘦，淚痕紅浥鮫綃透，桃花落，閑池閣。山盟雖在，錦書難託。莫！莫！莫！」寫與前妻唐婉見面後的椎心之痛。〔元〕張可久〈滿庭芳・春思〉：「鮫綃帕，淚浪滿把，人似雨中花。」這些作品中鮫綃帕所蘊含的都是傷感的意涵。〔明〕馮夢龍《山歌・卷十・素帕》云：「不寫情詞不寫詩，一方素帕寄心知，心知拿了顚倒看，橫也絲來豎也思。這般心事有誰知！」詞中利用「絲」、「思」諧音表達愛意。〔明〕瞿佑曾有詩專詠手帕，其〈鮫綃帕〉云：「菌結扶桑出海濱，遽隨機杼傳鮫人。不裁洛浦凌波襪，能代湘川拭淚巾。紫麝熏香收汗潤，彩毫傳恨寄情眞。吳綾輕薄番羅俗，出袖宜同掌上珍。」《紅樓夢》中也經常出現帕此意象，帕在紅樓中不僅反應著人物性格，也推動著情節的發展。

　　手帕用以拭淚，第三回黛玉初進賈府，鳳姐提及黛玉之母「說著，便用帕拭淚。」帕，亦可用來包裹物品，第八回襲人即以帕包裹寶玉的通靈寶玉。帕，也可擦拭用，第十九回黛玉即用自己的手帕揩去寶玉臉上的胭脂漬。帕，也可用以傳情，有此時無聲勝有聲的效果，文本中第廿四、廿六、廿七回中

即描述了丫頭小紅和賈芸之間「遺帕惹相思」的情節。小紅無意間失去了手帕，賈芸湊巧拾得，及至賈芸得知失帕的主人正是小紅時，乃由小丫頭墜兒轉送一塊手帕給小紅，小紅也假借答謝之名請墜兒轉送一塊自己的手帕作為回禮，也推動了賈芸小紅日後情意的發展。第二十八回〈薛寶釵羞籠紅麝串〉中寶玉看寶釵的紅麝串，忽然對寶釵雪白的一段酥臂生了羨慕之心。恰好被黛玉看見，就裝作指給寶釵看一隻呆雁，將手中絹帕向寶玉擲去，正恰落在寶玉的眼睛上。擲帕寫出了黛玉之妒，但也由此動作可看出寶黛二人感情的深厚。第三十回〈寶釵借扇機帶雙敲〉黛玉聽了王道士提親的傳聞，寶玉摔玉，黛玉剪了玉的穗子。正當黛玉淚流滿面之時，看見寶玉以簇新的藕合紗衣袖拭淚，便把自己的手帕扔給他。這表現出兩人儘管鬧彆扭，但彼此關切之心仍然不減。第三十一回則有史湘雲以帕包戒子。第三十四回〈情中情因情感妹妹〉，遍體鱗傷的寶玉不顧自己的瘡痛，反倒擔心黛玉哭壞了身子，怕襲人心眼細，就改請個性任眞的晴雯爲他送兩方舊的手帕，晴雯聽了，只得拿了帕子往瀟湘館來，只見春纖正在欄杆上晾手帕子。王府本夾批云：「送的是手帕，晾的是手帕，妙文。」黛玉見帕思緒萬千，可嘆、可愧、可感、可笑，百感交集下在手帕上題了三首絕句：「眼空蓄淚淚空垂，暗洒閑拋卻爲誰？尺幅鮫綃勞解贈，叫人焉得不傷悲！」（其一）「拋珠滾玉只偷潸，鎮日無心鎮日閑，枕上袖邊難拂拭，任他點點與斑斑。」（其二）「彩線難收面上珠，湘江舊迹已模糊；窗前亦有千竿竹，不識香痕漬也無？」（其三）〔註126〕黛玉要再往下寫時，只覺得渾身火熱，走至鏡台揭起錦袱一照，只見腮上通紅，自羨壓倒桃花，卻不知病由此萌，上床睡去，猶拿那帕子思索。這寶玉送帕的情節描寫了寶玉、黛玉、襲人、晴雯四個人性格的差異，可謂一石四鳥，技巧精湛。第六十回賈環向芳官要薔薇硝，芳官以茉莉粉充數了事，被趙姨娘知道後，找到芳官，把茉莉粉摔在芳官臉上，致使芳官等一批小戲子打成一團。探春出面處理時，艾官回探春道：「都是夏媽和我們素日不對，每每的造言生事。……今兒我給姑娘送手帕去，看見她和姨奶奶一處說了半天，嘁嘁喳喳的，見了我才走開了。」艾官借與探春送帕事，告知有人挑唆趙姨娘與小戲子吵架，希望借探春之手加以懲治。第六十四回尤二姐拴荷包的絹子被賈璉偷走，寫出了二姐的放蕩及賈璉的猥褻，也呈顯了他們二者之間名份

〔註126〕曹雪芹、高鶚原著，其庸等校注：《紅樓夢校注》（台北：里仁書局，1986 年）第 34 回，頁 525。

的不正當性。第八十回夏金桂陰謀設計讓香菱至其房間取帕，撞破薛蟠與寶蟾的好事，使香菱進入陷阱，惹來薛蟠之怒。黛玉之死也是一次取帕的空閒促成的。第九十六回黛玉早飯後帶著紫鵑到賈母那兒，忘了帶手絹，就請紫鵑回去拿，她也趁空閒至昔日葬花處走走，巧遇傻大姐，才知賈府已安排寶玉娶寶釵以便沖喜，這一切也促成了黛玉毀滅性悲劇情節的進展。

《紅樓夢》文本中借一些微小物象，溝通了彼此幽微靈秀之地，也建起了情感的橋樑。「帕」之意象的運用過程中不但呈現了人物的性格，也推動了情節的發展。巾帕遙寄知心，寶黛愛情在這裡傳遞。《紅樓夢》在寶黛愛情的描寫上運用意象展現了高雅審美內涵。

黛玉前世乃天上一株即將枯萎的絳珠草，為報神瑛侍者灌溉之恩，乃隨神瑛侍者轉世到人間，故其在人間之形象自是經常以淚洗面，而作為拭淚的帕與黛玉的關係是密切的。黛玉之帕是高潔、傲然、柔弱、多情的，晾帕示淚多，擲帕顯妒情，贈帕為情苦，而丟帕、尋帕、取帕的敘述也顯現了推動情節的藝術功能。

小結

欠淚的，淚已盡。閬苑仙葩林黛玉有絕代姿容，然而孤標傲世偕誰隱，孤苦伶仃，寄人籬下的生活總是倍感淒涼，她珍惜生命之美，卻又為生命的短暫而哭，一生追求純真的愛，她為愛而生，為還淚而死，然而加速其死亡的卻是那晦暗的人性及無情的封建體制。〈紅樓夢曲・枉凝眉〉云：

> 一個是閬苑仙葩，一個是美玉無瑕。若說沒奇緣，今生偏又遇著他；
> 若說有奇緣，如何心事終虛化？一個枉自嗟呀，一個空勞牽掛。一
> 個是水中月，一個是鏡中花。想眼中能有多少淚珠兒，怎經得秋流
> 到冬盡，春流到夏！〔註127〕

閬苑，傳說是神仙住的地方，仙葩，仙花也，指林黛玉本是靈河三生石畔的絳珠仙草，至於美玉無瑕乃指賈寶玉本赤瑕宮的神瑛侍者，瑛者玉之光彩，指寶玉心地純潔善良。絳珠仙草到世間還淚，一個是枉自嗟呀，能有多少淚珠兒，秋流到冬，春流到夏，一個是多情公子空勞牽掛，然而當黛玉魂斷，寶玉出家為僧，這一切就如水中月，鏡中花，一切終將虛化。

〔註127〕曹雪芹、高鶚原著，其庸等校注：《紅樓夢校注》（台北：里仁書局，1986年）
第 5 回，頁 91。

　　黛玉出身書香世家，且其本籍蘇州乃東南沿海之地，與洋人的經濟、文化接觸較早，有利於新觀念的吸收，也勇於向舊禮教挑戰。加上雙親過世得早，形成她自卑、孤僻及高傲的個性。她有兩彎似蹙非蹙罥烟眉，動如弱柳扶風，靜若嬌花照水，風姿裊娜，加上才華橫溢是個詩樣的人物。她衣色以紅為主體，環境則以綠為主，綠與紅的搭配不正是絳珠仙草的眞容。窗上糊的是銀紅霞影紗，穿的是大紅羽紗面白狐狸皮的鶴氅，腳穿的是紅香羊皮小靴，愛紅、衣紅是她對美好願望的期待。至於瀟湘館竹的風姿神韻表現了黛玉孤標傲世的隱士之風，更襯托其細膩多思的性格。她的詩作呈顯的風格總有那份幽微的風露清愁，是其命運的寫照。加上諸意象的烘托、疊加，更呈顯了豐富的意涵。

　　水隱喻著黛玉創生於靈河又回歸於靈河（生命之河）的岸邊；黛玉一生的目的是還淚，一旦淚盡，生命之水乾涸，生命也即將枯萎；雨恰如天上的眼淚，當黛玉悲戚時，窗外亦雨聲淒淒，雨意象蘊含著黛玉哀怨無極，天與同泣之意涵；至於竹意象寄託著引人魂牽夢縈的相思情懷，也存在著對美善追求的執著。然而這追求終是一場淒美的悲劇；絳珠，誠如脂評云：「豈非血淚乎！」絳珠仙子許一生眼淚償還神瑛侍者甘露之惠，形成了美麗哀怨的淒迷情節。絳珠草結合了血淚和香草的文化積澱有愁怨、思歸、高潔、相思之意涵，且絳珠草作為黛玉之前身，隱喻她纖弱多病，卻不同流合污之節操。黛玉毫不妥協的與環境抗爭，她的死是陣地戰者的哀歌。黛玉是百花的精魂，花兒的化身。芙蓉的風露清愁；桃花的紅顏命薄；菊花的孤標傲世及柳絮的流離漂泊，這種種意蘊從不同側面揭示黛玉心中的秘密，烘托她不俗的個性氣質，也暗示她不幸的命運。曹雪芹以桃花意象雖絢麗卻易凋零的特質隱喻了黛玉紅顏卻命薄的一生，如此才貌雙全的女性卻不見容於社會至淚盡而亡！曹雪芹將人、花、時代交織在一起，傳統桃花意象所積澱的意涵賦予了黛玉這藝術典型動人的魅力。藉桃花詠嘆黛玉，也詠嘆自己。

　　芙蓉亭亭淨植，只可遠觀而不可褻玩之風標高格與黛玉冰清玉潔、孤高超逸又多愁善感的特質契合，且木芙蓉霜中獨絕的「晚芳」特質正是黛玉孤高超俗風姿的寫照；曹雪芹以水芙蓉的高潔和木芙蓉之堅貞高傲展現了黛玉孤高超俗的丰姿，綻放著她獨特的美感。菊花帶霜而發，有孤介、高潔的特性，〈問菊〉有「孤標傲世偕誰隱」之寂寞慨嘆。黛玉借菊明志，以菊詠己，她正宛如清瘦傲霜之菊，雖然纖弱，卻一身傲骨，菊凸顯了黛

玉孤高傲俗的個性，烘托了她滿腔抑鬱，不爲傳統文化所接納的悲劇，也呈顯了此少女高潔卻又痛苦的靈魂；柳絮意象蘊含了黛玉漂泊離散的寫照，寄寓著她對自己身世不幸的深切哀愁；〈詠絮詞〉是黛玉對春青易逝，婚姻無法自主的嘆息，〈唐多令〉入骨的悲戚正是她內心痛苦的吶喊。落花在情節的鋪述中增進了審美情趣，爲讀者帶來了美的感受，但落花意象的淒美摹寫也預示了眾兒女悲劇命運的到來。落花更隱喻著黛玉的命運，那柔弱卻充滿詩意的生命，有著對美好的眷戀與追求，然而在封建勢力的摧殘下，不得不結束其生命，她所演繹的是一個淒美的故事。〈葬花吟〉是黛玉命運之讖語，亦是大觀園群芳之詩讖。隨著賈府的沒落，群芳亦將陷於污淖之中。曹雪芹之〈葬花吟〉爲黛玉而哭，更爲「千紅一哭」、「萬艷同悲」。〈詠白海棠詩〉：「月窟仙人縫縞袂，秋閨怨女拭啼淚。嬌羞默默同誰訴，倦倚西風夜已昏。」不正是黛玉生活之寫照，更呈顯著不祥之兆。〈五美吟〉除紅拂之外，都以悲劇收場，黛玉藉這些詩抒發自己的哀怨，也是曹雪芹對大觀園女兒們悲劇命運的慨嘆。〈桃花行〉闡述黛玉對自由幸福的嚮往，也充滿了哀音，爲命薄如桃花的黛玉預作夭亡之描述。帕之意象運用不但呈現了人物的性格也推動了情節的發展，溝通了彼此幽微靈秀之地，建立起感情的橋樑，黛玉此生爲還淚而來，帕與她有密不可分的關係。月意象在文本中呈顯的意境是悲涼的，與「冷月葬花魂」的淒清孤寂也渲染了黛玉高潔的性格及不幸的命運。從黛玉形象我們依稀看到千古文士孤鴻般縹渺的身影，聽到他們隱約、悠長的唔嘆。她是封建階級的叛逆者，但因客觀條件的不足遭致失敗和死亡，因而引起人們悲劇感的審美形態。至於文本後四十回對黛玉人格有矛盾的描寫，黛玉的心事寫得太顯露過火了，一點不含蓄，無法讓人引起悲憫的情懷。如

> 看寶玉的光景，心裡雖沒別人，但是老太太、舅母，又不見有半點意思，深恨父母在時，何不早定了這頭婚姻。又轉念一想道：「倘若父母在別處定了婚姻，怎能夠似寶玉這般人才心地？不如此時尚有可圖。」「好！寶玉！我今日才知道你是個無情無義的人了！」「好哥哥！你叫我跟了誰去！」（八十二回）黛玉大叫了一聲道：「這裡住不得了！」一手指著窗外，兩眼反插上去。（八十三回）或者因我之事，拆散了他們的金玉也未可知？（九十五回）

這些敘述都太顯露過火，與黛玉清新的詩人氣質及深厚的藝術素養是不相合

的。〔註128〕而且厭惡功名八股是黛玉性格最顯著的特徵，在寶玉第一次進家塾時，黛玉諷刺道：「這一去可要蟾宮折桂了。」然而到後四十回，寶玉第二次進家學時，黛玉竟說八股文「也有近情近理的，也有清微淡遠的……不可一概抹倒。況且你要取功名，這也清貴些。」接著續書寫寶玉聽了這些話覺得不堪入耳，心想著黛玉幾時變得這樣利慾熏心了。再如黛玉是個孤傲自許，不喜阿諛奉承的人，然第九十回賈母等人在怡紅院賞枯死海棠又開花。探春等人認為死樹開花非好預兆，黛玉卻揣度賈母心意，說了個荊樹枯榮，草木隨人的故事，把賈母、王夫人也逗樂了。再如第八十六回黛玉論琴一席話，儼然是位封建道德的說教者。高鶚在後四十回有時嚴重地扭曲了各角色某些重要的性格特徵，讓人覺得矛盾而不統一。誠如張錦池所言：「原著中的寶黛愛情是以共同的叛逆思想為前提和作基礎的，所以，從根本上說，續書中不僅沒有發展林黛玉的叛逆性格，相反地倒歪曲了林黛玉的叛逆特質。要害是：把一個封建政治道路的叛逆者修正為封建政治道路的擁護者。」〔註129〕呂啓祥亦云：「前八十回中，作家不知多少次地寫到黛玉的憂鬱、苦痛、甚至絕望，總是在展現心態中使之得到昇華和超越，在道德感情上令人同情和憤懣，在審美感情上供人賞鑒和贊嘆。高鶚所續寫的內容，如王熙鳳設置調包計，讓寶玉娶寶釵，賈母居然支持。在黛玉苦苦哀求憐憫下，賈母竟然毫不留情地讓人把黛玉轟走，致使黛玉悲慘死去，這是不符合曹雪芹的原意的，也是後四十回殊異於前八十回原作之處。後四十回所寫的那樣一個夢境，不僅絲毫不能給人以美感，簡直是對黛玉形象的一種褻瀆。人物的那副乞憐相和痛哭狀，全然沒有林黛玉哀怨而不卑怯、柔弱而不彎曲的氣質。至于黛玉之死，以悲劇結局上看，也許是成功的；同晴雯之死充滿詩意的描寫比照，則不免相映失色。」〔註130〕審美觀照的多寡正是後四十回與前八十回之差異。曹雪芹運用多種意象呈顯了隱藏於黛玉的內心世界，藉各種符號所承載的文化訊息，烘托了黛玉不俗的氣質呈現了豐富的疊象美，雕塑黛玉此藝術形象，也暗示了她未來不幸的命運。黛玉追求婚姻自主，又寄望封建家長作主，但她看不到封建勢力的狡猾伎倆，也沒警覺到自己是被摒棄的異端。黛玉以風流

〔註128〕俞平伯：〈後四十回底批評〉《紅樓夢藝術論》（台北：里仁書局，1984 年）頁 499。
〔註129〕張錦池：《紅樓十二論》（台北：里仁書局，1982 年），頁 232。
〔註130〕呂啓祥：〈花的精魂，詩的化身──林黛玉形象的文化蘊含和造型特色〉《紅樓夢學刊》1987 年第 3 輯，頁 60。

裊娜及病弱的優美形式呈現叛逆對抗的悲劇特質，可代表著追求民主、自由封建階級的叛逆者，然而因主客觀條件的不足，不但不能實現其理想，且遭致失敗和死亡，因而引發了人們深重悲劇感的審美形態。在古典文學中是特出的悲劇典型，作者以精巧無比的藝術筆力描繪此一典型形象，是封建社會婦女才華和苦痛的總結。她的行為舉止及孤僻習性，都隱含著對舊秩序的沈痛控訴，對封建社會的揭露與鞭撻。也包含了她對理想、自由的追求嚮往。最後雖失敗了，然而在她追求真、善、美的過程中引發我們去追求、思考。諸意象揭示黛玉隱秘的心靈世界，襯托其不俗的氣質，暗示黛玉未來的命運，人物形象也因此更加豐碩飽滿，韻味深遠。寶玉和黛玉勇於背叛階級立場和家族利益，他們用寶貴的生命和苦痛的逃亡，來爭取封建時代無法實現的理想和幸福。脂評云：「真正美人方有一陋處。」黛玉的多疑、感情脆弱、抑鬱感傷的情懷，融合在她特殊敏感的詩人氣質中，孕育出柔弱纖細、含蓄深沈、世外仙姝的特殊風韻。黛玉，是真與美的化身。詩是黛玉生命的重要部份，也是曹雪芹雕塑黛玉此藝術形象的重要方法，由黛玉的詩詞中，我們窺見了一個多愁善感、孤傲自尊、激越熱烈而悲涼淒婉的深閨女子形象。在她憂傷悲泣的背後，隱藏高傲的自尊和純潔的靈魂，她柔弱的身軀中蘊涵著叛逆不屈的特質。《紅樓夢》是中國古典小說的巔峰之作，對黛玉此形象之描繪是淒美的，她纖弱多病、葬花、絳珠草、湘妃竹環繞之瀟湘舘、桃花、芙蓉花、菊、柳絮、帕諸意象之烘托及愛情挫敗至淚盡而逝，加上她率真善良的處世態度，超凡脫俗的藝術才華，呈顯了她淒美的悲劇形象。

第三章　薛寶釵

　　寶釵亦爲文本之女主角，爲寶玉之姨表姐，她容艷、多才、優雅，本借住賈府待選，在薛母處心積慮的安排下登上了寶二奶奶的寶座，成就了金玉姻緣。寶釵和薛姨媽爲奪取寶二奶奶的寶座，將黛玉當爲敵手，狡猾關懷俘虜了黛玉離鄉、喪親，渴望受關懷的一顆孤苦的心，讓黛玉撤去心防，又對賈府掌權者諂媚逢迎，投其所好，以貞靜、和平、裝愚、守拙這些封建婦德贏得封建家長的青睞；對下者深相結納，收買拉攏。寶釵所善長的正是黛玉所不能的，所以能「好風頻借力」登上寶二奶奶的寶座。寶釵所代表的是社會的主流價值，和寶玉在人生價值取向的分歧決定了她無法得到寶玉的眞愛，她在埋葬寶黛愛情的同時也埋葬了自己的韶華和幸福。金玉姻緣雖擊敗了木石前盟，寶釵並沒獲取寶玉的心，只能焦首朝朝還暮暮，煎心日日復年年。寶釵在文本中亦爲重要角色，故另立一篇加以探討。

第一節　寶釵意象相關資料

　　寶釵與黛玉的判詞是合而爲一的，

　　　　畫：畫著兩株枯木，木上懸著一圍玉帶，又有一堆雪，雪下一股金簪。

　　　　詞：可嘆停機德，堪憐詠絮才。玉帶林中掛，金簪雪裡埋。〔註1〕

「雪」諧音「薛」，金簪則爲寶釵之別名，此畫含有薛寶釵之姓名。至於判詞首句言寶釵有樂羊子之妻斷機杼鼓勵其夫精進之美德。寶釵鼓勵寶玉力求仕

〔註 1〕曹雪芹、高鶚原著，其庸等校注：《紅樓夢校注》（台北：里仁書局，1986 年）第 5 回，頁 86。

進，是典型的封建思想，然而此理念卻未能與寶玉契合。第四句「金簪雪裡埋」則云金簪本是亮麗的首飾，卻被埋於冰冷的雪地中，乃指寶玉看破紅塵出家後，寶釵獨守空閨的冷寞。

　　薛寶釵出身於四大家族之一的薛家。第四回賈雨村看的護官符上，寫薛家是「豐年好大雪，珍珠如土金如鐵。」脂批云：「隱“薛”字。紫薇舍人薛公之後，現領內府帑銀行商，共八房分。」紫薇舍人即中書舍人，是撰擬誥敕之官，須有文才；帑銀指國庫所藏之錢財。由脂批顯示了薛家的顯貴與富有。寶釵幼年喪父，母王氏即人稱的「薛姨媽」，是京營節度使王子騰之妹，與賈府王夫人爲親姊妹。寶釵有一哥哥薛蟠因寡母縱容以致「一應經濟世事，全然不知，不過賴祖父之舊情分，戶部掛虛名，支領錢糧。」第四回寫薛蟠進京「一爲送妹待選，二爲望親，三因親自入部銷算舊帳，再計新支。其實則爲遊覽上國風光之意。」後來寄居賈家，寶釵因而與寶玉、黛玉展開了一段三角的婚戀故事。第五回判詞金簪雪裡埋及〈紅樓夢曲・終身誤〉屬之，第十七回大觀園題詠——凝暉鍾瑞，第二十二回燈謎爲更香，第二十七回寶釵撲蝶，第二十八回賈元妃賞賜端午節禮物，第三十五回黃金鶯巧結梅花絡，第三十七回夜擬菊花題，作海棠詩，第四十回作牙牌令，第四十一回櫳翠庵品茶，第五十回暖香塢雅製燈謎詩，第五十五回和探春、李紈代鳳姐理家，第六十三回抽花名籤——牡丹，第九十七回寶釵出閨成大禮，第一○八回強歡笑寶釵慶生日，第一一九回中鄉魁寶玉卻塵緣。首先介紹

一、寶釵容貌

　　曹雪芹以「豐」與「雪」二字刻劃薛寶釵，小說人物的性格往往是多層面的，她也有品格端方的一面，容貌豐美，是作者精心塑造的淑女。她的體態是嫻雅的，文本中寫她

　　　　比薛蟠小兩歲，乳名寶釵，生得肌骨瑩潤，舉止嫻雅。〔註2〕

而且她是豐美、潤澤的：

　　　　如今忽然來了一個薛寶釵，年歲雖大不多，然品格端方，容貌豐美，
　　　　人多謂黛玉所不及。〔註3〕

〔註2〕曹雪芹、高鶚原著，其庸等校注：《紅樓夢校注》（台北：里仁書局，1986年）
　　　　第4回，頁71。
〔註3〕曹雪芹、高鶚原著，其庸等校注：《紅樓夢校注》（台北：里仁書局，1986年）
　　　　第5回，頁81。

此段寫寶釵與黛玉雙峰對峙，也爲往後的情節做了鋪墊。文本中有兩次寫寶玉眼中的寶釵：

> 唇不點而紅，眉不畫而翠　臉若銀盆，眼如水杏。罕言寡語，人謂藏愚，安分隨時，自云守拙。〔註4〕

唇不點而紅，眉不畫而翠，可見其自然中呈顯著健康的活力，寶釵生得肌膚豐澤，在第廿七回寫寶釵撲蝶的情節即以「滴翠亭楊妃戲彩蝶」爲回目，至廿八回即有如下之描述：當寶玉要瞧瞧她的紅麝串

> 可巧寶釵左腕上籠著一串，見寶玉問她，少不得褪了下來。……寶玉在旁看著雪白一段酥臂，不覺動了羨慕之心，暗暗想道：「這個膀子要長在林妹妹身上，或者還得摸一摸，偏生長在他身上。」正是恨沒福得摸，忽然想起「金玉」一事來，再看看寶釵形容，只見臉若銀盆，眼似水杏，唇不點而紅，眉不畫而翠，比林黛玉另具一種嫵媚風流，不覺就呆了。〔註5〕

此段文字與第八回之形容雷同，可知在作者心目中寶釵的形象是固定而成熟的。寶釵有一種淡雅之美。她「唇不點而紅，眉不畫而翠」，是天生麗質，不假雕飾，在第七回周瑞家送宮花的情節即源於寶釵不喜戴花。寶釵因怕熱而不去看戲，寶玉

> 搭訕笑道：「怪不得他們拿姐姐比楊妃，原來也體豐怯熱。」〔註6〕

寶玉生辰「群芳開夜宴」，寶釵抽的花籤爲牡丹花，題曰「艷冠群芳」。唐人愛賞牡丹，也曾以牡丹比喻楊貴妃。及至第九十八回寶釵出閣時透過寶玉之眼，看到了寶釵的嬌艷：

> 只見他盛妝豔服，豐肩軟體，鬓低鬢軃，眼瞤息微，真是荷粉露垂，杏花烟潤了。〔註7〕

因爲豐美，寶釵常被比作楊貴妃。作者給予寶釵儒雅冷靜的內在氣質，又給她豐美的容貌，與風流裊娜的黛玉恰成對比。

〔註 4〕曹雪芹、高鶚原著，其庸等校注：《紅樓夢校注》（台北：里仁書局，1986年）第 8 回，頁 140。

〔註 5〕曹雪芹、高鶚原著，其庸等校注：《紅樓夢校注》（台北：里仁書局，1986年）第 28 回，頁 447。

〔註 6〕曹雪芹、高鶚原著，其庸等校注：《紅樓夢校注》（台北：里仁書局，1986年）第 30 回，頁 474。

〔註 7〕曹雪芹、高鶚原著，其庸等校注：《紅樓夢校注》（台北：里仁書局，1986年）第 97 回，頁 1512。

二、寶釵服飾

藝術是表現人類情感的符號，服飾與色彩正是以象徵符號來表現人的思想情感。《紅樓夢》裡曹雪芹通過服飾與色彩描述來傳達人物的情感、氣質及美學意涵。且服飾是最貼近人體的物質材料，也最能直接而明顯地傳述自我的表徵。《紅樓夢》在描寫服飾時就充分表現這特色，讓不同個性的人在服飾上反應不同的風貌。因此服飾也可看作個性化的心理書寫，傳達了每個人的性格特徵。薛寶釵的衣著裝扮，文本中有如下之描寫：

> 周瑞家的不敢驚動，遂進裡間來。只見薛寶釵穿著家常衣服，頭上只散挽著**鬢**兒，坐在炕裡邊，伏在小炕桌上同丫鬟鶯兒正描花樣子呢。〔註8〕

寶釵家常衣服呈現的是樸素的特質，正如薛姨媽所云：

> 寶丫頭古怪著呢，他從來不愛這些花兒粉兒的。〔註9〕

寶釵不重視外在的打扮。在第八回寶玉前去梨香院探望多日養病於家中的寶釵，當他入房時，掀起「半舊的」紅紬軟簾進門，

> 先就看見薛寶釵坐在炕上做針線，頭上挽著漆黑油光的**鬢**兒，蜜合色棉襖，玫瑰紫二色金銀鼠比肩褂，蔥黃綾棉裙，一色半新不舊，看去不覺奢華。唇不點而紅，眉不畫而翠；臉若銀盆，眼如水杏。
>
> 罕言寡語，人謂藏愚；安分隨時，自云守拙。〔註10〕

作者對寶釵服飾的描寫運用了互補色。棉襖的蜜合色即淺黃白色，搭配蔥黃色的綾棉裙，是同色中的深淺之分，至於比肩褂的玫瑰紫是紫中偏紅的顏色，紫與黃是對比色，這「蜜合色」、「玫瑰紫」及「蔥黃」皆屬暖色系，予人平易近人的感覺。紫色是華麗又優雅的，有股神秘感也易引人遐想。紫色也象徵者高貴和權力，以前自然界難取到紫色染料，因此紫色很貴，也代表了財富。寶釵雖不與人爭妍，然唇不點而紅，眉不畫而翠，素雅中自有其少女之青春氣息。寶釵的服裝中除了「金銀鼠比肩褂」之質料較貴重外，其他上下衣裙僅使用普通的素樸棉料裁成，與她「家中有百萬之富，現領著內帑錢糧，

〔註8〕曹雪芹、高鶚原著，其庸等校注：《紅樓夢校注》（台北：里仁書局，1986年）第7回，頁123。

〔註9〕曹雪芹、高鶚原著，其庸等校注：《紅樓夢校注》（台北：里仁書局，1986年）第7回，頁125。

〔註10〕曹雪芹、高鶚原著，其庸等校注：《紅樓夢校注》（台北：里仁書局，1986年）第8回，頁140。

採辦雜料」的身家背景有著落差，更可感覺她企圖經由穿著，表現出隨和、易於接近的品格。薛寶釵的服飾與色彩是由她的意識所支配的。其詠海棠詩有「淡極始知花更艷，愁多焉得玉無痕？」這「淡極」正是她守愚、藏拙之寫照。

在《紅樓夢》中除了提到了紅、黃、藍、綠、青、白、黑各色外，此外還有以生動、嬌艷的自然植物命名的：荔枝色、茄色、蔥黃、玫瑰紫、藕色、松花色；也有以表現高貴、典雅的動物皮毛色彩的，如猩紅、鵝黃、黑灰鼠的色彩；還有以自然界礦物色彩命名的，如石寶藍、玉色、赤金等，更有以富於想像，詩情畫意的自然形態色彩命名的，如蜜合色、秋香色、月白、水綠、嬌黃、粉紅、鬼臉青等。這些 多樣的色彩增進了人們的想像力，也豐富了美學意涵。寶釵「蓮青色」的鶴氅相當於藍紫的顏色，顯示出她不喜鋒芒外露的特質，與她屋內擺設雪洞一般，一色玩器全無的素樸風格是一致的。曹雪芹擅於「隨美賦彩」，如蘅蕪苑是青紗帳幔，賈母遊園時則吩咐換上水墨字畫白綾帳子，黛玉的是藕合色花帳，至於怡紅院掛的則是大紅銷金撒花帳子，秋爽齋爲蔥綠雙繡花卉草蟲紗帳。不同的色彩顯示主人的性格特徵及不同的審美情趣。服飾是個人符號的表徵，衣服是一個人的間接表現，使我們一見之下即能判斷其人之情，態度是和善、憤怒、匆忙或閒適。此外，寶釵一群人各穿斗篷在雪地中玩耍，各個人物也披褂各自的多衣出場呈現不同的風情，當一群人要到蘆雪庵賞梅聯詩時

　　薛寶釵穿一件蓮青斗紋錦上添花洋線番羓絲的鶴氅。〔註11〕

脂批云：「寶釵斗篷是蓮青斗紋錦，致其文也。」由寶釵鶴氅顏色可看出其性格之端莊沈穩。寶釵除了裝扮樸實無華之外，亦曾藉機會向邢岫煙發表她對服飾的看法：

　　寶釵又指她裙上一個碧玉珮問道：「這是誰給你的？」岫烟道：「這是三姐姐給的。」寶釵點頭笑道：「她見人人皆有，獨你一個沒有，怕人笑話，故此送你一個。這是他聰明細緻之處。但還有一句話你也要知道，這些妝飾原出於大官富貴之家的小姐，你看我從頭至腳可有這些富麗閒妝？然七八年之先，我也是這樣來的，如今一時比不得一時了，所以我都自己該省的就省了。……咱們如今比不得他

〔註11〕曹雪芹、高鶚原著，其庸等校注：《紅樓夢校注》（台北：里仁書局，1986 年）第 49 回，頁 752。

們了，總要一色從實守分爲主，不比他們才是。〔註12〕

寶釵雖出身於富貴世家，然未見其奢華氣息，頗符合她的詩句「淡極始知花更艷」的風格，呈顯她穩重謹愼、矜持自守的人格特質。

三、寶釵詩才

《紅樓夢》的詩詞是小說的有機組成部份，爲塑造人物、發展情節及表達整體意念服務，每首詩詞曲均須符合人物的身份、性格及其文化教養、藝術造詣。寶釵的詩詞給人蓄情於內，欲說還休的感受，遵守禮法，循規蹈矩之下，她有女性特有的細密心思及敏感情緒。有關寶釵詩才介紹如下：

大觀園題詠——〈凝暉鍾瑞〉

> 芳園築向帝城西，華日祥雲籠罩奇。
> 高柳喜遷鶯出谷，修篁時待鳳來儀，
> 文風已著宸游夕，老化應隆歸省時。
> 睿藻仙才盈彩筆，自慚何敢再爲辭？〔註13〕

此詩乃恭維之言，鶯出谷語出《詩經·小雅·伐木》：「伐木丁丁，鳥鳴嚶嚶。出自幽谷，遷於喬木。嚶其鳴矣，求其友聲。」喜慶鶯從幽谷飛到高柳上去。喻元春出深閨進宮爲妃。修篁時待鳳來儀，言等待鳳凰飛到竹林裡來，喻元春歸來省親。其他稱美文彩風流，贊頌忠孝教化，稱美賈妃睿藻仙才之言，正是寶釵所擅長。

寶釵所製〈燈謎〉：

> 朝罷誰攜兩袖烟，琴邊衾裡總無緣；
> 曉籌不用雞人報，五夜無煩侍女添；
> 焦首朝朝還暮暮，煎心日日復年年；
> 光陰荏苒須當惜，風雨陰晴任變遷〔註14〕

謎底是更香。此謎語表面上句句寫更香，其實句句寫寶釵，預言寶釵與薛姨媽、薛蟠費盡心機爭來的金玉姻緣，成婚後不久寶玉將出走不歸，致使寶釵後半生過著寡居的生活。兩袖烟等於說兩袖風，兩手空之意。寓寶釵喜事過

〔註12〕王關仕：《微觀紅樓夢》（台北：東大圖書有限公司，2006年），頁80。
〔註13〕曹雪芹、高鶚原著，其庸等校注：《紅樓夢校注》（台北：里仁書局，1986年）第18回，頁276。
〔註14〕曹雪芹、高鶚原著，其庸等校注：《紅樓夢校注》（台北：里仁書局，1986年）第22回，頁350。

後無法換留寶玉的心之意。琴邊衾裡指夫妻夜裡同寢，白天彈琴親近和樂的生活。然而遺憾的是卻與此甜蜜的生活無緣。曉籌不用雞人報五夜無煩侍女添二句則寓意人因愁緒而通宵失眠。焦首朝朝還暮暮，比喻人之苦惱。煎心指盤香由外向內燒，故謂煎心，喻人之內心受煎熬。整個謎底暗示寶釵的結局，她在寶玉出家為僧後，將過著冷清孤淒，終生愁恨的孀居生活。這些燈謎有讖語性質，賈政看後引起了不祥之感

> 賈政心內沈思道：「娘娘所作爆竹，此乃一響而散之物。迎春所作算盤，是打動亂如麻。探春所作風箏，乃飄飄浮蕩之物。惜春所作海燈，一發清淨孤獨。今乃上元佳節。如何皆作此不祥之物為戲耶？」心內愈思愈悶，因在賈母之前不敢形於色，只得仍勉強往下看去。只見後面寫著七言律詩一首，卻是寶釵所作…賈政看完，心內自忖道：「此物倒還有限。只是小小之人作此詞句，更覺不祥，皆非永遠福壽之輩。」想到此處，愈覺煩，大有悲戚之狀。

〔註15〕

《紅樓夢》之燈謎意象往往按頭製帽，符合角色的性格，也隱喻著個人與家庭的結局。燈謎非尋常小小遊戲，它所隱喻的意蘊才真正值得探索。

〈海棠詩〉

> 珍重芳姿晝掩門，自攜手甕灌苔盆。
> 胭脂洗出秋階影，冰雪招來露砌魂。
> 淡極始知花更艷，愁多焉得玉無痕？〔註16〕
> 欲償白帝憑清潔，不語婷婷日又昏。〔註17〕

薛寶釵所詠的海棠展現了雍容典雅的淑女風度，及矜持自好的特質。「珍重芳姿晝掩門，自攜手甕灌苔盆」乃寶釵對自尊自重恪守封建婦德的期盼。脂評云：「寶釵全是自寫身份，諷刺時事，只以品行為先，才技為末。綺靡穠艷之語，一洗皆盡，非不能也，屑而不為也。最恨近日小說中，一百美人詩詞語

〔註15〕曹雪芹、高鶚原著，其庸等校注：《紅樓夢校注》（台北，里仁書局，1984年）第22回，頁350。

〔註16〕看他清潔自屬，終不肯作一輕浮語。「淡極始知花更艷，愁多焉得玉無痕」一語，脂硯齋評曰：「好極，高情巨眼能幾人哉，正『一鳥不鳴山更幽』也。看他諷刺林寶二人，省手。」

〔註17〕曹雪芹、高鶚原著，其庸等校注：《紅樓夢校注》（台北：里仁書局，1986年）第37回，頁563。

氣，只得一個艷稿。」〔註18〕珍重芳姿畫掩門乃寶釵表現出豪門千金的矜持態度。胭脂洗出秋階影為秋階洗出胭脂影的倒裝，洗去胭脂影為白海棠之色，然亦指丈夫不歸，故婦女不再修飾容貌。冰雪招來露砌魂則為露砌招來冰雪魂之倒裝，以冰雪為靈魂的白海棠是冷落孤寂的。淡極始知花更艷表達了對自己容貌內涵的自信與矜持，然而這丰姿娉婷的女子最後只能日復一日守著孤寂的孀居生活。

菊花詩：

> 悵望西風抱悶思，蓼紅葦白斷腸時，
> 空籬舊圃秋無迹，瘦月清霜夢有知，
> 念念心隨歸雁遠，寥寥坐聽晚砧痴，
> 誰憐為我黃花病，慰語重陽會有期。〔註19〕——〈憶菊〉

對此首詩，探春的評價是：「到底要算蘅蕪君沈著，秋無跡，夢有知，把個憶字烘托出來了。」憶菊，實是憶人，寶釵這首詩預示了她未來獨居時「悶思、斷腸」的淒涼景況，寫的是孤居怨婦的惆悵情懷，所憶的人當然是離家出走的寶玉了。

> 詩餘戲筆不知狂，豈是丹青費較量？
> 聚葉潑成千點墨，攢花染出幾痕霜。
> 淡濃神會風前影，跳脫秋生腕底香。
> 莫認東籬閒採掇，粘屏聊以慰重陽。〔註20〕——〈畫菊〉

此詩如「攢花染出幾痕霜」「跳脫秋生腕底香」，不管構思和造句都寫得生動而不落俗套。至於末兩句「莫認東籬閒採掇，粘屏聊以慰重陽」，作者似乎暗喻寶釵和寶玉夫妻關係之有名而無實。

〈螃蟹詠其三〉

> 桂靄桐陽坐舉觴，長安涎口盼重陽。
> 眼前道路無經緯，皮裡春秋空黑黃！
> 酒未敵腥還用菊，性防積冷定須薑，

〔註18〕陳慶浩編：《新編石頭記脂硯齋評語輯校》（台北：聯經出版社，1986年），頁850。

〔註19〕曹雪芹、高鶚原著，其庸等校注：《紅樓夢校注》（台北，里仁書局，1984年）第38回，頁584。

〔註20〕曹雪芹、高鶚原著，其庸等校注：《紅樓夢校注》（台北，里仁書局，1984年）第38回，頁586。

於今落釜成何益？月浦空餘禾黍香。〔註21〕

首聯「坐舉觴」「盼重陽」寫對惡人的憎惡，盼光明之日早日到來。頷聯「無經緯」「空黑黃」為罵惡勢力的橫行霸道，然而陰謀終究落空。頸聯提及以酒敵腥，以薑防冷乃言惡人之歹毒，食其肉亦應提防。尾聯則是對惡人被下鍋而拍手稱快。此為一絕妙的諷刺詩。諷刺黑暗政治中的醜惡人物。他們雖心懷叵測，橫行一時，但終逃不了被滅亡的立場。此詩出自寶釵之手，她精通世故人情，作詩含蓄老練，為人隨分從時，頗有心機，此詩頗合她之風格。黛玉看過寶玉的詩後，說自己的不好，就撕了。寶玉看完此詩亦說：「寫得痛快，我的詩也該燒了！」大家都佩服寶釵這首詩作得好。

寶釵所對牙牌令

左邊是「長三」──雙雙燕子語梁間

右邊是「三長」──水荇牽風翠帶長

當中「三六」九點在──三山半落青天外

湊成「鐵鎖練孤舟」──處處風波處處愁〔註22〕

「雙雙燕子語梁間」詩詞中多以雙燕象徵夫妻關係，化自〔宋〕劉季孫〈題饒州酒務廳屏〉：「呢喃燕子語梁間，底事來驚夢裡閑」，“水荇”句亦出自杜甫〈曲江對雨〉：「林花著雨燕脂濕，水荇牽風翠帶長。」「水荇牽風翠帶長」那長長翠帶似的水荇葉子在風中擺動，令人聯想裙帶關係。薛家與賈、王二家都因裙帶關係，薛姨媽即善於運用這關係成就了金玉良緣。解詩者以杜甫詩不堪回首昔日繁華而作。「三山」句出自李白〈登金陵鳳凰台〉：「三山半落青天外，二水中分白鷺洲」詩中「鳳去台空」、「長安不見」表達的是悵惘的愁緒。「處處」句出自明代唐寅〈題畫〉詩二十四首之三：「蘆葦蕭蕭野渚秋，滿蓑風雨獨歸舟。莫嫌此地風波險，處處風波處處愁。」酒令與詩詞一樣，字裡行間和情節發展有不可分的關係。寶釵此令從「雙雙燕子」至「處處風波處處愁」瀰漫著悵然的愁思，也不經意的點出她未來的景況。

〔註21〕 曹雪芹、高鶚原著，其庸等校注：《紅樓夢校注》（台北，里仁書局，1984年）第 38 回，頁 590。

〔註22〕 曹雪芹、高鶚原著，其庸等校注：《紅樓夢校注》（台北，里仁書局，1984年）第 40 回，頁 624。

〈燈謎詩〉

　　鏤檀鍥梓一層層，豈系良工堆砌成？

　　雖是半天風雨過，何曾聞得梵鈴聲？〔註23〕

寶釵以松塔自比，認爲其人才是經過精雕細琢，受過封建禮儀制度、倫理道德規範及傳統文化的薰陶精心鏤刻而成的。此謎語詩言寶釵自己端莊自守，是天性使然，非刻意爲之。前兩句的寓意乃指她爲人處處精細，雖層層設謀，但能不留痕跡。第三句「風雨」象徵人事變遷，借用唐明皇與楊貴妃死別後，於風雨中聞鈴聲，悲而感事。佛寺或寶塔檐角上懸有銅鈴，風一吹會發出聲響，後來凡有關佛教的事物，多稱「梵」。文本中應指賈府經變故後，寶釵仍未聞"梵鈴聲"即諷其終未醒悟。

寶釵射覆

　　用隱語猜物叫「射」，用字隱物讓人猜叫「覆」，射覆這遊戲是隨我國古文化的發展而產生的，此活動只限於知識階層間，把某物先遮蓋或隱藏起來讓人猜。後世酒令用字句隱喻事物，讓人猜也叫射覆。寶釵席上有兩次射覆，第一次是由探春覆，寶釵射：

　　　探春便覆了一個「人」字。寶釵笑道：「這個『人』字泛的很。」探春笑道：「添一字，兩覆一射也不泛了。」說著，便又說了一個「窗」字。寶釵一想，因見席上有雞，便射著他是用「雞窗」「雞人」二典了，因射了一個「塒」字。探春知他射著，用了「雞栖於塒」的典，二人一笑各飲一口門杯。〔註24〕

探春射的是人、「雞人」、「雞窗」二典，，寶釵以「雞棲於塒」覆之。此覆源於詩經：

　　　君子于役，不知其期，曷至哉？雞棲於塒，日之夕矣，羊牛下來。

　　　君子于役，如之何勿思！《詩經・王風・君子于役》〔註25〕

此詩寫丈夫行役不知何時才能歸來。黃昏時雞都入了窩，牛羊也進了圈，但丈夫尚未回家怎令我不思念呢！此詩預示了寶玉與寶釵婚後，寶玉出走，寶

〔註23〕曹雪芹、高鶚原著，其庸等校注：《紅樓夢校注》（台北，里仁書局，1984 年）第 50 回，頁 776。

〔註24〕曹雪芹、高鶚原著，其庸等校注：《紅樓夢校注》（台北，里仁書局，1984 年）第 62 回，頁 961。

〔註25〕〔清〕姚際恆撰：《詩經通論・王風・君子於役》（廣文書局，1999 年），頁 93。

釵苦等。第二次由寶釵覆，寶玉射。

> 寶釵覆了一個「寶」字，寶玉想了一想，便知是寶釵作戲指自己所
> 佩通靈玉而言，便笑道：「姐姐拿我作雅謔　我卻射著了。說出來姐
> 姐別惱，就是姐姐的謎『釵』字就是。」眾人道：「怎麼解？」寶玉
> 道：「他說『寶』，底下自然是『玉』了。我射『釵』字，舊詩曾有
> 『敲斷玉釵紅燭冷』，豈不射著了。」〔註26〕

寶釵心指寶玉所佩之通靈寶玉射了個「寶」字，嚮往「金玉姻緣」，然而寶玉
想著「敲斷玉釵紅燭冷」〔註27〕的詩句，卻覆了個釵字。此意境呈顯了閨婦
獨守孤燭，清冷孤寂，一心掛念著丈夫的行程，也預示了寶釵未來獨守空閨
之命運。作者又讓香菱二覆三覆，有「此鄉多寶玉」與「寶釵無日不生塵」
之詩句。「此鄉多寶玉」〔註28〕乃岑參告誡楊瑗南海之地多珠寶，你去做官可
不能貪得呀！影射了賈府有寶玉，寶釵至賈府後行為須有分寸。至於「寶釵
何日不生塵」〔註29〕寫女子獨守空閨，良人已遠，雖有寶釵，何須飾用，只
任其每日沾滿灰塵，此亦預示著寶玉出走後，寶釵清冷孤單之寫照。

寶釵的花名籤──牡丹，題「艷冠群芳」。恁是無情也動人。

> 大家一看，只見籤上畫著一支牡丹，題著「艷冠群芳」四字，下面
> 又有鐫的小字一句唐詩，道是：「恁是無情也動人。」又注著：「在
> 席共賀一杯，此為群芳之冠，隨意命人，不拘詩詞雅謔，道一則以
> 侑酒。」眾人看了，都笑說：「巧的很，你也原配牡丹花。」〔註30〕

舊詩句為「恁是無情也動人」，寶釵即是頗有心機，卻不露聲色，能得人好感
之人。此詩句出自〔唐〕羅隱〈牡丹花〉：「似共東風別有因，絳羅高捲不勝
春，惹教解語應傾國，恁是無情也動人，芍藥與君為近侍，芙蓉何處避芳塵，

〔註26〕 曹雪芹、高鶚原著，其庸等校注：《紅樓夢校注》（台北，里仁書局，1984 年）
　　　　　第 62 回，頁 962。
〔註27〕 〔南宋〕鄭會〈題邸間壁〉：「荼蘼香夢怯春寒，翠掩重門燕子閒，敲斷玉釵
　　　　　紅燭冷，計程應說到常山。」傅璇琮等編《全宋詩》（北京大學出版社，1998
　　　　　年），頁 3525。
〔註28〕 岑參〈送楊瑗尉南海〉：「不擇南州尉，高堂有老親。樓台重蜃氣，邑里雜鮫
　　　　　人。海暗三山雨，花明五嶺春。此鄉多寶玉，慎莫厭清貧。」清聖祖御編：《全
　　　　　唐詩》（盤庚出版社，1979 年），頁 2073。
〔註29〕 李商隱〈殘花〉：「若但掩關勞獨夢，寶釵何日不生塵。」清聖祖御編：《全唐
　　　　　詩》（盤庚出版社，1979 年），頁 6197。
〔註30〕 曹雪芹、高鶚原著，其庸等校注：《紅樓夢校注》（台北，里仁書局，1984 年）
　　　　　第 63 回，頁 981。

可憐韓令功成後，辜負穠華過此身」。唐京城栽種許多牡丹花，韓令至長安，住家附近亦有牡丹，就命令人砍掉，此簽以韓令比寶玉，韓令砍棄牡丹正如寶玉之毅然辜負穠華，棄妻而出走，因此詩之尾聯預言著寶釵之命運。簽中以韓弘比喻寶玉，當寶玉徹悟之後，艷冠群芳，即使在靜默時也有一股動人魅力的寶釵，也如被韓弘棄置的牡丹一樣，被寶玉斬斷情思，最後寶釵也只能"辜負穠華"寂寞地了卻此生了！兩人日後結局正應驗芳官《賞花時》之曲：

> 翠鳳毛翎紮帚叉，閑踏天門掃落花。你看那風起玉塵沙。猛可的那一層雲下，抵多少門外即天涯。你再休要劍斬黃龍一線兒差，再休向東老貧窮賣酒家。你與俺眼向雲霞。洞賓呵，你得了人可便早些兒回話；若遲呵，錯教人留恨碧桃花。〔註31〕

暗指寶玉日後悟道出家，捨下寶釵獨守空閨的淒涼結局，自是寶釵當日汲汲營營，爭取寶二奶奶寶座時始料所未及。

柳絮詞：〈臨江仙〉

> 白玉堂前春解舞，東風捲得均勻。蜂團蝶陣亂紛紛。幾曾隨逝水，豈必委芳塵。萬縷千絲終不改，任他隨聚隨分。韶華休笑本無根，好風頻借力，送我上青雲。〔註32〕

寶釵此闋詞充滿開朗、進取的情緒。她從時守分，能屈能伸，故能任她隨聚隨分。末二句「好風頻借力，送我上青雲」可體會其積極攀緣的處世態度。

與黛玉書並詩四章：

> 妹生辰不偶，家運多難，姊妹伶仃，萱親衰邁。兼之虓聲狺語，旦暮無休；更遭慘禍飛災，不啻驚風密雨。夜深輾側，愁緒何堪！屬在同心，能不為之惻惻乎？回憶海棠結社，序屬清秋；對菊持螯，同盟歡洽。猶記"孤標傲世偕誰隱，一樣花開為底遲"之句。未嘗不嘆冷節遺芳，如吾兩人也！感懷觸緒，聊賦四章。匪日無故呻吟，亦長歌當哭之意耳。悲時序之遞嬗兮，又屬清秋。感遭家之不造兮，獨處離愁。北堂有萱兮，何以忘憂？無以解憂兮，我心咻咻！一解

〔註31〕曹雪芹、高鶚原著，其庸等校注：《紅樓夢校注》（台北，里仁書局，1984年）第 63 回，頁 982。

〔註32〕曹雪芹、高鶚原著，其庸等校注：《紅樓夢校注》（台北，里仁書局，1984年）第 70 回，頁 1097。

雲憑憑兮秋風酸，步中庭兮霜葉乾。何去何從兮失我故歡！靜言思
之兮惻肺肝！二解

惟鯢有潭兮，惟鶴有梁。鱗甲潛伏兮，羽毛何長！搔首問兮茫茫，
高天厚地兮，誰知余之永傷？三解

銀河耿耿兮寒氣侵，月色橫斜兮玉漏沉。憂心炳炳兮，發我哀吟。
吟復吟兮寄我知音。四解〔註33〕

薛蟠酒店行凶，打死張三，經賄賂後得翻案減罪，寶釵此信及詩是在等待結
案期間所寫，爲排遣憂悶情緒之作。詩中擬〈詩經〉及騷體，內容方面不外
個愁字。

第二節　寶釵意象

作者主觀抽象的情志思維，情、理爲意，透過客觀的物象、事象，經文
字或藝術媒介表達出具體的形象。曹雪芹以冷香丸、黃金鎖、寶釵、紅麝串、
牡丹、鶯、雪諸意象烘托出一個冷艷絕倫，工於心計，善於周旋，運用時、
物的「時」寶釵。首先探討的是蘅蕪苑。

一、蘅蕪苑

寶釵進賈府之住所有二：一是梨香院；二是蘅蕪苑，此二處之命名與寶
釵之性格、命運有密切的關係

（一）梨香院

爲寶釵一家人剛至賈府之住所。梨香院顧名思義乃院中種有梨樹，寶釵
常服用之冷香丸即埋藏於梨樹下。梨諧音離，暗示寶釵成婚後，寶玉出家爲
僧，夫妻乖離，且梨花似雪白，隱雪字，示寶釵之姓，且寶釵性格沈穩內斂、
理性冷靜，如冰雪之冷，亦影射寶釵日後冷清孤寂之命運

（二）蘅蕪苑

薛寶釵本暫時客居於偏遠的「梨香院」，後來奉諭和其他姊妹遷入大觀園，
便擇居「蘅蕪苑」。這院子較偏遠，須經過流水曲折，落花浮蕩的「蓼溆」，再
經過種滿垂柳、桃杏的水岸，渡過「折帶朱欄板橋」才能到達。當賈政一群人

〔註33〕曹雪芹、高鶚原著，其庸等校注：《紅樓夢校注》（台北，里仁書局，1984年）
第 87 回，頁 1369。

遊至此，賈政帶清客等察看大觀園，來至蘅蕪苑，其中一清客題的對聯是：

> 「麝蘭芳靄斜陽院，杜若香飄明月洲。」眾人道：「妙則妙矣，只是
> 斜陽二字不妥。」那人道：古人詩云：「蘼蕪滿手泣斜暉。」眾人道：
> 「頹喪頹喪。」〔註34〕

貴妃幸憩之處，忌諱「斜陽」，卻寫出了寶釵「泣斜暉」的心情及結局，蘅蕪
苑中之「清廈」奇草異蔓交織成一片冷清，一如其主人之際遇。且冷香撲鼻，
象徵其人格修為。〔註35〕院中景物：

> 忽見柳陰中又露出一個折帶朱欄板橋來，度過橋去，諸路可通，便
> 見一所清涼瓦舍，一色水磨磚牆，清瓦花堵。那大主山所分之脈，
> 皆穿牆而過。賈政道：「此處這所房子，無味的很。」〔註36〕因而步
> 入門時，忽迎面突出插天的大玲瓏山石來，四面群繞各式石塊，竟
> 把裡面所有房屋悉皆遮住，而且一株花木也無。只見許多異草：或
> 有牽藤的，或有引蔓的，或垂山巔，或穿石隙，甚至垂簷繞柱，縈
> 砌盤階，或如翠帶飄颻，或如金繩盤屈，或實若丹砂，或花如金桂，
> 味芬氣馥，非花香之可比。〔註37〕

文學作品中環境往往是人物形象之延伸。元妃省親時，將蘅芷清芬賜名曰蘅
蕪苑為寶釵住處，李紈更封寶釵為蘅蕪君，偌大的蘅蕪苑中一株花木也無，
盡是清瓦、水磨磚、石塊及雲步石梯（第四十回），觸目所及皆是平堅冷硬的
觸感及制式單調的匠氣。這些建材的形成一如寶釵人格，是由自然到文明，
從無用到有用，即社會化的過程。蘅蕪苑迎面的大玲瓏山石遮住所有的房子，
這正是寶釵性格的寫照，她含而不露，城府深，處事圓滑深得人心。一日賈
政至蘅蕪苑見苑中植物

> 賈政不禁笑道：「有趣！〔註38〕只是不大認識。」有的說：「是薜荔
> 藤蘿。」賈政道：「薜荔藤蘿不得如此異香。」寶玉道：「果然不是。

〔註34〕 曹雪芹、高鶚原著，其庸等校注：《紅樓夢校注》（台北：里仁書局，1986年）
第17～18回，頁261。

〔註35〕 王關仕：《微觀紅樓夢》（台北：東大圖書有限公司，2006年），頁80。

〔註36〕 「先故頓此一筆，使後文愈覺生色，未揚先抑之法。」
陳慶浩編：《新編石頭記脂硯齋評語輯校》（台北：聯經出版社，1986年），頁317。

〔註37〕 曹雪芹、高鶚原著，其庸等校注：《紅樓夢校注》（台北：里仁書局，1986年）
第17～18回，頁261。

〔註38〕 「前有「無味」二字，及云「有趣」二字，更覺生色，更覺重大。」
陳慶浩編：《新編石頭記脂硯齋評語輯校》（台北：聯經出版社，1986年），頁318。

這些之中也有藤蘿薜荔。那香的是杜若蘅蕪，那一種大約是茝蘭，這一種大約是清葛，那一種是金簦草，這一種是玉蕗藤，紅的自然是紫芸，綠的定是青芷。〔註39〕

庭中遍植之植物，如藤蘿薜荔，杜若蘅蕪，茝蘭清葛，紫芸青芷等顯然襲用了屈原「香草美人」的文學象徵傳統，〔註40〕可說是對道德氣節最全面的象徵性展現。《楚辭》、《文選》中所云「香草美人」的意象喻君子賢人。帶有高潔人格與芬芳德性之寓意。且這些花草「只覺異香撲鼻，那些奇草仙藤愈冷愈蒼翠，都結了實，似珊瑚豆子一般，累垂可愛。」華而有實展現了強韌的生命意志。賈政因見兩邊俱是超手遊廊，便順著遊廊步入，只見上面五間清廈連著捲棚，四面出廊，綠窗油壁，更比前幾處清雅不同。而當賈母帶劉姥姥遊大觀園時，也經過此處，見其院中景物：

賈母因見岸上的清廈曠朗，便問：「這是你薛姑娘的屋子不是？」眾人道：「是。」賈母忙命攏岸，順著雲步石梯上去，一同進了蘅蕪苑，只覺異香撲鼻。那些奇草仙藤愈冷愈蒼翠，都結了實，似珊瑚豆子一般，累垂可愛。〔註41〕

及進了房屋，雪洞一般，一色玩器全無，案上只有一個土定瓶中供著數枝菊花，並兩部書，茶奩茶杯而已。床上只吊著青紗帳幔，衾褥也十分樸素。這種佈置感受的只是「冷」的氣氛，無法體驗出跳動的青春感情。她「恁是無情也動人」的冷香獨得封建家長的青睞。她的冷香表現在雪洞般的住屋，半新不舊惟覺雅淡的衣著及「罕言寡語，人謂裝愚，安分隨時，自云守拙」的舉止。這與外面「奇草仙藤愈冷愈蒼翠，都結了實，似珊瑚豆子一般，累垂可愛。」給人的感受大相逕庭。難怪賈母忍不住令丫鬟重新為之佈置：

你把那石頭盆景兒和那架紗桌屏，還有個墨烟凍石鼎，這三樣擺在這案上就夠了。再把那水墨字畫白綾帳子拿來，把這帳子也換了。〔註42〕

〔註39〕曹雪芹、高鶚原著，其庸等校注：《紅樓夢校注》（台北：里仁書局，1986年）第17～18回，頁261。
〔註40〕王逸注《離騷》云：「蕙、茝，皆香草，以喻賢者。」又曰：『眾芳』，喻群賢。」參見〔宋〕洪興祖：《楚辭補注・離騷經章句第一》（台北：長安出版社，1994年9月）頁7。
〔註41〕曹雪芹、高鶚原著，其庸等校注：《紅樓夢校注》（台北：里仁書局，1986年）第40回，頁621。
〔註42〕曹雪芹、高鶚原著，其庸等校注：《紅樓夢校注》（台北：里仁書局，1986年）第40回，頁621。

蘅蕪苑可用淡雅二字概括。秋爽齋結海棠社詠白海棠詩中，寶釵詩云：「淡極始知花更艷。」實是最好的寫照。在蘅蕪苑中只見異藤香草，誠如斑竹爲黛玉之符號，而香草亦爲寶釵之代碼。香草喻賢才君子之傳統自屈原起由來已久。故蘅蕪苑中之香草異藤不僅裝飾了環境，也影射了寶釵對德性修養之期待。苑中這些異藤香草除異香襲人外，另一特性乃皆是蔓生爬藤植物。陳昊子《花鏡·卷五》云：「藤蘿，一名女蘿，在木上者；一名菟絲，在草上者。其枝蔓軟弱，必須附物生長。」「辟荔，一名巴山虎，無根，可以緣木而生藤蔓。……藤好敷岩於牆上。」這些植物正如寶釵的個性，她寄寓人事紛紜之賈府，卻能曲意周旋，應付自如，博得上下好感。賈母要她點戲，她就點賈母喜歡的熱鬧戲。王夫人說寶玉撒謊，她也順其意，不肯爲寶玉作證。元妃命作詩，她就作一首頌詩：「睿藻仙才盈彩筆，自慚何敢再爲辭？」對眾人蔑視的趙姨娘，分送禮物時也不忘送她一份，所以連趙姨娘也誇讚：「怨不得別人都說寶丫頭好，會做人，很大方，如今看來果然不錯。」至於「蘅蕪」香草名，典出王嘉《拾遺記·卷五》漢武帝與李夫人的故事：「帝息于延凉室，臥夢李夫人授帝蘅蕪之香。帝驚起，而香氣猶著衣枕，歷月不歇。」蘅蕪飄香終究是一場幻夢，正如寶釵帝妃之夢與金玉良緣之期待終究落空。《拾遺記》中漢武帝與李夫人生離死別的悲劇故事恰可預示寶釵未來的婚姻悲劇。十二正釵判詞云：「金簪雪裡埋」，金簪落雪，終是冷清。寶釵搬離蘅蕪苑後，寶玉有日至此，

> 怔了半天，因看著那院中的香藤異蔓，仍是翠翠青青，忽比昨日好似改作淒凉了一般，更又添了傷感。默默出來，又見門外的一條翠樾埭上也半日無人來往，不似當日各處房中丫鬟不約而來者絡繹不絕。又俯身看那埭下之水，仍是溶溶脈脈的流將過去，寶玉聽了，怔了半天，因看看那院中的香藤異蔓，仍心下因想：「天地間竟有這樣無情的事。」〔註43〕

寶釵的離去是爲了保全自己的清白，然而也加深了蘅蕪苑的冷清，更反應了寶釵的冷靜理智及其對人情的冷淡。蘅蕪苑內外景觀不同之描繪影射了寶釵冷熱不一的矛盾性格，屋外包圍的山石如禮教的層層束縛，而屋內雪洞一般點綴著樸素的菊花、土定瓶，也都隱喻著寶釵沈穩的處世態度。此

〔註43〕曹雪芹、高鶚原著，其庸等校注：《紅樓夢校注》（台北：里仁書局，1986年）第78回，頁1235。

外蘅蕪苑中滿院之蘼蕪，亦隱藏著意涵。屈原《九歌·少司命》：「秋蘭兮蘼蕪，眾生兮堂下。」香草美人本象徵賢人君子，此後蘼蕪常出現詩歌中，多象徵〔註44〕棄婦。〈古詩十九首·上山采蘼蕪〉云：「上山採蘼蕪，下山逢故夫……」。唐趙嘏：〈蘼蕪葉復齊〉亦云：「提筐紅葉下，度日採蘼蕪，掬翠香盈袖，看花憶故夫……」。魚玄機〈閨怨詩〉又云：「蘼蕪滿手泣斜暉，聞道鄰家夫婿歸……」那寂寞的思婦是誰呢？薛寶釵不正像那具有頑強生命力的異藤香草，她努力的爭取幸福，而終究歸於淒清、寂寞。蘅蕪苑表現了清雅、素樸的古典優美特色，整個環境又透露出素、靜、冷的悲涼特色，有力的襯托出薛寶釵「冷美人」的特質，體現出優美與悲劇有機交融的審美藝術形態。

二、黃金鎖

鎖的功用在保護財物，當項飾則爲了保護生命，俗稱長命鎖。〔註45〕以玉爲玉鎖，以銀爲之稱銀鎖，以金銅爲之稱金鎖、銅鎖，金表示富，玉表示貴。薛寶釵所帶之黃金鎖來自何處，又有何作用呢？「金鎖」最早出現於第八回，當寶釵看完了通靈寶玉，乃回頭向鶯兒笑道：「你不倒茶，也在這裡發呆作什麼？」〔註46〕鶯兒嘻嘻笑道：「我聽這兩句話，倒像和姑娘的項圈上的兩句話是一對兒。」寶玉要看金鎖，寶釵被纏不過，因說道：『也是個人給了兩句吉利話兒，所以鏨上了，叫天天帶著；不然，沈甸甸的有什麼趣兒。』一面說，一面解了排扣，從裡面大紅襖上將那珠寶晶瑩黃金燦爛的瓔珞掏將

〔註44〕Austin.Warren, René, Wellek 著，王夢鷗，許國衡譯：《Theory of Literature》《文學論》（台北：志文出版社，1996 年 11 月），頁 313：「象徵型環境往往爲人類的活動提供相宜的氣氛和場所，尤其是家庭內景可看作是對人物的轉喻性的或隱喻性的表現。」
胡亞敏：《敘事學》（華中師範大學出版社，2004 年），頁 165：「象徵是環境的重要語義因素之一，是環境與人物、情節聯繫的紐帶。象徵型環境與人物、行動關係密切，並具有比較明顯的意蘊，象徵型環境是敘事文中一種主導的環境模式。」

〔註45〕這種風俗是從古代繫長命索的風俗演化而來。長命索始於漢代，到後來演化成掛長命鎖，形式也有了變化，絲索變成了鏈條；墜飾製成鎖狀或如意狀。舊時富貴人家的長命鎖多以金打造，一種是以金片製成的空心鎖，一種是以金塊鏨成的實心鎖，認爲兒童掛了這種長命鎖就能鎖住生命，健康成長。沈莉華、錢玉蓮：《祥物探幽》（南京：東南大學出版社，1994 年）。

〔註46〕甲戌本脂評云：「又引出一個金項圈來，鶯兒口中說出，方妙。」陳慶浩編：《新編石頭記脂硯齋評語輯校》（台北，聯經出版社，1986 年），頁 185。

出來。」〔註 47〕脂硯齋認爲「瓔珞者頭飾也，想近俗即呼爲項圈者是矣。」可知金鎖即此項圈，項圈上刻了「不離不棄，芳齡永繼」八字，寶玉因笑問：「姊姊這八個字倒眞與我的是一對。」鶯兒笑道：「是個癩頭和尚送的，他說必須鏨在金器上。」可知「話」是「話」，「鎖」是「鎖」，和尚只送話，未送鎖。薛姨媽因和尚的話而製金鎖，金鎖是人工製造的，與通靈寶玉落草而生截然不同。釵玉之婚乃薛姨媽自獻也。〔註 48〕

　　第二十八回寶釵到了王夫人那裡，坐了一回，又到賈母那邊，只見寶玉在那裡，薛寶釵因往日母親對王夫人等曾提過「金鎖是個和尚給的，等日後有玉的方可結爲婚姻」等語，所以寶釵總遠著寶玉。〔註 49〕她遠著寶玉乃母親已把「金玉良緣」說出去，不能不在別人面前避嫌，不能不在寶玉面前保持一些矜持。但她一年到頭地戴著則意味著她不僅中意且積極配合母親的金鎖攻勢。「心裡總遠著寶玉」和「脖子上總掛著鎖」，前者表現她的自尊，且欲擒故縱，後者卻代表她的執著，執著於金玉良緣。作者刻劃了一恪守禮教的封建淑女如何以掩耳盜鈴的心態處理其懷春情緒和婚姻問題。第三十四回因寶玉挨打的事，薛家母女埋怨薛蟠，薛蟠氣急的說：「好妹妹，你不用和我鬧，我早知道你的心了。從先媽和我說，你這金要揀有玉的才可正配，你留了心，見寶玉有那勞什骨子，你自然如今行動護著他。」〔註 50〕此時薛蟠正在氣頭上，所言最是實情，把「金玉良緣」的眞相說了出來。

　　第三十五回薛蟠要把寶釵項圈拿到鋪子裡炸一炸，寶釵說：「黃澄澄的，又炸它做什麼。」〔註 51〕薛蟠說的「項圈」，指的即是金鎖，寶玉有一天看鶯兒打

〔註 47〕曹雪芹、高鶚原著，其庸等校注：《紅樓夢校注》（台北：里仁書局，1986 年）第 8 回，頁 142。

〔註 48〕「寶釵之僞，人或知之，不知薛姨媽之僞，尤其於其女。寶玉之玉，宜以金配，姨媽於是爲妞妞造鎖。玉有文，鎖若無字，則佩金者正多其人，姨媽於是爲妞妞造鎖上之文。有文矣，然使一入賈府便相炫露，則適形其僞耳，若有意，若無意，於寶釵看玉時借鶯兒之言以挑逗之，託名癩僧以聳動之，寶玉索看，寶釵故遲迴鄭重以出之，致使寶玉墮其術中。只知有通靈之和尚，而不知有弔詭之姨媽也。嗚呼神已！」許葉芬《紅樓夢辨》《古典文學研究資料匯編・紅樓夢》（中華書局，1963 年），頁 229。

〔註 49〕曹雪芹、高鶚原著，其庸等校注：《紅樓夢校注》（台北：里仁書局，1986 年）第 28 回，頁 447。

〔註 50〕曹雪芹、高鶚原著，其庸等校注：《紅樓夢校注》（台北：里仁書局，1986 年）第 34 回，頁 527。

〔註 51〕曹雪芹、高鶚原著，其庸等校注：《紅樓夢校注》（台北：里仁書局，1986 年）第 35 回，頁 533。

絡子，寶釵進來後即建議給玉打上絡子，至於用什麼顏色呢？寶釵道：「若用雜色斷然使不得，大紅又犯了色，黃的又不起眼，黑的又過暗。等我想個法兒，把那金線拿來，配個黑珠兒線，一根一根的拈上，打成絡子，這才好看。」〔註52〕以金鍊將玉絡上，即將玉緊緊扣住，無法逃脫，可見寶釵是時刻不忘金玉，是別有居心的。薛姨媽利用了黃金鎖，爲「金玉良緣」做了物證，金鎖是薛姨媽精心炮制的聯姻賈府的利器，然寶釵並沒把這金鎖牢固的鎖住寶玉。第九十八回新郎寶玉神智不清時，被抬至薛家行「回九」之禮，「寶釵也明知其事，心裡只怨母親辦得糊塗，事已至此，不肯多言。獨有薛姨媽看見寶玉這般光景，心裡懊悔，只得草草完事。」〔註53〕至一百二十回，賈政證實寶玉一去不回，「寶釵哭得人事不知。」〔註54〕年紀輕輕即成爲另一個李紈，作鎖自鎖，然已後悔莫及。

　　作者以黃金鎖暗喻「金玉良緣」，是寶釵刺激黛玉，引誘寶玉的道具。黃金鎖不過是一件普通的人工造作物而已，金鎖之假亦見「金玉良緣」之僞。薛家爲了維護家族利益，想盡辦法要與政治上得勢的封建貴族賈家聯姻，用盡了心計。這虛僞世俗的「金玉良緣」戰勝自然的、淒婉的「木石前盟」的過程，一方面悲劇性地表現了封建世俗的人爲因素對自然純潔的殘酷扼殺，也呈顯了封建勢力必一步步走向衰落的運數。

三、冷香丸

　　冷香丸乃專就寶釵的疾病所調製的，其製作之原理固然與寶釵的疾病有密切相關，然曹雪芹於文本開頭即云：「假作眞時眞亦假，無爲有處有還無。」這「眞假有無」、「虛實互藏」乃作者書寫《紅樓夢》的機杼所在。故凡用眞病、眞藥處以寫實手法寫出，而於假病、假藥處則以象徵手法書寫。《紅樓夢》中的藥名也是符號載體，冷香丸即有象徵意涵。冷香丸爲何有此稱呼？深知曹雪芹的脂硯齋云：「歷看炎涼，知看甘苦，雖離別亦能自安，故名曰冷香丸。」〔註55〕薛寶釵第一次與讀者見面在第七回，她在回答周瑞家的話中述說其症狀：

〔註52〕曹雪芹、高鶚原著，其庸等校注：《紅樓夢校注》（台北：里仁書局，1986年）第35回，頁542。

〔註53〕曹雪芹、高鶚原著，其庸等校注：《紅樓夢校注》（台北：里仁書局，1986年）第98回，頁1517。

〔註54〕曹雪芹、高鶚原著，其庸等校注：《紅樓夢校注》（台北：里仁書局，1986年）第120回，頁1791。

〔註55〕王府本第七回脂硯齋批語，陳慶浩編：《新編石頭記脂硯齋評語輯校》（台北，聯經出版社，1986年），頁161。

　　　虧了一個禿頭和尚，說專治無名之症，因請他看了，他說我這是從

　　　胎裡帶來的一股熱毒，幸而先天壯，還不相干。〔註56〕

那「無名之症」無可稽考，如禿頭和尚所云「這是從胎裡帶來的一股熱毒」，
寶釵之熱毒者，寶玉曾錯說寶釵體胖怯熱比以阿環，寶釵遂以無好兄弟可作
楊國忠諷之。並因靚兒覓扇，竟至借此痛詈，聲色俱厲；又如撲蝶而聞亭內
人語，移禍顰顰；金釧無以為殯，送給衣裙；此皆暗裡排擠顰顰之毒計也。
其最可恥者，送丸藥以醫怡紅杖傷，坐臥榻以刺怡紅兜肚，柔情蜜意，無異
自媒，毫不知避嫌疑，此皆由衷而發，不能自掩之恥態也。〔註57〕病發時「也
不覺甚怎麼著，只不過喘嗽些。」此熱毒脂硯齋於甲戌本批示：「凡心偶熾，
是以孽火齊攻。」誠如〔清〕解盦居士云：「冷香丸而以一年二十四氣之花蕊
雨露為之者，謂薛氏謀寶玉姻事，一年盡十二分苦也。不然，何不云用黃柏
一錢二分耶？語云：『不是一番寒徹骨，怎得梅花撲算香。』故名冷香丸。」
「薛氏之熱毒本應分講，熱是熱中之熱，毒是狠毒之毒，其痛詆薛氏處，亦
不遺餘力哉！」〔註58〕馬建華則把「熱毒」與「青雲志」等同視之，然總括
之此熱毒乃象徵薛寶釵與生俱來的「欲」，熱切地頑強地追求現實功利之欲
望。〔註59〕熱毒指的是有嚴重危害性的毒症，冷香指的是淡淡的幽香，在作
者心目中薛寶釵醜惡的靈魂像熱毒一樣骯髒污穢，具有危害性，但是卻被惑
人的外表，襲人的冷香——掩飾起來。〔註60〕當此一內在之熱情欲望展露「喘
嗽些」的反應時，便須以耗時費心研製之冷香丸加以克制，此方又稱海上奇
方。〔註61〕這藥丸的藥材和做法充滿著符號意義與象徵功能，是文學的象徵

〔註56〕曹雪芹、高鶚原著，其庸等校注：《紅樓夢校注》（台北：里仁書局，1986年）
　　　　第7回，頁124。

〔註57〕〔清〕解盦居士：《石頭臆說》一粟編《紅樓夢卷》（北京：中華書局，1989
　　　　年），頁195。

〔註58〕〔清〕解盦居士：《石頭臆說》一粟編《紅樓夢卷・卷3》（北京：中華書局，
　　　　1989年），頁192。

〔註59〕朱淡文：〈薛寶釵形象探源〉《紅樓夢學刊》（總73輯，1997年8月），頁2。

〔註60〕朱眉叔：《紅樓夢的背景與人物》（遼寧：遼寧大學出版社，1986年），頁271。

〔註61〕曹雪芹、高鶚原著，其庸等校注：《紅樓夢校注》（台北：里仁書局，1986年）
　　　　第7回，頁124。

　　　　冷香丸：「春天開的白牡丹花蕊十二兩，夏天開的白荷花蕊十二兩，秋天的白
　　　　芙蓉蕊十二兩，冬天的白梅花蕊十二兩。將這四樣花蕊，於次年春分這日晒
　　　　乾，和在藥末子一處，一齊研好。又要雨水這日的雨水十二錢。……白露這
　　　　日的露水十二錢，霜降這日的霜十二錢，小雪這日的雪十二錢，把這四樣水
　　　　調勻，和了藥，再加十二錢蜂蜜，十二錢白糖，丸了龍眼大的丸子，盛在舊

系統，從傳統方劑中找不到類似的方子，但如以藝術的眼光看則可解其荒唐。帖中以白牡丹花蕊、白荷花蕊、白梅花蕊、白芙蓉蕊作爲藥材，牡丹爲群芳之首，取其富貴也；荷花出污泥而不染，取其潔，芙蓉至秋而更香，取其幽也；梅花傲霜雪，取其忍也。且四種花皆取其蕊，乃擷其精也。這四種花分別對應了春夏秋冬，有四季的時間意義。且花都呈現潔白之色，取其淡雅貞靜也，加上雨、露、霜、雪〔註62〕四成份皆水份凝聚結晶之物有清潔不染之意涵。水有清潔、去毒的功能，薛寶釵之熱毒也是想藉水之淨化作用去除之。〔註63〕且最好是在似雪梨花樹下埋藏即會發出涼森森甜絲絲的幽香。冷香丸之取材皆符合寶釵的身份性格。寶釵〈詠白海棠〉云：「珍重芳姿晝掩門，自攜手甕灌苔盆，胭脂洗出秋階影，冰雪招來露砌魂。淡極始知花更艷，愁多焉得玉無痕，欲償白帝憑清潔，不語婷婷日又昏。」〔註64〕脂評：「寶釵詩全是自寫身份。」一言以蔽之，即「冷香」。冷香丸之製造於「春分」之時「晒乾」，春分乃萬物萌動之時，寓春情發動之意，「曬乾」則寓「殺滅」之意，即將寶釵先天的風情殺盡。寶釵曾自云：

> 你當我是誰，我也是個淘氣的。從小七八歲上也夠個人纏的，我們家也算是個讀書人家，祖父手裡也愛藏書。先時人口多，姊妹弟兄都在一處，都怕看正經書，弟兄們也有愛詩的，也有愛詞的，諸如這些《西廂》、《琵琶》以及《元人百種》，無所不有。他們是偷背著我們看，我們卻也偷背著他們看。後來大人知道了，打的打，罵的罵，燒的燒，才丟開了。所以咱們女孩兒家不認得字的倒好。〔註65〕

寶釵也非無風情，然自小即受封建教育壓抑了。且需將藥丸藏於舊瓶，此一

磁罈內，埋在花根底下。若發了病時，拿出來吃一丸，用十二分黃柏煎湯送下。」

〔註62〕雪，洗也，洗除瘴癘蟲蝗也。……臘雪密封陰處，數十年亦不壞。用水浸五穀種，則耐旱不生蟲……氣味甘冷，無毒，主治解一切毒，治天行時氣瘟疫，小兒熱癎狂啼，大人丹石發動，酒後暴熱黃疸，仍小溫服之，洗目，退赤。煎茶煮粥，解熱止渴。」
〔明〕李時珍：《新編增訂本草綱目·卷五》（台北：隆泉書局，1990年），頁232。
〔註63〕歐麗娟：《紅樓夢人物立體論》（台北：里仁書局，2006年），頁203。
〔註64〕曹雪芹、高鶚原著，其庸等校注：《紅樓夢校注》（台北：里仁書局，1986年）第37回，頁563。
〔註65〕曹雪芹、高鶚原著，其庸等校注：《紅樓夢校注》（台北：里仁書局，1986年）第42回，頁651。

「藏」一「舊」寓有「納於傳統的規範」之意。至於「埋在花根底下」亦暗示了寶釵命運「金簪雪裡埋」的悲涼結局。帖中所有藥材包括調製之配料及送服之飲料，都以「十二」為單位，古人稱「十二」乃「天之大數」〔註66〕，不管「十二時辰」、「十二個月」，「十二」此一數字乃得之於天，成為許多文化現象、文化模式的規範和依據。《紅樓夢》中亦反映出「十二」此一數字對中國文化的滲透力。如「高經十二丈」對應的是一年十二個月，「方經二十四丈」對應的是一年二十四節氣，此數字象徵法之運用乃《紅樓夢》慣用之創作策略，且此法再現於製作冷香丸的度量單位。「雨水、露水、霜降、小雪」乃春夏秋冬四季之四節氣，這四節氣之水各十二錢，乃時間之喻。〔註67〕且冷香丸藥物組成的一個重點是平和，其用量均為「十二」，這些都是作者有意而為之。曹雪芹寫「冷香丸」決不是一個無關的細節，而是關係到薛寶釵形象的一個重要關目，一句話「冷香丸」是一個象徵，即薛寶釵是一個完美的封建淑女形象，藥方與人物均至為平和，十全十美。〔註68〕而於春分將這花蕊晒乾，正是「三春去後諸芳盡」，「萬艷同悲（杯）」之時，故所謂「冷香丸」「丸」者「完」也，乃群釵香消玉殞也。埋於梨（離）花樹下是作者為諸釵紅顏命薄而嘆息也。

　　寶釵為何服「冷香丸」，據和尚云：「胎裡帶來的一股熱毒。」這熱毒實是人生哲學的課題，暗示「欲望」、「情思」得此「丸」得以解脫，且須不斷地服用，直至老死。牡丹、荷花、芙蓉、梅花在書中分別為寶釵、香菱（亦為晴雯）、黛玉、李紈的代表花，且皆以「白」為面貌，暗示著諸釵將歸結於蒼白縞素的禮教人生，意味著女性之「香」無法免於禮教「冷」的浸染與冰凍，和群芳髓（碎）、千紅一窟（哭）、萬艷同杯（悲）一樣象徵著女性將葬身於禮教的共同命運。冷香丸那失去色彩的白色花蕊，清熱解毒的天水結晶，四季時間的接續循環，及「十二」這代表周年不息的單位數字，加上送服的黃柏苦湯，冷香丸可說是維繫封建的道德禮教的代名詞，它幫助女性壓抑天

〔註66〕楊伯峻：《春秋左傳注・哀公七年》：「周之王也，制禮上物不過十二，以為天之大數也。」（高雄：復文出版社，1991年9月），頁1641。

〔註67〕甲戌本夾批：「凡用十二字，皆照應十二釵，至於在冷香丸製造過程中，脂硯齋又批云：「末用黃柏更妙，可知甘苦二字，不獨十二釵，世皆同有者。」甲戌本第七回批語，陳慶浩編：《新編石頭記脂硯齋評語輯校》（台北，聯經出版社，1986年），頁161。

〔註68〕劉曉林：〈冷香丸的象徵意義與薛寶釵的形象〉《衡陽師範學院學報》1995年第二期），頁256。

然本性與自我情感，遏人欲於將萌，〔註69〕以便成爲合乎道德規範的社會人。冷香丸不僅是調治寶釵之藥，且是社會中之控制力量，且以黃柏煎湯，這象徵著服膺封建教條之苦澀。甲戌本批云：「末用黃柏更妙。可知甘苦二字，不獨十二正釵，世皆同有者。」〔註70〕冷香丸乃是封建傳統賴以維繫之道德禮教之象徵，是重重密網般禮教力量之形象化呈現。〔註71〕冷香丸的藥材和做法，充滿了符號意義與象徵功能。

　　且「冷香丸」之特色在於「時」字，帖中之材料取得已不容易，且要種種巧合才能配製成功，誠如寶釵所云「若用了這方兒，眞眞把人瑣碎死。東西藥材一概都有限，只難得『可巧』二字。」周瑞家的聽了也忍不住嘆道：「等十年未必都這樣巧的呢！」這可巧在於機緣湊巧下善於把握時機，所謂「時寶釵」其「隨分從時」的特點即善於抓住主客觀時機的契合點，她是個乘時「謀身」，因時「達命」，隨著封建社會的脈博跳動，候時而榮之人。而且冷香丸亦包含一種哲理，即在自然之巧方下蘊含著人的恆心和毅力，此朝著目標堅定的耐心，亦爲寶釵個性之特徵。冷香丸之採集與製作過程繁瑣且不易，可是寶釵在「一二年間可巧都得到了」，這意味著封建禮法的繁文縟節禁錮得人們動輒得咎，而寶釵卻能隨封建社會的脈博舞動，希望「好風頻借力，送我上青雲。」〔註72〕然而發人深省的是如此大費周章製成的冷香丸的效果只是「好些」，而且往往會間歇發作，這股熱毒即世人熱衷追求功名利祿的思想，是皇商家庭出身的女兒出生即有，故須通過冰雪般的冷靜修養才能加以克制，然冷香丸對寶釵由熱毒所引發的喘嗽疾病只能治標，不能治本。寶釵之風情來自天地四時精華，然而一旦聚集，必殺滅之使納於傳統規範，把寶釵雕塑成了冷、香、無情卻動人的藝術形象，冷香丸暗喻著寶釵的性格與命運。

〔註69〕宋・朱熹：《中庸章句集注・第一章》：「過人欲於將萌，而不使其滋長於隱微之中，以至集污離道之遠也。」（台北：大安出版社，1994 年 11 月）頁 23。

〔註70〕陳慶浩編：《新編石頭記脂硯齋評語輯校》（台北，聯經出版社，1986 年），頁 161。

〔註71〕歐麗娟：《紅樓夢人物立體論》（台北：里仁書局，2006 年），頁 209。

〔註72〕薛寶釵的「熱毒」與「青雲志」是走「待選」之路，尋找靠山以庇蔭其家的商人功利主義和儒家「不自棄」的積極入世的人生態度相結合的產物。「熱毒」並非生理的，而是商人的「文化胎」裡孕育出來的；青雲志並非僅僅是詩力，而是儒家的積極進取精神和商業發達的文化力的體現。」馬建華：〈從商人文化看薛寶釵〉《紅樓夢學刊》，2000 年 11 月，頁 98。

四、寶釵

《釋名》：「叉，枝也，因形名之也。」釵由兩股合成，像枝岔，有分離之意，漢末繁欽〈定情詩〉又稱〈寄情詩〉云：「何以表別離，耳後玳瑁釵。」釵乃別離的符號。至於寶釵二字早見於東漢秦嘉〈贈婦詩〉：「寶釵好耀首，明鏡可鑒形。」乃至梁朝陸罩〈閨怨〉：「自憐斷帶日，偏恨分釵時。」長孫佐輔〈古宮苑〉：「草染文章衣下履，花黏甲乙床前帳。三千玉貌休自誇，十二正釵獨相向。」施肩吾〈定情樂〉亦云：「敢嗟君不憐，自是命不諧，著破三條裙，卻還雙股釵，感郎雙條脫，新破八幅綃。不借榆莢錢，買人金步搖。」劉損〈憤惋詩三首〉又云；「寶釵分股合無緣，魚在深淵日在天。得意紫鸞休舞鏡，斷縱青鳥罷銜箋。金杯倒覆難收水，玉軫傾敧懶續弘。從此蘼蕪山下過，祇應將淚比黃泉。」司空圖〈馮燕歌〉又云：「鳳凰釵碎各分飛，怨魄嬌魂何處追。凌波如喚遊金谷，羞彼揶揄淚滿衣。」白居易〈長恨歌〉更云：「釵留一股合一扇，釵擘黃金合分鈿。」韓偓〈寄恨〉又云：「秦釵枉斷長條玉，蜀紙空留小字紅。」《才調集·卷十無名氏雜詩十七首之十》也云「折釵破鏡兩無緣，魚在深淵月在天。」以上之詩，釵意象皆有分離之意涵。詞中用寶釵二字亦常表分離。辛棄疾〈祝英台近〉：「寶釵分，桃葉渡，煙柳暗南浦。」三句皆指別離。晏叔原〈蝶戀花〉：「分鈿擘釵涼葉下……世間離恨何時罷？」乃至黃升〈鵲橋仙〉：「寶釵無據，玉琴難託，合造一襟幽怨。」何遜〈詠鏡〉亦云：「寶釵如何間，金鈿畏相逼。蕩子行未歸，啼裝坐相憶。」王沂孫〈八六子〉也云：「寶釵蟲散，綉衾鸞破。」以寶釵表女子空閨獨處之幽怨。周邦彥〈秋蕊香〉：「寶釵落枕夢魂遠，簾影參差滿院。」以上之詩詞也有分離幽怨之意涵。

《紅樓夢》第六十二回寶玉、平兒、寶琴、岫煙一起過生日，乃在紅香圃壽筵行酒令，玩射覆（酒令的一種）的遊戲。席間寶釵有兩場射覆，第一次探春覆「雞人」「雞窗」二典，寶釵則以「雞栖於塒」射之。此詩即描寫丈夫外出行役不知何日歸來，作者以此詩預示寶玉與寶釵婚後，寶玉一去不返，只留寶釵苦守空閨之結局。第二次寶釵與寶玉射覆，寶釵心繫寶玉之通靈寶玉，一心嚮往「金玉良緣」乃射一寶字。不料寶玉心想著舊詩句：「敲斷玉釵紅燭冷」射個釵字。玉釵關合寶玉、寶釵二人名字，且和二者後來之分離後事有密切的關係。後來作者又讓香菱二射三射，她端出「此鄉多寶玉」和「寶釵無日不生塵」兩句唐詩。上句乃岑參告誡楊瑗南海地方多珠玉寶貝，到那

兒作官戒之在貪。轉換於寶釵乃戒寶釵賈府有寶玉，你來了不可貪求寶二奶奶的位置。至於第二句乃言女子獨守空閨，良人不在，雖有寶釵，何須飾用，只能任其舖滿灰塵，這亦預示著寶釵的結局。第二十二回〈制燈謎賈政悲讖語〉，眾人製燈謎，猜燈謎，每個人的燈謎亦均暗示其特質及預言其命運。寶釵的燈謎謎底為更香。表層句句寫更香，其實句句寫寶釵。預言寶釵處心積慮爭來的金玉姻緣婚後不久寶玉即出走不歸，落得寶釵獨守空閨，長夜難眠，以致不用雞人報曉，侍女添香。

　　第四十回賈母兩宴大觀園，席上行酒令，由鴛鴦口宣牙牌令，眾人分別答對，部份詩句或詞句與當事者的性格與情節發展皆有關連，有讖語的性質。〔註73〕首句以雙燕象徵夫妻，預示寶釵寶玉將結對成雙。二句出自杜甫〈曲江對雨〉：「城上春雲覆苑牆，江亭晚色靜年芳。林花著雨燕脂濕，水荇牽風翠帶長。……」此詩作於安史之亂後，對雨景倍覺寂寥，回首繁華，更令人神傷，此亦預示賈府將經喪亂，面對荒涼，便令人不堪回首。第三句出自李白〈登金陵鳳凰台〉〔註74〕詩，以「三山半落青天外」句乃在引出全詩「鳳去台空」之句，寶玉正如賈府的一隻鳳。然而這隻鳳與寶釵婚後不久即離去，寶釵只得接受「鳳去台空」的事實。第四句化自〔唐〕薛瑩〈秋日湖上〉：「落日五湖遊，煙波處處愁。沈浮千古事，誰與問東流。」當一切繁華事散，只落得白茫茫大地真乾淨，寶釵面對的是處處風波處處愁。寶釵在行「射覆」酒令時（第六十二回），「雞棲於塒」、「敲斷玉釵紅燭冷」、「此鄉多寶玉」、「寶釵無日不生塵」這些詩句皆預示著寶釵的擇婚及婚後失夫的悲劇收場。

五、紅麝串

　　麝是一種鹿科動物，主要生活在西藏及西藏臨界的雲、貴、川等藏族聚居區，無論是雄麝還是雌麝，頭上都不長犄角，有的地方又把這種動物叫做香獐子。雄麝後腹部有一個腺體，分泌一種成份，叫做麝香。以往是獵殺麝之後再

〔註73〕左邊是「長三。」──雙雙燕子語梁間右邊是「三長。」──水荇牽鳳翠帶長當中「三六」九點在。──三山半落青天外湊成「鐵鎖練孤舟」。──處處風波處處愁。
曹雪芹、高鶚原著，其庸等校注：《紅樓夢校注》（台北：里仁書局，1986 年）第 40 回，頁 624。
〔註74〕鳳凰台上鳳凰遊，鳳去台空江自流。吳宮花草埋幽徑，晉代衣冠成古丘。三山半落青天外，二水中分白鷺洲。總為浮雲能蔽日，長安不見使人愁。《全唐詩》（盤庚出版社，1979 年），頁 1836。

從腹部把香囊挖出來，從中取得麝香，人工飼養後，讓雄麝能在第一次取完之後，繼續分泌，再產生麝香，再去取。用麝香混合其他材料，配上紅顏色的染料，做成紅麝串，即成為昂貴、奇特的數珠。故紅麝香珠是用麝香加上其他配料做成的紅色念珠。紅麝串近似紅絲線，有月老拴紅線為媒之意。〔註75〕

雄麝之香氣宜人，可作中藥，可活血散結，催生下胎，且與性事有關聯。元稹《鶯鶯傳》描寫男女私情時即有：「衣香猶染麝，枕膩尚殘紅。」之句。〔唐〕顧敻〈荷葉杯三〉：「弱柳好花盡拆，晴陌。陌上少年郎，滿身蘭麝撲人香，狂摩狂，狂摩狂。」駱賓王〈櫂歌行〉亦云：「寫月塗黃罷，凌波拾翠通，鏡花搖芰日，衣麝入荷風。……」李白〈清平樂〉也云：「禁闈秋夜，月探金窗罅。玉帳鴛鴦噴蘭麝，時落銀燈香炧。」李商隱〈無題四首〉又云：「蠟照半籠金翡翠，麝熏微度繡芙蓉，劉郎已恨蓬山遠，更隔蓬山一萬重。」陸游〈暇日登東岡〉也云：「雙屨青芒滑，輕衫日苧涼。雲生半嚴潤，麝過一杯香。」蘇軾〈題姜秀郎幾間〉更云：「暗麝著人簪茉莉，紅潮登頰醉檳榔。」這些詩句均與麝香有關。

紅麝串是賈元春賞賜給薛寶釵的。賈元春給了寶玉寶釵同樣的禮物各一份：兩把上等宮扇，兩串紅麝香珠，兩端鳳尾羅，一領芙蓉簟。宮扇乃手中用具，紅麝串是手腕飾物，鳳尾羅是衣料，而芙蓉簟則為床上用品。元春通過端午賜禮，表達了為寶玉和寶釵指婚之意，至於黛玉與迎春、探春、惜春則單有扇子同數珠兒，輕重厚薄，一目了然。寶玉覺得奇怪說：「這是怎麼個原故？怎麼林姑娘的倒不同我的一樣，倒是寶姐姐的同我一樣，別是傳錯了罷！」黛玉則酸溜溜的說：「我沒這麼大福禁受，比不得寶姑娘，什麼金什麼玉的，我們不過是草木之人！」〔註76〕寶釵是個聰明人，當然知道此份禮物即暗示了元春對寶玉擇偶的態度。

一日寶玉忽見寶釵，問道：「寶姐姐，我瞧瞧你的紅麝串子？」可巧寶釵左腕上籠著一串，少不得褪了下來，籠有遮遮掩掩之意，正如：「猶抱琵琶半遮面。」表示了寶釵接受了元春的挑選，且對寶玉是脈脈含情的。而且這「少不得褪了下來，「少不得」不是「沒奈何」而是半推半就，順水推舟之意。當寶釵褪下紅麝串時捲高了袖子，搞得寶玉心猿意馬。寶釵生得肌膚豐澤，不容易褪下來，寶玉在旁邊看著雪白一段酥臂，不覺動了羨慕之心，暗道：「這

〔註75〕劉心武：《劉心武揭秘紅樓夢・第四部》（北京：東方出版社，2007年），頁14。
〔註76〕曹雪芹、高鶚原著，其庸等校注：《紅樓夢校注》（台北：里仁書局，1986年）第28回，頁446。

個膀子要是長在林妹妹身上，或者還得摸一摸，偏生在他身上。」寶釵褪了串子來遞與他也忘了接。〔註77〕對寶玉來說，寶釵羞籠紅麝串是一種誘惑，而對黛玉來說則是一種刺激，當黛玉目睹了寶釵羞籠紅麝串，令寶玉看呆了，黛玉發出「呆雁」的戲謔，指責寶玉信誓旦旦，音猶在耳，卻一時就被寶釵羞籠紅麝串所迷惑了。薛寶釵頸上掛著黃金鎖，肚裡藏著冷香丸，手腕上更羞籠紅麝串，這些都是爭取金玉良緣的重要意象。

寶釵有優秀的管理才能，第五十六回〈敏探春興利除宿弊，時寶釵小惠全大體〉她通過改革使下人可以得到一些收入，令眾婆子們都能心服口服，展現她在管理上的天份。然而她有些行為是引人爭議的，「唇不點而紅，眉不畫而翠，臉若銀盆，眼如水杏，罕言寡語，人謂藏愚，安分隨時，自云守拙。」這藏愚、安份、守拙是封建思想的特性，又有奸詐陰險的特質。〈滴翠亭楊妃戲彩蝶〉云寶釵剛要尋別的姊妹去：

> 忽見前面一雙玉色蝴蝶，大如團扇，一上一下迎風翩躚，十分有趣。
> 寶釵意欲撲了來玩耍，遂向袖中取出扇子來，向草地下來撲。只見
> 那一雙蝴蝶忽起忽落，來來往往，穿花度柳，將欲過河去了。倒引
> 的寶釵躡手躡腳的，一直跟到池中滴翠亭上，香汗淋漓，嬌喘細細。
> 〔註78〕──寶釵撲蝶

楊妃戲彩蝶，這是多優美的意境，蝴蝶一般被看作形影不離的恩愛夫妻的象徵，她對蝴蝶雙飛有著無限的艷羨，是內心深處追求美滿婚姻慾念的外化。寶釵撲蝴蝶那「大如團扇，一上一下迎風翩躚」的「一雙玉色蝴蝶」是個充滿詩意的意象。牠使場景色彩更為斑斕，也暗含外表冷漠矜持的少女內心騷動的情欲及對愛情的渴望。那蝶之「忽起忽落，來來往往，穿花度柳」更寫滿了寶釵那騷動不安的心。寶釵在滴翠亭中聽到有人說話，寶釵心中一驚，怕聽了人家的短兒，惹是非，但想躲也來不及了，就來個「金蟬脫殼」笑道：「顰兒，我看你往那裡藏！」一面說，一面故意往前趕，就此嫁禍於黛玉。〔註79〕在撲蝶這細節裡，寶釵表現的城府深嚴，心機細密，手段圓滑，也表

〔註77〕曹雪芹、高鶚原著，其庸等校注：《紅樓夢校注》（台北：里仁書局，1986年）第28回，頁447。

〔註78〕曹雪芹、高鶚原著，其庸等校注：《紅樓夢校注》（台北：里仁書局，1986年）第27回，頁420。

〔註79〕庚辰夾批：「閨中弱女機變如此之便，如此之急。」庚辰眉批亦云：「此節實借紅玉反寫寶釵也，勿得認錯作者章法。」陳慶浩編：《新編石頭記脂硯齋評語輯校》（台北，聯經出版社，1986年），頁520。

達了封建剝削階級的利己本質。〔註 80〕從「寶釵撲蝶」到「金蟬脫殼」作者以客觀敘述的方式，加上丫環褒釵貶黛的側面烘托，委婉地寫出寶釵性格的複雜與豐富性。沃爾夫岡・伊瑟爾（Wolfgang. Iser,1926～　）為接受美學代表人物，認為文學文本並非是固定的，完全的，對於讀者來說它只提供一個「圖式化」的框架，這個框中有「空白」，即文本未寫出但又暗示著的東西。這個有空白的框架，對讀者具有「召喚性」，激發讀者參與完成文本。〔註 81〕文本不斷喚起讀者基於既有視域的閱讀期待，但喚起它是為了打破它，使讀者獲得新的視域，如此喚起讀者填補空白，連接空缺，更新視域的文本結構，即所謂「文本的召喚結構」。〔註 82〕敘述些客觀的情節，由情節的敘述中激發讀者悟出作者所欲表達的意涵，文本那些「空白」召喚讀者去領悟情節中所暗示的意涵，和春秋之筆有異曲同工之妙。曹雪芹對寶釵形象之描寫即用此法。寶釵是個極具爭議性的人物形象，文本中這人物形象「爭議處」之處留給讀者極大的填寫空間，使文本發揮了「召喚結構」而讓寶釵有看不透，難以言喻的藝術魅力。此外金釧兒投井冤死，她說是「失了腳」掉下去的；柳湘蓮遁入空門，她也不在意的說是「前生命定」的，尤其她頗富心機的運用紅麝串顯露情懷，都是引發讀者爭議之處。

六、牡丹

　　牡丹，毛茛科，落葉灌木，春來開花，花大有單瓣、複瓣及紅・紫、綠、白等色，有花王、百兩金、木芍藥等名，多年生落葉小灌木。東漢張仲景《金匱要略》云：「大黃牡丹湯方」藥材有「大黃四兩，牡丹一兩。」〔註 83〕北齊楊子華《尚書故實》亦云：「畫牡丹處極分明。」〔註 84〕至唐高宗時牡丹由河東道汾州以及太原先後傳入長安、洛陽再至江南各地。〔註 85〕在唐代，牡丹

〔註 80〕 邱瑞平：《紅樓擷英》（上海：華東師範大學，1997 年），頁 336。
〔註 81〕 朱立元、李鈞主編：《二十世紀西方文論選・下卷》（北京：高等教育出版社，2002 年 7 月），頁 349。
〔註 82〕 朱立元主編：《當代西方文藝理論》（上海：華東師範大學出版社，2002 年 7 月），頁 295。
〔註 83〕 〔東漢〕張仲景《金匱要略》（台北：知音出版社，1994 年），頁 532。
〔註 84〕 李綽編《尚書故實》：「世言牡丹花近有，蓋以國朝文士集中無牡丹歌詩。張公嘗言楊子華有畫牡丹處極分明。子華，北齊人，則知牡丹花亦已久矣。」《叢書集成初編》（中華書局，1985 年），頁 2739。
〔註 85〕 歐陽修《洛陽牡丹記》云：「牡丹之名或以氏，或以州或以地，或以色，或旌其所異者而志之。……姚黃者千葉黃花，出於民姚氏家，此花之出於今未十年。」

被譽爲「花品第一」

> 高皇帝御群臣，賦〈宴賞雙頭牡丹〉詩，惟上官昭容一聯爲艷麗，
> 所謂「勢如聯璧友，心若臭蘭人。」〔註86〕

至武則天亦爲長安引進牡丹，舒元輿〈牡丹賦〉云：

> 天后之鄉西河也，有眾香精舍，下有牡丹，其花特異。天后嘆上苑
> 之有缺，因命移植焉。〔註87〕

故民間傳說之武后貶牡丹至洛陽只宜參考，〔註88〕乃茶餘飯後之說。至唐玄宗命洛陽人宋單父將牡丹加以改良，在華清宮所在的驪山培育上萬株觀賞牡丹，爲一時之盛：

> 開元中，禁中初種木芍藥，即今牡丹也。得四本，紅、紫、淺紅、
> 通白者，上因移植於興慶池東沈香亭前。會花方繁開，上乘照夜白，
> 召太眞妃以步輦從，詔特選梨園子弟中尤者，得十六色。李龜年以
> 歌擅一時之名，手捧檀板押眾樂，前欲歌，上曰：「賞名花，對妃子，
> 焉用舊樂詞爲？」遂命李龜年持金花箋宣賜翰林學士進清平調三
> 章。〔註89〕

此詩「雲想衣裳花想容，春風拂檻露華濃」及「一枝紅艷露凝香」將牡丹花與楊貴妃對照，以花喻人，也描摹了牡丹花的美艷。此爲天寶初年之事，在興慶池畔，唐明皇與楊貴妃，加上詩仙李白及宮中首選之樂師李龜年，皆「一時之極致」，此後牡丹以不可遏止之勢遍及長安及私人宅第，尤其至中唐貞元、元和年間，「遊花」活動遍及王公貴卿及平民百姓，牡丹也爲騷人墨客所樂於吟誦。舒元輿〈牡丹賦〉可說極盡形容之能事：

周光培編：《歷代筆記小說集成・第九冊・宋》（河北教育出版社，1995年），頁331。

〔註86〕柳宗元《龍城錄》《歷代筆記小說大觀・唐五代》（上海古籍出版社，2000年），頁2703。

〔註87〕〔清〕鴻寶齋主人編：《賦海大觀・第八冊》（北京：北京圖書館，2007年），頁151。

〔註88〕隋煬帝世始傳牡丹，唐人亦曰木芍藥，開元時宮中及民間競尚之，今品極多也，一說武后冬月遊後苑，花具開而牡丹獨遲，遂貶於洛陽，故今言牡丹者以西洛爲冠首。
〔宋〕高承撰《事物紀原》《景印文淵閣四庫全書・子部二二六》（台灣商務印書館，1983年），頁920。

〔註89〕〔宋〕樂史《楊太眞外傳》《歷代筆記小說大觀・唐五代》（上海古籍出版社，2000年），頁2686。

……赤者如日，白者如月；淡者如赭，殷者如血；向者如迎，背者
如訣；拆者如語，含者如咽；俯者如愁，仰者如悦；裊者如舞，側
者如跌；亞者如醉，曲者如折；密者如織，疏者如缺；鮮者如濯，
慘者如別……〔註90〕

舒賦之工筆刻劃，寫盡了牡丹的千姿百態，爲一時之極致。劉禹錫〈思黯南
墅賞牡丹〉：「有此傾城好顏色，天教晚發賽諸花。」徐凝〈牡丹〉亦云：「疑
是洛川神女作，千嬌萬態破朝霞。」元稹〈西明寺牡丹〉又云：「花向琉璃地
上生，光風炫轉紫雲英。自從天女盤中見，直至今朝眼更明。」晚唐李商隱
〈牡丹〉更是以八句八典書寫：

錦幃初捲衛夫人，繡被猶堆越鄂君。

垂手亂翻雕玉佩，折腰爭舞鬱金裙。

石家蠟燭何曾剪，荀令香爐可待薰。

我是夢中傳彩筆，欲書花葉寄朝雲。〔註91〕

此詩極盡能事的描摹牡丹之富貴嬌艷。牡丹爲富貴花，唐時，牡丹玩賞之風
日盛。劉禹錫〈賞牡丹〉云：「唯有牡丹眞國色，花開時節動京城。」舒元
輿〈牡丹賦〉序云：「由此京國牡丹，日月浸盛，今則自禁闥泊官署，外延
士庶之家，瀰漫如四瀆之流，不知其止息之地。每暮春之月，遨遊之士如狂
焉。亦上國繁華之一事也。」〔註92〕至北宋前期由於社會穩定及上位者之喜
好，牡丹玩賞之風極盛，宮中每年暮春有「賞花釣魚宴」，民間更有洛陽萬
花會、彭州牡丹會，陳州牡丹會等玩賞活動。〔註93〕也催生了許多贊美牡丹
之詩詞。宋朝文彥博〈遊花市示元珍〉：「去年春夜遊花市，今日重來事宛然。
列肆千燈爭閃爍，長廊萬蕊鬥鮮妍。交馳翠幰新羅綺，迎獻芳樽細管弦。人
道洛陽爲樂國，醉歸恍若夢鈞天。」「姚黃容易洛陽觀，吾土姚花洗眼看。」
以描寫洛陽牡丹花市之盛，呈顯了盛世樂國的愜意。強至〈題姚氏三頭牡
丹〉：「一抹胭脂勻作艷，千窠蜀錦合成團。春風應笑香心亂，曉日那傷片影
單。好爲太平圖絕瑞，卻愁難下彩筆端。」將美艷富麗的牡丹做爲國家富裕

〔註90〕〔清〕鴻寶齋主人編：《賦海大觀·第八冊》（北京：圖書館，2007 年），頁
151。

〔註91〕《全唐詩》（盤庚出版社，1979 年），頁 6171。

〔註92〕〔清〕鴻寶齋主人編：《賦海大觀·第八冊》（北京：圖書館，2007 年），頁
151。

〔註93〕《宋元筆說小說大觀》（上海：上海古籍出版社，2007 年），頁 4732。

昌盛之象徵，總之，文人雅士以傾城之千嬌百態讚美牡丹花形質之美，誠乃富貴之花。

　　亦有藉欣賞牡丹，感嘆當時生活的奢華的，白居易〈秦中吟‧買花〉：「一叢深色花，十戶中人賦。」趙鼎〈買花詩〉：「老覺歡娛少，愁驚歲月頻。能消幾月醉，又過一年春。陌上枝枝好，釵頭種種新。買歸持博笑，貢自可憐人。」亦有藉花書寫感傷情懷者。如白居易〈白牡丹〉：「白花冷澹無人愛，亦占芳名道牡丹。應似東宮白贊善，被人還喚作朝官。」歐陽修〈洛陽牡丹圖〉：「但應新花日覺好，惟有我老年年衰。」亦有藉詠牡丹表達貶謫之感的，如劉禹錫〈和令狐相公別牡丹〉：「平章宅裡一欄花，臨到開時不在家。莫道兩京非遠別，春明門外即天涯。」范仲淹〈西溪見牡丹〉亦云：「陽和不擇地，海角亦逢春。憶得上林色，相看如故人。」王沂孫〈水龍吟‧牡丹〉又云：「自眞妃舞罷，謫仙賦後，繁華夢，如流水。……怕洛中，春色匆匆，又入杜鵑聲裡。」牡丹經過長期的文化積澱，漸成爲首都或中原的象徵，詩人在詠牡丹之時也表達了他們的京國之思，家國之恨。

　　《紅樓夢》中亦有以牡丹花喻人之書寫，寶玉生日那天，怡紅院群芳開夜宴，抽花名簽，寶釵抽到的花名簽即爲牡丹——艷冠群芳。眾人都笑說：「巧得很，你也原配牡丹花。」簽上所題詩句：「任是無情也動人。」出自唐朝羅隱〈牡丹花〉：「似共東風別有因，絳羅高捲不勝春。若教解語應傾國，任是無情也動人。芍藥與君爲近侍，芙蓉何處避芳塵。可憐韓令功成後，辜負穠華過此身。」此詩首聯、頷聯切合寶釵感情冷漠心有成算不落聲色，卻又能處處討人喜歡的性格特質。頸聯之敘述與釵黛湘關係巧合，尾聯則以韓弘棄牡丹〔註94〕之典暗示寶玉日後懸崖撒手，毅然「辜負穠華」棄妻出家，令寶釵像被韓弘所棄的牡丹一樣，「辜負穠華」寂寞地了卻此生。牡丹艷冠群芳，花姿優美，國色天香，乃富貴花，爲花中之王，加上寶釵所帶的金鎖更代表了世俗的富貴。曹雪芹以牡丹喻寶釵，主要是以身份和外貌言之。寶釵出身金陵四大家族之一，擁有「珍珠如土金如鐵」的雄厚家財爲後盾，她像牡丹一樣的富貴雍容。賈府上下對她自是另眼看待。第廿七回〈滴翠亭楊妃戲彩蝶‧埋香冢飛燕泣殘紅〉即明確地把寶釵比作楊貴妃，而且寶釵體態豐腴如

〔註94〕　〔唐〕李肇撰：《唐國史補》：「京城貴游尚牡丹三十餘年矣，每春暮，車馬若狂，以不耽玩爲恥。……元和末，韓令始至長安，居第有之，遽命斫去。曰：『吾豈效兒女子邪？』」《景印文淵閣四庫全書‧子部三四一》（台灣商務印書館，1983 年），頁 1035-437。

楊貴妃，當寶玉想看看她身上的紅麝串時：

> 可巧寶釵左腕上籠著一串，見寶玉問她，少不得褪了下來。寶釵生得肌膚豐澤，容易褪不下來。寶玉在旁看著雪白一段酥臂，不覺動了羨慕之心。〔註95〕

第三十四回寶玉偶一不慎，對寶釵說：「怪不得他們拿姐姐比楊妃，原來也體豐怯熱。」惹得寶釵勃然大怒說：「我倒像楊妃，只是沒一個好哥哥好兄弟可以作得楊國忠的！」寶釵的體態豐腴，有楊貴妃的特徵，與詩人們把楊貴妃與牡丹渾爲一體的事實相聯繫。寶釵是朵艷冠群芳，任是無情也動人的牡丹花，在其出場時，作者說她「罕言寡語，人謂裝愚；安分隨時，自云守拙。」又讓其姓薛（雪），常服用「冷香丸」，實暗貶寶釵性格的「冷」。寶釵名位是到手了，然而丈夫卻逃離而去，是作者深刻的對功利現實主義者的嘲諷和憐憫。寶釵一如牡丹，怎是無情也動人。

七、鶯

黃鶯又名黃鸝、黃鳥，又有倉庚、黃袍、鸝鶹、離黃……數十種別名，不但羽衣華麗，且鳴聲嘹亮圓潤，婉轉清脆，深受人們喜愛，唐太宗更親賜「金衣公子」、「紅樹歌童」之名。鶯擅築巢於枝椏梢頭，隨風搖曳很難獲取。且黃鶯爲樹棲鳥類，喜成對穿梭於綠樹叢中，故又稱「鶯梭」。古人對黃鶯的巧囀嬌啼與巧手築巢均多所歌詠。如《詩經‧國風、豳‧七月》云：「春日載陽，有鳴倉庚」。劉禹錫〈浙西李大夫述夢四十韻并浙東元相酬和斐然繼聲〉有「鶯來和絲管，雁起拂麾旄」、「百囀黃鸝細雨中」、「織錦機邊鶯語頻」之描繪，劉克莊〈鶯梭〉亦云：「擲柳遷喬太有情，交叫時作弄機聲。洛陽三月花如錦，多少工夫織得成！」那巧囀的鶯歌如織錦發出的聲響，詩人於是想像這滿城春色定是黃鸝巧織而成。

《紅樓夢》中如黃鶯般有巧舌、巧手、巧思又深得人心的非寶釵及其丫鬟鶯兒莫屬了。鶯兒本姓黃，原名金鶯，後來因寶釵嫌拗口，就單稱鶯兒。鶯象徵寶釵，她爲大觀園題詩就說：「高柳喜遷鶯出谷，修篁時待鳳來儀。」連她的丫鬟的名字也是鶯兒。做爲寶釵的從屬符號，她幫助寶釵主要分兩階段，前階段是對寶玉、寶釵婚事的撮合，後階段則是幫寶釵向寶玉不遺餘力的宣揚仕途經濟。第八回〈比通靈金鶯微露意〉寶玉至梨香院，因下雪，薛

〔註95〕曹雪芹、高鶚原著，其庸等校注：《紅樓夢校注》（台北：里仁書局，1986年）第28回，頁447。

姨媽讓寶玉到比較暖和的裡間看寶釵。兩人寒暄後，寶釵表示要細玩寶玉掛在脖子上的那塊寶玉，寶玉將之取下，觀賞之餘並將上面兩句話——「莫失莫忘，仙壽恆昌」念了兩遍，

> 乃回頭向鶯兒笑道：「你不去倒茶，也在這裡發呆作什麼？鶯兒嘻嘻笑道：「我聽這兩句話，倒像和姑娘的項圈上的兩句話是一對兒。」寶玉聽了，忙笑道：「原來姊姊那項圈上也有八個字，我也賞鑒賞鑒。
> 〔註96〕

寶釵被纏不過，才解了排釦從大紅襖裡掏出金鎖，使寶玉將上面那「不離不棄，芳齡永繼」的兩句話念一遍，並云：「姐姐這八個字倒真與我的是一對。」而上演了「比通靈」「識金鎖」的好戲，鶯兒也完成了作為寶釵從屬符號的作用。脂批云：「又引出一個金項圈來，鶯兒口中說出，方妙。」第三十五回〈黃金鶯巧結梅花絡〉寶玉一面看著鶯兒打絡字，她說起配色如數家珍，有「松花配桃紅」、「大紅配石青」、「蔥綠配柳黃」。

> 寶玉見鶯兒嬌憨婉轉，語笑如痴，早不勝其情了，那更提起寶釵來，便問他道：「好處在那裡？好姐姐，細細告訴我聽。」鶯兒笑道：「我告訴你，你可不許又告訴他去。」寶玉笑道：「這個自然的。」正說著，只聽外頭說道：「怎麼這樣靜悄悄的！」二人回頭看時，不是別人，正是寶釵來了。寶玉忙讓坐。寶釵坐了，因問鶯兒「打什麼呢？」一面問，一面向他手裡去瞧，才打了半截，寶釵笑道：「這有什麼趣兒，倒不如打個絡子把玉絡上。」〔註97〕

寶釵又建議「把那金線拿來，配上黑珠兒線，一根一根的拈上，打成絡子，這才好看。」以金色的線結成絡子網住寶玉，有金玉匹配的暗示，而且以「梅花」樣式的絡子裝玉，更隱喻著寶釵想挽住寶玉的心。鶯兒是心靈手巧的，在第五十九回〈柳葉渚邊嗔鶯吒燕〉，鶯兒在柳葉渚邊「挽翠披金」，採了許多的嫩條，命蕊官拿著，他卻一行走一行編花籃，隨路見花便採一二枝，編出一個玲瓏過梁的籃子。枝上自有本來翠葉滿布，將花放上」〔註98〕，更加

〔註96〕曹雪芹、高鶚原著，其庸等校注：《紅樓夢校注》（台北：里仁書局，1986年）第8回，頁142。

〔註97〕曹雪芹、高鶚原著，其庸等校注：《紅樓夢校注》（台北：里仁書局，1986年）第35回，頁541。

〔註98〕曹雪芹、高鶚原著，其庸等校注：《紅樓夢校注》（台北：里仁書局，1986年）第59回，頁918。

別緻有趣了。這隨意之作連眼光頗高的黛玉看了也讚不絕口。當春燕提醒她折鮮花嫩柳易招人抱怨時，鶯兒卻說：「別人亂折亂掐使不得，獨我使得。自從分了地基之後，每日裡各房皆有分例，吃的不用算，單管花草頑意兒。誰管什麼，每日誰就把各房裡姑娘丫頭戴的，必要各色送些折枝的去，還有插瓶的。惟有我們說了：『一概不用送，等要什麼再和你們要。』究竟沒有要過一次。我今便掐些，他們也不好意思說的。〔註99〕」此段話鶯兒說得句句有理，令人欲辯不得。她的言笑嬌媚，巧手慧心也躍然紙上。

　　黃鶯的巧舌、巧思、巧手固然深得人心，然鶯啼亦有閨怨之意涵。唐朝金昌緒〈春怨〉：「打起黃鶯兒，莫教枝上啼，啼時驚妾夢，不得到遼西。」詩中思婦只能在夢中尋覓遠在遼西之夫，好夢卻被黃鶯兒打斷，預示著寶釵婚後寶玉遠離，只有黃鶯陪伴著她。花蕊夫人〈宮詞〉：「故將紅豆打黃鶯。」陸龜蒙〈偶作〉亦云：「爭奈流鶯喚起來。」杜牧〈即事〉云：「又被流鶯喚醒來。」〔唐〕李元紘〈相思怨〉又云：「望月思氛氳，朱衾懶更熏。春生翡翠帳，花點石榴裙。燕語時驚妾，鶯啼轉憶君，交河一萬里，仍隔數重雲。」劉方平〈代春怨〉也云：「朝日殘鶯伴妾啼，開簾祇見草萋萋。庭前時有東風入，楊柳千條盡向西。」陸游〈雜感～又〉亦云：「側帽垂鞭小陌東，名花迎笑一枝紅。啼鶯驚斷尋春夢，惆悵新霜點鬢蓬。」張耒〈雜題二首之二〉更云：「蒼蒼落月井梧西，睡覺幽人自卷帷。只有林鶯知夢斷，曉庭人靜語移時。」詩中之黃鶯可說是閨中婦女寂寞之伴侶，而鶯兒此一人物之設置正暗示寶釵婚後寂寞孤苦之生活狀態。當寶釵當上寶二奶奶之後，首要之事即勸寶玉走上封建正統的仕途，鶯兒也進入了她助薛的後階段

　　　寶玉自在靜室冥心危坐，忽見鶯兒端了一盤瓜果進來……鶯兒又道：
　　　「太太說了，二爺這一用功，明兒進場中了出來，明年再中了進士，
　　　作了官，老爺太太可就不枉了盼二爺了。」寶玉也只點頭微笑。鶯兒
　　　忽然想起那年給寶玉打絡子的時候寶玉說的話來，便道：「真要二爺
　　　中了，那可是我們姑奶奶的造化了。二爺還記得那一年在園子裡，不
　　　是二爺叫我打梅花絡子說的，我們姑奶奶後來帶著我不知到那一個
　　　有造化的人家兒去呢，如今二爺可是有造化的罷咧。〔註100〕

〔註99〕曹雪芹、高鶚原著，其庸等校注：《紅樓夢校注》（台北：里仁書局，1986年）第59回，頁921。

〔註100〕曹雪芹、高鶚原著，其庸等校注：《紅樓夢校注》（台北：里仁書局，1986年）第118回，頁1768。

寶釵婚姻之所以成功，在於她走的是一條完全與賈府和諧的封建倫理規範之路，而鶯兒正是爲她推波助瀾的好幫手。鶯兒打絡子以絡通靈寶玉，正是絡寶玉之心也。《紅樓夢》之書寫，作者往往用「烘雲托月」、「以奴襯主」之法加深人物性格的表現。然而作爲寶釵的附屬意象，鶯兒迎來的不是燦爛的春光而是封建道德扼殺下薛寶釵的殉葬品，她所奏出的仍是一首生命的哀歌。作者以巧舌、巧思、巧手和閨怨意涵聯繫之黃鶯意象參照了鶯兒與寶釵這組人物關係和性格命運，也暗示了寶釵「隔葉黃鸝空好音」的悲劇命運。

八、雪

「雪」，此一意象自古即爲文人雅士所喜愛吟誦。《詩經・采薇》：「昔我往矣，楊柳依依。今我來思，雨雪霏霏。」雨雪霏霏雖是景語，卻也傳達了戍役之悲，愁苦之思。〔東晉〕陶淵明〈癸卯歲十二月中作與從弟敬遠〉云：「淒淒歲暮風，翳翳經日雪。傾耳無希聲，在目皓已潔。」詩中之雪表達了作者人格的高潔。至唐，詠雪之作更多，王維〈冬晚對雪憶胡居士家〉：「寒更傳曉箭，清鏡覽衰顏。隔牖風驚竹，開門雪滿山。洒空深巷靜，積素廣庭閑，借問袁安舍，徬然向閉關。」此詩寫出了雪山之空靈幽靜。柳宗元〈江雪〉：「千山鳥飛絕，萬徑人蹤滅，孤舟簑笠翁，獨釣寒江雪。」此詩意境清高孤介，膾炙人口。岑參〈白雪歌送武判官歸京〉：「忽如一夜春風來，千樹萬樹梨花開。」更以比喻之法寫雪的輕盈潔白。韓愈〈春雪〉：「白雪卻嫌春色晚，故穿庭樹作飛花。」詩人運用擬人法，以雪爲背景描繪出清靈曼妙之氛圍。

《紅樓夢》亦愛用冰雪喻女兒，如第五回寫警幻仙子：「纖腰之楚楚兮，迴風舞雪；……其素若何，春梅綻雪。」以雪之晶瑩潔白狀女子予人以聖潔之美。第二十一回寫湘雲：「一彎雪白的膀子撂於被外。」及第二十八回寫寶釵羞籠紅麝串時也露出「雪白一段酥臂」，此兩處亦以如冰雪之聖潔描繪女子之肌膚。寶玉亦曾云晴雯之性：「其爲性則冰雪不止喻其潔。」文本中對如冬雪般淡樸肅穆的寶釵亦有多處以雪喻之，文本中常以雪影射薛寶釵，在第五回寶玉夢遊太虛幻境，在十二金釵正冊頭一頁看到一幅畫：「畫著兩株枯木，木上懸著一圍玉帶，又有一堆雪，雪下一股金簪」圖後附有四句詩：「可嘆停機德，堪憐詠絮材。玉帶林中掛，金簪雪裡埋。」〔註101〕金簪爲寶釵之別號，

〔註101〕曹雪芹、高鶚原著，其庸等校注：《紅樓夢校注》（台北：里仁書局，1986 年）第 5 回，頁 86。

以諧音和別名在詩畫中影射出薛寶釵。《紅樓夢》組曲第一支曲〈終身誤〉：「空對著山中高士晶瑩雪；終不忘世外仙姝寂寞林。」在正冊詩畫與組曲中唯有黛玉與寶釵合為一冊，是釵黛合一。雪地、林中同是寂寞，但玉帶掛於林中寓意寶玉對黛玉之牽掛，而金釵雖有其價值卻被埋於雪中令人徒增唱歎。再如第三十七回寶釵白海棠詩：「珍重芳姿畫掩門，自攜手甕灌苔盆。胭脂洗出秋階影，冰雪招來露砌魂。淡極始知花更艷，愁多焉得玉無垠。欲償白帝憑清潔，不語婷婷日又昏。」白海棠雖嬌芳孤艷，卻有憑空無語的淒涼之感，這不也是寶釵結局之寫照。第六十五回興兒所說的寶釵「竟是雪堆出來的……怕氣暖了吹化了」等。《紅樓夢》在描寫寶釵之相貌、特性及用藥方面總會將她與「雪」緊密聯繫在一起，虛實相間更富涵韻味。

　　雪白是寶釵的當行本色，她與其母所住的梨香院當梨花盛開時是一片雪白，偶發奇興所追逐的蝴蝶也是玉色的，住處如「雪洞一般」。所吃「冷香丸」不僅要白牡丹、白荷、白芙蓉、白梅的花蕊調配，且離不了雨水、白露、白霜、白雪調製，最好是在似雪梨花樹下埋藏就會發出世上罕有的「涼森森甜絲絲的幽香」。雪不僅是「薛」的指代符號，且此具有表現力的意象不但推衍了情節，更營造了具思想和美感的情境，傳達了意象本身的信息，也暗示了人物的命運。〔註102〕雪，素淨、淡雅，曹雪芹以雪喻寶釵，她肌膚的雪白瑩潤，裝扮的素樸，陳設的簡單素淨，性格的冷峻寡情，氣質的嫻靜端莊，都和雪有相似之處。為雕塑寶釵形象，作者反覆以「冰」、「雪」堆砌寶釵身上，喻示寶釵為人行事，內心如冰雪之冷。如「山中高士晶瑩雪」、「出浴楊妃冰作影」、「胭脂洗出秋階影，冰雪招來露砌魂」，《紅樓夢》以冰雪喻人的手法，不僅有助於人物性格的刻劃，並呈顯了藝術上的空靈美。

小結

　　富貴的，金銀散盡，也換不到真情。寶釵的識是她合時的表現，因此剛入賈府不久，就獲得賈家上下的好評。她有熱毒和冷香的特質，雖贏得了寶二奶奶的名份，卻無法得到賈寶玉的心，仍然是封建社會的犧牲品。〈紅樓夢曲・終身誤〉云：

〔註102〕「金簪雪裡埋」除表示寶釵的姓名外，也表示寶釵早死，因雪是不久之物，再用「埋」字暗示寫紅樓夢時人已不在世了。
　　　　王關仕：《微觀紅樓夢》（台北：東大圖書有限公司，2006年），頁233。

都道是金玉良緣，俺只念木石前盟。空對著山中高士晶瑩雪；終不
忘，世外仙姝寂寞林。嘆人間，美中不足今方信，縱然是齊眉舉案，
到底意難平。〔註103〕

此曲寫寶玉婚後終不忘懷死去的黛玉。釵黛之間，王希廉於《繡像紅樓夢》
云：「黛玉一味痴情，心地褊窄，德固不美，……寶釵卻是有才有德。」涂瀛
則云：「寶釵善柔，黛玉善剛；寶釵用屈，黛玉用直；寶釵徇情，黛玉任性；
寶釵做面子，黛玉絕塵埃；寶釵收人心，黛玉信天命，不知其他。」俞平伯
卻云：「黛玉直而寶釵曲，黛玉剛而寶釵柔，黛玉熱而寶釵冷，黛玉尖銳寶釵
圓渾，黛玉眞而寶釵世故。」〔註104〕寶釵在做人，黛玉在做詩；寶釵在解決
婚姻，黛玉在進行戀愛；寶釵把握現實，黛玉沈酣於意境；寶釵有計劃地適
應社會法則，黛玉任自然地表現自己的性靈；寶釵代表當時一般家庭婦女的
理智，黛玉代表當時閨閣中知識份子的感情。薛寶釵形象象徵士子階層修身
治國平天下的儒家思想人格，她是社會性的，在險惡的環境中亦能進退自如，
深得儒家進則兼善天下，退則獨善其身之精髓。她是政治的、社會的、群體
的、物質的。黛玉象徵士子階層人格獨立的道家思想人格，是自然性的，也
是才華的標誌。黛玉形象蘊涵了道家的精神，適性自然，維護自己的人格尊
嚴，尊重自然生命。她是天性的、自然的、個體的、精神的。〔註105〕於是環
境容納了迎合時代的寶釵，而扼殺了違反現實的黛玉，黛玉的悲劇是性格與
時代的矛盾所造成的。黛玉命運是不幸的，而黛玉所不能戰勝的環境即是作
者所不能改造的社會。〔註106〕俞平伯更提出兩峰對峙，雙水分流「釵黛合一」
的和諧境界。庚辰本第四十二回的回前評有云：「釵、玉名雖兩個，人卻一身，
此幻筆也。今書至三十八回時已過三分之一有餘，故寫是回，使兩人合而為
一，請看黛玉逝後寶釵之文字，便知余言不謬矣。」脂評也認為〈蘅蕪君蘭
言解疑癖，瀟湘子雅謔補餘香〉一回即在寫釵黛合一。甲戌本夾批亦提及：「按
黛玉、寶釵二人，一如姣花，一如纖柳，各極其妙者，然世人性分甘苦不同
之故耳。」黛玉與寶釵之間關係最融洽的當在第四十五回〈金蘭契互剖金蘭

〔註103〕曹雪芹、高鶚原著，其庸等校注：《紅樓夢校注》（台北，里仁書局，1984年）
　　　　　第5回，頁91。
〔註104〕俞平伯：〈《紅樓夢》中關於十二釵的描寫〉《文學評論》，1963年第4期。
〔註105〕王琴：〈論薛寶釵、林黛玉形象的象徵意義〉《廣東海洋大學學報》第28卷第
　　　　　2期，2008年4月。
〔註106〕王昆侖：《紅樓夢人物論》（台北：里仁書局，2008年），頁201。

語）。至後四十回作者則捨黛而取釵，促成了「金玉良緣。」〔註107〕寶釵徒有金玉良緣的虛名，至於寶玉撒手人寰，出家為僧，她實際上是獨守空閨，終身寂寞的。寶玉、黛玉的悲劇和寶玉、寶釵的結合反映了在封建宗法社會中，要違背封建家族利益去尋求一個共同理想的自由愛情是何其困難！而對沒有愛情的「金玉良緣」，到後來是一個萬念俱灰，棄家為僧；一個是獨守空閨，抱恨終生。而這也是作者對封建社會大膽、深刻的批判。黛玉與寶釵合而為一則為兼美，亦可一分為二，是士子階層社會生命和自然生命的兩面。兼美形象的一分為二，體現作者對審美理想的冷靜分析。釵黛合為兼美，反應作者「中和」的傳統美學思想。誠如林語堂所云：「道家及儒家是中國人靈魂的兩面。」只有釵黛結合之「兼美」才是中國文人完整的精神風貌。寶釵和黛玉兩人之形象之所以具有永恆的藝術魅力，乃二者融入了作者的理想和感情，寶釵是現實的典範，黛玉則是理想的化身，二者均具有典型意義，也是曹雪芹所追的理想境界。

寶釵的熱毒即世俗追求功名利祿的思想，須通過冰雪般的冷靜修養才能加以克制，把寶釵之風情殺滅之使納於傳統規範，雕塑成冷香無情卻動人的藝術形象。王希廉於《紅樓夢回評》云：「寶釵怒而能忍，借靚兒尋扇發話，又借戲文譏誚寶黛，其涵養、靈巧固高於黛玉，而其尖利處亦復不讓。」冷香丸暗喻著寶釵的性格與命運；蘅蕪苑屋外包圍的小石如禮教的層層束縛，蔓生的爬藤植物正如寶釵的個性擅於曲意周旋應付自如；至於滿院的蘼蕪有棄婦之意涵，影射著她努力爭取的婚姻在寶玉撒手出家後卻終歸於淒清、寂寞；黃金鎖不過是普通的人工造作物，金鎖之假亦見「金玉良緣」之偽。此虛偽世俗的「金玉良緣」戰勝了自然的、淒惋的「木石前盟」，悲劇地表現了封建世俗的人為因素對自然純潔的殘酷扼殺，也呈顯了封建勢力必一步步走向衰亡的運數；寶釵之燈謎更香所述，及行「射覆」酒令時，「雞棲於塒」、「敲斷玉釵紅燭冷」、「寶釵無日不生塵」這些詩句預示著寶釵婚後失夫的悲劇收場；至於羞籠紅麝串對寶玉是一種誘惑，她玩弄著心機，頸上掛著黃金鎖，肚裡藏著冷香丸，手腕羞籠紅麝串，是極擅於經營，然畢竟逃不出「敲斷玉釵紅燭冷」之淒清結局；牡丹花姿國色天香，但加上寶釵的金鎖卻代表了世俗的富貴，以致寶玉最後懸崖撒手，毅然「辜負穠華」棄妻出家；黃鶯巧囀、巧思，但往往是閨中婦女寂寞的伴侶，呈顯著閨怨氛圍，也預示了寶釵「隔

〔註107〕曹立波：《紅樓十二釵評傳》（北京：清華大學出版社，2007年），頁42。

葉黃鸝空好音」的悲劇命運；雪白不僅是寶釵的當行本色，住的梨香院梨花是白，冷香丸用的是白牡丹、白荷、白芙蓉、白梅之蕊，它營造了情境，也預示了人物最後淒清的命運。作者杜撰此一藥方旨在賦予寶釵之性格內蘊，也寄寓了作者的審美理想，冷香丸要用黃柏湯吞服，黃柏甚苦，也顯出寶釵生命的況味。冷香丸象徵命運，也揭示了寶釵的性格，也是癩頭和尚欲警醒寶釵之藥，癩頭和尚贈寶釵此藥及金鎖，乃欲其頓悟，無奈寶釵服而未悟，終嘆人間美中不足今方信，縱然是齊眉舉案，到底意難平。

　　前八十回滴翠亭寶釵戲蝶、借扇寶釵敲雙玉，怡紅院寶釵繡鴛鴦，藕香榭寶釵諷和螃蟹詠，稻香村寶釵論畫，瀟湘館寶釵剖析金蘭語，議理家寶釵小惠全大體，紅香圃寶釵灌酒，怡紅夜宴寶釵抓簽等等，多少生動的場面，那裡活動著的是一個有血有肉的寶釵。〔註108〕「借扇敲玉」顯示了寶釵性格的另一面，作者寫的是真實的人，不是敘好人完全是好，壞人完全是壞，恰如寶釵在圓滑、冷靜的性格之外也有尖銳、刻薄的一面。曹雪芹活生生的寫出封建社會中一個既想遵守禮教規範，但本性中又有一些難以完全壓抑的人性元素的大家閨秀。後四十回寶釵出場的次數雖多，然而卻把寶釵多樣化的性格單一化了，成了封建道德的代言者。曹雪芹批評薛寶釵而續作者讚揚薛寶釵。

　　寶釵在後四十回以手段籠絡寶玉始成夫婦，曹雪芹通過建構兼容並包的大觀園理想世界傳承，高揚了「和而不同」的傳統文化精華；同時，通過正統典範楷模薛寶釵勸說活動對人個性的扼殺和對人精神的剝奪，生動揭示和有力抨擊了專制文化「同而不和」的本質。在寶釵這一人物身上凝聚了曹雪芹對中國文化的深痛反思和深刻寓意。〔註109〕寶釵表面冷靜嚴肅，其實是熱中詭譎，冷香丸是她的隨身良藥，外冷內熱是她的性格特徵。「罕言寡語，人謂裝愚；安分隨時，自云守拙」可說是寶釵的人生哲學。她是富於詩才的，其〈海棠詩〉展現了雍容典雅的淑女氣度，「淡極始知花更艷」表達了對自己容貌內涵的自信與矜持，她的淡、冷，反襯其艷、香、動人之美感極致，〈螃蟹詠〉諷刺黑暗政治中的醜惡人物。寶釵精通世故人情，此詩頗合其風格，至於〈柳絮詞‧臨江仙〉中充滿開朗、進取的情緒。她從時守分，能屈能伸，

〔註108〕石昌渝：〈論《紅樓夢》人物形象在後四十回的變異〉劉夢溪編《紅學三十年論文選編下》（天津：百花文藝出版社，1984年），頁565。

〔註109〕孫愛玲：〈大觀園中溫柔的“理”劍─論薛寶釵的勸說活動及其文化蘊涵〉《紅樓夢學刊》2000年第二輯，頁81。

故能任她隨聚隨分。「好風頻借力，送我上青雲」正是她積極攀緣的寫照。她善於運用交際手腕，甚至不惜犧牲他人，來成就自己，然而到頭來寶玉還是「終不忘世外仙姝寂寞林，始悟人間美中不足今方信」！

第四章　四春

　　四春皆為賈府千金，元春為寶玉嫡親長姐，入宮為妃，為賈家帶來鮮花
著錦、烈火烹油的富貴生活，但美好的日子並不長久，當虎兕相逢之年，她
亦在混亂的政爭中香消玉殞了，皇室的婚姻制度是對女性的極度摧殘。元春
表面上是過著榮華富貴的生活，實際上列於政敵環伺的宮中，生活是苦悶而
艱險的，故亦列於薄命司。迎春為寶玉堂姐，懦弱的個性恰若算盤任人擺佈，
以五千兩銀子的代價被嫁至中山狼無情夫孫紹祖家中（第七十九回），這買賣
式的婚姻迎春沒多久就被其夫凌虐至死。探春為庶出，為寶玉同父異母妹，
為人爽朗進取，對賈府實行改革，興利除弊。然而對自己的婚姻卻無自主權，
最後也是遠嫁他鄉，千里東風一夢遙。惜春為寶玉堂妹，自小無法受父母親
充分關照，個性冷漠，最後此侯門千金是緇衣修行，長伴青燈古佛旁。此四
春同為賈府千金，皆為寶玉之姐妹，表面殊榮卻難有美滿婚姻，有作者「原
應嘆息」之感嘆，故按其年齡順序合成一篇加以探討。

第一節　元春

一、元春意象相關資料

　　元春榮華光耀，為賈政之嫡長女，賈政較受賈母的重視，又是榮國府實
際當家的主人，故元春在賈府的地位是尊貴的。她令「光彩生門戶」，是賈家
的驕傲。元春為寶玉之姐，未入宮前對寶玉是照顧有加。

> 當日這賈妃未入宮時，自幼亦係賈母教養。後來添了寶玉，賈妃乃
> 長姐，寶玉為弱弟，賈妃之心上念母年將邁，始得此弟，是以憐愛

寶玉，與諸弟待之不同。且同隨祖母，刻未暫離。那寶玉未入學堂之先，三四歲時，已得賈妃手引口傳，教授了幾本書，幾千字在腹內了。其名分雖係姊弟，其情狀有如母子。〔註1〕

元春在未入宮前，頗具孝悌之道。其判詞的描述是：

> 畫：畫著一張弓，弓上掛著香櫞。
>
> 詞：二十年來辨是非，榴花開處照宮闈
>
> 　　三春爭及初春景，虎兕相逢大夢歸〔註2〕

此為元春之圖讖有兩件物品「弓」與「香櫞」。弓與宮諧音，櫞乃一稱佛手柑的植物，櫞諧音元與緣，香櫞掛於弓上，指皇宮之元春。香櫞是柑的一種，外表有黃色光澤，可供賞玩，但並不好吃，是虛有其表的果品。弓中香櫞隱喻了賈元春如宮中香櫞，虛有其表，其實過的是血淚交織的日子。作者透過元春回鄉親口的控訴，抨擊了選妃制及封建的裙帶政治。元春選進宮為女史，後晉封為「鳳藻宮尚書」加封賢德妃。〔唐〕張祐〈宮詞〉云：「故國三千里，深宮二十年，一聲何滿子，雙淚落君前」，此「二十年來辨是非」乃指元春於宮中身為妃子，歷經政治風險與是非。「榴花開處照宮闈」，五月石榴花盛開，鮮艷似火，喻元春身為妃子給賈府帶來「烈火烹油」之瞬息繁華。三春爭及初春景，喻三春（衰落之賈府）怎比得上孟春（興盛的賈府）的景象呢！「虎兕相逢大夢歸」此句各版本有差異，如《己卯、楊本》云：「虎兕相逢大夢歸。」《甲戌、庚辰、蒙戚三本、舒、夢覺‧程甲乙本》則云：「虎兔相逢大夢歸。」屬早期的「己卯本」和「楊本」皆作「虎兕相逢」，故虎兔相逢應為抄本筆誤。康熙於康熙六十一年（壬寅年，虎年）駕崩，雍正於同年奪嫡繼位，次年雍正元年為癸卯年即兔年，虎兕相逢暗指康熙雍正政權的交替，此時曹家突然遭受致治上的打擊，文本中亦敘述元春香消玉殞，罹病西歸。「虎兕相逢大夢歸」歷年來不外有四種解釋，一是皇帝與元春在生肖上一個屬虎，一個屬兔，照迷信說法，虎與兔是相剋，主元春夭亡。二是元春死在寅年與卯年之交，如續書所說。三是元春生活於宮中，如兔生活於虎穴，驚怵憂鬱以至於亡故。四是元春平素生活於宮中，如生活於虎穴，死於政治風雲變幻莫測的寅年與卯年之交。筆者認為第四說較符合〈恨無常〉的暗示及《紅樓夢》主題思想

〔註1〕曹雪芹、高鶚原著，其庸等校注：《紅樓夢校注》（台北：里仁書局，1986年）第17～18回，頁270。

〔註2〕曹雪芹、高鶚原著，其庸等校注：《紅樓夢校注》（台北：里仁書局，1986年）第5回，頁87。

及康、雍二朝之交的政治風氣。雍正與諸王子爭奪皇位，雍正一上台即大開殺戒，元春應是在朝廷兩派敵對政治勢力惡鬥中被皇帝賜死，死於寅卯兩年交接之時。〔註3〕曹家便是在這重大事件中遭查抄。康熙死於壬寅年，雍正元年則為癸卯年，故元春的死可能不是善終。脂批云：「元妃之死，乃通部書之大過節、大關鍵。」由元春判詞「二十年來辨是非」及〈恨無常〉曲中：「須要退步抽身早」等語來看，元春之死應是和內部傾軋爭鬥有關。〔註4〕元春之死，正是她隨駕到口外圍場期間，事變猝起，她亂中被敵對勢力的人員乘機殺害了。這就是「望家鄉，路遠山高」的真情和痛語。〔註5〕當虎兕相逢之日，元春一死，靠山倒了，這赫赫揚揚的貴族世家也隨之山崩瓦解。

　　至於元春的家世，第二回由冷子興之口知她為賈政、王夫人嫡出，生於大年初一，故名為元春，是寶玉之姊，賈珠之妹。第五回判詞紅樓夢十二支曲〈恨無常〉是元春一生的預示。第十六回得知大小姐晉封為鳳藻宮尚書，加封賢德妃。第十七、十八回的省親盛典即是為元春所舉辦。第二十二回元春的燈謎謎底為爆竹，脂批云：「才得僥倖，奈壽不長耳。」的感嘆。第二十八回元春賞賜端午節禮物，獨寶玉寶釵有紅麝串，為「金玉良緣」之伏筆。至第九十五回寫元春之死，乃因「聖眷隆重，身體發福、「起居勞乏，時發痰疾。」以致「痰氣壅塞，四肢厥冷」，不治而死，時值卯年寅月，呼應了「虎兕相逢大夢歸」的判詞。作者在十二正釵中設置此後宮女子，在千紅一哭的悲劇中增添了宮怨氛圍，也表達了元春的深宮之怨。

（一）元春形貌

　　十二正釵中元春之貌是最模糊的。有一原因是她的特殊身份讓人不敢看清她。貴為貴妃的她，出門時「八個太監抬著一頂金黃綉鳳版輿，緩緩行來」，到入門後「太監等散去，只有昭容、彩嬪等引領元春下輿。」這尊貴的身份讓人不敢看清她。和娘家的親人見面也有嚴格規定，除了母女姊妹，即使親生父親也只能隔簾相視

　　　　又有賈政至簾外問安，賈妃垂簾行參等事。又隔簾含淚謂其父……

　　〔註6〕

〔註3〕朱淡文：《紅樓夢研究》（台北：貫雅文化事業有限公司，1991年），頁108。
〔註4〕張錦池：《紅樓十二論》（天津：百花文藝出版社，1982年），頁300。
〔註5〕周汝昌：《紅樓小講》（北京：中華書局，2007年），頁203。
〔註6〕曹雪芹、高鶚原著，其庸等校注：《紅樓夢校注》（台北：里仁書局，1986年）第17～18回，頁272。

連親生父親都無法看清女兒的臉！元春的容貌雖然模糊，但她的衣著卻是清楚的。寶玉因寶釵為她改詩，由感謝而欲稱寶釵為師父，不再叫姐姐。寶釵悄悄回答寶玉

> 還不快作上去只管姐姐妹妹的，誰是你姐姐？那上頭穿黃袍的才是你姐姐，你又認我這姐姐來了。〔註7〕

由上之敘述可知元妃穿的是黃袍，是至尊的象徵。王楙《野客叢書·禁用黃》云：

> 自唐高祖武德，初用隋制，天子常服黃袍，遂禁士庶不得服，而服黃有禁自此始。〔註8〕

此外《易·坤》：「六五，黃裳，元吉。」〔註9〕疏云：「坤為臣道，五居君位，是臣之極貴者也。能以中和通於物理，居於臣職，故云黃裳。」作者藉元春身著黃袍，表現了她性情的中和及氣質的尊貴。元妃穿黃袍，然因其身份尊貴，令人不敢看清她，也給讀者留下了想像的空間，然而她似乎與寶釵相像，如以《紅樓夢》的「影子」之說言之，晴雯為黛玉之影，襲人為寶釵之影，那寶釵應是元春之影，兩者可謂惺惺相惜。在二十三回在省親回宮後，「遂命太監夏守忠到榮國府來下一道諭，命寶釵等只管在園中居住，不可禁約封錮，命寶玉仍隨進去讀書。」，此道諭單提寶釵，可知其對寶釵之關注。且在第二十八回貴妃賜寶玉與寶釵皆為：上等宮扇兩柄，紅麝香珠二串，鳳尾羅二端，芙蓉簟一領。黛玉和迎春、探春、惜春則只有扇子同數珠兒，別人都沒有。因此元春對寶釵是特別關注，寶釵亦追慕元妃，通過作者對寶釵體態之描述，似乎亦可聯想元春之體貌。

元春被選入宮作女史，後因賢孝才德被封為鳳藻宮尚書並賢德妃，然而其所住的宮廷總帶有神秘的色彩，很少述及，只有在元春生病生命垂危之際，賈母等人前往探視，才有述及：

> 走至元妃寢宮，只見奎壁輝煌，琉璃照耀。又有兩個小宮女兒傳諭道：「只用請安，一概儀注都免。」〔註10〕

〔註7〕曹雪芹、高鶚原著，其庸等校注：《紅樓夢校注》（台北：里仁書局，1986 年）第 17～18 回，頁 277。

〔註8〕王楙《野客叢書·卷第八禁用黃》、《叢書集成初編》（中華書局，1985 年），頁 76。

〔註9〕〔魏〕王弼、〔晉〕韓康伯：《周易註》《景印文淵閣四庫全書》（台灣商務印書館，1986 年）頁 7～206。

〔註10〕曹雪芹、高鶚原著，其庸等校注：《紅樓夢校注》（台北：里仁書局，1986 年）第 83 回，頁 1319。

元春所住的寢宮雖彩壁輝煌，極其尊貴，然面對皇宮中權力的鬥爭，時時都如履薄冰，戒慎恐懼，隨時有生命的危險。誠如她所做的燈謎「一聲震得人方恐，回首相看已成灰。」元春之死，和奎壁輝煌，琉璃照耀的宮廷中權力之爭有不可解的關係。

（二）元春詩才

《紅樓夢》多處運用譬喻筆法，詩詞歌賦處處皆有寓意。且作者經常通過一物一象、一言一詩設立「路標」，讓讀者探索。總體來說，第一、第五回均有譬喻手法，至於第十七至十八回大觀園試才題對額、二十二回制燈謎、二十九回清虛觀點戲、五十回暖香塢制燈謎、六十三回群芳開夜宴都有其譬喻意涵，因而使小說主題內涵更豐富，更具有藝術特質。通過賦詩、填詞、題額、擬對、制謎、行令諸情節的描寫，多方面地反映那時代封建階級的文化精神生活。脂評云：「借省親事寫南巡」，寶玉和眾姊妹奉元春之命爲大觀園諸景賦詩可以看作是寫封建時代臣僚們奉皇帝之命而作應制詩之情景。元春省親遊大觀園時，即有題匾、頌詩、點戲諸多活動。

題大觀園正殿額對——〈顧恩思義〉（匾額）

> 天地啓宏慈，赤子蒼頭同感戴；古今垂曠典，九州萬國被恩榮。〔註11〕

元春歸家省親，遊園後爲大觀園正殿題下這副對聯。這類對聯幾乎千篇一律是歌功頌德，也可看出賈府受皇上特別寵幸的身份地位，然伴君如伴虎，元春回鄉省親時，哽咽對其父賈政云：「田舍之家，雖虀鹽布帛，終能聚天倫之樂；今雖富貴已極，骨肉各方，然終無意趣。」這和對聯所云，無異是一種諷刺。

〈大觀園題詠〉：

> 銜山抱水建來精，多少功夫築始成。天上人間諸景備，芳園應錫大
> 觀名。〔註12〕

此爲元春在歸省的盛宴上爲大觀園諸勝景賜名後所題之詩。此時正是賈家"烈火烹油，鮮花著錦"之時，連省親的大觀園建造得「天上人間諸景備」，元妃也發出了「以後不可太奢，此皆過分已極！」的感嘆，物盛則衰，自此

〔註11〕 曹雪芹、高鶚原著，其庸等校注：《紅樓夢校注》（台北：里仁書局，1986年）第 17～18 回，頁 273。

〔註12〕 曹雪芹、高鶚原著，其庸等校注：《紅樓夢校注》（台北：里仁書局，1986年）第 17～18 回，頁 274。

後，賈府也難逃衰微的命運。

第十八回省親筵賈妃點戲：〈豪宴〉──〈乞巧〉──〈仙緣〉──〈離魂〉〔註13〕

〈豪宴〉為清初李玉所作傳奇《一捧雪》其中之一齣，敘述明嘉靖年間從事古董裱褙湯勤在風塵中受莫無懷提攜後，莫無懷又將湯勤推薦給嚴世蕃。湯勤欲占莫無懷愛妾雪艷，竟想謀害莫無懷，告莫家有古玉杯「一捧雪」，莫無懷以贗品獻給嚴世蕃，被湯勤識破走告嚴世蕃，嚴世蕃追拿莫無懷，責令斬首，有人代死，湯勤又走告嚴世蕃，後湯勤被雪艷刺死，嚴世蕃勢敗。〈豪宴〉即演莫無懷薦湯勤入嚴家，嚴家設豪宴，席前演《中山狼傳》，暗刺湯勤如中山狼。劇中嚴世蕃權勢顯赫，曹雪芹以嚴氏比擬賈府雖也盛極一時，但終不免敗亡。

〈乞巧〉為清初洪昇作的《長生殿》的〈密誓〉一齣。寫七夕楊貴妃至長生殿乞巧，玄宗與她密誓。劇情中表現出楊貴妃之隱憂：「只怕日久恩疏，不免白頭之歎。」此戲呈顯之主題為「人生情緣頃刻時」，楊氏勢敗，楊貴妃殞命馬嵬，元春身為妃子，必有同憂，亦恐有情斷恩疏之日，應了那「喜榮華正好，恨無常又到」之地步。

〈仙緣〉為明代湯顯祖所作《邯鄲記》傳奇中〈仙緣〉一齣，演呂洞賓讓盧生做完黃粱美夢，最後帶他至仙境，接受神仙點化。曹雪芹以此齣戲暗示賈府之富貴榮業將似夢一樣消逝，應了到頭一夢，萬境歸空。

〈離魂〉為明代湯顯祖所作《牡丹亭》之一齣，演杜麗娘為了愛情不能如願由病而死之情景，此戲與元妃之結局亦有相關。

題佛寺匾

苦海慈航〔註14〕

元妃省親遊園之時，忽見山環佛寺，忙進去焚香拜佛，並題此匾。元春在省親之後即將離別親人，又得回到那大內皇宮，淒苦之心境自然流露，脂批云：「寓通部人事，一篇熱文，卻如此冷收。」通部小說的「繁華事散逐香塵」，也不過是苦海中的歷劫，誰不企盼超脫，這也是元妃的期盼。

〔註13〕曹雪芹、高鶚原著，其庸等校注：《紅樓夢校注》（台北：里仁書局，1986年）第 17～18 回，頁 279。

〔註14〕曹雪芹、高鶚原著，其庸等校注：《紅樓夢校注》（台北：里仁書局，1986年）第 17～18 回，頁 280。

〈燈謎詩〉

能使妖魔膽盡摧，身如束帛氣如雷

一聲震得人方恐，回首相看已成灰〔註15〕

謎底是炮竹。對元春的一生，庚辰本脂評云：「才得僥倖，奈壽不長，可悲哉。」曹雪芹借「爆竹」寫元春的一生，她身爲貴妃，氣勢如雷，可橫掃妖魔，震聲嚇人。然而可悲的是如電光石火的一瞬，隨即灰飛煙滅，頃刻間粉身碎骨。以爆竹之燃放狀元春後宮榮華與壽命之短暫，賈府之烈火烹油，鮮花著錦也隨元春之浮沈由盛而轉衰，以致樹倒猢猻散。元春死後，賈府失去了政治靠山，也是瞬息榮華烟消火滅之時。

二、元春意象——石榴花

意象聚合了作者的神思及才華意趣，是可供人再三尋味的生命體，可增加敘事過程的詩化程度和審美濃渡，而且在文章機制中有貫通、伏脈及結穴的功能，石榴花即爲元春代表性意象。

石榴，安石榴科，落葉灌木，高丈許。葉長橢圓形，有光澤，對生或輪生。夏月開花，色深紅，亦有白色者，萼赤色，爲筒狀，果實大，球形，熟則色紅而開裂。潘岳〈安石榴賦〉稱「天下之奇樹，九州之名果也。」《本草》云若木乃扶桑之名，榴花丹頰似之，故亦有丹若、若榴、安榴、夭漿、沃丹、金罌之稱。李時珍認爲：「榴者，瘤也，丹實垂如贅瘤。本出塗林安石國，漢張騫使西域得其種以歸，故名安石榴。今處處有之，樹不甚高大，枝柯附榦。枝甚多，種易息，或以子種或折其條盤土中便生。葉綠狹而長，梗紅，五月開花，有大紅、粉紅、黃、白四色，有海榴、黃榴、四季榴、火石榴（其花如火）、餅子榴、番花榴。燕中……單瓣者比別處不同，中心花瓣，如起樓台，謂之重台石榴花，頭頗大，而色更深紅。五月又稱榴月，以花命名，可知榴花之重要性。」〔註16〕樓子花是一種開花的方式。〔明〕《帝京景物略》：「五月一日至五日，家家妍飾小閨女，簪以榴花，曰女兒節。」〔註17〕《燕京歲時紀勝》更云：「飾小女盡態極妍，已嫁之女亦各歸寧，呼是日爲女兒節。」

〔註15〕 曹雪芹、高鶚原著，其庸等校注：《紅樓夢校注》（台北，里仁書局，1984年）第22回，頁349。

〔註16〕 〔清〕汪灝等撰《廣群芳譜》（新文豐出版公司，1980年），頁1657。

〔註17〕 〔明〕劉侗、于奕：《帝京景物略·卷二》（北京：北京古籍出版社，2001年2月），頁68。

〔註18〕余有丁更有〈帝京午日歌〉云：「都人重五女兒節，酒蒲角黍榴花辰。金鎖當胸符當髻，衫裙簪朵盈盈新。」〔註19〕傳說中武則天以石榴裙征服唐代兩朝天子，登上女皇寶座；楊玉環更恃寵而嬌，讓大臣拜倒在石榴裙下。

石榴之「榴」被賦予「留」之意，「折柳贈別」與「送榴傳誼」也因而成為民俗，老年人生日時，晚輩可送石榴祝其長命百歲。石榴花果並麗，甘甜可口，是吉祥、昌盛、多子、多壽的象徵。《北齊書卷三十七・魏收傳》記載：

> 安德王延宗納趙郡李祖收女爲妃。後帝幸宅宴而妃母宋氏薦二石榴於帝前，問諸人，莫知其意，帝投之。收曰：「石榴房中多子，王新婚，妃母欲子孫眾多。」帝大喜。〔註20〕

至今石榴仍爲象徵多子多孫的符號。《紅樓夢》亦有以石榴象徵兄妹相聚之意涵。有一日，寶玉與探春至石榴樹下，

> 探春便笑道：「寶哥哥，身上好？我整整的三天沒見你了。」寶玉笑道：「妹妹身上好？我前兒還在大嫂子跟前問你呢。」探春道：「寶哥哥，你往這裡來，我和你說話。」寶玉聽説，便跟了她，離了釵、玉兩個，到了一棵石榴樹下。……正説著，只見寶釵那邊笑道：「説完了，來罷。顯見的是哥哥妹妹了，丟下別人，且説梯己去。」〔註21〕

此次所談內容，乃關於父母兄弟姐妹嫡庶親疏關係的，安排於石榴樹下，乃因石榴象徵多子多孫。傳統吉祥圖案，如「榴開百子」、「三多九如」（三多乃畫佛手、桃、石榴；九如則畫九只如意）。所畫之石榴亦爲多子的象徵。曹雪芹一向擅於運用傳統文化所積澱的意涵創造其藝術境界。榴花嬌艷，歷代詩人有許多歌詠榴花的詩句。〔南朝〕梁元帝〈詠石榴〉曾云：「塗林（石榴）未應發，春暮轉相催。燃燈疑夜火，連珠勝早梅。」〔梁〕沈約〈詠山榴〉亦云：「靈囿同嘉稱，幽山有奇質。停採久彌鮮，含華豈期實。長願微名隱，無使孤株出。」江淹〈石榴頌〉又云：「美木絕樹，誰望誰待？……照烈泉石，芳披山海。奇麗不移，霜雪空改。」寫的是石榴剛烈之特質。韓愈〈詠張十

〔註18〕〔清〕潘榮陛：《燕京歲時紀勝》（北京：北京古籍出版社，2001年2月），頁21。

〔註19〕〔清〕李光地：《月令輯要》（上海：上海古籍出版社，1993年）《景印四庫全書本》冊10，頁9。

〔註20〕〔唐〕李百藥撰《北齊書・卷三十七，列傳第二十九魏收》《二十五史》（台北：藝文印書館，1973年）頁229。

〔註21〕曹雪芹、高鶚原著，其庸等校注：《紅樓夢校注》（台北：里仁書局，1986年）第27回，頁426。

一旅舍榴花〉云：「五月榴花照眼明，枝間時見子初成。可憐此地無車馬，顛倒青苔落絳英。」白居易〈山石榴寄元九〉也云：「千房萬葉一時新，嫩紫殷紅鮮麴塵。……日射血珠將滴地，風翻火焰欲燒人。」其〈山石榴花十二韻〉亦云：「曄曄復煌煌，花中無比方。……絳焰燈千炷，紅裙妓一行。恐合栽金闕，思將獻玉皇。好差青鳥使，封作百花王。」元稹〈感石榴二十韻〉更云：「委作金爐焰，飄成玉砌霞。……琥珀烘梳碎，燕支懶頰塗。風翻一樹火，電轉五雲車，絳帳迎宵日……朝光昔綺霞。」劉言史〈山寺看海榴花〉亦云：「夜久月明人去盡，火光霞燄遞相燃。」施肩吾〈山石榴花〉又云：「深色臙脂碎剪紅，巧能攢合是天公。」杜牧〈山石榴〉也云：「似火山榴映小山，繁中能薄艷中閑。一朵佳人玉釵上，只疑燒卻翠雲鬟。」〔宋〕歐陽修〈榴花〉又云：「絮亂絲繁不自持，蜂黃蝶紫燕參差。榴花最恨來時晚，惆悵春期獨後期。」朱淑貞〈端午〉亦云：「榴花照眼能牽恨，強切菖蒲泛酒卮。」此外河南歌謠云：「石榴花，溜牆托。……井台高，望見娘家柳樹梢。閨中想娘誰知道？娘想閨女哥來叫。」詩中寓託嫁女思親的苦澀情懷。至元朝則有張憲〈端午詞〉曾云：「榴花照鬢雲鬢熱，蟬翼輕綃香疊雪。」張弘範〈榴花〉亦云：「猩血誰教染絳囊，綠雲堆裡潤生香。遊蜂錯認枝頭火，忙駕薰風過短牆。」〔明〕朱之蕃〈榴火〉又云：「天付炎威與祝融，海波如沸沃珍叢。飛將寶鼎千重燄，煉就丹砂萬點紅。」將盛夏石榴艷如朝霞寫得十分生動。作者把石榴花與元春的命運等同起來，主要是石榴花的文化內涵與元妃具有內在的聯系。〔註22〕石榴花如火如荼如霞，光彩奪目遍染群林，正如她歸家省親鮮花著錦、烈火烹油之盛況。潘岳〈石榴賦〉云：「若榴者，天下之奇樹，五洲之名果也，是以屬文之士或敘而賦之，遙而望之，煥若隋珠耀重淵，詳而查之，灼若烈宿出雲間。千房同膜，千子如一，御飢療渴，解醒止醉。」賦中提及解飢療渴，解醒止醉及多子多福，因此石榴樹是一棵生命之樹。石榴花和樹體現了供養及生殖力健旺的特徵，恰若元春庇護著賈府的人。石榴多子，恰似元春保護著賈家繁衍眾多的子孫。《紅樓夢》為一部詩化小說，花與人有密切的關係，花以其嬌艷明媚在傳統文化中是美好事物及青春生命的代表。曹雪芹用花意象為閨閣昭傳，用各種色香品格的花象徵眾女兒的精神風骨，達到了個性化的藝術境界，給讀者強烈的審美感受。做為元春的代表花石榴花

〔註22〕歐麗娟：〈《紅樓夢》中的石榴花——賈元春新論〉《紅樓夢人物立體論》（台北：里仁書局，2006年），頁256。

亦然。第五回「東邊寧府中花園內梅花盛開」一段，脂評云：「元春消息動矣。」十二金釵正冊有關元春的判詞云：「二十年來辨是非，榴花開處照宮闈。三春爭及初春景，虎兒相逢大夢歸。」石榴花紅蕚參差，其花如火，花光輝煌照耀宮闈，恰恰呼應元春入宮為妃，蒙受恩寵的際遇。第二十七回藉由探春將寶玉叫到一棵石榴樹下的情節，呈現了大觀園與石榴花的密切關係。至第二十八回元春於端午節〔註23〕賞賜節禮，只有寶玉與寶釵的禮完全一樣，黛玉則降了一等，「金玉良緣」現實基礎乃明顯浮現。充分彰顯元春對賈府與大觀園有直接決策的影響力。至第三十一回曹雪芹匠心獨運的安排在仲夏五月於榮府大觀園中開出了多層重台的石榴花且藉湘雲的分析呈現了賈府氣勢正盛時期。

> 翠縷道：「這荷花怎麼還不開？」史湘雲道：「時候沒到。」翠縷道：「這也和咱們家池子裡的一樣，也是樓子花？」湘雲道：「他們這個還不如咱們的。」翠縷道：「他們那邊有棵石榴，接連四五枝，真是樓子上起樓子，這也難為他長。」史湘雲道：「花草也是同人一樣，氣脈充足，長的就好。」〔註24〕

湘雲將樓子花的出現與氣脈充足結合為論，呈現了天人合一的思維。賈家的石榴花樓子上起樓子，可說是元春封妃富上加貴，烈火烹油，鮮花著錦時期。然而榴花一反百花於春天爭妍的常景，盛開於五月，在古典文學中被賦予一種遲來晚到錯失佳期的嘆惋。第六十七回云：「時值秋令，見石榴花也開敗了。」榴花的開謝關係著元春的命運與賈府的家運。

　　榴花雖艷，然而由異域傳入中原，便有「別土」、「流徙」之意涵。元稹〈感石榴二十韻〉：「何年安石國，萬里貢榴花。……初到標珍木，多來比亂麻。……滿眼思鄉淚，相嗟亦自嗟！」再如曹寅的〈殘榴〉：「涼燠知生苦，枯榮動客傷。」皆為別土之惆悵。榴花之開落亦蘊含盛衰之意涵。曹植〈棄婦篇〉：「石榴植前庭，……有鳥飛來集，拊翼以悲鳴。悲鳴夫何為，丹華實不成，拊心長歎息，無子當歸寧。有子月經天，無子若流星，天月相終始，流星沒無清，……棲遲失所宜，下與瓦石并。」〔晉〕庾儵〈石榴賦·序〉亦云：「炎夏既成，忽乎零落。是以君子居安思危，在盛慮衰，可不慎乎！」白

〔註23〕五月榴花盛開又稱榴月。榴月中的端午節又稱女兒節。端午節與女兒節結合，石榴花就應運而出，成當令應景之物。

〔註24〕曹雪芹、高鶚原著，其庸等校注：《紅樓夢校注》（台北：里仁書局，1986年）第31回，頁491。

居易〈石榴樹〉:「可憐顏色好陰涼,葉翦紅箋花撲霜,徹蓋低垂金翡翠,熏籠亂搭繡衣裳,春芽細炷千燈燄,夏蕊濃燒百合香,見說上林無此樹,只教桃李占年芳」,榴花在詩中有遭嫉之意涵。白居易〈武關南見元九題山石榴花見寄〉:「往來同路不同時,前後相思兩不知,行過關門三四裡,榴花不見見君詩。」流露著濃濃的鄉愁。再如曹寅〈榴花〉:「未了紅裙妬,空將綠鬢疏。風前深艷盡,過雨更如何?」皆為居盛慮衰之感嘆!

石榴花綻放於夏日時節無法與百花爭妍,正恰若孔紹安〈石榴詩〉所謂的「祇爲來時晚,開花不及春。」〔註 25〕亦正如李商隱〈回中牡丹爲雨所敗二首〉:「浪笑榴花不及春,先期零落更愁人。」晏殊〈西垣榴花〉:「歲芳搖落盡,獨自向炎風。」這四顧無花的淒涼寂寞,恰恰體現了元春孤身獨居皇宮內院的孤獨處境。第二十二回元春所作之燈謎:「能使妖魔膽盡摧,身如束帛氣如雷。一聲震得人方恐,回首相看已化灰。」這與全書物極必反「由盛而衰」的意脈是相通的。誠如曹植〈棄婦篇〉所云:「有子月經天,無子若流星,天月相終始,流星沒無情。」元春入宮有著無一子半女之怨,再如白居易〈石榴樹〉提及:「見說上林無此樹,只教桃李占年芳。」元春亦如石榴有被嫉之意涵。曹雪芹藉其祖父曹寅詩〈榴花〉、〈殘榴〉是有所興寄的。榴花由昔日的「紅火」、「榴花開處」至「開敗」、「飄零」,不正也是元春命運與賈府家運之寫照。〔註 26〕且由重台石榴花與端午節(女兒節)及元春的嫁女思親歸寧情思,這一系列意象相互疊映呈顯,榴花由「恐合栽金闕」、「封作百花王」、「榴花更勝一春紅」至「石榴紅果墮階間」,與元春的命運恰成對應。元春一生雖麗如榴花之艷,然而花期是何其短暫,轉眼即由盛轉衰,「榴花」之開落恰如元春的命運。

小結

欲知命短問前生。元春,是後宮中一個哀怨的音符。省親的繁華熱鬧之後,元春的哭與淚才是真的,表達著一種說不出的痛楚和辛酸。作者藉元春

〔註25〕 高祖爲隋討賊於河東,詔紹安監高祖之軍,深見接遇。及高祖受禪,紹安自洛陽間行來奔,高祖見之甚悦,拜内史舍人。……時夏侯端亦嘗爲御史,監高祖軍,先紹安歸期,授秘書監。紹安因侍宴,應詔詠〈石榴詩〉曰:「祇爲來時晚,開花不及春。」時人稱之。〔後晉〕劉昫撰《舊唐書・文苑傳》《二十五史》(台北:藝文印書館,1973 年)頁 2490。
〔註26〕 張永鑫:〈眾裡尋她千百度──《紅樓夢》元春讖畫、讖詩、讖曲及其終局臆探〉《無錫南洋學院學報》第 7 卷第 1 期,2008 年 3 月。

的哭表達出對封建皇權最猛烈的抨擊和控訴，當虎兕相逢時，她也把萬事全
拋，蕩悠悠，芳魂也消耗了。元春一死，賈府權勢一落千丈，呈顯了權勢集
團人在勢在，人亡勢敗的腐朽景象。〈紅樓夢曲‧恨無常〉云：

> 喜榮華正好，恨無常又到。眼睜睜，把萬事全拋，蕩悠悠，把芳魂
> 消耗。望家鄉，路遠山高。故向爹娘夢裡相尋告：兒命已入黃泉，
> 天倫呵，須要退步抽身早。〔註27〕

此曲表現了深沈痛苦的遺憾，也暗示了元春的早死。「無常」乃佛家語，指人
世萬物即生即滅，變化無常。正如元春才選鳳藻宮，加封賢德妃，使賈府有
烈火烹油，鮮花著錦之盛，然而她雖當了貴妃，但榮華必竟短暫，難逃夭亡。
脂批點出元妃之死與賈家之敗，和黛玉之死一樣，乃通部書之大過節，大關
鍵。石榴花紅萼參差，其花如火，花光輝煌照耀宮闈，呼應元春入宮為妃，
蒙受恩寵的際遇，尤其第三十一回曹雪芹匠心獨運的安排在仲夏五月於榮府
大觀園中開出多層重台的石榴花，藉湘雲的分析呈顯了賈府氣勢正為烈火烹
油，鮮花著錦之時。然而石榴雖艷，卻開於眾芳搖落的五月，獨自向炎風，
這四顧無花之淒涼景象，恰恰體現了元春身居皇宮內院的孤獨景象。榴花雖
艷，但花期是何其短暫，轉眼即由盛轉衰，「榴花」之開落恰如元春的命運。

　　第十八回省親筵賈妃所點之戲〈豪宴〉——〈乞巧〉——〈仙緣〉——
〈離魂〉。曹雪芹在〈豪宴〉中，以嚴世蕃權勢顯赫比擬賈府雖也盛極一時，
但終不免敗亡。在〈乞巧〉中以主題「人生情緣頃刻時」呈顯了元春將如楊
貴妃，亦有情斷恩疏之日。曹雪芹更以〈仙緣〉暗示賈府之富貴榮華將似夢
一樣消逝。〈離魂〉更影射了賈妃「喜榮華正好，恨無常又到」的乍逝景況。
此戲單下，脂評分別有「一棒雪中伏賈家之敗」、「長生殿中伏元妃之死」、「邯
鄲夢中伏甄寶玉送玉」、「牡丹亭中伏黛玉死」、「所點之戲劇伏四事，乃通部
書之大過節、大關鍵。」〔註28〕元春之死應是轉折性的大關鍵，然而續書中
對元春之死只提及「卯年寅月」、「虎兕相逢」驟然而逝，平平淡淡，根本談
不上「大過節、大關鍵」，這和曹雪芹的創作原意是不相符的。前八十回，雪
芹通過封妃、省親等場面描寫，再以一、兩個太監穿插於全書情節，元春的
形象，宮廷的風雲變化，元春的升況與賈府的榮枯關係，在書中狀若神龍現

〔註27〕曹雪芹、高鶚原著，其庸等校注：《紅樓夢校注》（台北，里仁書局，1984年）
　　　　第5回，頁91。

〔註28〕陳慶浩編：《新編石頭記脂硯齋評語輯校》（台北：聯經出版社，1986年），頁
　　　　77。

麟於雲海，仙鶴傳聲於九皋。然而至後四十回卻很少提及元春，只寫元春後來由於「聖眷隆重，身體發福，因而多痰致疾而死。」元春若死於暴病，那賈府的被查抄和革去世職就與她的死毫無關係，然觀其判詞「虎兕相逢大夢歸」應爲元妃薨逝的重要關鍵，續書對元春結局顯然是纂改了曹雪芹的原意。〔註 29〕元春的榮華富貴恰似她所作的燈謎詩——一響而散的爆竹，瞬息即逝。元妃如爆竹般短暫的生命，原來在五十八回即薨逝，所以她託夢時，賈府尚稱富盛，但已有「退步」、「抽身」的預警。五十八回後來改爲老太妃薨，延遲了元妃的死亡時間，第一個目的是要讓她看見母家獲罪，第二個目的是讓她主張金玉婚事，爲此還將她的身份由王妃進昇爲皇貴妃。〔註 30〕奉元妃命金玉聯姻，黛玉抑鬱而死。這當然是循著第二十八回的線索，回內元妃端午節賞賜的節禮獨寶玉、寶釵相同，黛玉的賜禮則與別的姊妹們一樣。事實是這伏筆這樣明顯，甚至於使人疑心改去第五十八回元妃之死，是使她能夠在八十回後主張這頭親事。但是如果是這樣，寶玉雖然不得不服從，心裡勢必怨恨，破壞了他們姊弟特別深厚的感情。如果是遺命，那就悱惻動人，便使寶玉無可如何了。〔註 31〕第五回不僅通過判詞暗示賈元春最後結局，還通過〈《紅樓夢》十二支曲‧恨無常〉預示了元春的命運。按曹雪芹的情節設計，她不是像續書裡寫的那樣，很太平地薨逝在鳳藻宮，她是因爲虎兕相爭，在一場權力爭鬥當中被忌、被罪、被棄之後悲慘地死去。〔註 32〕元妃死後，賈府失去政治靠山，瞬息繁華也因之烟消火滅。

第二節　迎春

一、迎春意象相關資料

　　迎春懦弱認命，任人擺佈，她的出身是正出或庶出，各版本分歧很大，在第二回中，甲戌本云：「赦老爺前妻所出」，那迎春應爲正出，庚辰本則云：「政老爺前妻所出。」那迎春是賈政的女兒，但如爲前妻所生，那王夫人就

〔註 29〕張錦池：《紅樓十二論》（天津：百花文藝出版社，1982 年），頁 276。
〔註 30〕郭玉雯：《紅樓夢學——從脂硯齋到張愛玲》（台北：里仁書局，2004 年），頁 379。
〔註 31〕張愛玲：《紅樓夢魘》（台北：皇冠雜誌社，1980 年），頁 391。
〔註 32〕劉心武：《劉心武揭秘紅樓夢‧第一部》（台中：好讀出版有限公司，2006 年），頁 285。

不是原配，此說法顯然與事實不符。己卯本與夢稿本作「赦老爺之女，政老爺養爲己女。」如此說則迎春的母親並沒交待清楚。至於甲辰本及程甲本則云：「赦老爺姨娘所出。」戚序本則云：「赦老爺之妾所出。」此二種版本與迎春的身份應較相符，迎春應爲賈赦之妾所生，政老爺養爲己女〔註 33〕。第七十三回〈懦小姐不問累金鳳〉中邢夫人云：

> 總是你那好哥哥好嫂子，一對兒赫赫揚揚，璉二爺鳳奶奶，兩口子遮天蓋日，百事周到，竟通共這一個妹子，全不在意。但凡是我身上吊下來的，又有一話說，……只好憑他們罷了。況且你又不是我養的，你雖然不是同他一娘所生，到底是同出一父，也該彼此瞻顧些，也免別人笑話。我想天下的事也難較定，你是大老爺跟前人養的，這裡探丫頭也是二老爺跟前人養的，出身一樣。〔註34〕

由邢夫人這番話可推知迎春應爲賈赦之女，賈璉之同父異母妹，庶出，生母早亡，自幼即缺少母親的呵護，邢夫人非賈璉和迎春生母。里仁書局出版《紅樓夢校注》第二回云：「二小姐乃赦老爹之妾所出，名迎春。」此應爲眾版本的異文中較可接受的。其判詞云：

> 畫：一惡狼，追撲一美女——欲啖之意。
>
> 詞：子系中山狼，得志便猖狂。
>
> 　　金閨花柳質，一載赴黃粱。〔註35〕

子系二字本爲對男子的尊稱，合成孫字則暗指迎春之夫孫紹祖。中山狼則典出〔明〕馬中錫〈中山狼傳〉，東郭先生在中山那地方救了一隻被追趕的狼，狼得命後卻反過來要吃東郭先生。後世即以中山狼指忘恩負義，恩將仇報的人。迎春乃榮府賈赦之妾所生，性格懦弱又排行老二，人稱「二木頭」被其父許配給靠賈家勢力起家後來家資饒富的孫紹祖，孫紹祖品性頑劣，迎春嫁過去之後不到一年便被虐待死了。迎春乃封建制度下包辦婚姻的犧牲品。

　　古代在立春那天行迎春之禮，迎春生日當在立春，二月初二。迎春之名首聞於第二回，第三回中由黛玉眼中見其「溫柔沈默，觀之可親。」第五回判詞與〈紅樓夢曲·喜冤家〉對其婚姻與命運作了個預示。第二十二回其春

〔註33〕朱淡文：《紅樓夢研究》（台北：貫雅文化事業有限公司，1991 年），頁 115。
〔註34〕曹雪芹、高鶚原著，其庸等校注：《紅樓夢校注》（台北：里仁書局，1986 年）第 73 回，頁 1141。
〔註35〕曹雪芹、高鶚原著，其庸等校注：《紅樓夢校注》（台北：里仁書局，1986 年）第 5 回，頁 87。

燈謎謎底爲算盤，珠動則亂，預示其悲劇的命運。第三十七回探春發起海棠詩社，在參與活動中大家爲她取了「菱洲」的雅號。第四十六回行酒令，本是用叶韻，連賈母、薛姨媽都能依韻完令，她竟用錯了「九」字韻，當場出了糗。第六十五回興兒向尤氏姐妹介紹賈府小姐，說二姑娘的綽號叫「二木頭」。第七十三回賈母動怒查賭，查出了三個大頭，其中之一是迎春的乳母，賈母要將她們打「四十大板，攆出，總不許再入。」眾人爲迎春乳母求情，賈母未允，迎春亦在座，卻一言不發。個性是何其冷寞。她的珍貴髮飾「攢珠累絲金鳳。」被乳母偷出換錢賭博，丫頭綉桔要查究竟，她卻抱著息事寧人的態度。等平兒、探春問明原委，主張發落，她卻只看〈太上感應篇〉而毫無主見。第七十四回抄撿大觀園，周瑞家的從司棋箱中搜出男物、情書，面臨重處，司棋也求她所侍奉多年的迎春，

> 迎春聽了，含淚似有不捨之意，因前夜已聞得別的丫鬟悄悄的說了原故，雖數年之情難捨，但事關風化，亦無可如何了。那司棋也曾求了迎春，實指望迎春能死保救下的，只是迎春語言遲慢，耳軟心活，是不能作主的。〔註36〕

司棋臨別前云：「姑娘好狠心！哄了我這兩日，如今怎麼連一句話也沒有？」迎春非但沒加以挽留，更無情的加以搪塞：

> 我知道你幹了什麼大不是，我還十分說情留下，豈不連我也完了。你瞧入畫也是幾年的人，怎麼說去就去了。自然不止你兩個，想這園裡凡大的都要去呢。依我說，將來終有一散，不如你各人去罷。〔註37〕

迎春的性格懦弱在此暴露無遺，司棋終於被逐出賈府，最後爲婚事撞牆而亡，與潘郎共赴黃泉。迎春無法維護自己的權利，又不能明辨是非，力張正義，更不能挺直腰桿，抑強扶弱，恩及下人，這二小姐是懦弱得可以，第七十九、八十回由賈赦作主，將迎春嫁予中山狼孫紹祖，將迎春虐待至死，第一百零九回當迎春病故之時，正值賈府多事之秋，無暇顧及，懦弱、善良的迎春就這樣草草結束了她短暫的生命。〔註38〕

〔註36〕曹雪芹、高鶚原著，其庸等校注：《紅樓夢校注》（台北：里仁書局，1986年）第77回，頁1211。

〔註37〕曹雪芹、高鶚原著，其庸等校注：《紅樓夢校注》（台北：里仁書局，1986年）第77回，頁1211。

〔註38〕賀信民：〈紅樓春夢好模糊——賈府四春諞論〉《河南教育學院學報》2005年第5期第24卷。

（一）迎春形貌

《紅樓夢》對迎春、探春、惜春的服飾描寫，作者僅用了兩句話：

> 其釵環裙襖，三人皆是一樣的妝飾。〔註39〕

黛玉進賈府時，第一個看到的小姐即是迎春：

> 不一時，只見三個奶嬤嬤並五六個丫鬟，簇擁著三個姊妹來了。第一個肌膚微豐，合中身材，腮凝新荔，鼻膩鵝脂，溫柔沈默，觀之可親。〔註40〕

「肌膚微豐」乃指身材適中。「腮凝新荔，鼻膩凝脂」，凝與脂二字言肌膚的潔白和細膩。《詩經‧衛風、碩人》云：「膚如凝脂。」白居易〈長恨歌〉亦云：「溫泉水滑洗凝脂。」皆言美女之肌膚柔嫩、潔白。「腮凝新荔」，溫庭筠〈菩薩蠻〉云：「雲鬟欲渡香腮雪」如雪的香腮恰似迎春的香腮如剛剝皮的新鮮荔枝那麼晶瑩白嫩。「鼻膩鵝脂」之膩有細膩、均勻之意。《西廂記》寫鶯鶯之貌云：「眉兒淺淺描，臉兒淡淡妝，粉香膩玉搓咽項。」杜甫〈麗人行〉亦云：「態濃意遠淑且真，肌理細膩骨肉勻。」《牡丹亭‧尋夢》寫杜麗娘：「膩臉朝雲罷盥，倒犀簪斜插雙鬟。」由文本的描述可知迎春之身材適中，肌膚細緻。且迎春溫柔沈默，觀之可親。大觀園舉辦螃蟹宴並吟詠菊花詩，閒暇時刻，迎春和眾姊妹及寶玉各有姿態：

> 林黛玉因不大吃酒，又不吃螃蟹，自令人拏了一個繡墩倚欄杆坐著，拿著釣竿釣魚。寶釵手裡拿著一枝桂花玩了一回，俯在窗檻上掐了桂蕊擲向水面，引的游魚浮上來唼喋。湘雲出一回神，又讓一回襲人等，又招呼山坡下的眾人只管放量吃。探春和李紈、惜春立在垂柳陰中看鷗鷺。迎春又獨在花陰下拿著花針穿茉莉花。寶玉又看了一回黛玉釣魚，一回又俯在寶釵旁邊說笑兩句，一回又看襲人等吃螃蟹，自己也陪他飲兩口酒。〔註41〕──迎春穿花

迎春是個在相對強勢的階層中的弱勢成員，在宇宙天地間一個秋日，一個柔弱女子，獨自在花陰下，用花針穿茉莉花，體現了一個脆弱的生命在短暫的

〔註39〕曹雪芹、高鶚原著，其庸等校注：《紅樓夢校注》（台北：里仁書局，1986 年）第 3 回，頁 46。

〔註40〕曹雪芹、高鶚原著，其庸等校注：《紅樓夢校注》（台北：里仁書局，1986 年）第 3 回，頁 46。

〔註41〕曹雪芹、高鶚原著，其庸等校注：《紅樓夢校注》（台北：里仁書局，1986 年）第 38 回，頁 583。

時間裡享有她生存的尊嚴和生命的快樂。己卯本脂評云：「看他各人各式，亦如畫家有孤聳獨出，有攢三聚五，疎疏密密，直是一幅百美圖。」《紅樓夢》中的文本描寫既有畫之境，又有詩之美，如餞花、讀曲、葬花、撲蝶、醉臥花叢、及迎春穿花、月夜聯吟、眾美夜宴，是詩畫情韻的交響，融抒情、敘事、隱喻、象徵多種美學因素於一爐。《紅樓夢》是一部詩化的小說，有詩般的眞摯情感及抒情風格。這安詳和諧的意境中，迎春姿態何其嫺雅，她不與人爭，當奶娘偷了纍金鳳，兩個丫頭爲她據理力爭，她卻只看著《太上感應篇》，她凡事逃避，作者藉司棋鬧厨與潘又安事件，表現司棋的堅定與勇氣，也反襯了迎春的懦弱。

（二）迎春詩才

文本中的詩詞曲賦在藝術表現上作者喜歡預先隱寫小說人物未來命運，〈十二釵圖冊判詞〉、〈紅樓夢十二支曲〉、〈好了歌〉、〈好了歌注〉、〈燈謎詩〉……皆有諸釵命運之預示。曹雪芹將小說化爲個人的才學表現，透過「按頭製帽」式的原則，以不同的詩歌情態，依小說中不同的性情與命運展現多樣的風格，呈現令人驚艷的才情。迎春個性懦弱，所展現的作品並不多。

大觀園題詠──〈曠性怡情〉（匾額）

園成景備特精奇，奉命羞題額曠怡。

誰信世間有此境，遊來寧不暢神思。〔註42〕

迎春爲人懦弱，缺乏才思，第一、三句實化自元妃「天上人間諸景備」句，寫來甚少創意。

牙牌令

左邊"四五"成花九。

桃花帶雨濃。〔註43〕

桃花帶雨濃出自李白〈訪戴天山道士不遇〉：「犬吠水聲中，桃花帶雨濃。」此句所言之景物比擬牌的點色不像，也與上句不協韻，上聲「九」與平聲「濃」不協韻，應與「酒」、「柳」之類的字協韻，所以被眾人笑道「該罰，錯了韻，而且又不像。」此牙牌令也展現了迎春平庸無才的特質。

〔註42〕 曹雪芹、高鶚原著，其庸等校注：《紅樓夢校注》（台北：里仁書局，1986 年）
　　　　 第 18 回，頁 275。

〔註43〕 曹雪芹、高鶚原著，其庸等校注：《紅樓夢校注》（台北，里仁書局，1984 年）
　　　　 第 40 回，頁 624。

二、迎春意象

（一）紫菱洲

有時一個意象對應一個人物，有時具有相同性格或命運的人共用同一意象。如芙蓉爲黛玉抽的花名籤（六十三回），爲其對應意象；七十八回寶玉聽說晴雯死時說她去任管芙蓉的花司去了，芙蓉又成了晴雯的對應意象；七十九回迎春將出嫁，寶玉天天到迎春住處紫菱洲徘徊，見芙蓉搖落，詠得一詩，芙蓉又成了迎春的對應意象。芙蓉把三個命運相近的人連繫起來。文本中種種意象，呈顯出衰颯悲涼的色彩，這些詩化意象，具有迷人的詩意和空靈美，迎春住的紫菱洲即有著柔美與悲涼的美感。她爲人木訥、懦弱，一向不受人注意，當眾姐妹進了大觀園時云：

> 迎春住了綴錦樓〔註44〕

文本中又云：

> 她住的是紫菱洲，就叫他菱洲〔註45〕

關於迎春的住處，曾提及第二十三回的綴錦樓，至於第十七、十八、四十、七十一回的描寫的綴錦閣，爲置放東西之處，不可能爲迎春住處，或許作者撰寫第二十三回時確實安排迎春的住處爲綴錦樓，但發現了犯重名的「綴錦閣」，於是棄用了「綴錦樓」，讓迎春住進了紫菱洲。〔註46〕《紅樓夢》中的室名別號，如瀟湘妃子、蘅蕪君、菱洲、藕榭、枕霞舊友、稻鄉老農，恬靜淡雅，浪漫飄逸是其基本的特質，反映出士大夫的生活情趣與思想感情，除傳達個性志趣與藝術美感外，更有彷彿置身於山林泉石的世外情趣。紫菱洲爲迎春的住處，屬邊陲地帶，紫菱洲中漂浮的蓼花荇草恰似柔弱的迎春，這些植物離了濕地的保護，就無法生存，一如迎春一離開賈府即受其夫欺凌而命喪黃泉。冷清的位置暗示了迎春雖爲賈府二小姐，但卻無法受長輩的關愛，養成了她冷寞的個性。優柔寡斷的人格特質，使她甘於被安排，無法力爭自己的幸福，招來了婚姻的悲劇。

迎春要出嫁了，邢夫人將迎春接出了大觀園。寶玉對迎春的出嫁總覺無

〔註44〕曹雪芹、高鶚原著，其庸等校注：《紅樓夢校注》（台北：里仁書局，1986年）第23回，頁363。

〔註45〕曹雪芹、高鶚原著，其庸等校注：《紅樓夢校注》（台北：里仁書局，1986年）第37回，頁560。

〔註46〕劉世德：《《紅樓夢》版本探微》（上海：華東師範大學出版社，2003年），頁103～118。

法釋懷，每日痴痴呆呆的，不知作何消遣，

> 因此天天到紫菱洲一帶地方徘徊瞻顧，見其軒窗寂寞，屏帳儼然，
> 不過有幾個該班上夜的老嫗。再看那岸上的蓼花葦葉，池內的翠荇
> 香菱，也都覺搖搖落落，似有追憶故人之態，迥非素常逞妍鬥色之
> 可比。既領略得如此寥落淒慘之景，是以情不自禁，乃信口吟成一
> 歌曰：「池塘一夜秋風冷，吹散芰荷紅玉影，蓼花菱葉不勝愁，重露
> 繁霜壓纖梗。不聞永晝敲棋聲，燕泥點點污棋枰。古人惜別憐朋友，
> 況我今當手足情！」〔註47〕

此首律詩前兩聯寫紫菱洲寥落之景，頸聯以「棋」喻人，迎春嗜棋，作者寫
她的嗜好是有用意的，她的命運恰若一枚棋子任人擺弄。昔日佳人今已人去
樓空，點點燕泥恐怕也要污了棋枰罷！尾聯則直抒胸臆，表達了迎春出閣後
對手足間的眷戀之情。紫菱洲位置的偏僻透露出迎春平日在賈府不受重視與
關愛，而人去樓空的蕭條景像更暗示迎春此行婚姻即將面臨的不幸遭遇。

（二）算盤

　　珠算之盤曰算盤，其制，以木為框，隔以橫木，名曰梁；穿縱桿十餘，
名曰檔；梁上每檔貫木珠二，珠一以代五，梁下貫木珠五，珠一以代一，每
檔以十進。用時依法計算，頗為便捷，昔我國商家多用之。

　　算盤是古代的重大發明，可與印刷術、造紙、火藥、指南針四大發明相
提並論。目前發現最早的算珠是西周陶算珠，〔註48〕至於算盤史料以東漢徐
岳所著《數術記遺》為最早。書中云：「珠算控帶四時，經緯三才。」此書記
載最著者有太乙算、兩儀算、三才算、珠算，珠算即為算盤之雛形。及至宋
朝，北宋張擇端所繪〈清明上河圖〉卷末趙太丞家藥鋪櫃台上即有算盤的圖
像。北宋錢易《南部新書》中即有「鼓珠之法」的記載。鼓珠即像現在的算
盤珠。謝察微《算經》所言皆指算盤。南宋數學家楊輝的《乘除通變算寶》
有「九歸」口訣，〔南宋〕張孝祥〈算盤詩〉亦有：「提封連嶺海，風土似江
吳。仙去山藏乳，商歸計算珠。」之詩句。至元朝，劉因的《靜穆先生文集》
中的〈算盤〉詩云：「不作翁商舞，休停餅氏歌。執籌仍蔽簏，辛苦欲如何。」
及陶宗儀《南村輟耕錄》第二十九卷〈井珠〉形容童僕云：「凡納婢僕，初來

〔註47〕曹雪芹、高鶚原著，其庸等校注：《紅樓夢校注》（台北：里仁書局，1986年）
　　　　第79回，頁1261。
〔註48〕李培業：〈對西周宮室遺址出土的陶丸的考察〉《珠算》1984年第四期。

時曰擂盤珠，言不撥自動；稍久，曰算盤珠，言撥之則動；既久，曰佛頂珠，言終凝然，雖撥亦不動。」將奴婢比算盤珠，可知當時算盤已很普及。元初的蒙學課本《新編相對四言》中即有一幅九檔的算盤圖。元初王振鵬〈乾坤一擔圖〉中，貨郎擔上已有算盤，可知當時算盤已在民間盛行。明代商業繁榮，促進了珠算的普及和推廣。木工用書《魯班木經》記載算盤製造的規格尺寸，可見當時算盤之普及。明代也出現不少算盤的專書，如徐心魯的《算珠算法》、王文素的《算學寶鑑》、吳敬《九章註注比類算法大全》記載了珠算的有關算法。程大位《算法統宗》是專講珠算的書，卷末即有《盤珠集》、《走盤集》。凌濛初二刻《拍案驚奇》中張三翁勸誡姚公子云：「老漢曾眼見先尚書早起晚眠，算盤、天平、文書、簿籍不離於手。」可知當時社會算盤之普及。明代算盤更外傳至朝鮮、日本及東南亞一帶。清代雖傳入了西方的筆算、籌算、尺算，但算盤仍是主要的計算工具。李光庭《鄉言解頤》云：「算盤者，經營之歸宿也。京師鋪店開門必響算盤，似有點數簡奏……鄉間惟入夜各鋪算一日總帳，一人念之，數人打之，其聲相應，六十年前，吟誦之聲中夜不輟，今則算盤抵讀書聲矣。」可知當時算盤之普及。《紅樓夢》第二十二回迎春的春燈謎為：

> 天運人功理不窮，有功無運也難逢
>
> 因何鎮日紛紛亂，只為陰陽數不同。──算盤 [註49]

謎底是算盤。被稱為「懦小姐」、「二木頭」的迎春委運任化，任命運擺佈，如算盤之任人撥弄。嫁了孫紹祖那中山狼，竟成天受打罵凌虐至死，令人感嘆。庚辰本脂批云：「迎春一生遭際，惜不得其夫奈何。」第八十回回末總評王府本亦云：「此文一為擇婿者說法，一為擇妻者說法。擇婿者必以得人物軒昂，家道豐厚，蔭襲公子為快；擇妻者必以得容貌艷麗，妝奩富厚，子女盈門為快，殊不知以貌取人，失之子羽，試看桂花夏家，指揮孫家，何等可羨可樂，卒至迎春念悲，薛蟠貽恨，可慨矣夫。」以撥動亂如麻的算盤暗喻迎春嫁至中山狼孫紹祖家挨打受罵，橫遭摧殘，不得一日安寧的日子。賈府曾幫過孫家，然而孫紹祖卻恩將仇報，虐待迎春至死。二知道人在《紅樓夢說夢》中云：「迎春神恬意靜，藹然可親，素談因果，亦不失為善女人。一家中尊卑長幼，方期其多厚福焉，不意遇人不淑，橫加折辱，賫恨而死。」迎春

〔註49〕曹雪芹、高鶚原著，其庸等校注：《紅樓夢校注》（台北，里仁書局，1984 年）第 22 回，頁 349。

這首謎語有濃厚的宿命色彩，是她懦弱的個性及命運任人擺弄的寫照。

小結

　　欠命的，命已還。懦弱是她的性格，她的命運恰似那算盤，整日亂紛紛，被人擺弄，無法自主。當她父親將她當作財物一樣送給了孫家，那金閨花柳質，一載赴黃梁，她終究被折磨而死。〈紅樓夢曲・喜冤家〉云：

> 中山狼，無情獸，全不念當日根由。一味的驕奢淫蕩貪還構，覷著那，侯門艷質同蒲柳；作踐的，公府千金似下流。嘆芳魂艷魄，一載蕩悠悠。〔註50〕

賈府四春，元春得春氣之先，占盡春光，故有椒房之貴。迎春如當春花木，迎其氣則開，過其時則謝，其性類木，故又謂之木頭。惜春，謂青燈古佛，辜負春光，故曰惜春。若探春則不然，有春則賞之，無春則探之，不肯虛擲春光。故其為人果敢有為，長得春氣，非葳蕤自守者比，且明於事理，腹有陽秋，皆探討之功也，故曰探春。〔註51〕迎春生性懦弱，不但做詩猜謎不如姊妹們，而且凡事退讓，任人欺侮。她的攢珠纍絲金鳳首飾被拿去賭錢，她也不追究，事情鬧起來了，她只拿《太上感應經》看；抄撿大觀園，司棋被逐，迎春雖感到「數年之情難捨」，但當司棋求她說情，她卻「連一句話也沒有」，如此怯弱之人，終不免淪落悲慘之結局。迎春庶出，自幼失母，父親賈赦及其兄賈璉長年沈迷於歡樂，很少關心這孤寂的二小姐，養成了她懦弱的個性。迎春的住處紫菱洲位置偏僻透露出迎春平日在賈府不受重視與關愛，她缺乏詩才，其大觀園題詠——曠性怡情，實化自元妃之作，甚少創意，所作的牙牌令也無法叶韻，當眾出糗。迎春之懦弱，恰如其春燈謎底——算盤，任人撥弄，聽任命運擺佈。她從小死了娘，其父賈赦和刑夫人對她也不憐惜，將之嫁孫紹祖家抵五千兩銀子的債。迎春成了封建社會包辦婚姻的犧牲品。後四十回續四春結局中，迎春之結局是比較接近雪芹創作原意的。續書大體上能遵循前八十回情節順勢銜接補敘。她的死是悲慘的，但她沒為自己的命運奮鬥，甘心受命運的安排，這也是讀者對她有所微詞之處。以悲劇來說緊要的是對待痛苦的方式。沒有對災難的反抗，也就沒有悲劇。引起我們快感

〔註50〕曹雪芹、高鶚原著，其庸等校注：《紅樓夢校注》（台北，里仁書局，1984年）第5回，頁92。

〔註51〕洪秋蕃：《紅樓夢抉隱》一栗編《紅樓夢卷》（北京：中華書局，1985年），頁240。

的不是災難，而是反抗。〔註52〕迎春毫無抗爭的善恰恰助長了「惡」的侵擾，她順從的接受一切，最後只能默默地承受一切襲來的苦難！作者藉她的不幸結局，控訴、揭露了此種婚姻制度的罪惡，迎春像是被「中山狼、無情獸」吃掉，實際上吞噬她的正是封建宗法制度。懦弱、善良又任命的迎春，以她短暫的生命控訴了舊時代婚姻制度的「吃人」罪惡。

第三節　探春

一、探春意象相關資料

　　探春精敏有為，俊秀疏爽，在四春中形象最鮮明，最富有光彩，為賈政和趙姨娘之女，有一同母胞弟賈環。因其母趙姨娘身份卑微，人品不佳，使本為庶出的探春更加難堪，故探春只認王夫人是自己的母親，王子騰才是她的舅舅，這實在是封建階級制度使然。賈政是很少理會家事，因此只有獲得王夫人的好感，才能脫離庶出的卑微地位，因此探春在眾人面前總喜歡表現其才幹，以期得到家族掌權輩的肯定，如賈赦納妾事件，王夫人受賈母責備時，探春即挺身而出為王夫人辯護。「探春理家」使賈府氣象一新，也獲得鳳姐的賞識，探春在賈母心目中的地位已遠超過迎春與惜春。其判詞云：

　　　　畫：畫著兩人放風箏，一片大海，一隻大船，船中有一女子，掩面
　　　　　　泣涕之狀。

　　　　詞：才自清明志自高，生於末世運偏消

　　　　　　清明涕送江邊望，千里東風一夢遙〔註53〕

此為探春之圖讖，言探春將遠嫁為王妃。放風箏之意象和探春有密切的關係，其燈謎之謎底亦為風箏。然而放風箏為何意味遠嫁？梁辰魚《浣紗記》第 27 齣〈別施〉乃演越王勾踐派西施入吳之事，勾踐夫人唱：「飄蕩去無邊，恨東風斷紙鳶，三年才轉，羞殺梁間燕，鬢鬢盡鬆，手足尚胖，漂流南浦，一似桃花片。望當先，國家大事全賴你周旋。」自此斷風箏之意象也承載了送親遠適之信息，千里東風一夢遙，是探春遠嫁，生離死別的暗示。風箏象徵著有去無回，大海與大船則為表示遠離的意象。探春是個才貌雙全的女子，然

〔註52〕朱光潛：《悲劇心理學》（台北：日臻出版社，1995 年），頁 249。
〔註53〕曹雪芹、高鶚原著，其庸等校注：《紅樓夢校注》（台北，里仁書局，1984 年）
　　　　第 5 回，頁 87。

而隨著家族沒落，命運也堪哀，年輕輕就遠嫁異鄉，關山路遙，斷絕與家人的聯繫！「生於未世運偏消」作者感嘆探春，實為對自己身世的感嘆！

　　王仁裕《開元天寶遺事·探春》：「都人士女，每至正月半後，各乘車跨馬，供帳於園圃或郊野中，為探春之宴。」探春即生於三月初三之上巳節，古之上巳節主要活動是「曲水流觴」及「修禊」。探春是四春中最光鮮、最活躍的。第二回首見其名，第三回介紹探春「俊眼修眉，顧盼神飛，文彩精華，見之忘俗。」神采就是與人不同。第五回判詞及紅樓夢曲〈分骨肉〉預示著探春雖「才自精明志自高」，卻逃不了遠嫁離鄉的命運。第二十七回寫探春情趣高雅，第三十七回寫她致書寶玉，倡結海棠詩社，具見其文采精華。第四十回寫賈母一群人至秋爽齋欣賞探春的擺設。第五十五回探春曾自述：「我但凡是個男人，可以出得去，我必早走了。立一番事業，那時自有我一番道理。」此回亦寫她處理舅舅趙國基殯葬賞銀問題，及與其母趙姨娘的衝突。第五十六回寫探春理家的主要績效是興利，即開源及除宿弊、節流。第六十回寫她在趙姨娘大鬧怡紅院時對其母的申斥，及她近寶玉遠賈環引其母趙姨娘的不滿與誡飭「茉莉粉」一事。第七十四回怒摑王善保家的，第七十六回寫她獨侍賈母，支撐殘席。然而賈探春再怎麼優秀與努力，也擋不住賈府之將傾，第一百回遠嫁海隅，第一百十九回歸寧探省。

（一）探春形貌

　　黛玉進榮國府時，對探春之貌曾仔細的端詳：

> 第二個削肩細腰，長挑身材。鴨蛋臉面，俊眼修眉，顧盼神飛，文
> 彩精華，見之忘俗。〔註54〕

「削肩細腰，長挑身材」寫其體型之窈窕，「鴨蛋臉面俊眼修眉」寫其由相貌展現的才氣。由「顧盼神飛，文彩精華，見之忘俗」之書寫可體會出探春之充滿生命力，凡事積極。文本中探春悲遠嫁，怨別離之書寫似乎有出塞和番王昭君的影子。《漢宮秋·第一折》寫明妃容貌：「生得光彩照人。」漢元帝眼中的明妃是：「眉掃黛，鬢堆鴉，腹弄柳，臉舒霞。」恰如探春的削肩細腰，俊眉修眼。曹雪芹對明妃似乎有特別的感觸，第五回寫警幻仙姑云：「其神若何，月射寒江，應慚西子，實愧王嬙。」第六十四回〈幽淑女悲題五美吟〉其中〈明妃〉即云：「絕艷驚人出漢宮，紅顏命薄古今同。君王縱使輕顏色，

〔註54〕曹雪芹、高鶚原著，其庸等校注：《紅樓夢校注》（台北：里仁書局，1986年）
　　　　第 3 回，頁 46。

予奪權何異畫工。」乃至第七十七回寶玉論草木有情時云：「小題目比，就有楊太眞沈香亭之木芍藥，端正樓之相思樹，王昭君冢上之草，豈不也有靈驗。」可知曹雪芹對明妃是頗爲熟悉的。

探春的風箏詩謎中「游絲一斷渾無力，莫向東風怨別離。」即蛻自歐陽修〈明妃曲‧再和王介甫〉：「明妃去時淚，洒向枝上花。狂風日暮起，飄泊落誰家，紅顏勝人多薄命，莫怨東風當自嗟。」探春後來「清明涕送江邊望」，遠嫁後做了王妃，探春有明妃的容貌，也有著明妃相似的命運。

（二）探春詩才

《紅樓夢》的詩詞曲賦是小說故事情節和人物描寫的有機組成部份，參與了人物形象的塑造及故事情節的推進，凸顯了人物不同的風姿神韻及獨特的個人特質。探春才俊志高，詩詞中自流露出英氣軒昂的特質

大觀園題詠——〈萬象爭輝〉（匾額）

名園築出勢巍巍，奉命何慚學淺微。

精妙一時言不出，果然萬物生光輝。〔註55〕

題大觀園諸詩都是「應制詩」，不管有無情感只是寫來湊湊熱鬧。探春精明，她知道自己「難與薛、林爭衡」，不如藏拙，只作一絕以「塞責」，然其所提「萬象爭輝」寫高樓崇閣氣勢巍巍，也呈顯其英氣軒昂之特質。

〈詠白海棠〉：限門盆魂痕昏

斜陽寒草帶重門，苔翠盈鋪雨後盆。

玉是精神難比潔，雪爲肌骨易銷魂。

芳心一點嬌無力，倩影三更月有痕。

莫謂縞仙能羽化，多情伴我詠黃昏。〔註56〕

詠海棠諸詩如其人。表現了大觀園群芳的思想、品格、情趣，曹雪芹藉由這些詩句暗示了群釵的命運。「玉是精神難比潔」正是探春「才自清明志自高」的寫照。至於「雪爲肌骨易銷魂」正是她「俊眼修眉，顧盼神飛，文彩精華，見之忘俗」形象的進一步描繪。「芳心一點嬌無力」，令人聯想到風箏謎中「遊絲一斷深無力」孤帆此去，煙波浩渺，徒興感傷。縞仙羽化，更令人聯想到

〔註55〕曹雪芹、高鶚原著，其庸等校注：《紅樓夢校注》（台北：里仁書局，1986年）第17～18回，頁275。

〔註56〕曹雪芹、高鶚原著，其庸等校注：《紅樓夢校注》（台北：里仁書局，1986年）第37回，頁562。

離家遠嫁。探春詠白海棠其實在詠嘆自己。

菊花詩：〈簪菊〉

　　瓶供籬栽日日忙，折來休認鏡中妝。

　　長安公子因花癖，彭澤先生是酒狂。

　　短鬢冷沾三徑露，葛巾香染九秋霜。

　　高情不入時人眼，拍手憑他笑路旁。〔註57〕

此詩為七陽韻，李紈評為第七。探春才俊志高，精明幹練，詩中「短鬢」、「葛巾」即以男人自況。她無力改變賈府內部的矛盾與腐敗，只好潔身自好，「高情不入時人眼，拍手憑他笑路旁。」，即表達了她不隨流俗，才俊志高的寫照。

〈殘菊〉

　　露凝霜重漸傾欹，宴賞才過小雪時。

　　蒂有餘香金淡泊，枝無全葉翠離披。

　　半床落月蛩聲病，萬里寒雲雁陣遲。

　　明歲秋風知再會，暫時分手莫相思！〔註58〕

此詩為四支韻，詩中亦暗示著她的命運。大觀園中有十二正釵，菊花詩也恰有十二首。這應是曹雪芹有意的安排，詠菊正是詠十二正釵的命運，最後是葉缺花殘，萬艷同悲。〈殘菊〉是十二正釵的結局，亦是探春的結局，當「萬里寒雲雁陣遲」正是她遠嫁時的景況。至於「暫時分手莫相思」也正是〈紅樓夢曲・分骨肉〉中「從今分兩地，各自保平安。奴去也，莫牽連」的況味。在大觀園的富貴風流中所透露的卻是如此慘淡淒迷的氛圍。

柳絮詞：〈南柯子〉（賈探春上闋，賈寶玉下闋）

　　空掛纖纖縷，徒垂絡絡絲。也難綰繫也難羈，一任東西南北各分離。

　　落去君休惜，飛來我自如，鶯愁蝶倦晚芳時，縱是明春再見——隔

　　年期。〔註59〕

此闋詞曲探春填上半闋，下半闋則由寶玉填。空空垂下的縷縷枝條，對柳絮卻拴不住也綁不住，只好任它東南西北四處漂泊了！上半闋寫的是柳絮與柳

<hr>

〔註57〕曹雪芹、高鶚原著，其庸等校注：《紅樓夢校注》（台北：里仁書局，1986年）第38回，頁586。

〔註58〕曹雪芹、高鶚原著，其庸等校注：《紅樓夢校注》（台北：里仁書局，1986年）第38回，頁587。

〔註59〕曹雪芹、高鶚原著，其庸等校注：《紅樓夢校注》（台北：里仁書局，1986年）第70回，頁1096。

枝的分離，然而已寫盡了探春遠嫁不歸之意。正如〈紅樓夢曲・分骨肉〉云：「一帆風雨路三千，把骨肉家園齊來拋閃」「告爹娘，休把兒懸念，……奴去也，莫牽連。」此闋詞上半闋暗寓著探春的離親遠嫁不歸。

二、探春意象

意象的內蘊往往以隱喻或象徵的方式曲折隱晦地傳達出來，從而產生朦朧含蓄之美。鍾嶸在《詩品》中云意象表達之最高境界乃：「使味之者無極，聞之者動心。」由於意象的含蓄性及多義性，其內在意蘊提供了讀者多角度的探索，以喚起審美體驗。有關探春之意象有：

（一）秋爽齋

紅樓夢對秋爽齋描述不多，但卻深具特色。樸而不俗，直而不拙，作者為了突出人物的性格往往借住處佈置加以反映，秋爽齋即為明顯之例。秋爽齋為探春居處，分前後兩院，前院曉翠堂是賈母初宴大觀園的地方，後院是三間住房，院內有梧桐和芭蕉，故探春別號蕉下客。秋爽齋中寬枝大葉的芭蕉、梧桐恰似豪爽的探春，芭蕉葉之寬闊舒展與她「素喜闊朗」的個性吻合，齋名正如探春有如清秋之颯爽。秋爽齋其室內陳設，句句不離大字，且都是珍品：

> 探春素喜闊朗，這三間屋子並不曾隔斷。當地放著一張花梨大理石大案，案上磊著各種名人法帖，並數十方寶硯，各色筆筒，筆海內插的筆如樹林一般。那一邊設著斗大的一汝窯花囊，插著滿滿的一囊水晶球兒的白菊。西牆上當中掛著一大幅米襄陽「烟雨圖」，左右掛著一副對聯，乃是顏魯公墨跡，其詞云：「烟霞閑骨格，泉石野生涯」案上設著大鼎。左邊紫檀架上放著一個大觀窯的大盤，盤內盛著數十個嬌黃玲瓏大佛手。右邊洋漆架上懸著一個白玉比目磬，旁邊掛著小錘。……東邊便設著臥榻，拔步床上懸著蔥綠雙綉花卉草蟲的紗帳。〔註60〕

拔步床又稱八步床，取其寬大之意。形式上架子床外又套了一層封閉式的圍廊，像床外又有一個小房子一般，床兩側可設小櫃，床雁下還可設抽斗，做工繁複，是富貴生活的象徵，此床式和探春房間的格局恰相呼應。探春居室

〔註60〕曹雪芹、高鶚原著，其庸等校注：《紅樓夢校注》（台北：里仁書局，1986 年）第 40 回，頁 619。

不施隔扇門，因此室內空間寬闊明亮，而且家具、字畫、瓷器、銅器、字畫、文玩等陳設都是高雅名貴的。例如「汝窯」和「官窯」皆爲宋瓷中珍品，尤其汝窯在南宋已極少見。汝窯、官窯多以清瑩澄徹的淡青色爲基調，屬含蓄典雅之藝術格調，配以雅潔之白菊，更是清新自然。探春房內西牆上掛著一大幅米襄陽（宋朝米芾）的〈烟雨圖〉，左右有副對聯「煙霞閑骨格，泉石野生涯」，乃顏魯公（唐代顏眞卿）墨跡。在第三十七回結海棠詩社時，探春曾寫信感謝寶玉「以纏絲白瑪瑙碟子盛鮮荔並眞卿墨跡見賜」〔註61〕的話，故此對聯應爲寶玉所贈，也說明了他們兄妹二人志趣相投。探春房內這副對聯反映了她朗闊瀟脫的個性。整個室內呈現出雅致之書卷氣。在傳統室內裝飾中，文玩是很重要的陳設品，《紅樓夢》經常透過對人物是否具有"文玩學"知識展現其人品及學識和藝術特質。屋中有「大案」、「大鼎」、「大佛手」、「大觀窯的大盤」、大幅「煙雨圖」，這些大格局、大擺設，是其爽朗個性的呈現，也是其對自我崇高的期許。而秋爽齋位於大觀園中的中心位置， 具見其在賈府的重要地位。處處不離「大」字，且件件都是珍品，秋爽齋的典型環境寓含著探春朗闊、磊落的個性，也呈顯著一股悲秋的氛圍。這位蕉下客屋內的陳設，乃在進一步展示她的內心世界，也表達了探春豁達大度、出身名門，氣質高貴的風貌。

（二）風箏

古時南方稱風箏爲鷂，北方爲鳶，故有「南鷂北鳶」之說。此外尙有紙鳶。紙鷂、木鳶、風鳶、鷂子等多種稱謂。《說文解字》云：「鷂，鷙鳥也。」《辭源》亦云：「鳶，鷙鳥也。」可知鷂、鳶皆爲猛禽。古代戰爭中爲了刺探軍情，以木製成鳥形可在空中飛行，即「木鳶」，此即風箏之雛形。〔註62〕唐

〔註61〕 第三十七回襲人想拿碟子盛東西給史湘雲送去，卻找不到一個纏絲白瑪瑙的碟子，晴雯道：「我何嘗不也這樣說，她說這個碟子配上鮮荔枝才好看。」纏絲白瑪瑙乃瑪瑙中之上品，此碟名貴自不消說，但最重要的還是此碟能與鮮荔枝配合，呈顯出清新的審美意趣。

曹雪芹、高鶚原著，其庸等校注：《紅樓夢校注》（台北：里仁書局，1986 年）第 37 回，頁 565。

〔註62〕 〔清〕孫詒讓：《墨子閒話、魯問》：「公輸子削竹木以爲鵲，成而飛之，三日不下，公輸子自以爲至巧。」（台北，華正書局，1987 年）頁 441。

〔宋〕李昉編：《太平廣記・魯般》：「魯般，敦煌人，莫詳年代。巧侔造化，於涼州造浮圖，作木鳶。每擊楔三下，乘之以歸。六國時，公輸般亦爲木鳶，以窺宋城。」（西南書局，1983 年）

代文學作品中亦常出現風箏意象。李白〈登瓦官閣〉云：「兩廊振法鼓，四角吟風箏。」杜甫〈冬日洛城北謁玄元皇帝廟〉亦云：「風箏吹玉柱，露井凍銀床。」劉禹錫〈酬湖州崔郎中見寄〉又云：「風箏吟秋空，不肖指爪聲。」李商隱〈燕台四首·秋〉也云：「雲屏不動掩孤嚬。西樓一夜風箏急。」毛熙震〈菩薩蠻〉更云：「梨花滿院飄香雪，高樓夜靜風箏咽。」然這些詩作中之風箏乃指風鐸，即風鈴，後來改以鐵製作，又稱「鐵馬」、「風馬」〔註63〕，白居易〈遊悟真寺〉有：「前對多寶塔，風鐸鳴四端。」〔宋〕張耒〈宿柳子觀音寺〉：「夜久月高風鐸響，木魚呼覺五更眠。」之描述。

今之風箏唐代以前則稱「紙鳶」。〔註64〕至於紙鳶被稱作風箏應在五代時期。〔宋〕劉辰翁〈水龍吟·和清江李侯士弘來壽〉：「是處風箏，滿城畫錦，兒郎俊傳。」明清之際是風箏的大發展時間。〔註65〕〔清〕褚人獲《堅瓠集·廣集卷四·風箏》云：「風箏一名紙鳶，吳中小兒好弄之……近又作女人形，粉面黑鬢，紅衣白裙，入於雲宵，裊娜莫狀，懸絲鞭於上，輒作悅耳之音。」〔註66〕〔清〕高鼎〈村居詩〉云：「草長鶯飛三月天，拂堤楊柳醉春烟。兒童散學歸來早，忙趁東風放紙鳶。」金叔儀〈新年竹枝詞〉亦云：「爆竹聲聲一歲終，大街小巷嬉兒童。風箏處處爭奇巧，魚躍鳶飛舞碧空。」《帝京歲時紀勝》即有「清明掃墓，傾城男女各攜紙鳶線軸，祭掃畢，即於墳前施放較勝。」之記載，可知當時民間放風箏風氣之勝。曹雪芹對風箏亦有莫大的興趣，其《廢藝齋集稿》八冊，其中第二卷《南鷂北鳶考工志》即為有關風箏之專著。舉凡扎、糊、繪、放風箏的理論，及彩繪風箏的圖譜、歌訣均有詳盡的描述，可知曹雪芹對風箏之熟悉，也難怪他在《紅樓夢》中，對風箏有那麼精采的描繪。

〔註63〕 王仁裕《開元天寶遺事·卷一·占風鐸》：「歧王宮中於竹林內懸碎玉片子，每夜聞玉片子相觸之聲，即知有風，號為占風鐸。」《叢書集成初編》（中華書局，1985年）頁19。

〔註64〕 〔宋〕高承撰：《事物紀原》：「紙鳶，俗謂之風箏，古今相傳云是韓信所作。高祖之征陳豨也，信謀從中起，故作紙鳶放之，以量未央宮遠近，欲以穿地墜入宮中也。」《景印文淵閣四庫全書》（台灣商務印書館，1986年）頁920-224。

〔註65〕 李斗《揚州畫舫錄·卷十一》：「風箏盛於清明，其聲在弓，其力在尾；大者方丈，尾長有至二三丈者。式多長方，呼為板門；余以螃蟹、蜈蚣、蝴蝶、蜻蜓、福字、壽字為多。次之陳妙常、僧尼會、老駝少、楚霸王及歡天喜地、天下太平之屬，巧極人工。晚或繫燈於尾，多至連三連五。」《歷代史料筆記叢刊·清代》（中華書局，1997年）頁260。

〔註66〕 〔清〕褚人獲《堅瓠集、廣集卷四、風箏》《歷代筆記小說大觀·清代》（上海古籍出版社，2000年）頁1710。

　　《紅樓夢》中有關風箏的描寫是多樣的，有蝴蝶、美人、鳳凰、大魚、螃蟹、紅蝙蝠、大雁、喜字各式各樣的風箏，不但增添了作品的意趣，且象徵著人物的個性與命運，第七十回〈林黛玉重建桃花社〉詩作完成後，大夥兒一齊放風箏，探春放的是大鳳凰風箏。

> 寶釵也高興，也取了一個來，卻是一連七個大雁的，都放起來，獨有寶玉的美人放不起去。寶玉說丫頭們不會放，自己放了半天，只起房高便落下來了。急的寶玉頭上出汗，眾人又笑。寶玉恨的擲在地下，指著風箏道：「若不是個美人，我一頓腳踩個稀爛。」〔註67〕

寶釵放的風箏爲「一連七個大雁」，至於寶玉的美人風箏卻怎麼也飛不起來，黛玉把風箏放了，飄飄搖搖的飛走了。寶玉道：

> 「可惜不知落在那裡去了。若落在有人烟處，被小孩子得了還好；若落在荒郊野外無人烟處，我替他寂寞。想起來把我這個放去，教他倆個作伴兒罷。」於是也用剪子剪斷，照先放去。〔註68〕

此段文本書寫反映著寶玉憐惜女兒的公子哥習氣，也表達了寶玉對黛玉無微不至的呵護。作爲探春的附屬意象，此斷線風箏已成女子出嫁的意象符號。作者藉著風箏之飄搖難收預示了探春將遠嫁離鄉的淒清畫面。探春所作的春燈謎謎底即是風箏。

> 階下兒童仰面時，清明妝點最堪宜。
>
> 游絲一斷渾無力，莫向東風怨別離。——風箏〔註69〕

脂批云：「此探春遠適之讖也。」作者每寫及探春命運，總以風箏爲喻。判詞中提及，春燈謎的謎底也是斷線風箏。風箏的放飛，需借助風的力量，這預示著探春不能主宰自己的命運。一旦風箏斷線，才幹精明的探春就再不能有所作爲，無力維持其原先的權力地位。脂評云：「使此人不遠去，將來事敗，諸子孫不致流散也。」所言可堪玩味，探春的遠嫁，如昭君出塞，漢皇和親，應有其政治意圖。第七十回風箏意象又再次出現，且描寫得更具體、生動：

〔註67〕曹雪芹、高鶚原著，其庸等校注：《紅樓夢校注》（台北：里仁書局，1986年）第70回，頁1098。

〔註68〕曹雪芹、高鶚原著，其庸等校注：《紅樓夢校注》（台北：里仁書局，1986年）第70回，頁1099。

〔註69〕曹雪芹、高鶚原著，其庸等校注：《紅樓夢校注》（台北，里仁書局，1984年）第22回，頁349。

探春正要剪自己的鳳凰，見天上也有一個鳳凰，因道：「這也不知是誰家的。」眾人皆笑說：「且別剪你的，看他倒像要來絞的樣兒。」說著，只見那鳳凰逼近來，遂與這鳳凰絞在一處。眾人方要往下收線，那一家也要收線，正不開交。又見一個門扇大的玲瓏喜字帶響鞭，在半天如鐘鳴一般，也逼近來。眾人笑道：「這一個也來絞了。且別收，讓他三個絞在一處倒有趣呢。」說著，那喜字果然與這兩個鳳凰絞在一處。三上齊收亂頓，誰知線都斷了。那三個風箏飄飄颻颻都去了。眾人拍手哄然一笑，說：「倒有趣，可不知那喜字是誰家的，忒促狹了些。」〔註70〕

那喜字風箏與兩個鳳凰絞在一處時，三下齊收亂頓，誰知線一斷，風箏就隨風飄飄搖搖遠去了，真個是「春燈謎」所云：「游絲一斷渾無力，莫向東風怨別離。」再和第六十三回群芳夜宴探春抽的花名籤「上面是一枝杏花，那紅字寫著『瑤池仙品』四字，詩云：日邊紅杏倚雲栽。」這「日邊紅杏」、「瑤池仙品」和風箏的飄搖而去也都暗示著探春的必將遠嫁。探春的半首〈南柯子〉：「也難綰繫也難羈，一任東西南北各分離。」雖詠的是柳絮，但也暗寓著她的命運將如柳絮和斷線的風箏一樣，飄搖難以把握，風箏意象渲染深化了探春的命運，寓示著她將遠嫁不歸。風箏須借助風的力量放飛，也暗示了探春只能任人擺佈，無法自主的淒涼結局。此意象將探春「千里東風一夢遙」的人生悲劇形象化了，更深刻表現人物的命運。曹雪芹賦予了風箏對人物命運的象徵意義，也提昇「風箏」到意象敘事的境界。

（三）杏花

杏屬薔薇科，仲春二月為其開花時節，故二月又稱杏月。原產於中國大陸，以黃河流域為中心，分布於中原、東北、華北、西北及至江南各地。杏之栽種很久即有記載，甲骨文已有「杏」字，第一部曆法書《夏小正》云：「正月，梅、杏……始華。」春秋時《管子‧地員》云：「五沃之土，其梅其杏。」杏為五果（即杏、桃、李、棗、栗）之一，《黃帝內經‧素問》云：「五毒攻邪，五穀為養，五果為助，五畜為宜，五菜為充，氣味合而服之，以補精血。」西漢《泛勝之書》：「杏始華榮，輒耕輕土弱土。望杏花落，復耕。」東漢崔寔《四民月令》：「三月，杏花盛，可菑沙白輕土之田。」至三國之時，名醫

〔註70〕曹雪芹、高鶚原著，其庸等校注：《紅樓夢校注》（台北：里仁書局，1986年）第70回，頁1099。

董奉治病善用杏仁，為窮人治病不收錢，被其治癒者乃在他家種杏三五棵，久後成林，人稱「董仙杏林」。北魏賈思勰《齊民要術》：「杏可為油」、「杏子仁可以為粥」，杏具有實用價值，自古以來為百姓所樂於栽植。

杏花開放時艷麗錦簇，可與桃花媲美，古人有「杏臉桃腮」之語。庾信〈杏花〉云：「春色方盈野，枝枝綻翠英。依稀映紅塢，爛漫開山城，好折待賓客，金盤襯紅瓊。」〔唐〕吳融〈杏花〉又云：「春物競相妒，杏花應最嬌。紅輕欲愁殺，粉薄似啼消。」其〈途中見杏花〉亦云：「楊柳不遮春色斷，一枝紅杏出墻頭。」〔唐〕鄭谷〈杏花〉也云：「不學梅欺雪，輕紅照碧池。」早春時節，紛紛綻放，薄粉輕紅的杏花倒映在碧波中，是那麼的清新自然。自杜牧〈清明〉：「借問酒家何處有，牧童遙指杏花村。」出現以後，杏花村更成了流行的文學意象。至宋，詠杏花之作亦多，王安石〈北陂杏花〉云：「一陂春水繞花身，花影妖嬈各占春。」蘇軾〈月夜與客飲酒杏花下〉亦云：「花間置酒清香發，爭挽長條落香雪。」呈現的是杏花清逸幽雅的生動意境。歐陽修〈田家〉：「林外鳴鳩春雨歇，屋頭初日杏花繁。」描寫的是春雨沐浴滋潤後杏花之繁且艷。陳與義〈臨江仙〉：「杏花疏影裡，吹笛到天明。」描寫的是水邊月下賞杏之美景。南宋詩人陸游〈馬上作〉：「楊柳不遮春色斷，一枝紅杏出牆頭。」宋祁〈玉樓春〉更有「綠楊烟外曉寒輕，紅杏枝頭春意鬧。」之讚嘆。葉紹翁〈遊園不值〉更有：「春色滿園關不住，一枝紅杏出牆來。」之名句。至於元好問更擅寫杏花，其〈杏花雜詩十一首〉：「杏花牆外一枝橫，半面宮妝出曉晴。看盡春風不回首，寶兒原是太憨生。」生動地把杏花比擬為探首牆外，半面宮妝的徐妃。〔明〕張寧〈杏花詩序〉云：「予惟植物可愛者眾矣，桃妖艷而少質，梅清真而少文，兼美二物而彬彬可人者，惟杏近之。」杏花在歷代文人的歌詠下，展現了她迷人的神韻與姿態。

杏花之「杏」諧音「幸」，是幸運的象徵。唐朝曲江池有大片杏園，武則天神龍以來新科進士於此舉行探花宴，宴後並於慈恩寺塔下題名留念，因此杏花與人生的榮辱得失產生了密切的關係，有「及第花」之稱。〔明〕歸有光〈杏花書屋記〉亦云：「昔唐人重進士科，士方登第時，則長安杏花盛開，故杏園之宴以為盛事。今世試進士，亦當杏花時，而士之得第，多以夢見此花為前兆。」鄭谷〈曲江紅杏〉云：「遮莫江頭柳色遮，日濃鶯睡一枝斜，女郎折得殷勤看，道是春風及第花。」〔宋〕梅堯臣〈一日曲〉亦云：「去去約春華，終朝怨日賒。一心思杏子，便擬見梅花。」詩中杏與「幸」，梅與「媒」

諧音，杏花也成了吉祥喜慶象徵符號。杏花之開落予人韶光易逝之感，杜牧曾有嘆杏之傳聞：「杜牧以侍御史遊湖州，遇一國色少女，方十餘歲，約十年爲期，十年不來，從其所適，爲盟而別。」

> 大中三年，始授湖州刺史。此至郡，則已十四年矣，所約者已從人三載而生三子。因賦詩以自傷曰：「自是尋春去校遲，不須惆悵怨芳時。狂風落盡深紅色，綠葉成陰子滿枝。」〔註71〕

杏樹一年只開花一次，當子落枝空之後，令人感受的是韶光易逝的惆悵。《紅樓夢》中亦有嘆杏之書寫：

> 山石之後一株大杏樹，花已全落，葉稠陰翠，上面已結了豆子大小的許多小杏。寶玉因想道：「能病了幾天，竟把杏花辜負了。」不覺倒「綠葉成陰子滿枝」了！因此仰望杏子不捨。又想起邢岫煙已擇了夫婿一事，雖說是男女大事，不可不行，但未免又少了一個好女兒。不過兩年，便也要「綠葉成陰子滿枝」了。再過幾日，這杏樹子落枝空，再幾年，岫烟未免烏髮如銀紅顏似槁了。因此不免傷心，只管對杏流淚歎息。〔註72〕

寶玉聯想邢岫煙也都須經歷杏樹的變遷歷程，不免有時過境遷之感嘆。作者運用了杏樹與少女的共通性，使主客融合，達到了藝術的境界。此外詩人亦藉杏花意象表達對離亂世局之感慨。韓愈〈杏花〉：「二年流竄出嶺外，多見草木多異同。……豈知此樹一來晚，若在京國情何窮。今且胡爲忽惆悵，萬片飄泊隨西來。」藉杏花抒發對人生盛衰，仕途浮沈的感慨。〔元〕虞集〈風入松〉：「畫堂紅袖倚清酣，華髮不勝簪。幾回晚直金鑾殿，東風軟，花里停驂。書詔許傳宮燭，香羅初試朝衫。御沟冰泮水搖藍，飛燕又呢喃。重重簾幕寒猶在，憑誰寄，銀字泥緘？爲報先生歸也，杏花春雨江南。」虞集不斷受中傷，已久厭朝職，乃心生辭官歸鄉之念。元好問生於金代，長期奔波逃難於北國，那每年春日見到的杏花，恰如陪同自己四處逃亡之老友，其杏花詩也因而蒙上了離亂的色彩。其〈冠氏趙庄賦杏花四首其二〉云：「文杏堂前千樹紅，雲舒霞捲漲春風。荒村此日腸堪斷，回首梁園是夢中。」〈其三〉亦云：「錦樹烘春爛不收，看花人自爲花愁。荒蹊明日知誰到，憑仗詩翁爲稍留。」

〔註71〕〔宋〕李昉編：《太平廣記‧卷二七三‧唐闕史》（西南書局，1983年）頁2152。
〔註72〕曹雪芹、高鶚原著，其庸等校注：《紅樓夢校注》（台北：里仁書局，1986年）第58回，頁906。

其〈杏花二首其三〉云：「荒城此日腸堪斷，老卻探花筵上人。」詩中藉杏花意象表達了家國離亂之恐懼與悲哀。

　　杏花有艷麗的色彩，沁人心脾的清香及風情萬種的姿態，帶給了人們審美的感受。它也是幸運之花，然詩人亦藉杏花意象抒發家國離亂的惆悵。《紅樓夢》第六十三回群芳夜宴時探春抽籤「上面是一枝杏花，寫著瑤池仙品四字，詩云：「日邊紅杏倚雲栽。」「瑤池仙品」隱喻探春是聰明靈秀的，「日邊紅杏倚雲栽」寫其命運好，所以籤上又有一注云：「得此籤者必得貴婿。」紅杏意象的出現有幸運與遠離之意涵，也預示著探春即將遠離至他國為王妃。「日邊」句出自〔唐〕高蟾〈下第後上永崇高侍郎〉「天上碧桃和露種，日邊紅杏倚雲栽。芙蓉生在秋江上，不向東風怨未開。」詩中後兩句，一句以花在「江上」點出她離家時親人「涕送江邊望，千里東風一夢遙」的情境，也表現她遠嫁不歸的悲切，至於「不向東風怨未開」則與她的風箏謎詩「莫向東風怨別離」一樣表達了遠別的惆悵。探春後來雖身為貴妃，卻無法彌補「分骨肉」的悲傷。

（四）玫瑰花

　　玫瑰，植物名，薔薇科。落葉灌木，莖高約一公尺，有刺，葉有短毛，花大，各色都有，甚美，然有刺。玫瑰的刺對自身具有保護的作用，然對他人有時會造成傷害。《紅樓夢》中的賈探春也是一朵嬌艷的玫瑰花。黛玉初入賈府對探春的印象是：

> 削肩細腰，長挑身材，鴨蛋臉面，俊眼修眉，顧盼神飛，文彩精華，
> 見之忘俗。

探春呈顯的是聰明靈秀的脫俗氣質，寥寥幾筆即勾勒出她美麗動人的肖像。難怪小廝興兒亦對她讚不絕口：

> 三姑娘的渾名是「玫瑰花」。尤氏姊妹忙笑問何意。興兒笑道：「玫
> 瑰花又紅又香，無人不愛的，只是刺戳手。也是一位神道，可惜不
> 是太太養的，「老鴰窩裡出鳳凰」。〔註73〕

大某山人（姚燮）云：「探春於議事廳上侃侃而談，既無支離，又無畏縮，裙釵中具此儁異，不枉稱玫瑰花兒。」玫瑰多刺，探春的玫瑰花性格特質於〈抄檢大觀園〉這回中表現得淋漓盡致。此事起因乃賈母的粗使丫頭傻大姐拾得

〔註73〕曹雪芹、高鶚原著，其庸等校注：《紅樓夢校注》（台北，里仁書局，1986年）第 65 回，頁 1032。

一五彩繡香囊，上面繡著赤身男女摟抱的畫像，惹惱了王夫人，乃派鳳姐帶領四五個貼身媳婦和邢夫人陪房王善保家的對大觀園各房院進行抄檢，探春得信後，命眾丫頭秉燭開門以待，那王善保家的本是個心內沒成算的人，想著探春只是庶出，

> 他便趁勢作臉獻好，因越眾向前拉起探春的衣襟，故意一掀，嘻嘻笑道：「連姑娘身上我都翻了，果然沒有什麼。」鳳姐見他這樣，忙說：「媽媽走罷，別瘋瘋顛顛的。」一語未了，只聽「啪」的一聲，王家的臉上早著了探春一掌。探春登時大怒，指著王家的問道：「你是什麼東西，敢來拉扯我的衣裳！我不過看著太太的面上，你又有年紀，叫你一聲媽媽，你就狗仗人勢，天天作耗，專管生事。如今越性了不得了。你打諒我是同你們姑娘那樣好性兒，由著你們欺負他，就錯了主意！你搜檢東西我不惱，你不該拿我取笑。」〔註74〕

作者這一描繪，一個凜然不可侵犯的「玫瑰」式的女強者躍然展現在讀者面前。為了展現其「玫瑰花」式的女強者形象，作者還賦予她卓越的才幹及積極開創的改革家特質。她是秋爽齋偶結海棠社的發起者和組織者，在詩社她自稱「蕉下客」，其詩才雖不如釵、黛及湘雲，卻充分地展現了她組織及活動能力。

其次探春的才幹展現在理家方面。因鳳姐臥病不起，難以理事，王夫人乃委任李紈、探春協理。李紈無心世事，遇事無定見，探春受命於家道艱難衰敗之際，也正是她施展才能的機會。首先她嚴格規矩整飭制度，如她舅舅趙國基去世，其母趙姨娘嫌探春發放的償銀少而向探春興師問罪，探春卻以嚴正的言詞予以回拒，顯示了她那不可抗拒的威信。她實施改革的第二步驟是革除不合理的開銷，把一些紙筆錢、頭油、脂粉錢，有重複者均加以免除。至於她最有意義的措施是制訂並實施大觀園內部的經濟承包責任制，〔註75〕此制不但活絡了大觀園，也使承包者直接受益。探春精明幹練，不讓鬚眉，庚辰本第二十二回脂批示：「使此人不遠去，將來事敗，諸子孫不至流散也，悲哉、傷哉！」〔註76〕探春才自清明志自高，很早就看出賈家必敗，故第一

〔註74〕曹雪芹、高鶚原著，其庸等校注：《紅樓夢校注》（台北，里仁書局，1986年）第74回，頁1161。

〔註75〕田宏虎：〈紅樓夢中的女改革家形象及其意義〉《中國民航學院》第十二卷第二期，1994年6月。

〔註76〕陳慶浩編：《新編石頭記脂硯齋評語輯校》（台北，聯經出版社，1986年）頁448。

○二回遠嫁時，「探春放心，辭別家人，竟上轎登程，水舟車陸而去。」毫無弱女態。當探春遠嫁海疆之後，賈府也一天天沒落了。然而她精明幹練直言不爽的人格特質，恰似一朵美麗卻又多刺的「玫瑰花。」

（五）蕉下客

〈秋爽齋偶結海棠社〉由才智清高，英姿颯爽的探春發起，李紈提議大家取個別號：

> 探春笑道：「我就是『秋爽居士』罷。」寶玉道：「居士，主人到底不恰，且又濾贅。這裡梧桐芭蕉盡有，或指梧桐芭蕉起個倒好。」
>
> 探春笑道：「有了，我最喜芭蕉，就稱『蕉下客』罷。」〔註77〕

眾人都道別致有趣。黛玉笑道：「你們快牽了他去，炖了脯子吃酒。」眾人不解。黛玉笑道：「古人曾云：『蕉葉覆鹿』。他自稱『蕉下客』，可不是一隻鹿了？快做了鹿脯來。」《搜神後記》云：「淮南陳氏，於田中種豆，忽見二女子，姿色甚美，著紫纈襦，青裙，天雨而衣不濕。其壁先掛一銅鏡，鏡中見二鹿，遂以刀斫獲之，以為脯。」此即「你們快牽了他去燉了脯了吃酒。」「快做了鹿脯來」之根源。至於「蕉葉覆鹿」典出《列子‧周穆王》〔註78〕，比喻世事虛幻迷離，如影似幻，得失無常。此典亦為文人雅士所樂於引用。白居易〈疑夢二首之二〉云：「鹿疑鄭相終難辨，蝶化莊生詎可知。」蘇軾〈次韻劉貢父所和韓康公憶持國二首之一〉亦云：「夢覺真同鹿覆蕉，相君脫屣自參寥。顏紅底事髮先白，室邇何妨人自遙。」辛棄疾〈水調歌頭‧再用韻呈

〔註77〕曹雪芹、高鶚原著，其庸等校注：《紅樓夢校注》（台北：里仁書局，1986年）第37回，頁559。

〔註78〕鄭人有薪於野者，遇駭鹿，御而擊之，斃之。恐人見之也，遽而藏諸隍中，覆之以蕉，不勝其喜。俄而遺其所藏之處，遂以為夢焉。順途而詠其事，傍人有聞者，用其言而取之。既歸，告其室人曰：「向薪者夢得鹿而不知其處，吾今得之，彼直真夢者矣。」室人曰：「若將是夢見薪者之得鹿邪？詎有薪者邪？今真得鹿，是若之夢真邪？」夫曰：「吾據得鹿，何用知彼夢我夢邪？」薪者之歸，不厭失鹿。其夜真夢藏之之處，又夢得之之主，爽旦，按所夢而尋得之。遂訟而爭之，歸之士師。士師曰：「若初真得鹿，妄謂之夢；真夢得鹿，妄謂之實，彼真取若鹿，而與若爭鹿。室人又謂夢刃人鹿，無人得鹿。今據有此鹿，請二分之。」以聞鄭君，鄭君曰：「嘻！士師將復夢分人鹿乎？」訪之國相，國相曰：「夢與不夢，臣所不能辨也。欲辨覺夢，唯黃帝孔丘。今亡黃帝孔丘，孰辨之哉？且恂士師之言可也。」

列子撰，張湛注：《列子‧卷三周穆王》《叢書集成初編》（中華書局，1985年）頁41。

南澗〉又云：「笑年來，蕉鹿夢，畫蛇杯。」〔金〕段成己〈張信夫夢庵〉也云：「世味迷人人不知，紛紛蕉鹿競爭爲。」〔明〕宋濂〈崆峒雪樵賦〉更云：「既道遙而詠歸，忘蕉鹿於今昔。」人生於世若能眞妄得失兩忘，不爲欲牽，不爲物累，精神自能自由逍遙。

曹雪芹以「蕉下客」爲探春的附屬意象，文本中探春不是那被競爭的鹿，而是爭奪鹿之樵夫與路人。她以一介女子爲賈府理家，有主奴關係的爭競。第五十五回〈欺幼主刁奴蓄險心〉中，探春舅舅趙國基去世，如按「家裡的」，奠儀爲二十兩，然而探春將遭受輿論說她不認親娘親舅，絕情無義，難以樹立威望。若以「外頭的」給四十兩，將落於徇私的罪名，這是吳新登媳婦的詭計，「敏探春」豈會不知就裡，探春以公法（給二十兩）將吳新登夫婦擊潰，趙姨娘雖嘀咕，但畢竟爭不過探春。

探春也有出生身份的自卑。庶出是她永遠的痛，爲了鞏固自己在賈家的地位，她一向是趨嫡避庶，遠趙近王，遠環近玉。第二十七回石榴樹下與寶玉的一番體己話就是明確的表現。探春爲寶玉做鞋，趙姨娘譴責探春：「你只顧討太太的疼，就把我們給忘了。」「如今沒有長羽毛，就忘了根本，只揀高枝飛去了。」在封建嫡庶觀念的扭曲下，探春的想法是偏激的，「我只管認得老爺、太太兩個人，別人我一概不管，就是姐妹弟兄跟前，誰和我好，我就和誰好，什麼偏的庶的，我也不知道。」探春在庶出的先決條件下不甘受辱，加上其好勝心，在賈府扮演的是強者的角色，鳳姐做小月，探春即爲管家之一，能力即受大家肯定，鳳姐即贊歎道：「好，好，好，好個三姑娘！我說她不錯！」第六十五回興兒亦云：「三姑娘的渾名是玫瑰花。」「玫瑰花又紅又香，無人不愛的，只是刺戳手，也是一位神道，可惜不是太太養的，老鴰窩裡出鳳凰。」第七十四回〈惑奸讒抄撿大觀園〉王善保家的欺負探春「又是庶出，他敢怎麼。」乃越眾向前拉起探春衣襟，故意一掀，臉部因而遭探春一掌。探春此擊亦爲捍衛她庶出的尊嚴，探春之行爲正如儒家的積極入世，然而卻也被捲入權力、得失的糾葛中，正如那不能忘蕉鹿的人在物欲的漩渦中，她是「世味迷人人不知，紛紛蕉鹿競爭爲」的競爭者。

以另個觀點言之，探春素喜芭蕉，芭蕉直立高大，體態粗獷瀟灑，由探春對芭蕉的鍾愛，反映出她疏宕、磊落的心性。迎風而動，自有其風韻，且蕉葉綠蔭如蓋，碧翠似絹，自古爲文人雅士所喜愛。〔北朝〕庾信〈奉和夏日應令詩〉云：「衫含蕉葉氣，扇動竹花涼。」〔唐〕張說〈戲草樹詩〉亦云：「戲

問芭蕉葉，何愁心不開。」因蕉葉舒卷，最易牽動詩人的無限心緒，往往是孤獨憂愁的象徵符號。〔唐〕錢珝〈未展芭蕉〉：「冷燭無淚綠蠟乾，芳心猶捲怯春寒。」李清照身經戰亂，曾寫下〈添字采桑子‧芭蕉〉抒發懷念故鄉之幽情：「窗前誰種芭蕉樹？陰滿中庭，陰滿中庭，葉葉心心，舒捲有餘情。傷心枕上三更雨，點滴淒清，點滴淒清，愁損離人不慣起來聽。」蕉葉寬闊平滑，為文人雅士揮毫之絕好材料。〔唐〕韋應物〈閑居寄諸弟〉云：「盡日高齋無一事，芭蕉葉上獨題詩。」〔唐〕路德延〈芭蕉〉亦云：「葉如斜界紙，心似倒抽書。」〔唐〕陸羽《懷素傳》即云：「大書法家懷素曾於故里植芭蕉萬餘，取名綠天庵，取蕉葉揮灑學書。」〔宋〕賀濤〈南歌子〉云：「日長偏與睡相宜，睡起芭蕉葉上自題詩。」〔明〕夏寅〈芭蕉美人〉亦云：「試問芭蕉問春信，一緘芳札為誰開。」〔清〕納蘭性德〈疏影‧芭蕉〉更云：「想玉人，和露折來，曾寫斷腸句。」《紅樓夢》第十七、十八回通過賈政之口亦曾言：「書成蕉葉文猶綠。」的詩句。

　　探春工於書法，第十七、十八回〈榮國府歸省慶元宵〉，元春命諸姐妹為大觀園題詩之後，「又命探春另以彩箋謄出方才共十數首詩，令太監傳於外廂。」第二十三回又云：「賈元春自那日幸大觀園回宮後，便命將那日所有題詠，命探春依次抄錄妥協，自己編次，敘其優劣，又命在大觀園勒石，為千古風流雅事。」由此可知探春之精於書法。再以所住的秋爽齋擺設來看：「三間屋子並不曾隔斷，當地放著一張花梨大理石大案，案上磊著各種名人法帖。並數十方寶硯，各色筆筒；筆海內插的筆如樹林一般。……西牆上，當中掛著一大幅米襄陽〈烟雨圖〉，左右掛著一副對聯，乃是顏魯公墨蹟。」〔註79〕房中的佈置與書法有密切關係，更妙的是她的兩個丫頭分別取名「侍書」和「翠墨」，可見書法與探春之密切關係。探春喜愛書法也是她自號「蕉下客」的重要因素。

小結

　　分離聚首皆前定。敏探春是一朵有刺的玫瑰，她結社理家，展現的是闊朗的風度和幹練的才能。第七十四回〈惑奸讒抄檢大觀園〉她一巴掌打向王善保家，這巴掌是對奴才，也是對大家族統治者的警告。然而她不是反對封

〔註79〕曹雪芹、高鶚原著，其庸等校注：《紅樓夢校注》（台北：里仁書局，1986 年）
　　　　第 40 回，頁 619。

建制度、封建家庭，相反的，她是要挽救那幢即將倒塌的封建大樓，奈何縱然她有再高的才華與努力，終究無法挽回那腐朽的封建社會及自己遠嫁他鄉的命運。〈紅樓夢曲‧分骨肉〉云：

> 一帆風雨路三千，把骨肉家園齊來拋閃。恐哭損殘年，告爹娘，休把兒懸念，自古窮通皆有定，離合豈無緣？從今分兩地，各自保平安。奴去也，莫牽連。〔註80〕

探春精明能幹，鳳姐和王夫人都畏她幾分。她對於主僕尊卑的封建等級觀念是根深蒂固的，所以她蔑視處於婢妾地位的生母——趙姨娘。探春最大不幸是庶出，這是她最大的痛苦和矛盾，她竭力保持著正統貴族小姐的身份，向名分上母親王夫人靠攏，於是一切顯示著人為的傾斜性。曹雪芹懷著深深的嘆息，給這女孩子起了個「探春」的名字，嘆息那芬芳馥郁的春天必將逝去。〔註81〕抄撿大觀園時，為了在婢僕前維護做主子的威信和尊嚴，打了王善保家一巴掌。她為了挽賈府大廈之將傾興利除弊，雖然成效有限，但對於探春，作者有著階級偏愛與同情。此曲乃擬探春離別親人之辭，她本是頗有英氣的女傑，故於骨肉分離之際，能不因悲痛而失態，只是盡力勸慰爺娘珍重，更呈顯了其堅強的性格。她雖庶出，卻積極睿智，見她俊眼修眉，顧盼神飛，文彩精華，即有女中豪傑之相，其所住秋爽齋位於大觀園的中心位置，具見其在賈府的重要地位，且其房中擺設處處不離「大」字，表現了她的豁達大度，氣質高貴的風貌。杏花沁人心脾的清香及風情萬種的姿態予人審美之感受，它也是幸運之花，也有遠離之意涵，探春之花名籤為杏花，除預示著她將幸運的嫁得貴婿之外，也表達了她「涕送江邊望，千里東風一夢遙」遠嫁不歸的悲切。曹雪芹以「蕉下客」為探春之附屬意象，她不是競爭的鹿，而是個強勢的爭奪者。她雖如儒家的積極入世，卻也被捲入權勢、得失的競爭中，她趨嫡避庶，遠趙近王，遠環近玉，她是「世味迷人人不知，紛紛蕉鹿競爭為」的競爭者。她擅於書法，也是她取名「蕉下客」的原因之一，而且她才自清明志自高，積極進取，勇於迎接挑戰，深具才華，〈詠白海棠〉詩之「芳心一點嬌無力」令人聯想到風箏謎的「遊絲一斷渾無力」孤帆此去，煙波浩渺之感傷。〈簪菊〉表達

〔註80〕 曹雪芹、高鶚原著，其庸等校注：《紅樓夢校注》（台北：里仁書局，1986 年）第 5 回，頁 91。

〔註81〕 邸瑞平：《紅樓夢擷英》（上海：華東師範大學，1997 年），頁 85。

了她不隨流俗，才俊志高。〈殘菊〉是十二正釵的結局，亦是探春的結局，
「萬里寒雲雁陣遲」正是她遠嫁時的景況。大觀園富貴風流中透露的氛圍
是如此的慘淡凄迷！由探春的判詞「清明涕送江邊望，千里東風一夢遙。」
其曲〈分骨肉〉則云：「一帆風雨路三千，把骨肉家園齊來拋閃。……從今
分兩地，各自保平安。奴去也，莫牽連。」探春的圖畫上畫著兩人放風箏。
一片大海，一隻大船，船中有一女子掩面泣涕之狀。作者安排探春的結局
是遠嫁海外，一去不返，並非續書所云嫁予鎮海總制之子且有風光歸寧之
事。木村於《紅樓夢讀後記》云：「四十回中，偌大的榮國府，漫長的一個
時間裡，敘述出來的事情實在太嫌簡單……，探春、平兒的能幹，無一處
大顯而特顯，都成了隨時俯仰，與世浮沈。寶黛釵婚姻顛倒急變的時候，
也沒有看見這位能幹小姐出來發一發言論，判斷一判斷，能不使人遺憾。」
這也是後四十回遜色之處。

　　她所抽的春燈謎風箏「遊絲一斷渾無力，莫向東風怨別離」及其半闋〈南
柯子〉：「也難綰繫也難羈，一任東西南北各分離。」皆暗寓著她的命運將如
柳絮和斷線的風箏一樣，飄搖難以把握。探春所抽之花名籤為杏花，詩云：
「日邊紅杏倚雲栽。」與她的判詞「清明涕送江邊望，千里東風一夢遙。」
表達了她雖身為貴妃，卻無法彌補「分骨肉」遠別的惆悵。探春底冊子、曲
子、燈謎、柳絮詞都說得很飄零感傷的，所以她底遠嫁，也應極漂泊憔悴之
致，不一定嫁與海疆貴人，很得意的。後來又歸寧一次，出挑得先前更好了。
像高鶚補本這樣寫，並沒有什麼薄命可言，為什麼她也入薄命司。〔註82〕曹
雪芹描寫探春是多角度、多層次的。秋爽齋內的每一件擺設，呈顯了她高貴
的風格及疏朗的氣象。作者賜探春一個「敏」字，賈府的人給她的綽號是「鎮
山太歲」又稱「玫瑰花兒」，好看扎人。第五十五回鳳姐與平兒對探春的評
價及第六十二回黛玉對探春的評價皆讚嘆其才幹之敏捷。探春與鳳姐皆具才
幹，但探春之「知書識字」，文化素質又比鳳姐高出一籌。湘雲與探春皆具
豪氣，而探春之豪氣更有政治家的改革氣魄。「敏」的特質更使探春為不平
而怒。脂硯齋評探春形象為雅，如第三十七回前脂評云：「美人用別號亦新
奇花樣，且韻且雅乎，玄覺滿口生香。」脂評亦稱探春敏智，如第五十六回
於「探春笑道：『雖如此，只怕他們見利忘義』」處評云：「這是探春敏智過
人處。」涂瀛於《紅樓夢論讚》云：「可愛者不必可敬，可畏者不復可親，

〔註82〕俞平伯：《俞平伯說紅樓夢》（上海：上海古籍出版社，1998 年），頁 498。

非致之難，兼之實難也。探春品界林薛之間，才在鳳平之後，……然春華秋實，既溫且肅，玉節金和，能潤而堅，殆端莊雜以流麗，剛健含以婀娜者也，其光之吉與？其氣之淑與？吾愛之，旋復敬之畏之，亦復親之。」戚序本第五十六回總評：「探春看得透，拿得定，說得出，辦得來，是有才幹者，故贈以敏字。……敏與識合，何事不濟？」胡文彬在《冷眼看紅樓》中亦云：「曹雪芹賜給探春一個『敏』字，這是最恰當最準確的評價。她性靈敏銳，做事 敏捷，心地敏慧。探春之敏還有從娘胎帶來的『敏』──庶出的敏感。」然而有關探春與趙姨娘母女間的關係，評點家對探春亦有些負面之評價。姚燮於《讀紅樓夢綱領》云：「探春姑娘之待趙姨，其性太漓，惜姑娘之訐尤氏，其詞太峻，皆不足為訓。」《八家評批紅樓夢》眉批亦云：「正色疾言，無一相讓，生我之恩同於陌路，未可為訓。」「句句有刺，字字有稜，探姑娘亦可畏也。」「探姑娘說話一句緊一句，全無母女天性，何其忍也！」正反兩面的評價使探春的形象更呈顯出複雜性、豐富性。

　　《紅樓夢》是人物形象的藝術畫廊，而探春形象是獨特、鮮明的。她不同於封建叛逆者林黛玉，又有別於封建衛道者鳳姐和薛寶釵，是一位封建統治階級中的改革者和傑出人才。她對封建制度有某種程度的懷疑和不滿，不像寶釵那樣頑固地以衛道者自居。探春之精明也不像鳳姐與寶釵含有奸詐的因素。曹雪芹塑造探春此鮮明、豐滿的人物性格是成功的。〔註83〕以經濟學的觀點來看，她是個眼光敏銳，才能卓著，有氣魄的管理家、改革家。那封建大家庭的豪奢極侈、入不敷出的現狀，早已使她清醒地認識到這個家已瀕於全面崩潰的邊緣，她要挽狂瀾於既倒，有秩序地推行她的改革方案。〔註84〕曹雪芹藉由此女改革家的藝術形象塑造，表達了自己的經濟思想。她是改革者，並不反對封建制度、封建家庭，而是要挽救封建制度、封建家庭。聰明、幹練，富有理想與抱負的探春是生不逢時，以致壯志難酬。探春的出現，深刻反映了封建家庭的等級制度。庶出的身份，讓探春心靈受到嚴重的扭曲，作者透過探春形象，悲憤地控訴了封建等級制度的不合理。

〔註83〕陳美玲：《《紅樓夢》裡的小姐與丫鬟》（台北，文津出版社，2001年），頁87。
〔註84〕周玉清：〈《紅樓夢》中的改革家──探春〉《紅樓夢學刊》1993年第四輯，頁169。

第四節　惜春

一、惜春意象相關資料

　　惜春個性廉介孤僻，乃寧國府賈敬之女，賈珍胞妹，賈寶玉堂妹。她的母親早亡，父親又只愛煉丹燒汞，住在城外玄眞觀，對子女、家中事物一概不管，其兄賈珍乃紈袴子弟，風流淫穢，從未關心惜春，嫂嫂尤氏行爲也爲惜春所不齒，因此家中很難感受到溫暖。賈母見其可憐，乃命王夫人幫忙撫養長大，故惜春雖爲寧國府之女，卻住於榮國府，也正因如此，惜春個性乖僻不近人情，膽小怕事，爲了明哲保身，甚至冷酷不近人性。文本中有關惜春的判詞云：

　　　　畫：一所古廟，裡面有一美人在内看經獨坐。

　　　　詞：勘破三春景不長，緇衣頓改昔年妝。

　　　　　　可憐繡户侯門女，獨臥青燈古佛旁。〔註85〕

一所古廟，裡面有一美人在内看經獨坐，乃喻惜春出家當尼姑。惜春爲賈家四千金中最小的，從小厭惡世俗，嚮往出家爲尼，故先後與智能兒、妙玉成了朋友，惜春眼看元春雖貴爲賢德妃，但竟是關在那「不得見人的去處。」最終也逃不了一死的命運，迎春一生懦弱，又嫁給了一得勢便猖狂的中山狼，終被折磨至死。探春志大才高，可說是女中豪傑，然遠嫁異國萬里寒雲雁陣遙，音訊渺茫，結局亦令人感傷。又有黛玉早夭、賈母去世、湘雲早寡及賈府被抄家、妙玉被劫，這一些的不幸接踵而至，至使她更堅定出家一念，毅然抛卻塵緣，頓入空門。判詞首句以三春隱指其三個姊妹，三、四句作者憐惜之情溢於詞表。辛棄疾〈摸魚兒〉有「惜春常怕化開早」之句，暮春時節，人們容易有惜春之感，屬春末夏初，與惜春生日應最相符。

　　她自幼無母，由王夫人接至榮國府撫養成人。結海棠詩社時取別號爲「藕榭」，始見名於第二回，第三回寫黛玉初進賈府時，在黛玉眼中，她是「形容尚小，身量未足」的小姑娘。第五回判詞及〈紅樓夢曲・虛花悟〉預示了她將那三春看破後遁入空門的命運。第七回與智能兒玩耍，第二十二回其燈謎之謎底即爲海燈，賈政感嘆「一發清靜孤獨」豈是永遠福壽之輩，當病瀟湘痴魂驚惡夢時，惜春嘆黛玉瞧不破，即言天下事沒有多少是眞的；聽聞妙玉

〔註85〕曹雪芹、高鶚原著，其庸等校注：《紅樓夢校注》（台北：里仁書局，1986 年）
　　　　第 5 回，頁 87。

中邪，乃口占一偈，期待自己一念不生。惜春擅長丹青，第四十回、四十二回賈母便命她畫大觀園行樂圖。之後出席詩會宴飲，也是少語寡言。第七十四回〈矢孤介杜絕寧國府〉自云：「只知道保得住我就夠了。」慫恿鳳姐不要輕饒本無大錯的入畫，對貼身丫鬟的哀求無動於衷以致丫鬟無辜被逐，趕走了入畫之後，惜春與尤氏有一段爭論。惜春說道：

> 狀元榜眼難道就沒有糊塗的不成。可知他們也有不能了悟的。
>
> 古人曾也說的「不作狠心人，難得自了漢。」〔註86〕

第八十八回請繡寫經，第一一一回與妙玉對弈，第一一二回剪去一半青絲，第一一六回斷葷，從此走上緇衣修行之路。第一百十五回及一百十八回則書寫了她決意出家及得償素願。惜春在元、迎、探、惜四春中年紀最小，故人稱四小姐，又稱四姑娘。她雖屬寧國府之人，但因賈母極愛孫女，就讓她在榮國府讀書，所以常住榮國府。賈敬平日沈迷於煉丹長生之術，很少關心惜春，胞兄賈珍及尤氏與她感情更淡薄，孤獨的處境形成她冷漠絕情的個性。大觀園抄撿後，惜春遣退入畫，眾人說情仍無效。又與尤氏發生口角，和東府杜絕往來，其性格是孤介冷漠的，她喜好佛理，長期參禪，使惜春由色悟空，棄絕繁華遁入佛門，獨臥青燈古佛旁。〔註87〕

（一）惜春形貌

惜春之貌，文本中並無詳細的描寫。僅在黛玉初入榮國府介紹三春時曾提及：

> 不一時，只見三個奶嬤嬤並五六個丫鬟，簇擁著三個姊妹來了，……
>
> 第三個身量未足，形容尚小。其釵環裙襖，三人皆是一樣的妝飾。
>
> 〔註88〕

〔註86〕曹雪芹、高鶚原著，其庸等校注：《紅樓夢校注》（台北：里仁書局，1986年）第74回，頁1166。

〔註87〕解脫之道存於出世，而不存於自殺。出世者，拒絕一切生活之欲者也。……而解脫之中，又自有二種之別；一存於觀他人之苦痛，一存於覺自己之苦痛。……惟非常之人，由非常之知力，而洞觀宇宙人生之本質，始知生活與苦痛之不能相離，由是求絕其生活之欲，而得解脫之道。……前者之解脫如惜春、紫鵑，後者之解脫如寶玉。……前者之解脫宗教的，後者美術的也；前者和平的也，後者悲感的也，壯美的也；故文學的也，詩的也，小說的也，此《紅樓夢》之主人公所以非惜春紫鵑而為賈寶玉者也。」
王國維：《紅樓夢評論》收於《紅樓夢藝術論》（台北：里仁書局，1984年）頁10。

〔註88〕曹雪芹、高鶚原著，其庸等校注：《紅樓夢校注》（台北：里仁書局，1986年）第3回，頁46。

及至〈史太君兩宴大觀園〉劉姥姥和賈母一群人遊大觀園，賈母提議惜春畫大觀園行樂圖時，劉姥姥高興地拉著惜春云：

> 我的姑娘，妳這麼大年紀兒，又這麼個好模樣，還有這個能幹，別
> 是神仙托生的罷。〔註89〕

黛玉眼中的惜春是身量尚小，稚氣未脫，至於劉姥姥看她則是一副好模樣，有神仙般的靈氣。第四十回中劉姥姥以村野笑話逗引之下，大家笑得前仆後仰，惜春竟然也笑離了座位，還不忘「拉著他奶母叫揉一揉腸子。」這一拉一揉之間顯現了惜春是嬌柔可愛的。文本中作者對諸釵的孩提時代描寫均甚簡略，因此對惜春容貌之描繪是有限的。

（二）惜春詩才

《紅樓夢》文備眾體，有詩、詞、曲、歌、謠、諺、贊、誄、偈語、辭賦、燈謎、聯額、酒令、駢文，其作用在烘托各角色性格特質，推動情節發展。惜春勘破三春披緇爲尼，故其相關作品大部份與禪悟有關。她的詩作有限，只有元春省親時，針對「文章造化」的匾額賦了一首七絕，此外就是元宵節以海燈爲謎底作了一首燈謎而已。惜春智慧比不上釵黛諸人，文才亦平庸，但其非常之處在於「孤冷」。

大觀園題詠——〈文章造化〉

> 山水橫拖千里外，樓臺高起五雲中。
> 園修日月光輝裡，景奪文章造化功。〔註90〕

此首絕句全用對仗，五雲指五色雲霞，白居易〈長恨歌〉：「樓閣玲瓏五雲起，其中綽約多仙子」，此以大觀園之美如天上仙闕，祥雲繚遶，且古以日月比皇帝，指大觀園乃承蒙皇上及元妃的恩澤而修建，景物之美如天工神造。此亦歌功頌德之作。

〈春燈謎〉

> 前身色相總無成，不聽菱歌聽佛經。
> 莫道此生沈黑海，性中自有大光明。——佛前海燈〔註91〕

〔註89〕曹雪芹、高鶚原著，其庸等校注：《紅樓夢校注》（台北：里仁書局，1986 年）
　　　　第 40 回，頁 613。
〔註90〕曹雪芹、高鶚原著，其庸等校注：《紅樓夢校注》（台北：里仁書局，1986 年）
　　　　第 17～18 回，頁 275。
〔註91〕曹雪芹、高鶚原著，其庸等校注：《紅樓夢校注》（台北，里仁書局，1984 年）
　　　　第 22 回，頁 349。

庚辰本第二十二回脂評云：「此惜春爲尼之讖也。公府千金至緇衣乞食，寧不悲夫。」佛前海燈乃長明燈，燈常於繁華行樂處用之，然而長明燈雖有堂皇外表，卻只用於寺中供佛。一般青年男女都以菱歌表達情意，惜春卻獨喜聽佛經。一入佛門在一般人看來是與人間榮華富貴隔絕，無異於沈入看不見光明的海底，但以修行人來說，雖然摒棄了外在的塵緣，但內心卻有著永恆不變的佛性。惜春後來出家爲尼，過著清苦無爭的修行生活。

〈悟禪偈〉

　　大造本無方，無何是應住？既從空中來，應向空中去。〔註92〕

妙玉坐禪中了"邪魔"，惜春感嘆其塵緣未斷，便口占此偈，並自我期許若出家定能「一念不生，萬緣俱寂」，此偈表現了惜春領悟了「萬境歸空」的禪理，也書寫了她與佛門的宿緣。涂瀛《紅樓夢論讚》云：「人不奇則不清，不僻則不淨，以知清淨法門皆奇僻性人也。惜春雅負此情，與妙玉交最厚，出塵之想，端自隗始矣。」然而妙玉與惜春之出家動機是不同的，妙玉出於無奈，而惜春則是自願和青燈古佛作伴的遁世者。惜春擅丹青，脂評第五十回回末總評云：「最愛他中幅惜春作畫一段。」劉姥姥到大觀園一遊，見了這天仙寶境，希望能帶張畫兒回去，賈母即要惜春作畫。曹雪芹以善於丹青刻劃惜春形象，這是她獨特之處，也是她高於別人之處。除了善丹青，惜春亦擅於下棋，她的棋友即櫳翠庵的女尼妙玉，第八十七回寶玉到蓼風軒看惜春，正值妙玉與惜春正凝神下棋，結果雖妙玉技勝一籌，惜春亦自不弱。

二、惜春意象

　　意象的運用是增進小說詩化的重要方法，因意象所具備的詩性特質能帶讀者進入一極高的審美境界。詩化小說《紅樓夢》，其詩意氣質正是來自於散落在文本中的一個個意象。而且意象能帶給人們美的感受與啓迪，具有美學功能。〔唐〕司空圖《二十四詩品》云：「意象欲生，造化已奇。」可說是對意象美學最高的禮贊。曹雪芹即藉意象敘事隱秘又自然地傳達其審美意趣與情感體驗，展現其不同的美學思考，惜春居處即是一個美的意象。

（一）蓼風軒

惜春雖爲寧國府賈敬之女，賈珍的胞妹，但自幼即和榮國府的姐妹們一

〔註92〕曹雪芹、高鶚原著，其庸等校注：《紅樓夢校注》（台北，里仁書局，1984 年）第 87 回，頁 1379。

處生活。關於她的住所因惜春喜繪畫，住於狹小的蓼風軒，文本云：

　　　　惜春住了蓼風軒〔註93〕

後來起詩號時又云：

　　　　四丫頭在藕香榭，就叫她「藕榭」就完了。〔註94〕

蓼風軒應為惜春住所，蓼風軒包含了藕香榭及暖香塢，惜春喜作畫，夏天於藕香榭，冬天則住至較溫暖的暖香塢。

　　　　原來這藕香榭蓋在池中，四面有窗，左右有曲廊可通，亦是跨水接
　　　　岸，後面又有曲折竹橋暗接。〔註95〕

藕香榭中有副對聯：「芙蓉影破歸蘭槳，菱藕香深寫竹橋」此榭位於池中，視野清晰，尤其在和風清暢的夏日，宜居宜畫。曹雪芹以他卓越的詩畫才能，在文本中創造出一幅幅富有詩情畫意的美麗畫卷。曹雪芹用生活的彩線織成了一幅藝術巨錦，其間明暗層次迴欄曲徑，體現了古典建築美學的風格。閱讀文本恰如倘佯在神奇又瑰麗無比的藝術世界。有次賈母前來看畫：

　　　　過了藕香榭，穿入一條夾道，東西兩邊皆有過街門，門樓上裡外皆
　　　　嵌著石頭匾，如今進的是西門，向外的匾上鑿著「穿雲」二字，向
　　　　裡的鑿著「度月」兩字。來至當中，進了向南的正門，賈母下了轎，
　　　　惜春已接了出來從裡邊遊廊過去，便是惜春臥房，門斗上有「暖香
　　　　塢」三個字。〔註96〕

惜春臥室為暖香塢，暖香塢的石匾題「穿雲」、「度月」富有藝術意境，她的丫鬟有入畫、彩屏，這些名稱正迎合了四小姐的閑情雅趣。性情孤僻的惜春，不擅與人應酬，和兄嫂亦不親，平日只和妙玉往來，她寄情丹青又有佛緣，住暖香塢中作畫、參禪、下棋，走出了另一條人生之路。然蓼風軒院落並不大，第五十八回曾云：「惜春處房屋狹小。」惜春孤介的性格使她對人事經常抱持冷漠的態度，除了喜寫經外，對其他活動並不活躍，與其居處空間的狹小正相應合。

〔註93〕曹雪芹、高鶚原著，其庸等校注：《紅樓夢校注》（台北：里仁書局，1986年）
　　　　第23回，頁363。

〔註94〕曹雪芹、高鶚原著，其庸等校注：《紅樓夢校注》（台北：里仁書局，1986年）
　　　　第37回，頁560。

〔註95〕曹雪芹、高鶚原著，其庸等校注：《紅樓夢校注》（台北：里仁書局，1986年）
　　　　第38回，頁579。

〔註96〕曹雪芹、高鶚原著，其庸等校注：《紅樓夢校注》（台北：里仁書局，1986年）
　　　　第50回，頁771。

（二）緇衣

緇爲深黑色，爲在玄色的基礎上再加以染黑而成。《周禮・考工記》：「五入爲緅，七入爲緇。」賈公諺疏：「若更以此緅入黑汁，則爲玄。更以此玄入黑汁，則名七入，爲緇矣。」故緇衣即黑衣，古代黑色的衣服主要用於朝服和玄端兩種禮服中。後來緇衣亦爲僧徒之服也。《僧史略》云：「問，緇衣者何狀貌？答：紫而淺黑，非正色也。」故僧服之緇非正黑也。《紅樓夢》第五回惜春之判詞中畫有一所古廟，裡面有一美人在內看經獨坐，判詞云：「勘破三春景不長，緇衣頓改昔年妝。可憐繡戶侯門女，獨臥青燈古佛旁。」

惜春後以緇衣爲服，出家爲尼，是有其成長背景。她自幼無母，父親賈敬只鍊丹藥爲務，胞兄賈珍對她又疏於照顧，乃由王夫人接至榮國府撫養成人，故其成長過程中缺乏安全感，造成她孤介的個性。曹雪芹對惜春的評語爲「孤介」，第七十四回的回目即云〈惑奸讒抄檢大觀園，矢孤介杜絕寧國府〉，後來又借探春之口云：「孤介太過，我們再傲不過她的」（七十五回）惜春孤介的個性，除智能兒和妙玉之外，少與人往來，且當她看元春雖貴爲賢德妃，終不免一死，迎春雖有了歸宿，卻被折磨至死，探春有才幹，卻也被嫁到音訊渺茫的異國，令人感傷，黛玉早夭、賈母去世、湘雲早寡、妙玉被劫，及賈府被抄，加上她一向孤介的個性，便毅然出家。觀惜春出家爲尼的跡象，除第五回判詞之外，〈虛花悟〉亦云：「將那三春看破，桃紅柳綠待如何？把這韶華打滅，覓那清淡天和。……聞說道，西方寶樹喚婆娑，上結著長生果。」（第五回）。西方寶樹、「長生果」皆爲極樂世界之意象，爲惜春出家之伏筆。周瑞家送宮花到惜春處，

> 惜春笑道：「我這裡正和智能兒說，我明兒也剃了頭，同他作姑子去呢，可巧又送了花兒來，若剃了頭，可把這些花兒戴在那裡呢？」
> 〔註97〕

惜春對出家修行是心嚮往之。第二十二回作春燈謎：「前身色相總無成，不聽菱歌聽佛經。莫道此生沈黑海，性中自有大光明。」謎底即爲佛前海燈。庚辰本脂評云：「此惜春爲尼之讖也。公府千金至緇衣乞食，寧不悲夫。」第七十四回尤氏才要問候眾姊妹去，忽見惜春遣人來請，尤氏即至她房中，尤氏笑道：「這會子又做大和尚，又講起參悟來了。」「可知妳眞是心冷嘴冷的人。」

〔註97〕 曹雪芹、高鶚原著，其庸等校注：《紅樓夢校注》（台北，里仁書局，1986 年）第 7 回，頁 126。

惜春道：「怎麼我不冷。」惜春孤介的個性加上她不太受關照的成長環境，最後使她摒棄外緣，過著緇衣修行的生活。至於惜春修行於何處？俞平伯云：「第五回惜春底冊子上畫了一座大廟，應當出家為尼，不得在櫳翠庵在家修行。」〔註98〕因櫳翠庵只是一點綴園林的小尼庵，不可能是大廟。以原著之暗示，惜春出家「棲身古廟」，「獨臥青燈」、「緇衣乞食」過著清寂的修行生活。惜春在成長過程中，三個姊姊的不幸遭遇是促使她走向四大皆空的重要原因，但後四十回中強調她出家只為保住自己而沒把「將那三春看破」的主旨表現出來。且惜春出家為尼後，再也不是公府千金，而是過著緇衣乞食的生活，續作對她卻頗為關照，讓她打坐櫳翠庵，又有丫環紫鵑等相隨，既遂了平生之志，也不用緇衣乞食，這顯然與原作構想相違的，有關四春，續書在某些情節上與原著是不符的，如元春死於「身體發福」、「痰氣壅塞」，而不是死於殘酷的宮廷政治鬥爭；探春的遠嫁非一去不返，而是風光返鄉；惜春為閒逸出家修行，又有奴婢伺候，而非緇衣乞食，只有迎春之結局較為合理，其他三春之情節安排無形中削弱了文本悲劇特質的敘述張力，感人也就不夠深刻。誠如黑格爾在《美學》中所云：「悲劇人物的災禍如果要引起同情，他就必須本身具有豐富內容意蘊和美好品質，正如他的遭到破壞的倫理理想的力量使我們感到恐懼一樣，只有真實的內容意蘊才能打動高尚心靈的深處。」〔註99〕傳統小說總喜歡敘述著大團圓的美夢，殊不知這往往也減弱了對讀者的感動張力。惜春原著的緇衣乞食比續書的打坐櫳翠庵，又有紫鵑服侍的修行生活，更能引發讀者較多的省思及震撼力。

小結

看破的，遁入空門。惜春其號「藕榭」，她是個性格孤僻的小姐。和迎春一樣，從小即缺乏父母的關心及重視。當她看透了紅顏凋零、家族的頹敗及塵世的骯髒之後，毅然的卸下紅裝，剪斷青絲，出家為尼。〈紅樓夢曲·虛花悟〉云：

> 將那三春看破，桃紅柳綠待如何？把這韶華打滅，覓那清淡天和。
> 說什麼，天上天桃盛，雪中杏蕊多。到頭來，誰把秋捱過？則看那，
> 白楊村裡人嗚咽，青楓林下鬼吟哦。更兼著，連天衰草遮墳墓。這

〔註98〕俞平伯：《俞平伯說紅樓夢》（上海：上海古籍出版社，1998年），頁498。
〔註99〕黑格爾（Hegel）著，朱光潛譯：《美學·第三卷》（北京：商務印書館，2009），
　　　　頁297。

的是，昨貧今富人勞碌，春榮秋謝花折磨。似這般，生關死劫誰能躲？聞說道，西方寶樹喚婆娑，上結著長生果。〔註100〕

〈虛花悟〉乃言榮華之虛幻，亦即「色空」之禪理。惜春看破好景不常而了悟，最後隱遁皈依佛門。她「勘破三春」披緇爲尼，乃因封建的勢利塑造了她孤僻冷默的性格。抄檢大觀園時，她咬定牙，攆走沒過錯的丫鬟入畫，她的處世哲學是「我只能保住自己就夠了」，因此當賈府敗落之時，入庵爲尼成了她逃避封建階級內部傾軋，保全自己的方式。且她於賈氏四姊妹中年紀最小，懂事時賈府已趨衰敗，元春、迎春的不幸結局更讓她產生了棄世的念頭。曲子充滿了沒落世家對人世無常的慨嘆！賈府四個小姐，依次排就是：大小姐元春，生於元旦；二小姐迎春生於立春；三小姐探春，生於上巳；四小姐惜春，生於芒種。四個名字，四個節日，既按照年齡大小，又符合節日先後。……元、迎、探、惜，與「原應嘆息」四字諧音，暗示賈府四個小姐的不幸結局，元春、迎春早死，探春遠嫁，惜春爲尼。〔註101〕惜春的皈依佛門向有其徵兆。第七回周瑞家送宮花，惜春卻笑道：「我這裡正和智能兒說，我們明兒也剃了頭，同他作姑子去呢，可巧又送了花兒來，若剃了頭，可把這花兒戴在那裡呢？」這「剃頭」、「作姑子」即是日後出家的千里伏脈。惜春在八十回中年紀尚小，八十回後，性格才完全描寫出來。其看破凡塵最早，而出家念頭最堅。後欲爲尼，至以死爭，但其斬釘截鐵性格，第七十四回已寫出來。後四十回中惜春倒比較重要，因「三春」已盡也。〔註102〕

惜春擅於丹青，但最終未能畫出人間樂園，惜春畫圖，自從四十回講起，經過四十二回、四十八回、五十回冬天尚在畫圖，以後便全不提起，也不知何時畫完了。因她看盡賈府繁華落盡，及諸姐妹的生命悲劇，留下殘破蕭瑟景象，是惜春所不忍的。惜春之佛心冷結，除了她生性孤僻，與人寡合之外，賈府的家禍連連，朝不保夕，令她憂懼，且三春的前車之鑑，讓她領悟了人生的無常，讓她毅然決然的遁向空門。她不是求真證道的勇士，只是出於消極的逃避，甘作「狠心人」只求「自了漢」以追求潔身自好。明代以前的文論較少涉及人物性格塑造的創作議題，宋元時雖有劉辰翁、趙令時等人以「傳神」論評議筆記體志人小說及唐傳奇中的人物形象，然尚屬泛論性質，未能

〔註100〕曹雪芹、高鶚原著，其庸等校注：《紅樓夢校注》（台北，里仁書局，1984年）第 5 回，頁 92。

〔註101〕姜哲甫：《曹雪芹與紅樓夢》（台北：華嚴出版社，1996年），頁 344。

〔註102〕林語堂：《平心論高鶚》（台北：傳記文學出版社，1969年），頁 128。

深入。及至晚明，由於戲劇和小說的研究逐漸深刻化，且個體意識亦逐漸覺醒，人物性格塑造的創作論題逐漸受到重視。文論家葉晝在容與堂刊一百回本《水滸傳》評點中，即以「傳神」論觀點對文本的人物描寫作分析與評論，且在第三回回末總評云：「描畫魯智深，千古若活。眞是傳神寫照妙手。且《水滸傳》文字妙絕千古，全在同而不同處有辨」。所謂「同」即覺讀後各類人物「光景在眼」、「聲音在耳」，要達到「典型化」的理想，即普遍性。至於「不同」，即就同類人物特殊性格彼此相異之處更加一層敍寫，使性格相近的人物，在同處亦有其獨自的性格成份，方能鮮蹦活潑，即「各有派頭，各有光景，各有家數，各有身份」，「同而不同」就是普遍性與個性的統一。〔註 103〕《紅樓夢》文本中，寶釵、妙玉、惜春的個性特質皆有「冷」之況味，然妙玉的冷艷孤傲，惜春的乖僻孤冷及寶釵的裝愚冷香則又各具其不同的特性，展現了人物複雜又鮮明的性格特質。惜春住處雖富有藝術氣息，然蓼風軒院落並不大，封閉的空間和其冷漠的個性恰相應和。她擅於繪畫，但詩作是很有限的，只有元妃省親時，針對「文章造化」的匾額賦了一首七絕，此外就是以海燈爲謎底的燈謎及妙玉坐禪中邪時，惜春感嘆妙玉塵緣未斷，爲其口占〈悟禪偈〉而已。元春省親，爲賈府烈火烹油，鮮花著錦之時，探春理家支撐門面，迎春誤嫁，江河日下，至惜春，家破人亡。「原應嘆息」乃作者對這些女子不幸的無限痛惜，也是貫串全書的悲劇架構。

〔註 103〕王瓊玲：《明清傳奇名作人物刻劃之藝術性》（台北：台灣書局，1998 年），頁 75。